"冷板凳"学术书系

罗振亚 主编

2008年度国家社会科学基金一般项目成果
项目批准号：08BZW065

1990年代新潮诗研究

罗振亚 著

河北大学出版社

图书在版编目（C I P）数据

1990年代新潮诗研究 / 罗振亚著. -- 保定 : 河北大学出版社，2014.10
（“冷板凳”学术书系 / 罗振亚主编）
ISBN 978-7-5666-0813-0

Ⅰ. ①1… Ⅱ. ①罗… Ⅲ. ①诗歌研究—中国—当代
Ⅳ. ①I207.22

中国版本图书馆CIP数据核字（2014）第241756号

责任编辑：杨显硕
装帧设计：赵　谦
责任印制：靳云飞

出版：河北大学出版社
经销：全国新华书店
印制：河北天普润印刷厂
开本：1 / 16（710mm × 1000mm）
字数：260千字
印张：16.75
版次：2014年10月第1版
印次：2014年10月第1次
书号：ISBN 978-7-5666-0813-0
定价：36.00元

总 序

在这样一个浮躁的时代，甘坐十年“冷板凳”的学者，确实越来越少了。尤其是对于年轻一代的学者来说，更是如此。他们即便心里很想先沉下来，把书读好，然后再回过头来扎实地做文章；但是囿于各种量化的评价指标和功利性要求，这种大环境似乎也不允许他们依循自己的理想去做“慢”的学问。于是，快速写作和高端发表，就成了当下学术的常态。然而，不管社会怎样喧嚣，时代如何疯狂，学术之事，归根结底不是一场热闹的狂欢，它仍需要学者们持守一份宁静的心态，需要耐得住长久的寂寞，如此方可靠近学问的真谛。总之，坐“冷板凳”，还是我们从事真正的学术研究的前提，也是学问通往一种深度和境界的保证。

正因如此，我觉得在当下出版一套甘坐“冷板凳”的年轻学者的著作，就显得尤为必要，意义非凡。而“冷板凳”这三字，绝非我一时所想，其实它早有一段渊源。记得是2002年秋天，我在武汉大学攻读博士学位时的一次珞珈山庄同门聚会上，导师龙泉明先生兴奋而庄重地和我们说，他要主编一套研究丛书，让自己弟子们优秀的博士学位论文以集束的方式面世。而后他又不止一次谈及这一设想，并从期望弟子能在孤独中找到真正精神归宿的角度出发，寓意深刻地将之命名为“冷板凳系列丛书”，联系好了人民文学出版社。当时，师兄弟们很受鼓舞，我也在盼着自己的论文忝列其中出版的日子。谁也想不到的是，2003年7月恩师被确诊为肝癌，一病不起，次年初即离开人世，弟子们除了悲恸，还是悲恸。丛书出版之事只能搁浅。而后，每逢念起此事，我都深感老师的期望之重，也品味到了遗憾滋味的折磨。恰巧这次河北大学出版社的编辑杨显硕先生希望我能主编一套当代诗歌研究方面的专著，在某种程度上提供了弥补遗憾的机会，所以我打从心里感激编辑。

编辑明确要求丛书收入的一定是专著，而不是评论和论文集，这当是出版社仍在寻求学术理想的体现，也符合龙老师当年的期望。1990年代以来，诗歌文体逐渐边缘化了，而诗歌研究依靠如今的学术体制虽然能获得一些生机，但在众多学科里仍然属于冷门。现在能沉得住气专注于研究诗歌的，则可视为这个时代做孤独学术的见证。当编辑跟我交流和沟通时，我瞬间就想到了这套诗学研究丛书可以用"冷板凳"来命名。一方面，是完成龙泉明先生当年的未竟之愿，以另一种形式怀念他，告慰他的在天之灵；另一方面，也想以此命名倡导甘坐"冷板凳"的学术精神，以之鞭策自己，激励更多年轻的学者敛心静气地做学问。

纳入"冷板凳"学术书系的几本专著，都是对当代诗歌或局部或整体的研究，且各有侧重，有现象研讨和个案批评，有诗歌断代史的梳理，还有对诗歌精神的探究。霍俊明的《新世纪诗歌的精神考察》，是一部系统论述新世纪各种诗歌现象与问题的诗学专著。他以田野作业、微观阅读和现象学考察相结合的方法，对诸多诗歌问题予以别开生面又深具发现力的辨析与省思。尤其是对新世纪以来纷繁的诗歌现象、诗歌生态和诗人的精神境遇作出了令人信服的整体性分析与总结。刘波的《当代诗坛"刀锋"透视》，则是一部通过个案批评对当代先锋诗坛进行整体扫描的诗学著作。从《今天》派、朦胧诗，到"第三代"诗人、"中生代诗人"，再到70后诗人，作者对这些参与中国当代文学发展进程的重要诗人进行了独到的阐释，既富有诗歌批评的感性情怀，又不乏学术研究的理性品质。他的另一本专著《"第三代"诗歌研究》，是对"第三代"先锋诗潮研究的力作。它从"第三代"诗人的理想主义气质和他们所处的文化语境入手，解析这一代诗人的情感和创作心态，还原他们的生活与交往现场，注重从各种角度动态性地透视这一先锋诗歌运动。它从诗学和非诗学两个层面来重新审视“第三代”诗歌运动，尤其是对运动结束后诗人们的持续性创作做追踪考查，以挖掘“第三代”诗歌的历史价值与现实意义，视角独特。我的《1990年代新潮诗研究》，企望探讨民间写作、知性写作、70后诗歌、女性主义诗歌等主要群落间的承续与变异、每个群落的不同特质，解析先锋诗歌的裂变与转型、生产与传播方式、诗学主张和叙事策略，总结其内在流变规律，特别是对于坚、翟永明、西川等代表性诗人的解剖，以使“个人化写作”精神落到实处，从而完成1990年代的先锋诗潮的断代诗歌发展史建构。

国内已有数种“新诗研究与批评”之类的丛书出版，并且各具特色，不乏精品，只是多为评论结集，有时难免让人觉得其略显零散、琐碎，在主题上尚不够集中。这套“冷板凳”学术书系也是立足于当代诗歌，但力求每一本都主题突出，尽量使研究趋于全面系统。在目前，肯于大规模地出版系列诗歌研究著作的出版社并不多，它既需要眼光，又需要魄力。从这个向度上说，河北大学出版社集束性地推出“冷板凳”学术书系，功德无量，价值独具，它是对浮躁世俗学术研究怪象的一种扼制，更可视为对理想主义精神坚守的一种象征。

罗振亚

2013年12月

目 录

下　编

引言 1990 年代先锋诗歌研究:缘由与方法

依《拉普斯词典》所说,"先锋"原本为军事用语,意指"一支武装力量——陆军、海军或者空军的先头部队,其任务是为(这支武装力量)进入行动做准备",有前沿或开路者的含义,它"是由空想社会主义者亨利·德·圣西门在 1825 年首次应用于文化方面的"①;并在被转运到文学艺术领域后语义异变为一种文化精神、姿态和方法,具体隐喻"在现代主义文化潮流中成功的作家和艺术家的运动的美"②,或者代指"一小批勇于形式实验的,标新立异的,标举艺术革新旗帜的'前卫'艺术家"③。作为创造同义语的诗歌,特别是现代主义诗歌和先锋之间存在着天生先在的相通,总以和现实文化对抗的"先锋"名义和姿态出现;沿着这一逻辑思路推导,兼具时间与社会学意义的"先锋诗歌"当是那些具有超前意识和革新精神的实验性探索性诗歌的统称,它至少具备反叛性、实验性和边缘性三点特征。

若以这一标准检视朦胧诗以前的新诗历史我们就会惊喜地发现,和以现实主义及浪漫主义为主体、注意探索诗与现实世界联系的外张诗相对应;"先锋诗歌"已在夹杂一些浪漫主义诗歌在内的以现代主义为主体、注意探索诗歌与心灵联系更突出艺术价值的内倾诗(包括新月诗派、象征诗派、"现代"诗派、九叶诗派、台湾现代诗派、朦

---

① 罗伯特·休斯:《新艺术的震撼》中译本第 325 页,上海人民美术出版社,1989 年。

② 王蒙,潘凯雄:《先锋考——作为一种文化精神的先锋》,《今日先锋》1994 年第 1 期。

③ 陈旭光:《中西诗学的会通:20 世纪中国现代主义诗学研究》第 22 页,北京大学出版社,2002 年。

胧诗派等)那里,组构起一条连绵壮观的风景线,它们都堪称各自时代诗歌阵营中的先遣队,只是那时没有人用“先锋诗歌”的字样为后一流脉命名。朦胧诗出世后,人们对“先锋”和“先锋诗歌”概念的理解逐渐明确起来;1990 年代后“先锋诗歌”概念几乎成为诗界显词。应该说出现于朦胧诗后的作品选本或理论著述中的“先锋”概念,分别有具体的历史文化语境,其内涵指向也不尽相同,徐敬亚的“先锋”取其前沿之意,为现代派的又一说法;蓝马将“先锋诗歌”和“运动”相连,说明“先锋诗歌”已经“浏览了整个人类诗歌的新旧传统。众多诗人都怀着探索的决心云集在传统的‘边缘’,准备突破”,[①]他的“先锋”即和传统对立的创新;陈超提出先锋诗歌面临的显豁困境是“如何在自觉于诗歌的本体依据、保持个人乌托邦自由幻想的同时,完成诗歌对当代题材的处理,对当代噬心主题的介入和揭示”[②],在他的观念中先锋性是种少数诗人拥有的前沿的、有远见的品质……但它们的归结点却惊人的一致,即都隐含着在诗歌艺术上的超前、先进、革新的文化定位。如果从创作实践的角度划分,朦胧诗后先锋诗歌大致囊括“第三代”诗(又称后朦胧诗、新生代诗)、1990 年代的个人化写作、70 后诗歌以及女性主义诗歌等抒唱群落。

论及 1990 年代先锋诗歌中的“个人化写作”,我以为它是从对“第三代”诗的反思与反叛开始起步的。诗人们认识到“第三代”诗“有着运动的性质”“对运动的热衷高于对写作的内部真相的探究”[③]缺陷后,有意识地施行偏离和校正,注意用个人化的文本替代集体抒情的喧嚣。针对“第三代”诗高蹈抒情的圣词弥漫和与现实过分黏合、大词盛行的两种偏向,诗人们学会了有策略地“及物”与“深入当代”,既以经自身把握处理“此在”日常处境和经验的立场去规避乌托邦和宏大叙事,促成缺乏血性、情感虚拟、实验气与表演气十足的“白

---

① 蓝马:《走向迷失》,见吴思敬编《磁场与魔方》第 303 页,北京师范大学出版社,1993 年。

② 陈超:《深入当代》,见吴思敬编《磁场与魔方》第 326 页,北京师范大学出版社,1993 年。

③ 孙文波:《我理解的:个人写作、叙事及其他》,见王家新,孙文波编《中国诗歌九十年代备忘录》第 10—11 页,人民文学出版社,2000 年。

色写作”向真诚厚重、介入现实、诗意创造的“红色写作”皈依的同时，又恢复了诗歌处理现实和时代语境的能力；甚至在对历史和现实题材也多从细节进行处理，将之个人化，因为在他们看来历史乃任一在场的事件，个人日常细节植入诗歌就渗透历史因子，就是历史的呈现。《家住洪水泛滥的河流命名的马路》（丁丽英）、《女人在园子里养了些什么》（宋晓贤）、《参加为钢琴家琳达小姐举办的晚会》（张曙光）等，都是以对平淡无奇的事物抚摸，以一种写实、理性、日常诗风张扬来介入现实文化境况的。1990 年代的“个人化写作”专注于写作自身，注意寻找介入现实与传统语境的有效方法，把技艺作为评判诗歌水平高低的尺度依据。诗人们有的注重对日常现实显微镜式地观察临摹（如桑克、吕德安），有的致力于审美对象的分析与沉思（如臧棣、于坚）；甚至有的将 1980 年代中后期就尝试“叙事”意识坚定自觉化（如张曙光、孙文波），使叙事文本成为 1990 年代的独特景观，叙述的、分析的、抒情的、沉思的、神性的、日常的等各式品类多语喧哗，真正达成了写作个人化的时代。1990 年代的“个人化写作”对差异性原则的推崇张扬，本为收缩延续上时代“写作可能性”却又为诗歌的进一步发展提供了多种新的“写作可能性”。但也必须承认 1980 年代拳头诗人诗作少的老大难问题依然困惑着诗界，高扬差异性的负面效应，使“个人化写作”失去了轰动效应和集体兴奋，过度迷恋技艺也不时发生“写作远远大于诗歌”的艺术悲剧。1990 年代的“个人化写作”是“派中有派”，以欧阳江河、王家新、西川、臧棣等为代表的知识分子写作一翼致力于思想批判的精神立场，语言修辞意识的高度敏感使其崇尚技术的形式打磨，文本接近智性体式而又过分依赖知识，存在明显的匠气；而以于坚、韩东、伊沙、李亚伟等为代表的民间写作诗人一路张扬日常性，强调平民立场，喜好通过事物和语言的自动呈现解构象征和深度隐喻，有时干脆用推崇的口语和语感呈现个人化的日常经验，活力四射但经典稀少，甚至一些诗存在着游戏倾向，常停滞于虚空的“先锋姿态”中。这两股自 1980 年代以来就各自为战、短长互见的诗歌势力，在 1999 年 4 月的“盘峰论剑”后冲突加剧到白热化程度，从而开始了横向的对抗、反叛和裂变、分化，应该说这本身对激活民主氛围、增添诗坛“人气”、为更年轻的诗人出山都不无好处；但也“内耗”严重，教训深刻，使诗格局显得愈加模糊杂乱。

至于1990年代中、后期在“个人化写作”背景下，出现的以“下半身”写作团体为核心的70后诗歌，更将反叛的武器对准了朦胧诗、“第三代”诗乃至民间写作、知识分子写作等所有的诗歌群落。这群以沈浩波、盛兴、马非、李红旗、朵渔、朱剑、南人等人为前锋的写作无“根”者，因为对边缘、前卫的生活及体验最为敏感，最容易获得另类特征，他们不仅在诗歌“怎么说”上与此前的诗歌不同，而且在诗歌“说什么”上也进行了大胆的“革命”；他们主张创作无意义无目的，在更加零散化、日常化、边缘化视点的基础上以梅洛·庞蒂的“身体哲学”为依据，公然而赤裸地要把“知识、文化、传统、诗意、抒情、哲理、思考、承担……”[①]所有的艺术传统都一网打尽，并在实践中将平民诗歌的身体诗学和小说界的身体写作进一步扩大化为肉体诗学，专事肉欲与躯体表演为经验内容的性事化描写，靠对生活和情感深度的拆解宣判了营造诗意的时代的彻底终结。对诗本身的轻视和轻慢使他们自然地游戏消费诗歌，只讲在场叙述的“快乐”原则，不加剪裁修饰地恢复观照对象，现场感强烈，甚至追求肉体的在场感，对语言进行扭曲断裂的施暴，搞泛性化转喻，惯用口语化的荷尔蒙叙述和游戏段子式的言说方式，如阿蜚的《交易》、巫昂的《艳阳天》、南人的《看芭蕾舞》、尹丽川的《为什么不再舒服一点》等“段子”式的书写，基本上都是在脐下三寸之地构筑肉体乌托邦，追求文本原创和生理心理的欲望快感，把肉身本能和原欲当作写作资源。70后创作，因生命和肉体本然态的开释，一定程度上增加了诗歌的世俗性活力，也表现出以游戏为写作终极意义的倾向；由于诗人人格和文学结构的不健全，以及要先锋到死的狂热和浮躁，使之大多萎缩为一种真而非美、有刺激而无意义的平庸游戏，非但没从本质上撼动以往的诗歌，在写作策略上走出对“第三代”诗、1990年代“个人化写作”模仿的栅栏，甚至在1990年代的时段内，还没有足够的成功文本赋予70后诗歌概念以深刻的内涵，因此只能说它“是一场非常失败的运动”。

---

① 沈浩波：《下半身写作及反对上半身》，《下半身》创刊号，2000年7月。

跨越1990年代的女性主义诗歌则是当代诗坛一处不打旗号而有流派性质的独立风景。在新时期先锋诗歌的时间跨度中，它不仅和男性写作一样参与经历了上述不断反叛的过程，而且其本身也留下了一段自我否定的生命轨迹。1980年代，翟永明、唐亚平、伊蕾、陆忆敏、张真、海男等女性主义诗人，以反叛舒婷一代的角色确证，支撑起足以与男性对抗的女性主义诗歌空间。只是她们只为少数人写作的高度个人化倾向势必减弱共感效应，自白话语助长了一些诗的迷狂，过度突显性别意识也暴露出性问题上的缠绕和普拉斯似的疯狂情感的弊端。出于对躯体诗学的警觉，锐利不减的"老"诗人和唐丹鸿、丁丽英、鲁西西、周瓒、安琪、吕约等"新"诗人组构的1990年代的女性主义诗群，在舒婷一代和翟永明、伊蕾、唐亚平等一代完成了女性写作觉醒、确认的两个阶段后，又进入原有激情和语言技术对接混凝的时期。具体说来就是努力淡化、超越性别意识，向接通女性视角和人类普泛精神意识的双性同体理想迈进，在坚守女性的敏感细腻之外发现思想的洞见，王小妮的《不要帮我，让我自己乱》、小叶秀子的《婚姻》都可作如是观；对尘世的认同和平凡心态的恢复，敦促她们顺应深入的个人化写作潮流，开始深入日常化与传统，向"屋子"外的当下世俗现实人生、生活场景俯就，同时向过去的现实即传统题材和精神向度回归，人文视境更加宽阔，叶玉琳的《子夜你来看我》和翟永明取材于中国戏曲、小说、民间传说的《时间美人之歌》《编织行为之歌》就体现了这一转变流向；抒情方式上也由自白话语转向更加贴近内心的技术性写作，追求内省式叙述和语言的明澈化。激情同技术遇合的1990年代女性主义诗歌，结束了1980年代激情喷涌的单向追索的贫乏历史，告别了躯体写作中的急躁、焦虑和轻浮色彩，获得了从感情世界走向理性观察的可能支撑；当然随之而来的就是感召力减弱，写作难度的加大。

1990年代先锋诗歌异常丰富，其间还包括书写与传播方式的变革、中间代诗歌的崛起等。尘埃落定后的事实证明，它非常值得人们认真、深入、集中地研究。这一方面是因为它的地位非常特殊、重要，不但引渡出一批风格鲜明的诗人和优秀的文本，如西川的《远游》、王家新的《帕斯捷尔纳克》、于坚的《0档案》、翟永明的《十四首素歌》等，而且形成了自己独立的艺术精神、特质和传统，提供了诸多诗歌生长的可能性，构成了新诗史上最富有创造活力的一个时期，在新诗史上留下了辉煌的定格。特别是它还影响了中国诗歌当下和未来的艺术走势，以和世界现代文学对话资格与权利的获得，对中国当代的文化生活起到了一定的引导作用。所以将1990年代先锋诗歌做断代研究，就成为一项具有填补空白意义、价值十分重要的学术课题。这项研究能够进一步廓清1990年代先锋诗歌的历史真实面目，能够引导读者对先锋诗歌、诗学的理解和欣赏，为当下新诗创作和理论的繁荣，提供历史的经验、教训与启迪，更为将来成熟的、高质量的中国新诗史的编撰做必要的阶段性的学术准备。

另一方面则是因为目前理论界对1990年代先锋诗歌的研究过于薄弱。应该说，随着当代诗歌研究的日趋本体化、深层化，研究1990年代先锋诗歌近十几年来一直是学术界重要的学术热点，并且渐呈方兴未艾之势，陈超的《中国先锋诗歌论》、程光炜的《程光炜诗歌时评》、吴思敬的《走向哲学的诗》、王光明的《面向新诗的问题》、洪子诚与刘登翰的《中国当代新诗史》、张清华的《内心的迷津》等著作，以及谢冕、陈仲义、於可训、沈奇、耿占春、陈旭光、李怡、孙基林、李震、臧棣、王家新等人的许多论文，都有一定的研究建树。只是由于1990年代先锋诗歌复杂多元、研究难度大、资料不易搜集；截至目前理论界对它的研究仍十分薄弱。具体表现一是严重地滞后、疏离于创作。许多研究视野和话语过于陈旧，目光仍逡巡于1990年代前期，抓住日常审美、中年特征和于坚、西川等老问题"老诗人"不放，对继起的"中间代"诗歌和70后诗人等现象重视不够。而且就是对1990年代前期的批评方法与结论也显单一，个别人弹着朦胧诗之后中国先锋诗歌走了下坡路的旧调，充其量只承认其中的于坚、西川，可要论其作品又不甚了了，这是文学批评的严重失职。二是缺乏整合和系统的深度。不少研究仅局限于个体与局部，只侧重于知识分子写作，或民间写作，或女性主义诗歌，或有影响的诗人诗作；缺少对现象背后规律的总结，琐屑、零散、肤浅，这种"见木不见林"的方法，和“见林不见木”的空疏之风一样可怕，它和客观公允、具体深入的科学研究相去甚远。三是一些被遮蔽的研究盲点需要发掘和照亮。1990年代先锋诗歌是一个新的学术领域和学术增长点，新现象、新问题层出不穷，它需要批评者不断地更新知识系统与理论武器；而一些研究却仍沿袭旧有的话语与视角，难以进入“叙事诗学”“互文性写作”等新的诗学关键词语，这些理论术语破解不了，自然就无法把研究对象搞清楚。尤其是将1990年代先锋诗歌上升到诗学的理论高度加以系统地认识和概括的研究，更有待于深入地拓展。由于上述种种缺憾的限制，使1990年代先锋诗歌的研究某种程度上存在着偏离发展实际，或褒贬失度或隔靴搔痒的缺憾，长时间不能实现实质性的突破，其研究成果无论在数量上还是在质量上，和1990年代先锋诗歌实际所包孕的学术含量都相差甚远。或者说，正是由于1990年代先锋诗歌文学史意义的独特重要，和研究实绩薄弱的反差过大于强烈，研究1990年代先锋诗歌的价值才愈显突出。

当然，1990年代先锋诗歌研究是十分艰难的。因为作为一种历史形态，1990年代先锋诗歌的易动善变、幻化多端，和它自身的反叛性、实验性特质结合，使其更存在着难以归纳、整合的不确定和不稳定性。常常是每一阶段都和前一阶段的艺术追求相对立，而后一阶段的艺术追求又和这一阶段的艺术追求相对立，纵向上各时段之间的矛盾冲突激烈；横向里各种诗人、诗派、诗群、诗艺斑斓繁复、多元混杂，绝对堪称诸侯割据的“群岛上的对话”，个体诗学相互间的公约性严重丧失。而此间的先锋诗人，时时介入理论领域，发表宣言，阐释自己的创作，而他们所说的和自己的文本并不一致、统一，有时甚至完全相悖，他们拒绝整体的认知把握；所以一切既定的理论体系统统失灵，无论哪种解读方法都会顾此失彼，捉襟见肘，常常面对同一问题批评家们也争执不休，仁智各见。记得“朦胧诗”崛起时在诗界就爆发过一场旷日持久的论争，以谢冕、孙绍振、徐敬亚等为代表的“崛起论者”，和以丁力、宋垒、程代熙、敏泽等为代表的“否定论者”兵戈相见，对朦胧诗的评价大相径庭；并且不乏以政治批判替代艺术批评的教训。而到1990年代先锋诗歌时期，这场戏又再度重演，当年思想见解比较一致的批评家们，在对当时先锋诗歌的评价上又分化为否定派和肯定派，聚讼纷纭；只是气氛比以前宽松，无论哪一阵营代表的都是出于对诗歌本身的热爱和虔诚。例如早年先锋诗歌的强有力支持者谢冕，就感叹新诗已经离我们远去，将之定位为混乱或异端角色上批评；孙绍振向艺术的败家子发出警告，焦虑地指责诗人对自我的生命、时代和诗歌本身"缺乏责任感"，①是虚假堕落的表现，预见在不远的未来，这股诗潮必将受到历史的嘲笑。而多数稍年轻点的论者基本承认这股先锋诗潮揭开了历史的新篇章，构成了新诗发展又一个重要阶段。针对否定派的批评，有人强调这种"个人的声音"已落实到个体的承担者身上，它正以对意识形态的疏离，"更深入地进入灵魂本体的探索"，真正的诗歌探索在这时得到了"相当彻底的展开"。② 事实上，1990 年代先锋诗歌的确称得起新诗史上最具活力和潜力的重要时期，新诗研究者理应将之作为研究的"重头戏"，探讨其生存语境、传播方式、诗学观念、诗学论争、叙事艺术，展现其知识分子写作、民间写作、中间代诗歌、70 后诗歌、女性主义诗歌的运动轨迹、结构方式及其传承变异，把握其动态组构、递进融合的矛盾运动与内在规律，探讨其与新时期诗歌的复杂关联，及其在当代诗歌上的独特地位，从而建立 1990 年代先锋诗学谱系，推进现代主义、后现代主义新诗的研究水准。

从 1990 年代先锋诗歌多变、繁复而不易整合的存在机制出发，我主张在研究中宜"按症开药"，在研究方法上做出相应的设定，即走"三结合"道路：历史研究与美学研究结合、宏观概括与微观剖析结合、系统研究与分层研究结合。首先将 1990 年代先锋诗歌视为一个相对完整、自足的艺术系统，尽量将其"历史化"，按 1990 年代先锋诗歌发展的时空序列与历史脉络，兼及它们前后间的承上启下、互渗互动、演化变异，还原 1990 年代先锋诗歌饱含体温和呼吸的原初面貌的全景图，从贯通研究对象流变律动全程的内部规律视点，提取论证 1990 年代先锋诗歌的反叛性、原创实验性和边缘性亚文化等本体特

---

① 孙绍振：《后新诗潮的反思》，《诗刊》1998 年第 1 期。

② 王光明：《个体承担的诗歌》，《东南学术》1999 年第 2 期。

质。其次尽量采取分段、分问题的研究方式，注重发掘每种诗潮、流派乃至个人的独立品质，厘定它们在各自时段里的立场策略、走向追求和深隐于背后的发生动因、价值得失。即便作综合概述时，也努力以诗潮、流派乃至个人的独立品质把握为依托，并且评述时不面面俱到地平均用力，而侧重阐发不同诗潮、流派的创新处和异质点，做到在"史"的梳理描述中带动"论"的提升，史论一统，甚至虑及学术界对1990年代先锋诗歌缺乏足够深入挖掘、总结的境况，在史与论中更应该有意突出史的成分，以防论大于史的空疏。再次还应努力兼容"显微镜"的透视之功和"望远镜"的统摄之力，谐调微观细察与宏观概述，做到既见"树"又见"林"。要在仔细爬梳、整理、甄别、筛选第一手资料（因研究对象限定，文中涉及大量民间刊物，民刊作品早期印制粗糙且有错讹，和后来发表于正式出版物时也有出入，为保持历史的原汁原味，运用时尽量遵循最初版本）的基础上，注重文本细读，一切从文本出发，而不为诗人的言论迷惑。无论是对每位诗人、每个流派乃至整个诗潮的研讨，都力求在对文本有相当准确把握的前提下，先有真切的"感觉"和豁然的"感悟"，再求得系统性学术性的概括，提出自己的理论观点与见解。在将不同阶段流派诗人的不同特点的宏观扫描囊括于心后，进而归纳、提炼出1990年代先锋诗歌的内在演化动力、流变规律和整体特点，在还原历史、综合评说的过程中，对1990年代先锋诗歌在当代文学史上的意义作出恰切准确的定位，从而达成诗派和诗人诗作的互相照应与印证，以超越从概念到概念，从抽象到抽象，貌似洋洋洒洒实则不着边际的研究路线。当然，在方法的选择上也应该尽量多元化，使之有一定的弹性空间，不是所有的时段都整齐划一，而是具体问题具体分析，根据研究对象各部分各时段的特点，相应地做灵活的调整，而且要使方法在历史和美学相结合的批评原则的总体精神统领下，兼用哲学、宗教学、心理学、文化学、逻辑学、语言学、符号学、精神分析学等多种有效的方法和手段，目的是为更适当有力地切入1990年代先锋诗歌精神活动的深层规律。如必须多在诗人个体差异比较和读解上下功夫，从更纷繁的视角接近诗歌文本和诗歌历史，对世纪末民间写作与知识分子写作的论战，综合其诗学观念阐释、历史梳理和艺术技巧，呈现其整体风貌和功过得失。在具体社团研究方面对知识分子写作，最好从思想批评、技术打磨等路线切入；对女性主义诗歌的研究该把重点放在其激情和艺术的对接、和1980年代躯体诗学的对比上；而对70诗歌和女性主义诗歌，则侧重于解构性、身体哲学、性别学等向度展开思考。

也许有人会说，文学史家唐弢在世时尚且认为当代文学不宜写史，像1990年代先锋诗歌这样尚未定型、缺少必要的时间审视距离的文学现象，不适合于做专题的研究与史的评价。我认为这是一种思想误区。在多数读者的印象中，新诗在朦胧诗后已难以为继，或朦胧诗之后所有的先锋诗仍然都被统称为朦胧诗；所以把1990年代先锋诗歌作为专题研究，有利于广大受众对朦胧诗之后的先锋诗歌历史发展的复杂情形做深入了解，也有利于消除这二十多年来人们对新诗的偏见与误解，以及人们对新诗所持的悲观情绪。并且一部诗歌史的最终问世，必须经过几代人一点一滴的逐步积累。因此可以说，1990年代先锋诗歌的专题研究的意义不可轻估，它既能够为将来成熟的、高质量的中国当代新诗史的编撰做必要的学术准备，又可以为当下诗歌创作的繁荣提供有益的借鉴和参照。

上编

第一章 大众消费文化语境中的裂变与转型

1989年，在中国先锋诗歌的历史上，很不平凡，它绝非单纯的冷态时间符号，而在一定的程度上具有象征和转折意味。且不说这一年政治层面的历史变动，铸成了时代的精神震荡，单是海子、骆一禾的相继夭折，就令诗艺界茫然不已。许多先锋诗歌历史的亲历者敏锐而清晰地意识到，在大众消费的文化时代，作为文学中最纯粹的、最具形而上精神性的文体样式，诗歌的边缘化命运无法避免，他们发现在“已经写出和正在写出的作品之间产生了一种深刻的中断”，[①] 诗歌中的神话写作大致画上了长长的休止符。此后的“1990年代的文学与新时期文学之间产生了明显的断裂感，或者说它们的区别远远大于联系”[②]。或者说，诗歌的运动情结和先锋意识渐渐步入消歇，而多样化的个人写作则悄然拉开了历史序幕。

第一节 历史困窘与精神逃亡

在文学的领域内，那种线性的历史思维是经不住考验的，因为历

---

① 欧阳江河：《89后国内诗歌写作：本土气质、中年特征和知识分子身份》，《今天》1993年第3期。

② 王纪人：《个人化、私人化、时尚化：简论90年代的文学写作》，《文艺理论研究》2001年第2期。

史发展绝不是一帆风顺地笔直向前，而呈一种螺旋式上升的状态。朦胧诗后的先锋诗歌在 20 世纪 80、90 年代之交，就因精神逃亡这“20 世纪中国知识分子的基本历史情境”①的再次造访、弥漫为诗界的第一真实，而遭遇了难以名状的命运颠踬。海子之死一方面是为诗坛献身精神的符号化，一方面也构成了文化诗性大面积消失的象征源头，尔后许多诗人纷纷亮出白旗，踏上迢遥的精神逃亡之路。他们有的去赴死亡的约会，如海子、骆一禾、戈麦、顾城、方向，有的耐不住寂寞和贫困的折磨逃离缪斯，改弦易张，扑入商海或者转写小说散文，如韩东、海男、张小波、朱文、秦巴子、叶舟，有的干脆就逃亡去了海外，如北岛、江河、杨炼、严力、牛波、张枣、张真、宋琳、胡冬、欧阳江河等，队伍分化、削减和流失的变异现实，无疑使先锋诗歌经受了一次历史的强烈震颤。

但这种震颤还仅仅是表层的，下列两种精神逃亡造成的中断才更深刻，更本质，更触目惊心。

一是既成的诗学路向纷纷中断，艺术探索出现了大面积的空档，难以为继。后朦胧诗当初的文化神话、青春期写作、纯诗经营等种种诗歌写作方式，在 1989 年社会变动的现实冲击面前，均因在理解和表现时代方面的失效而宣告意义消弭走入终结。以圆明园诗社等为代表的青春期写作“对生命自发性的倚恃和崇信、反叛的勇气和癖好、对终极事物和绝对真理的固执、自我中心的幻觉、对‘新’和‘大’的无限好奇和渴慕”，②使它常常“一根筋”式毫无节制地倾泻感情。虽然因为感性化和创造渴望的敦促，在一定程度上规避了意识形态化的樊篱，但也极容易在过分情调化的颓伤怀旧和过度狂欢的语言暴力中，滑向浮躁和急功近利的陷阱。这种写作在“运动”化的 1980 年代有其存在价值和根由，进入需要冷静思考的 1990 年代后，则和以非非主义与整体主义为代表、仅仅追逐生态而非心态的文化诗(非非主义的反文化也是文化)一样，因对现实语境缺少关涉而失去了进

① 于坚:《对 25 个问题的回答》,《星星》1997 年第 9 期。

② 唐晓渡:《90 年代先锋诗的若干问题》,《唐晓渡诗学论集》第 112 页，中国社会科学出版社，2001 年。

一步伸展的可能。失效或难以为继的还包括与新乡土诗相对的“城市平民口语写作，以及可以统称为反诗歌的种种花样翻新的波普写作”，甚至包括“被限制在过于狭窄的理解范围内的纯诗写作”，[①]前者（如他们诗派等）常常渎神式的拒绝形而上神话，努力用口语甚至俗语还原“此在”世界，耽于能指迷恋和语言狂欢，后者（如黄灿然、叶舟等）则坚守高贵的灵魂和语言的纯粹，在神性原则下建筑和谐、优雅、澄明的神话幻象。前者的后现代解构病在弱化了终极价值关怀，不无游戏之嫌，后者的灵魂高蹈则失于脱离了历史和现实语境，太超凡脱俗；但不论是非诗意的解构还是诗意的高蹈，都同样悬置了和现实对话的机制，加重了诗坛的茫然。

一是继起的新乡土诗热潮的升温持续不下，使诗歌精神走向了空前的倒退。海子自杀后，陷入普遍颓丧的诗界，在麦地诗歌的启迪和堂而皇之的终极关怀旗号下，“一群城市里伟大的懒汉”纷纷做起“诗歌中光荣的农夫”，[②]掀起了一场农业造神运动。一时间，“麦穗”的光芒普照于1989—1991年间的《诗歌报》《星星》《诗刊》等抒情视域。诗人们弯镰收割的乡土意象所渲染的农耕庆典，“那种主要源于乌托邦式的家园、源于土地亲缘关系和收获仪式，具有典型的前工业时代人文特征、主要从原始天赋和怀乡病冲动汲取主题”[③]的新乡土诗写作，一定程度上以乡土闲静、优美、纯朴的认同皈依，暗合了现代人寻找精神家园的精神脉动，对抗了都市工业文明的喧嚣异化，吹送出一股清新自然的审美气息，其田园情调也慰藉了许多思想漂泊的现代灵魂。但是那种土地神话在如今后工业的社会里表演，总有些矫情，诗人们对其过度沉醉的结果是大部分作品只能做匍匐乡土之“兽”，而难以盘翔为入乎乡土又超乎乡土的“鹰”，缺少深入的当代意识和哲学意识烛照，麦地主题浅表、世俗化为宣情的基调；除了曹宇翔、丁庆友等诗人之外，大批诗人置身于都市里先验地想象、炮制土

① 欧阳江河：《89后国内诗歌写作：本土气质、中年特征和知识分子身份》，《今天》1993年第3期。

② 伊沙：《饿死诗人》，《伊沙诗选》第20页，青海人民出版社，2003年。

③ 欧阳江河：《89后国内诗歌写作：本土气质、中年特征和知识分子身份》，《今天》1993年第3期。

地神话，优美得偏离了现代乡土古朴而悲凉的灵魂内核，有文化悖谬的"伪"倾向，这种行为本身也滑稽得令人生厌；尤其是诗人们一窝蜂地争抢乡土意象的趋时现象，使新乡土诗常常只能在单一指向上踯躅，稠密的国产意象里人气稀薄。这种幻想拯救诗坛、逆现代化潮流而动的向"后"看的举措，在把新乡土诗推上历史舞台的同时，也把新乡土诗推向了没顶的泥淖；所以气闷不过的伊沙，1992 年对那些"狗日的"写作者大骂要"饿死诗人"(《饿死诗人》)，到了 1993 年新乡土诗果然寿终正寝了。

既成的道路中断了，新辟的道路又是向后看的，在这未死方生的悬浮"真空"之间，诗人们开始无所适从，茫然不已。他们虽然依旧写作，却再也提供不出能够体现先锋进步趋势的新的价值指向；于是，在"写"还是"不写"的痛苦艰难的抉择中，诗界只能出现或搁笔或转行，或原地踏步或六神无主，或陶醉麻痹或躲避缄默的结局了。

第二节　边缘背景之上的探索迷失

中国历来被称为诗歌的国度，在所有的文体中诗歌也始终占据着文学的中心位置，其间虽在明清以后小说等后来居上，但至当代时段的朦胧诗以及之后的先锋诗歌，一向保持着良好的发展势头。那么，为什么 1989 年先锋诗歌却遭逢断裂，在 1990 年代第一春的《诗歌报》上举办完告别的"最后的晚餐"——"1989 实验诗集团展示"后淡出历史舞台？这种厄运难度是突然从天而降的吗？这道"坎儿"是先锋诗歌的幸事还是不幸？对这些疑惑的揣摩解读，将把我们引入历史文化语境的本质深处，寻找到准确而满意的答案。

要想破译先锋诗歌的中断之谜，怎么也绕不过诗歌的边缘化话题。众所周知，在被誉为诗歌国度的中国，诗歌历来是文学的正宗。但从 20 世纪 80 年代中后期开始，始终处于中心的诗歌却地位旁落，渐由为民代言的热门、焦点走向了冷寂而彻底的边缘，成为现实社会的多余者，各大报刊竞相取消诗歌园地就是铁证。因为随着计划经济向商品经济转轨、西方后现代文化对中心和权威的解构，当历史的脚步一经出离以改革开放为主导、充满二元对立观念的有共名主题的1980年代，踏上1990年代的门槛时，便进入了“多种冲突和对立的并存构成了无名状态”[①]的文学基本格局，主题繁复共生，审美日趋多元，多名即无名，审美群体的这种分流，注定先锋诗歌的黄金时代必然消逝，轰动效应也就随读者的锐减而丧失了；同时在市场、经济和商业主流话语的压迫下，精神渐轻，诗意顿消，每一个诗人都成了被边缘化的焦虑者，在完全被散文化的文学世界里，世俗、解构和琐碎的“金币写作”策略驱赶尽了神圣和建构的价值诉求，创造的生命激情话语空间萎缩，这种欲望化的拜金语境和权力、技术三位一体地合纵连横，自然使诗歌艺术陷入了无边的灾难；另外，“当代文化正变成一种影像文化，而不是一种印刷（或书写）文化”，介入“无名状态”[②]的1980年代末期后，突飞猛进的大众文化媒体和影像艺术在民众生活中横冲直撞，占据了大量青年人的目光和时间，尚未立体化直观化的先锋诗歌艺术与其相比缺乏优势，抒情空间被挤兑被漠视也就在所难免。

但是这些原因还都是外在的浮面的，并且确实如许多诗歌研究者所说把先锋诗歌中断的肇因仅仅归结为一系列事件的压力是不能让人信服的；或者说是先锋诗歌内里的不足埋下了自己停滞断裂的悲剧种子。诗的本质在于它是“诗人同自己谈话或不同任何人谈话”，“它是内心的沉思，或是发自空中的声音，并不考虑任何可能的说话者或听话者”，[③]这种特征内在地制约着诗歌适于在古典田园和桃花源似的人际间生长，而和散文化世俗化的环境氛围相抵牾，所以它置身于世纪末文化境遇本身就是生不逢时。尤其是后朦胧诗的重重弊端限制，更失掉了再度蓬勃光大的契机。它曾以意味和形式上

---

① 陈思和：《试论90年代文学的无名特征及其当代性》，《复旦学报》2001年第1期。

② 丹尼尔·贝尔著：《资本主义文化矛盾》，严蓓雯译，第156页，三联书店，1992年。

③ 格雷厄姆·霍夫：《现代主义抒情诗》，《现代主义》第287页，上海外语教育出版社，1992年。

的簇新探索，震撼了读者，改写了中国现代主义诗歌的历史风貌；只是它的严重负累也使自己陷入了难以摆脱的困境，招来四面八方的清算和声讨。有人批评它的先锋情结和前卫探索濒临绝境，必被社会群体所冷淡；它的绝对反传统必疏远民族文化，因袭西方现代传统，意蕴肤浅；它的片面技术和艺术竞新必淡化责任感，让社会群体的期待落空，①造成轰动效应或昭示新的写作方向也就无从谈起。更耐人寻味的是，1980年代的先锋诗歌过于追求写作的实验性，在写作的各种可能性上几乎均有尝试，却在哪一种可能性上也没有大的建树；或者说十八般武艺都一一操练过，但却无一样精湛。所以当膨胀的可能性该收缩限制、向某种或某几种写作可能性方面深入挖掘诗意时，诗人们却因为个人写作经验的欠缺和个人话语场尚未完全建立起来而迷惑困顿不已，该延续的诗写之路暂时中断了；尤其堪忧的是诗写者戏耍艺术的反诗化态度，也在加剧诗歌边缘化的同时加剧了先锋诗历史的中断。尽管这期间有《中国当代诗人精品系列》隆重问世，有后朦胧诗的集体亮相，也有《北回归线》《倾向》《九十年代》《现代汉诗》《象罔》等民间刊物的出色表演；但依然掩饰不住先锋诗历史中断的迹象，无法改变先锋诗边缘化命运的冷寂现实，“中断”和“难以为继”是谁也扭转不了的先锋诗的阶段性事实。

第三节　去先锋化的沉潜与转型

或许是受上述的先锋诗歌“中断”和“失效”思路的引导，有些论者谈到1990年代先锋诗歌时是非常悲观的。他们断言刚迈上1990年代的门槛，确切说从海子之死开始，先锋诗就进入了沉落期。其实这种武断的认识只是看到了事物的表象，先锋诗歌经历的沉寂与阵痛并不像人们预言的那样可怕。不错，在中国诗歌命运转折的十字路口，先锋诗人们面临着是否要将写作进行到底、该如何进行到底这

① 石天河：《重新探讨“前卫”的真谛》，《诗歌报》1997年第1期。

“噬心的时代主题”的(陈超语)考验,曾经历过普泛的短暂的焦虑和动摇,也出现过短暂“休克”的空白;但沉寂也提供了一次净化纯粹的机会,敦促一些原来把诗歌作为手段招摇的写诗的人出局,凸现了那些真正的诗人风骨,使诗歌队伍愈加纯净;同时,伴随先锋诗写作始终的自省、自否精神,使他们很快又立稳了足跟,沉落了先锋诗运动却没有沉落先锋诗本身,并在淡化先锋情结过程中,注意1990年代先锋诗和后朦胧诗中断性一面的同时,更注意寻找、张扬、深化1990年代先锋诗和后朦胧诗间延伸连续性的一面,从而在1992年至1993年前后修复了断裂,完成了先锋诗向新样态的转型。

实际上,经历过1986年那场旌旗招展的诗歌运动教训后,先锋诗人已经悟出:写诗本身压根就是一件寂寞的事情,那种刻意、人为地制造潮流和热闹是反常的,诗人的成功方式也应该和诗性保持高度的一致,诗歌创作应该靠文本说话而不能主义先行;它是个人化的寂寞行为而不能走集体起义的“革命”路线。获得这种清醒的认识后,被运动和金钱神话净化下来的诗人们,开始自觉地淡化、祛除1980年代那种强烈的集团写作意识、先锋意识,那种“有着运动的性质”的“活跃的、激进的、夸炫的氛围”①,不再迷信唯新是从的时间神话,不再追求打旗称派、搞诗歌运动的激情和锐气,甚至不再关心流派和主义的名分,不去拉帮结伙,凭借宣言和炒作等诗外“功夫”危害视听;而是能耐得住寂寞,甘于在青灯下、黄卷里捕捉并释放人生的风景,使写作日趋沉潜,悄然回到诗本位的立场,在放大后朦胧诗已有的个体视角、承接后朦胧诗已涉足过的艺术方式基础上,锐意开拓,最终促成了先锋诗歌从意识形态写作、集体写作以及青春期写作向个人化写作的转型。尤其是女性诗歌,在写作愈来愈个人化、边缘化,诗坛空前阵痛的1990年代,因为自身的一些独特存在机制支撑,非但没有惊慌失措,反倒相对异常的平静,不仅“老”诗人锐利不减,唐丹鸿、李轻松、丁丽英、鲁西西、周瓒、安琪、穆青等“新”诗人更源源不断。她们置身于物质欲望的潮流里,普遍拒绝其精神掠夺,超然宁静,心怀高远,在寂寞中致力于女性主义立场上的日常生活提升,以

---

① 孙文波:《我理解的90年代:个人写作、叙事及其他》,《诗探索》1999年第2辑。

精神创造的反消费力量为诗歌“招魂”，在1980年代关注“说什么”的激情本身基础上，又开始关注“怎么说”的技术问题，迎来了成熟的个人化写作的新时期。

转型后的先锋诗歌，一是普遍强调写作方向和方式上的个人语言转换，众生喧哗的背后找不到清晰可辨、整齐划一的潮流。这一点在欧阳江河、王家新、西川、陈东东、翟永明、肖开愚、吕德安、雪迪、于坚、张曙光等“跨时代写作”者身上表现得尤为突出，他们每个人都有自己个性追逐的“太阳”，并以自己独到的风格和方式介入1990年代的诗学建设，差异性被凸显到最重要的位置加以强调。二是努力在语言和现实的联系中，寻觅介入现实和传统语境的有效途径和方法，在日常生活中挖掘诗意，写生存的境遇和感受。有力体现这一倾向的是那些在海内外不声不响恢复、创办的民刊，如多多等在美国复刊的《今天》、1988年陈东东和西川等创办的《倾向》、随后梁晓明等在杭州创办的《北回归线》、孙文波和肖开愚在四川创办的《九十年代》、唐晓渡等在北京创办的《现代汉诗》等，它们虽然失去了往昔神秘的冲击力；但却无不以对抗非艺术行为的姿态，致力于诗歌精神和品格的建设，在平静中重视诗自身，向现实和传统回归，谛听静默的存在之音，“写一种更实际的、更不哲学化和更近于我们的处境，或者说写一种干脆就称之为经验主义的诗”。[①] 这些诗或关注芸芸众生，饱含生命的体验和呼唤；或重新探索有效的话语方式，如1980年代中后期就尝试扩张诗歌传达手段实验的张曙光、孙文波等人，“叙事”写作意识更加坚定自觉，他们使叙事文本成为1990年代的独特景观，那种叙事话语的起用是技巧的外显，更是对存在状况的一种诗意敞开与抚摸。三是先锋诗界消解了曾经有过的骚动，告别了集体抒情运动的喧嚣，一切都变得沉稳内在，有条不紊，并在静寂平淡的真实局面中专注于写作自身，使技艺晋升为主宰、左右写作的主要力量。于是乎叙述的、分析的、抒情的、沉思的、神性的、日常的等各式各样的诗歌品类竞相涌现，姿态万千，迎来了一个从形到质都完全个人化的写作时代。

---

① 孙文波：《我理解的90年代：个人写作、叙事及其他》，《诗探索》1999年第2期。

第二章　民刊策略：生产与传播方式的“变革”

从边缘出发的1990年代先锋诗歌，经历多次艰苦的拼搏、厮杀，很长时间内都没有完全接近中心，获得统领诗坛主潮的风骚和殊荣；并且在生存方式上还远远没有摆脱和主流文化相对的“先锋文学所特有的亚文化特征”，[①]只能在文化的边缘呐喊着、抗争着。或许真的如一些人所说，先锋总是命运多舛，和孤独结伴而行。新时期以来先锋诗歌一直以簇新思想和审美观念的代表者著称，却也始终悖论式地蜷曲于文化边缘一角。原因是，在市场经济时代，边缘几乎成了诗歌的宿命，先锋诗歌每次亮相时那种不驯服的“异端”姿态和反传统的价值取向，也必然会引起社会“程序”的注意和控制，于是体制内的报刊和载体便纷纷对先锋诗人“严格”起来。同时，这也孕育了他们的诗歌生产与传播方式上的“变革”。

第一节　无奈中酿就的“传统”

“我一式十份的手抄仿宋体稿被退回来了/邮差一语不发帽檐压着眉尖叮呤消失/每天处理情感公文的邮差叼着烟卷一条又一条街道/顺手塞来一封信有时候你就完了/称呼是某同志大作拜读原因种种不予采纳/你的感情不予采纳致以革命敬礼……我竖起耳朵谛闻

① 吕周聚著：《中国当代先锋诗歌研究》第103页，中国广播电视出版社，2001年。

门外是否有叮呤呤的邮差/帽檐压着眉尖叮呤呤我转念一想忽然大喊一声去他妈的发表。”[①]这首诗书写的被退稿的尴尬遭遇，差不多是早年所有青年诗人都曾经温习过的功课，被主流文化拒之千里还要自我解嘲；没有办法的办法就只能退而求其次，在一种简陋落后的印刷和传播方式中为诗寻找栖身之所。或者说，园地可以人为地关闭，而青春和诗情是绝对关闭不住的，既然正式出版物不接纳他们，它就必须另谋出路，通过一种隐蔽、神秘的渠道释放自己。

当初朦胧诗就是在被主流报刊拒绝的情况下，受杂乱无章的政治气候中民主自由之风裹挟和 1978—1979 年“中国民刊的鼎盛时期”，[②]的氛围感召，使《今天》于 1978 年 12 月 23 日脱颖而出；并以自办刊物这一特殊出版形式有效地“参与中国新诗建设和思想解放”，辟出一方民间诗坛天地，“为中国诗歌写作开了一个小传统”。[③] 朦胧诗伊始，从早期的油印，经打字胶印，到电脑照排，乃至过渡到正式出版的各类民刊杂志，构成了一个布局分散但影响巨大的民间诗坛。所以有人断言，“在当代中国一直存在着两个‘诗坛’。一个是官方诗坛，另一个是非官方诗坛”，“尽管非官方诗歌刊物的发行量有限，它们的重要性是不容低估的。从 70 年代末《今天》的创刊到 90 年代末的今天，非官方诗歌一直是当代中国文学实验和创新的拓荒者”。[④]或者说，一切非官方的诗歌先锋无不是在弘扬承继朦胧诗组织社团自办刊物的“传统”中逐渐成长壮大起来，从“地下”转到“地上”再进入话语中心地带，最终得到社会认可和读者接受的。当然，先锋诗歌一旦进入话语中心，其“先锋性”即会不自觉地锐减乃至最终褪尽。朦胧诗之后的先锋诗歌虽然在每个时段皆可说千差万别，但诗人们不自觉间显影于诗歌文本中的处境、出路和突围方法却表明，它在生

---

① 杭炜：《退稿信》，见徐敬亚等编《中国现代主义诗群大观 1986—1988》第 368—369 页，同济大学出版社，1988 年。

② 廖亦武主编：《沉沦的圣殿——中国 20 世纪 70 年代地下诗歌遗照》第 317 页，新疆青少年出版社，1999 年。

③ 西川：《民刊：中国诗歌小传统》，《大河拐大弯》第 137 页，北京大学出版社，2012 年。

④ 奚密著：《从边缘出发》第 206 页，广东人民出版社，2000 年。

存、传播方式上都延续了朦胧诗的民刊路线。

经过1986年“现代诗群体大展”的壮丽奇观，到1980年代后期民间“诗江湖”及报刊都出现了一段震荡的“眩晕”，一直到1990年代中期之前都是将发展步子放缓，形式多以报纸为主，锐力与活气明显不足。这期间强力苦撑的是那些态度相对中庸、严肃，致力于诗歌艺术本身的诗歌团体和民间刊物，如北京芒克与杨炼领头的《幸存者》、北京的西川与上海的陈东东创办的《倾向》(后更名为《南方诗志》)、北京芒克与唐晓渡统领的《现代汉诗》、浙江梁晓明与河南耿占春经营的《北回归线》、美国严力主办的《一行》，以及1990年代初陆续出刊的四川的《象罔》《九十年代》《反对》《女子诗报》，北京的《发现》《大骚动》，上海的《南方诗志》，天津的《葵》，深圳的《声音》，河南的《阵地》，广东的《声音》，等等，它们共同创造着一种秩序、文化精神，以书面口语纠正“第三代”诗的口水化写作，流派意识已不像1980年代那么强烈。社会转向的1990年代中期以后，由于艺术空间加大、人们心态平和与时代空气相对宽松，为民刊复兴准备了成功的条件；加之诗人们对主流诗刊停滞状态的不满及其经济情况改观的推动，民刊再度掀起汹涌的大潮。在原有诗刊诗报基础上又出现了许多民刊，如《羿》(广州)、《尺度》(北京)、《诗参考》(北京)、《偏移》(北京大学)、《翼》(北京，女子诗刊)、《倾斜》(杭州)、《新诗界》(北京)、《诗江湖》(北京)、《扬子鳄》(桂林)、《东北亚》(黑龙江)、《流放地》(黑龙江)、《唐》(西安)、《标准》(北京)、《诗歌与人》(广州)、《锋刃》(湖南)、《诗前沿》(北京)、《阿波里奈尔》(杭州)、《下半身》(北京)、《朋友们》(北京)、《第三说》(漳州)、《说说唱唱》(上海)、《诗丛刊》(漳州)、《诗文本》(广州)、《自行车》(广西)，等等，它们和漫天飞的自印诗集、世纪末的网刊媾和，形成了繁花似锦、热闹非凡的景象。

这时期的民刊不但在装帧和印刷质量上一改以往的寒酸粗糙，从封面设计、内文编排到外观包装的整体形式都相当精美考究，甚至达到了豪华的程度；而且同“个人化写作”相应和，在作品内容上也逐渐向私人化过渡，精致、柔美、技术化的价值取向敦促，使群体写作意识和政治道德色泽一同淡化了，诗歌写作本身变得越来越重要，同仁化和地域性因素的强化渗透，仍使一些刊物成为滋生流派团体的基本背景和大本营。值得一提的是以下几个刊物：《现代汉诗》《倾向》《九十年代》都强调秩序与责任，强调复杂技术和智性力量，纯粹、独立、唯美，是"知识分子写作"的主要策源地；《一行》"似乎是在旗帜鲜明地培植中国的现代主义艺术，但它实际上在无意识中开启了汉语诗歌中后现代写作行为之先河"，它"是海内外具有后现代倾向的诗人的一种自由集合"；①尤其是被誉为 1990 年代十大民刊之首的《诗参考》，它的主编中岛先生在十余年里历经艰辛，倾尽所有，使刊物如一缕不灭的诗魂自 1990 年贯穿至今，出版了 21 期，这种为缪斯献身的精神在物欲横流的时代真真让人敬佩和感动，并且"就像《今天》与朦胧诗的关系，就像《他们》《非非》与"第三代"的关系，《诗参考》是'新世代'的灵魂刊物"，②被洪子诚写进了《中国当代文学史》；《下半身》《朋友们》《诗江湖》则提供阵地，使 70 后诗人"制造了自己的时代"，为钟情肉体乌托邦，追求在场感的"下半身写作"，找到了理想的栖息场所；《翼》这本由女性自己独立创办的刊物，在女性主义诗歌的成长和成熟方面也正在发挥着举足轻重的作用。

第二节　民间立场的凸显

从对 1990 年代民间刊物历史的粗线条梳理足以看出，和地下生存状态相连，民刊策略已经构成中国 1990 年代先锋诗歌的基本生存与传播方式。这种方式是新诗的边缘处境与中国文化的独特体制使

---

① 李震：《文化夹缝中生长的诗歌》，《诗探索》1994 年第 3 期。

② 伊沙：《"新世代"的〈诗参考〉》，见中岛主编《诗参考》第 16 期第 279 页，2000 年 7 月出版。"新世代"又称"中间代"，已被一些诗人和评论家推举为和朦胧诗、"第三代"诗、70 后诗歌并列的诗歌代或流派，并出版了由安琪、康城编的《中间代诗论》，我不完全赞成这一提法，因为特指 1960 年代出生诗人的"中间代"并没有完全从"第三代"诗中脱离，自己的个性也支撑不起这一称谓。至于安琪等人编辑的《中间代诗全集》2004 年在海峡文艺出版社出版，并使群落产生影响，已不在本书的论述范围之内。

然，同时和先锋诗人的民间立场有关。如果说先锋诗歌当初选择边缘的民间立场更多逼迫无奈的成分，那么随着时间的流逝则越来越成为一种自觉的追求，诗人们不但不以边缘状态懊恼，相反在悟透民间、主流各自的包孕尤其是边缘的潜在意义后，开始有意强化边缘效应，故意和主流文化之间保持一定的必要的距离。诗人们清楚，民间诗歌是中国当代诗歌之源，《诗经》《楚辞》以来的中国诗歌历史表明好诗歌最早无不来自民间，然后才逐渐被文人采纳并精细化，而一旦文人将之精细到一定的模式化程度时这种诗歌形式即告消衰，紧接着另一种新生的诗歌样式又会在民间萌芽，也就是说民间永远是诗歌的活力与原创的象征。正如于坚所言，"民间一直是当代诗歌的活力所在，一个诗人，他的作品只有得到民间的承认，他才是有效的"，1990年代，"诗歌在民间，已经成为诗人们普遍的常识"。①

"民间的意思就是一种独立的品质。民间诗歌的精神在于，它从不依附于任何庞然大物，它仅仅为诗歌本身的目的而存在"②，如果诗歌与"庞然大物"勾结就会失去独立精神，所以1990年代的个人化写作都不约而同地追求独立的个性。假如说，《今天》时期的朦胧诗将意识形态体制派生出的权力话语作为"庞然大物"加以挑战，通过个体情感的张扬和意象技术的起用，改变了人与诗被异化的工具功能，获得了独立和创造的美誉，"第三代"诗站在和主流文化对立的边缘文化立场，守望着反崇高、反文化、反优美、反理性的话语指向，通过普通话独裁下口语的解放暴动，将诗歌由在意识形态范畴的说什么推进到在语言技巧上怎么说的艺术阶段，从形到质都遍染上了独立精神即民间精神的辉光；那么，1990年代从事个人化写作的诗人们，则既警惕着主流权力话语这一"庞然大物"的同化，又提防着西方强权话语和以西方文学守护者自居的主流诗人这一"庞然大物"的侵袭，在对双重威胁的消除和超越中寻找与创造着自己的个性。和边缘立场密切相关，民间报刊培育的独立自由本性使民间的先锋诗人

① 于坚：《当代诗歌的民间传统》，《当代作家评论》2001年第4期。

② 于坚：《穿越汉语的诗歌之光》，见杨克主编《1998中国新诗年鉴》第9页，花城出版社，1999年。

普遍蔑视对抗主流和中心话语，抵触烙印着官方意识形态色彩的报刊，有时为了维护独立立场甚至走极端，宁可作品不发表也不愿迎合大众趣味而在主流报刊露面，以自居民间和边缘而骄傲荣耀。并且这种倾向到先锋诗歌早已由“地下”转到“地上”的1990年代越加强化和鲜明。以至于在世纪末的民间写作和知识分子写作论争中，双方都向民间立场靠拢，都怕和主流诗歌扯上干系，更否认被对方指认为主流诗歌盟主。在杨克主编的正规出版的三本“中国新诗年鉴”(分别为1998、1999、2000年)封面上，无一不赫然写着“艺术上我们秉承：真正的永恒的民间立场”字样；以至于在1998年《诗刊》进行《中国新诗调查》评选的50名“最有印象的当代诗人”之一的西川，在接受记者采访时愤怒地说“我感到耻辱”，他们对官方和国家出版物的赞许兴趣索然；以至于2000年出现了中国台湾诗人洛夫在给《中国新诗年鉴》寄去长诗的信中嘱托如不能入选望转给民间刊物的情况，①这些都足以看出诗人们对所谓的主流诗坛的不屑，足以看出“民间”二字在先锋诗坛和先锋诗人心中的分量。

民间立场意味着诗人回到写作本身，它直接带来的后果是使先锋诗界注重前卫性的创造和新的艺术生长点的发掘，这种一贯的作风即使1990年代诗歌的先锋性能够在民间得以薪火承传，也对主流文化和官办刊物构成了有益的挑战。民间刊物和那些老牌官办刊物最大区别在于它从不论资排辈，按名气与地位取舍稿件，而以推举新人为己任。事实上1990年代的张曙光、伊沙、徐江、侯马、宋晓贤、阿坚、贾薇、杨健、鲁羊、刘立杆、蓝蓝、西渡、桑克、马永波、唐丹鸿、朱文，以及世纪末崛起的沈浩波、盛兴、马非、李红旗、朵渔、朱剑、南人、宋烈毅、马非、尹丽川、吕约、安琪等诗人，最初也的确都是从民刊中走出，而后逐渐成为诗坛的新生力量的，这些诗人构筑了挑战主流诗歌和话语权力的基本阵容。而无法得到社会认同的青年群体，由于在文化角色上相当长一段时间经历着“脱离旧的同一性和向往新的

① 于坚：《当代诗歌的民间传统》，《当代作家评论》2001年第4期。

同一性的矛盾”的“自我分裂”的边缘感，①必然导致他们在不满中爆发出否定现存秩序的批判激情和创造活力，成为倾向预演未来文学视界的最富有可能性的文学主体；这一特点和民间立场固有的自由创造品质相遇，又注定民间刊物和民间诗歌群体往往带着强烈的前卫和实验色彩。检索一下1990年代新诗的艺术历史，扑面而来的清新陌生气息大多来自民间刊物的诗歌，每一次艺术技巧的变构也大多来自民间刊物的诗歌。从张曙光、孙文波等倡导的诗性叙述，到贯通近二十年先锋诗歌历史的诗体交错混响；从伊沙的身体写作和反讽策略到徐江、侯马、宋晓贤、阿坚等的后口语写作精神，再到余怒突出歧义和强指的超现实写作，都催化、刺激了文学的某种可能性，对主流诗歌界形成了威压和挑战。

可以说，“与居主流地位以成功为目标的诗人的写作相比，民间写作的活力与成就都是更胜一筹的，它构成了1990年代诗歌写作真正的制高点和意义所在”②，代表着当代诗歌发展的真正方向。我以为在诗歌日益边缘化的时代，对新的诗歌艺术生长点的发现和确立比推出大师名作更显得急迫也更有建设意义。也正是因为民间立场写作的探索性和冲击力逼人，加上民间刊物编辑经验的日益丰富、印刷质量的大幅度提高，民间立场的边缘性好像有了边缘效应的神力，影响力和权威性有时超过主流报刊，不但诗坛的文化惰性和沉闷局面被彻底打破，而且也敦促一些官办报刊对民间先锋诗人变冷漠、忽视、轻慢为热情、接纳、欢迎，如《诗选刊》《诗刊》《星星诗刊》《诗潮》《诗歌月刊》《绿风》等刊物近些年都注意选发民间刊物上的作品，《诗歌月刊》《诗神》还出过民间诗歌专号，甚至个别曾经耍过老爷作风的抱残守缺的官方刊物也不得不放下架子，注意吸纳民间诗刊的新鲜养料，调整原来自大、平庸的办刊方针。其实“在边缘和中心之间、非主流与主流之间不仅存在着对抗、差异，更主要的则是交流、制

---

① R.D.莱恩语，转引自巴赫列尔《青年问题和青年学》第144页，社会科学文献出版社，1986年。

② 韩东：《论民间》，《芙蓉》2000年第1期。

约”①，如果主流诗刊的规范沉稳和民间诗刊的野性活力真正实现双向互动，将十分有助于健康丰富、具有创造活力的文化生态格局形成。

第三节 边缘力量的“另一面”

不可否认，民刊写作这种“江湖”对“庙堂”的对抗与竞争，这种“人人皆可写作”的思维方式和心理，不仅有益于消除诗歌的神秘感，瓦解写作的话语霸权，有效地凸显“在场”的心灵和世界，宣告了约定俗成的写作秩序和规范的彻底无效，助长了诗歌的大面积生长，使诗坛活力倍增、人气鼎沸。它的进逼显示了“边缘”的风骨和力量，以至于使许多官办刊物改变了办刊方针。

但是，1990 年代先锋诗歌书写形式革命日渐暴露的弊端也需警惕。历史处境的边缘化、生存传播方式的民刊化和写作立场的民间化，表明朦胧诗后先锋诗歌还存在着相当典型的亚文化特征。这种亚文化特征标志着先锋诗歌在当代文化环境中的历史位置，但还远没有达到中心和主流的地步，这固然是先锋诗人的有意拒绝和主流文化匮乏必要的开放机制造成的结果，但也暴露出朦胧诗后先锋诗歌仍有许多严重的缺点。民刊如火如荼地发展，使那些不为主流刊物认可的好诗浮出地面，但也是“拔出萝卜带出泥”，好诗被发掘出来的同时，一些非诗、伪诗、垃圾诗也鱼目混珠地招摇过市，破坏了民刊的声誉；民刊的同仁化，既造就了不少风格相近的诗歌团体流派，又由于人际关系因素带来选稿的随意而潜藏危机，一些并不先锋的诗歌混入使先锋诗坛不再纯粹；多数民刊的即时性和短暂性，使其生存能力低差，虽能够增进诗坛的活气和热闹，却不利于相对稳定的大诗人的产生；民刊及其网络写作固然便捷，它增加了诗坛的平等氛围；

① 韩东：《论民间》，《芙蓉》2000 年第 1 期。

但是其自由、低门槛和消费时代的急功近利遇合，也把它变成了“鱼龙混杂”的所在，无厘头、快餐化、段子式的拼盘铺天盖地，粗制滥造的“垃圾”、赝品充斥各种民刊和网站，游戏、狂欢的自动化倾向明显；某些知识分子写作者复制、诠释西方文学经典，甚至感叹不可能有什么原创，则偏离了民间立场那种独立精神和自由创造的品质。有些1980年代的民间写作者在1990年代跻身于主流诗坛后，正式出版诗集，频频亮相于诗会和媒体，不再甘心于寂寞中的写作，他们虽然仍出入于民间诗坛但已异化为“伪民间”；民刊和网络写作上屡见不鲜的恶搞、炒作、人身攻击更使网络伦理下移，不时被某些人当作释放人性“恶”的平台；至于人所诟病的民间诗坛的十大罪状“造势、造代、造派、造作、造谣、造秀、造爱、造乱、造笑、噪音”，①也并非全是捕风捉影、不负责任的胡乱批评。或者说，民刊特别是后来居上的网络，的确往往“藏龙卧虎”，但时而也是藏污纳垢的去处，它“最高尚纯洁”“最深刻有效”，也“最恶毒下流”“最浅薄无聊”，“阴阳两极被全面释放”。② 所以对民刊和网络写作要学会甄别，保持清醒的评价。

尽管如此，1990年代的先锋诗歌已经以一种新的品质和民刊的策略，为中国当代诗坛写下了一曲动人的乐章。它的反叛姿态，它的创新精神，它的边缘立场，以及它为艺术坎坷跋涉的轨迹，都将被钟情和关心缪斯的人们所铭记。而今，随着世界经济的一体化，边缘与中心、非主流与主流、官刊和民刊之间的界限越来越模糊，这无疑为先锋诗歌的发展进一步提供了机遇。先锋诗人不该永远固守边缘，拒绝成为主流文化；而要力求从边缘到中心，由非主流晋升为主流，然后再产生新的先锋，只有这样不断地循环往复社会文化与先锋诗歌才会逐步趋于成熟与深化。

---

① 郁葱：《诗歌的另一种表情》，《诗选刊》2002年第2期。

② 于坚：《“后现代”可以休矣：谈最近十年网络对汉语诗歌的影响》，《诗探索》2011年第1辑。

第三章 “个人化写作”:关注“此在”的“对话”诗学

1990年代的先锋诗界繁花似锦、众语喧哗,同时也是脉络模糊、含混不清的存在。诗人们“虽然分享着某些共同的写作理念,但随着‘个人诗歌谱系’的建立,其间的差异和分歧远远要超出假想的一致性”①,若想对其整合进行研究难而又难,曾被尝试过的中年写作、知识分子写作、民间写作、红色写作等,似乎任何一个观察视角都无法涵纳每位书写者的个性,都潜伏着顾此失彼的风险,随时可能招致其他诗学批评者的诘问。奇怪也令人欣慰的是,将“个人化写作”作为进入1990年代先锋诗歌的观照点,却由于能够吻合1990年代以来当代诗歌“已进入到一个个人写作的时代”②的事实,明确标识出1990年代先锋诗歌和此前诗歌的本质性差异,因此得到了多数诗人和诗论家的共同首肯;正是基于这种思路,我们对1990年代先锋诗界的透视就从“个人化写作”这一理想的“窗口”开始。

第一节 “个人化写作”的出笼

也许在一些人看来“个人化写作”这个诗学概念的提出纯属多

① 姜涛:《可疑的反思及反思话语的可能性》,见王家新,孙文波编《中国诗歌九十年代备忘录》第137页,人民文学出版社,2000年。

② 王家新:《夜莺在它自己的时代》,《诗探索》1996年第1期。

余，是不成问题的问题，哪一种写作不是个人行为？诗的本质不就是从个人的心灵出发？五四以来的新诗不一直标举个体意识吗？应该说这种先验的判断不无道理。但我们在这里运用的“个人化写作”，显然不同于惯常意义上的写作方式，而是在1990年代的文化语境中提出的特指概念。作为一种写作立场，人们对“个人化写作”的理解见仁见智，歧义迭出。我们以为“个人化写作”不能和风格写作画等号，也不能和个性写作相提并论，更不能和狭隘的一己表现的私人写作等量齐观。它是诗人从个体身份和立场出发，独立介入文化处境、处理时代生存生命问题的一种话语姿态和写作方式，它常常以个人方式承担人类的命运和文学的诉求，弘扬个人话语的权力，源自个人话语又超越个人话语，①它“不过是拒绝普遍性定义的写作实践，是相对于国家化、集体化、思潮化的更重视个体感受力和想象力的话语实践。它在某种程度上标志了对意识形态化的‘重大题材’和时代共同主题的疏离，突出了诗歌艺术的具体承担方式”，②突出了个人独立的声音、语感、风格和个人间的话语差异。它是对新诗，尤其是“十七年”以后的意识形态写作和1980年代包括政治诗、文化诗、哲学诗在内的集合性写作做定向反拨的结果。

统而观之，1990年代先锋诗歌以前的新诗皆可视为意识形态写作。因为中国文学传统中“为什么写作”的实践本体框架，规定所有的诗歌写作只能屈尊为生活中“什么”的美学修辞和表达，或者说一种意识形态的修辞和表达，一切从既有的事物和观念出发，即便是理想的夸张、想象也不过是这种修辞和表达的延伸而已。现代诗歌和五六十年代的政治抒情诗自不待言，就是推崇个人、意欲重建“个人话语空间”的朦胧诗也没能逃脱意识形态写作的窠臼。它将矛头对准了前代诗歌集权主义的政治意识形态，可“修正”的结果不过是把政治意识形态转换成了人性人道主义的意识形态，公众性、社会性、

① 可参阅李志清：《现代诗：作为生存、历史、个体生命话语的特殊“知识”——陈超先生访谈录》，《学术思想评论》二辑第151页，辽宁大学出版社，1997年；王家新：《当代诗学的一个回顾》，《诗神》1996年第9期。

② 王光明：《在非诗的时代展开诗歌：论90年代的中国诗歌》，《中国社会科学》2002年第2期。

启蒙性的“言志”主旨倾向，表明它个人的言说还处于“集体无意识”的权力话语控制之下，个人只是一代人的类思想情感代言者。不论是北岛的《履历》《回答》里的个人，还是舒婷的《神女峰》《祖国呵，祖国》里的个人，抑或是杨炼、江河“史诗”里追求的个人，说穿了都远未真正建构起“个人”话语空间。到高扬“个体生命体验”的“第三代”诗，先锋诗歌的写作实质依然没有发生根本性的变化。必须承认，“第三代”诗生命意识的强化对解构广义的意识形态写作功不可没；但是其在意识形态规定思想范畴内的反意识形态写作意图和实践，却使它令人哭笑不得地凝结成一个中国式的非非主义意识形态神话，因为“坚持‘非意识形态’并不表明他摆脱了意识形态，而反映他落入某种十分狭隘的意识形态”[①]，“第三代”诗破坏意识形态写作神话的极端方式，恰恰反证出它在骨子里对意识形态写作的延续。在它的代表性派别里，“莽汉主义”的粗放行为方式造成的个体经验诗意转化机制的匮乏，“非非”诗人挑战集体无意识对个人体验异化时的能指质疑，“他们”诗群的极端化口语对个体经验向文本转化的牵制，均和它们共同的集团化写作方式合谋，束缚了个人生命体验的独立提升；如此说来就难怪于坚感叹自己“早年写作，一挥而就的时候多，自以为才华横溢，其实往往落入总体话语的陷阱”[②]了。等到1990年代的先锋诗歌出场，意识形态写作的历史才画上了一个圆满的句号。诗人们普遍感到真正的自我应该是“非意识形态化”的个人，真正的诗歌应该放弃诗歌是什么的诘问，真正的个人化应该以“个人历史谱系”和“个体诗学”为生命支撑；所以都不约而同地自觉向本质上属于个人的诗歌本体回归，遏制社会抒情，不再为什么写作，不再为既有的秩序写作，不再借助群体造势，而注意个人生命体验里潜存的写作可能性探究和开拓，完全按照自己的标准喜好和诗歌观念写作，和集体命名无关。如1980年代以瞬间的眩晕感和北方农人的坚忍描述起家的王小妮，其诗的趣味和主题在当时并无新鲜之处，但在1990年代却变得气象非凡起来，“我的心里涨满着/再没

① 詹姆斯·H.卡纳：《意识形态》，《文艺理论研究》1994年第3期。

② 于坚：《关于我自己的一些事情》，《棕皮手记》第10页，东方出版中心，1997年。

有人能把空白放在我这儿/再没人能铺开一张空床单/从今天开始/我已不怕天下所有的好事情/最不可怕的/正是那些坏事情”(《和爸爸说话》),节制感情的意象和情境转化却使诗歌进入了更深广的心灵境域,在貌似不经意中把人生的窘境与困境传达得醇厚无比,面对生死离别的从容姿态,带来的是一种凄美的死亡感悟,完全个人化的不可复制的意念、语言、想象和表达方式,和 1990 年代几乎所有的先锋诗歌那种难以模仿的带自传色彩的精神、艺术个性有着内在的相通。

那么为什么在自我表现风行的 20 世纪诗歌历史上“个人化写作”从未被提出,而偏偏直到 1990 年代被王家新、唐晓渡、肖开愚、于坚等人正式倡言后它才翩然莅临?这并非十分难解的谜。1990 年代以前,中国那种现代社会的前期阶段特征,本质地规定着从朦胧诗、“第三代”诗群体大展到 1990 年代初的实验诗,只能常常以集团化的形态出现。而进入 1990 年代后情形则完全不同了,“个人化写作”的发生已成为一种阻挡不住的历史必然。平静期的诗人们虽然依旧保持着创新意识和探索精神;但出于对 1980 年代靠文化、美学或地缘因素聚群结派风气和运动式诗歌生产方式的逆反,激情消退的诗人们,早已失去打旗称派的兴趣和热心,在集团情结日渐松懈后,逐渐转向个人化姿态的诗歌经营。在经济文化多元纷呈、以建设为中心的时代语境里,意识形态神话的权威和中心已不复存在,随着大一统文化格局的分崩离析、消解溃散,多元的个体喧嚣成为一种不二的逻辑,若想在商品经济裹挟下不同流合污,保持精神和人格的独立,只能以个人色彩的强化来对抗后工业社会的机械复制;或者说这个以偏纠偏的概念提出,乃是诗人们在经济消费时代的一种文化策略。同时在全球化的背景下,随着中国向信息高度发展、资本高度积累的后工业时代转型,启蒙意识和群体意识的淡化,集体分化、个性张扬的土壤愈加肥沃,个人的前卫行动可以随时随地发生;而现实和意指维度的非单一性,存在和意义间一对多的阐释视角,和诗歌内在律令本身的呼唤,也加剧了 1990 年代先锋诗歌的五光十色。种种元素的化合,使难再引起轰动效应的集团式诗歌运动逐渐消退,而一个无法用某种共名来涵盖诗人创作的多元化的“个人化写作”时代毅然到来，中国文学史上的非诗时代彻底终结了。当然，抒情主体、客观现实和诗歌之间的复杂聚合及关联，决定个人化写作也无法彻底消除流派乃至超越流派之上的时代艺术共性滋生的可能。

第二节　通往“此在”的多元途径

如果问朦胧诗、“第三代”诗有什么特点，谁都可以就意识形态主题或世俗化倾向说出个子丑寅卯；要问1990年代先锋诗歌具备哪些共同症候，回答起来却是挺难的事儿。王家新曾经把它归结为四个特征，即反讽意识和喜剧精神、多声部写作、从创作到写作和从作品到文本、叙事的可能性；[①]姜涛则说它“摆脱了以纯诗为代表的种种青春性偏执，在与历史的多维纠葛中显示出清新的综合能力：由单一的抒情性独白到叙事性、戏剧性因素的纷纷到场，由线性的美学趣味到对异质经验的包容，由对写作‘不及物’性的迷恋到对时代生活的再度掘进，诗歌写作的认识尺度和伦理尺度重新被尊重”。[②] 说起来他们二位的见地都十分正确，也都能从1990年代先锋诗歌里找到有力的证据，但也都仍然无法覆盖穷尽1990年代先锋诗歌阵营中每个个体的殊相；因为“个人写作”的另一种说法就是多元化，诗人们在个体生命体验、经验转化方式和话语方式诸方面的不可通约性，令任何概括都难免挂一漏万、捉襟见肘。当然这样说并非意味着对1990年代先锋诗歌的整体研究无从下手，或者根本不可能，只要仔细巡察、甄别还是找得到1990年代先锋诗歌的本质化流向的，如它对“现时”“现事”的格外关注和叙事话语的高度重视就是人们有目共睹的不争事实(其实是一个问题的两方面，叙事的大量起用表现的是诗人们

① 参见王家新：《当代诗歌：在确立与反对自己之间》，《没有英雄的诗》第96—106页，中国社会科学出版社，2002年。

② 姜涛：《叙述中的当代诗歌》，《诗探索》1998年第2期。

“由过去对现实的漠视、回避，转入对现实存在状况的敞开与关怀”[①]，就是对1980年代写作可能性范围集中收缩的成果展示。

在如何处理诗与现实关系的问题上，包括后朦胧诗在内的1980年代诗歌普遍存在着两种偏向。一种是以为“非”诗的社会层面因素无助于美，所以尽力疏离土地和人类，在神性、幻想和技术领域高调地抒情，充满圣词气息；一种则坚持诗和时代现实的高度谐和，穿梭于矿灯、脚手架、敦煌壁画、恐龙蛋等意象织就的宽阔雄伟情境中，大词盛行。这两种探索，不但没有实现维护缪斯尊严的企图，反倒都因所指的玄妙空洞加速了诗歌的边缘化。针对这两种偏向，1990年代极具艺术责任感的诗人，强调“诗歌作为伟大坚卓的语言历险，永远离不开对现实生存的揭示”，[②]要走“及物”的路线，要“在真实大于抒情和幻想的年代……尽可能多的落实一些语言和声音，将半空悬浮的事物请回大地”。[③] 这种面向“此在”叙述的价值立场取向，促使诗人们纷纷规避乌托邦和宏大叙事，分外注意当下日常生存处境和经验的挖掘、把握、领会和处理，“从身边的事物中发现需要的诗句”（孙文波《改一首旧诗……》）；甚至对躲不开的历史和现实题材也多从细节进入，尽量摹写历史语境里人的生存状态、精神风貌，把历史个人化，因为在他们看来历史乃任一在场的事件，个人日常细节植入诗歌就渗透着历史因子，就是历史的呈现。“一个女人呆坐在长廊里，回忆着往昔；/那时他还是个活人，懂得拥抱的技巧/农场的土豆地，我们常挨膝/读莫泊桑，紫色的花卉异常绚丽/阳光随物赋形，挤着/各个角落，曲颈瓶里也有一块/到了黄昏，它就会熄灭/四季的嘴时间的嘴对着它吹……药味的触角暂时像电话线一样/联起来，柔软、缠绵、向人类包围/谁也不知道什么戏公演了。肉眼看不见/平静中的风暴，相爱者坐在/广场的凉地上，数看裤脚上的烟洞究竟有多少”（桑克《公共场所》）[④]，读着这样的诗，我们感到就是在读世俗的世界，医

① 吴思敬：《90年代中国新诗走向摭谈》，《文学评论》1997年第4期。

② 陈超：《深入当代》，《磁场与魔方》第329页，北京师范大学出版社，1993年。

③ 森子主编：《阵地》(1993—1994)前言，河南(内刊)1994年出版。

④ 桑克：《公共场所》，见程光炜编选《岁月的遗照》第451—452页，社会科学文献出版社，1998年。

院、长廊的女人、阳光、广场的相爱者，一个个分镜头的流转，组构成了琐屑平淡又真真切切的生活交响曲，“现时”的当下反应和写作里，渗透着一缕似淡实浓的苍凉阴郁的人生况味。诗歌以这种姿态和日常生活发生深刻关联，无形中加强了当代性，使个人写作获得了承受社会和历史语境压力的能力和品质；同时也对写作者的写作功底和难度提出了更高的要求和挑战。

1990年代先锋诗歌抵达“此在”的目标是一致的，而在通往“此在”的途径上却千差万别。个人写作“对来自于各个领域的权势话语和集体意识的警惕，保持了分析辨识的独立思考态度，把‘差异性’放到了首位”，①每个当事者都如八仙过海各施绝技，什么能指实验、及物探索、语词运动、仿写、反讽、戏剧性、叙事、互文、文体互渗等全盘运转，花样百出，都力争在体验、体验转化方式和话语方式上做到独立而不可重复，突出公共背景里个体的差异性；于是在个人化理论和差异性原则的隐蔽下，出现了每个抒情个体独特的个人化风貌，这种“差异性标志着个人写作的彻底到位”②。

在介入“现时”“现事”的方式上，孙文波是“经历过什么就说出什么”；臧棣是“对‘生活表面’的着力陈述，带着某种虚幻的色彩，‘思辨’的色彩”；西渡是“骨子当中对幻美事物的接近”；朱朱是“迈着一种轻的、擦着事物身边晃过的步子”；③陈东东常用唯美的目光扫视现实表象的色彩、质地，通过想象力灌注使其和汉语本身顿增光辉；西川“采取一种既投入又远离的独立姿态”，④“在感情表达方面有所节制，在修辞方面达到一种透明、纯粹的高贵的质地”；马永波则凭借他所钟情的复调和客观的叙事场景去打量审美对象。也许伊沙是受益于个人写作时代最多的诗人，他完全是靠个人写作方式崛起并翘

① 孙文波：《我理解的90年代：个人写作、叙事及其他》，见王家新，孙文波编《中国诗歌九十年代备忘录》第14页，人民文学出版社，2000年。

② 陈仲义：《诗写的个人化与相对主义》，《东南学术》1999年第2期。

③ 敬文东语，见西渡，陈东东，敬文东等《对话：当代诗人的现实感》，《扬子江诗刊》2003年第2期。

④ 西川：《答鲍夏兰·鲁索四问》，见闵正道主编《中国诗选》第376页，成都科技大学出版社，1994年。

楚诗坛的，而资深的老牌诗人、1980年代只停留在边缘姿态和语言姿态表演的于坚，进入1990年代后，开始通过以零度情感疏离对象的"他者"想象方式进入对象，拒绝隐喻，要创造在"以往时代的价值、隐喻系统为0的诗"，[①]将以往对都市闲人的调侃深化为对社会历史的戏仿反讽。如反观成长史的《0档案》，不用具体数字而以不存在的代指"0"来表现不是人在书写语言而是语言在书写人的语言暴力本质，表现体制对人触目惊心的异化，就贯通了琐碎的个人细节和带文化意义的诗歌空间，彰显出诗人对语言和存在关系的超常深入的理解，将历史个人化了。

1990年代先锋诗歌正是通过个人化写作多向度、多层面的展开，在奠定沉潜独立的个人写作基石的同时，告别了大一统的集体言说方式，为诗人寻找到了精神漫游的宽阔地域，支撑起了一个绚烂多姿的诗歌时代。

第三节　"个人化写作"诗学的双刃剑

"个人化写作"的勃兴推进，对1990年代先锋诗歌是福是祸是喜是忧？这个问题在必要的时间距离尚未拉开之前不好全面地断然评说。但就它截至目前的展开状态和效果来看，可以肯定"个人化写作"诗学是一柄利弊混凝的双刃剑。这种判断决非要各打五十大板的辩证法的滑头，而是出自对1990年代先锋诗歌客观态势和真相的一种尊重。

已经有人提出质疑，"个人化写作"不过是1980年代"自我表现"的变脸换装而已，它根本没有原创性和突破性可言。我以为这恐怕是缺乏事实依据的武断之辞，不论怎么说，"个人化写作"开辟现代诗写新阶段的文学史意义是无法抹杀的。首先，"个人化写作"超越了带有自淫性质的"自我表现"这点功绩不容置疑，必须肯定。后者是

① 于坚:《从隐喻后退》,《作家》1997年第3期。

对人性和个性的张扬，前者则是指向书写者的独立精神立场、自律艺术操守和自觉运作的手段；后者源于缺少理性支撑和阐释的直觉，前者则饱含诗与现实关系的深度思索；后者的自我含义都属于一般、普通意义上的人，前者的个人则指涉形而上意义层面的个人；后者往往“从抽象的人性价值及自我模式出发，并伴之于自伤自恋或自傲”，而前者则常呼应具体的历史情境和人类生活的普泛焦虑、深刻困境，是这一私人化模式的颠覆，“是一种超越了个人的写作”，以“达到能以个人的方式来承担人类的命运和文学本身的要求”[①]为最终目的。如席亚兵的《下班》，从汽车要“尽快将我投入菜场，/给我左手塞，右手添，/把又结束了一天的我送回家”的繁忙、疲惫、尴尬生活细节片段切入，关注灵魂的遭遇，不但没有陷进狭隘悲欢的吟咏，反而抵达了生活平淡真实的本质深处；朱文的《黄昏，居民区，废弃的推土机们》写“房地产”建设这个人们身边的事物，通过拆迁、投资商和居民的谈判、居民砸怒推土机等场面，介入了时代的良心，显示出诗人对人类的遭遇关怀和命运担待，从个人写作出发却超越了个人，传达了“非个人化”的声音。其次，“个人化写作”以一种沉潜的气度，回归写作本身，以个人立场说话，注重诗学建设，将技艺作为评判诗歌水平高低的尺度依据。这不但使“第三代”诗中的欧阳江河、西川、王家新、翟永明、孙文波、陈东东、于坚、吕德安、西渡等中坚和森子、臧棣、桑克、伊沙等新锐齐头并进，构筑起多元平衡、健康互利的诗歌抒唱格局；而且以不可模仿的匠心经验的个性化创造，在解放诗人精神情感、扩展读者阅读观念同时，保证诗歌完成了由“第三代”诗的自发文体语言行为向深思熟虑的自觉操作、由意识形态的制约角色向严肃独立的艺术门类的转移，标志着先锋诗歌的意识和艺术双双开始往成熟的路向迈进。它归于平静沉潜的技术打造，将诗歌从 1980 年代的破坏季节带入了 1990 年代的建设季节，诗艺水准大面积、大幅度地向上攀升，足以见出 1990 年代先锋诗艺术的娴熟和丰富。如仅就呈主流状态的叙述而言，就蔚为壮观，“马永波的散点叙述，阿坚的絮叨式叙述，伊沙的笑骂式叙述，王家新的深度叙述，侯马的零点叙述，

---

① 王家新：《夜莺在它自己的时代》，《诗探索》1996 年第 1 期。

欧阳江河的复合叙述，沈天鸿的思辨式叙述，蒋浩的缠裹式叙述，杨键的古拙式叙述，余怒的黏糊糊的苔式叙述，柳沄的焦点叙述等等”，①构筑起一条绵长的风景线。“个人化写作”对艺术思潮写作和文学运动写作历史终结的宣告，淡化了为文学史写作的恶劣风气，具有划时代的历史意义。再次“个人化写作”那种历史存在于任何在场现时现事的诗歌观念，那种极力推崇张扬的差异性原则，本来是因延续、收缩上个时代的“写作可能性”而生，却又为诗的进一步发展提供了新的“写作可能性”，为诗人的独立思考、分析、辨识再造出无限自由的空间，从而警惕了集体或权势话语的再次卷土重来。

“个人化写作”的负面效应也是相当严重显豁的，否则也不会招致那么多的攻击和责难。有些论者以为1980年代先锋诗歌“有着运动的性质，真正出现的有分量的作品并不多……是文学革命的热情，对运动的热衷高于对写作的内部真相的探究”，充满“活跃的、激进的、夸炫的氛围”，②我们以为1990年代的先锋诗歌仍未解决有分量作品少的老大难问题；并且在拳头诗人的输送上还远远逊色于1980年代的先锋诗歌，1980年代至少有欧阳江河、西川、王家新、翟永明、于坚、韩东等重要诗人胜出，而在诗界整体艺术水平提高的1990年代让读者心仪不已、能代表一个时代的大诗人几乎没有显影，而重量级的诗人诗作匮乏，无论怎么说也撑不起诗坛的繁荣。诗歌从流派写作、群体写作走向个人写作，本是回归原初的好事，但焦点主题和整体艺术趋向的瓦解丧失，差异性的极度高扬，也使诗坛在读者关注热情减退的无奈中，失去了轰动效应和集体兴奋，边缘化程度越来越深；虽然诗人们照样结社、办报、出刊，如北京的《诗参考》《现代汉诗》、浙江的《北回归线》、河南的《阵地》、湖南的《锋刃》、南京的《他们》等刊物层出不穷，而且印刷质量、装帧设计都日趋精美，但是它们都不再流派化、集体化，也难再激起更多读者的阅读兴趣。尤其是一些诗人借“个人化写作”之名行滥用民主之事，将“个人化写作”当成

---

① 苍耳：《中国二十年先锋诗片论》，《新诗界》第217页，文化艺术出版社，2001年。

② 孙文波：《我理解的：个人写作、叙事及其他》，见王家新，孙文波编《中国诗歌九十年代备忘录》第10—11页，人民文学出版社，2000年。

回避社会良心、人类理想的托词，自我情感经验无限度的膨胀漫游，即兴而私密，平面又少深度，有的甚至拒绝意义指涉和精神提升，剥离了和生活的关联，诗魂变轻。另外，把创作“作为一种写作的诗歌”，过度迷恋技艺打造的自由和快感，恣意于语言的消费狂欢，也发生过不少“写作远远大于诗歌”的本末倒置的悲剧。从这个意义上说，“个人化写作”诗学不就是一把锋利也容易自伤的双刃剑吗？

第四章 “叙事性”:观念转化与技术置换

从1980年代进入1990年代,绝非仅仅意味着记录历史的冷态符号延宕,它投诸诗坛最显性的表现则是审美观念、时尚的嬗变。对笼括这一嬗变本质内涵的关键词诗评界各怀己见,什么中年写作、个人写作、红色写作、中国话语场、日常性,等等,界定不一;但大家却都认同着一个事实:先锋诗歌在从1980年代情绪化的青春型不及物写作向1990年代再度指涉外部世界的及物写作转换过程中,不再以情感作推动诗思发展的动因,“证实一个诗人与一首诗的才赋的,不再是写作者戏仿历史的能力,而是他的语言在揭示事物‘某一过程’中非凡的潜力”,①甚至仿若水火两极的民间写作和知识分子写作在这一问题上的态度也惊人的一致。民间写作自1980年代以来就一直坚持“及物”与“日常”立场,并日渐自觉、强化;而曾钟情文化和纯粹的知识分子写作,进入1990年代后也逐渐对现实生存境遇敞开,张枣、欧阳江河、臧棣等沉溺于想象力的诗人也开始捕捉日常经验和具体事物的痕迹。换言之,在1990年代的先锋诗歌中,叙事成了诗人们介入诗歌和生活的“平台”,叙事因素成了许多诗境的关键架构,叙事性上升为核心标志和有建设性意义的审美倾向。1990年代的先锋诗歌正是凭借成熟的“叙事诗学”,实现了对1980年代诗艺的本质性置换。

① 程光炜:《叙事策略及其他》,《大家》1997年第3期。

第一节 “非历史性”写作的终结

1980年代诗歌方式的质地多元，但仍然可以统称为对抗性写作或“非历史化”写作。许多诗人视诗歌为自发性行为，迷信激情本身的自我表现能力，信守一种奇怪的逻辑：“世界是不完美的”，“假如我们为了使它完美而加入这个不完美的世界，我们的诗必然是不完美的”①。到了1980年代中、后期，“语言本体”论以及从罗兰·巴尔特、艾略特、里尔克、瓦雷里等西方理论家或诗人那里“误读”来的“不及物写作”理论，“更是被片面理解并被抬到压倒一切的位置上，加上中国文人的趣味主义与功利之心，致使大部分写作成为一种‘为永恒而操练’的竞技，一种与翻译同步却与诗人自身的生存相脱节的行为”。② 尤其是海子卧轨自杀，其神性写作替代于坚等人的口语化运动后，以《亚洲铜》《麦子熟了》《太阳》等为代表的文本所开启的纯诗理想，更是行情看涨，几乎被膜拜为时代的诗歌信仰。在这种“不及物”理论烛照和“永恒”“现代”情结的驱使下，诗人们纷纷追逐人性和神性结合部的精神结构，执着探索在价值沦丧的境遇里坚守道德、价值的问题，构筑人生、人性、哲理、历史等带有永恒质素的自足纯粹的终极性境界，以期和国际诗坛接轨。

必须承认，1980年代诗歌为消除意识形态写作的“不及物”努力，构成了对付此前(包括一些朦胧诗)写作那种实用而粗暴地介入生活、审美价值低弱的艺术方式的有效良方，它作为一种和商品化浸淫相抗衡的策略，以审美功能规避或超越历史、现实，让诗歌回到诗歌本体，在一定程度上保证了诗歌纯粹的立场，净化了诗歌的生态，恢复了诗歌的尊严。海子的《女神》、西川的《远游》、耿占春的《时间：

① 韩东语，转引自奚密：《把灯点到石头里去：中国实验诗歌》，《现代汉诗》1993年秋冬卷。

② 王家新：《阐释之外：当代诗学的一种话语分析》，《文学评论》1997年第2期。

第二章》等不少文本也确实抵达了罗兰·巴尔特所青睐的那种写作状态,"写作不是达到另一个世界的通道,写作就是为了写作自身。它把读者的目光引向写作自身,引向对符号和语言人为性的揭示,引向意义生产和多义的网络"。[①] 但是随着历史与精神时空的转换,"不及物"写作则渐渐泛出难以逆转的固有弊端。首先,不说它那种单向、冲动、自戕式的叙事方式,那种矢志于精神层面的孤绝高蹈,那种抽空此在细节的神话原型、操作智慧和文化语码的累积,在复杂的生活和心灵面前过于简单化、理想化,忽视了写作本身所处的本土生存与历史境遇;单是对"不及物"写作的众多仿制就使它新鲜感顿失,陷入了绝境。这种"非历史化"写作的严重后果是造成了诗人们面对繁复幻化的现实纷纷失语,"处理现实的品格和能力的弱化,甚至丧失","几乎葬送了诗歌,或者说使诗歌的轮子悬在了空中"。[②] 其次,诗写本身也决定了诗歌要想介入现实世界就必须汲纳其他艺术养料,因为"在抒情的、单向度的、歌唱性的诗歌中,异质事物互破或相互进入不可能实现。既然诗歌必须向世界敞开,那么经验、矛盾、悖论、噩梦,必须找到一种能够承担反讽的表现形式,这样,歌唱的诗歌便必须向叙事的诗歌过渡"[③],诗歌对琐屑日常生活空间的关注,对个人复杂经验的拓进,呼唤着一种客观冷静、具有包容性的诗歌方式去承担。再次,在1980年代对抗性写作的诗歌中,说话人往往就是作为抒情主体的诗人自身,这种缺少戏剧性技术的写作不但对诗人要求太高;而且叙事技巧的缺席,也常使其诗学目标大打折扣。何况让一个抒情诗人和庞大的体系去对垒,单是体积上的喜剧性的悬殊反差就显得十分滑稽可笑。

1990年代的先锋诗歌写作正是从对1980年代诗歌的"不及物"写作的不满开始起步的。"如何使我们的写作成为一种与时代的巨大要求相称的承担,如何重获一种面对现实、处理现实的能力和品

---

① 周宪:《二十世纪西方美学·语言的乌托邦》第367页,南京大学出版社,1997年。

② 王家新:《阐释之外:当代诗学的一种话语分析》,《文学评论》1997年第2期。

③ 西川:《90年代与我》,见王家新,孙文波编《中国诗歌九十年代备忘录》第265页,人民文学出版社,2000年。

德，这是我们今天不得不考虑的问题"[①]；"我们现在需要的正是一种历史化的诗学，一种和我们的时代境遇及历史语境发生深刻关联的诗学"[②]；"在20世纪中国诗歌的写作上，没有哪一代诗人比后朦胧诗人更迫切地渴望加强诗歌同我们的生存境况的联系"，在他们那里写作"不再受制于以往唯我独尊的文学的经验性"；[③]"若没有对自身当下处境的敏感，写作就只是一种姿态，没有任何真实的价值"。[④] 诗人们林林总总的阐述都有一个不约而同的指认，即"不及物"难再作为1990年代诗歌的主要手段、诗人们认识事物的有效方法。在各种因素的促合下，出于对1980年代迷信的"不及物写作"的纠偏，也为修正诗歌与现实的传统性关系，1990年代先锋诗歌延续了1980年代几种诗写可能性之一种，将叙事采纳为谐和主观与客观、文本与意义，同生存境遇对话交流的艺术法门。于是这种最初肇始于张曙光1980年代中期落寞寡合的心灵操作，中经孙文波、于坚、肖开愚、臧棣、欧阳江河、黄灿然、马永波等人的推波助澜，至1990年代尤其是1993年以后，则迅速蔓延为一种宏阔的精神潮流和方向性的艺术追求。

第二节 "叙事性"写作的症候

从诗意乌托邦向当下性存在的转型，敦促着1990年代先锋诗歌迅速褪尽了青春激情和理想色彩，"从身边的事物中发现需要的诗句"(孙文波语)成了众多诗人的选择。这不但是对韩东为代表的日常主义流向的承续，也成了那些自诩为知识分子写作的诗人们的艺术取向。与时常出现的人性的困惑和矛盾、爱与死与精神世界的寻思、心灵和历史抽象而玄妙的参悟相比，1990年代先锋诗歌的明显特

① 王家新：《阐释之外：当代诗学的一种话语分析》，《文学评论》1997年第2期。

② 王家新：《夜莺在它自己的时代》，《诗探索》1996年第1期。

③ 臧棣：《后朦胧诗：作为一种写作的诗歌》，《中国诗选》第344页，成都科技大学出版社，1994年。

④ 谢有顺：《1999中国新诗年鉴·序》，广州出版社，2000年。

质和优势，是拒斥宽泛的抒情和宏观叙事，将视点投向以往被小视为“素材”的日常琐屑经验，在形而下的物象和表象中发掘被遮蔽的诗意。因为在诗人们看来“如何在最为日常的经验中发现诗性并有效地表达它，才是一个诗人最大的写作难题”，①真正的诗意就存在于每天具体的日常生活里，每天具体的日常生活最能给人以惊喜和意外。

一是走向日常诗意。在胡塞尔的现象学理论建构中，现象与本质间并没有严格的区别，抵达表象也就占有了本质。因为现象学是种依靠直觉认识、发现事物本质的方法，它关心对象如何是、如何呈现为对象，而不深究对象是什么；所以它往往追求“面向事物本身”的敞开。其具体的方法是通过对存在的、历史的观点悬置和对本质的、先验的还原，清除观念的虚妄和本质的幻念，从而实现“判断的中止”，让事物回到没有超验之物和先入之见的客体真在，最终澄明事物。在这种理论的悬置和还原原则驱动下，诗歌可以逃避意义先置和观念羁绊，仅仅在现象世界里游弋本身便能获得一种本真的魅力。受其影响，1990年代诗歌和叙事文学中的宏大叙事衰减、个人化写作的深入同步，诗人们也纷纷打破意识形态幻觉，警惕让那些具有普遍性、易被意识形态化又常常被遮蔽深层含蕴的“圣词”“大词”入诗，排除与“宏大”有关的东西；而向日常领域放眼开窗，把外世界的一切不分美丑、巨细，一股脑地搬入自己的观照空间，尤其着意于和细小、琐碎、凡俗的事物接轨，热衷具体、个别、烦琐、破碎的记事。单看其题目读者就会觉得凡俗日常得可以，《爱猫祭典，或我们的一年》（周瓒）、《对着镜子深呼吸》（翟永明）、《看不见的玫瑰的袖子拭拂着玻璃窗》（唐丹鸿）、《种猪走在乡间路上》（侯马）、《为女士点烟》（阿坚）……其平静客观又透明的语感、调式、情境在琐屑中的穿行，即裹挟着一股拂面的生活气息，不少诗歌以走向过程和现象还原的努力，在文字背后蛰伏着可能的诗歌美学生长点。如谢湘南的组诗《呼吸》，原生态地表现深圳打工族的快节奏生活，它不用加入评价，仅仅是《零点搬运工》《深圳早餐》《一起工伤事故的调查报告》的题目就外化出了打工生活的繁忙、辛苦和严酷。对“圣词”“大词”的清除的日

① 谢有顺：《1999中国新诗年鉴·序》，广州出版社，2000年。

常化极致，是大量时髦色情内容的异质性融入，“现在那声音/在暗中的晾衣绳下/疯狂起来/我独对情人/他好看的肩膀/在暗中依然好看/我不只是欣赏/我感到愉快的是/黑夜还会持续很久/我会有一次/或许二次/比谁都疯狂的咳嗽”。(贾薇《咳嗽》)①诗歌已经成为完全生活化的复制和展览。“星期天的南京如同一块光滑的皮肤 绽开一条伤口　这是朋友们艰难度日的城市，我　看到城市痉挛、广场蠕动。古老的　城市从清晨到傍晚不停地呕吐　分泌液、沙子、胃口和我的几个朋友”(朱文《让我们袭击城市》)②，诗意的采掘已触及日常生活最细微的皱折之处，不乏异化痛感的心理咀嚼里也溢出了几许人性的温馨。根本无须作者作出情感的判断，日常生活表象“资料”的自动敞开即透着平淡而丰满的诗意光芒。这种走向日常诗意的选择，使诗“第一次具有了极其强盛的‘叙述’别人的能力和高度的灵魂自觉性”③。

二是“物”的本质性澄明。“物”并非只指语言之外的客观现实，“叙事性”也不能仅仅理解为语言对“物”的关涉，也许把“叙事性”看成是文本和其置身的历史现实语境的相互渗透、修正更为恰适。1990年代先锋诗歌常常以对想象力和经验成分的双重超越，以直觉方式去触摸、揭示事物，在文本中镌写事物的印痕，使事物的纹理具体、准确、清晰地敞开或显现，有较高的能见度，仅此一点它已足以令人刮目。1990年代先锋诗歌尤为成功的是，它并非退回到摹写生活的老路，它对事件、细节、场景等因子的容纳并非终极目的，而只是把它们当作自身展开的载体或机缘，诗人们期盼在遭遇日常生活琐屑时，“最好能在处理过程中使之映现出可能隐含的构成人类生活本质的东西，以及映现出我们在精神上对它们作出的人性的理解”④，事

---

① 贾薇：《咳嗽》，见杨克主编《90年代实力诗人诗选》第358—359页，漓江出版社，1999年。

② 朱文：《让我们袭击城市》，《他们不得不从河堤上走回去》第17页，河北教育出版社，2002年。

③ 程光炜：《岁月的遗照·序》，《山花》1997年第11期。

④ 孙文波：《写作：意识和方法》，见孙文波等编《语言：形式的命名》第364页，人民文学出版社，1999年。

实上不少诗歌也的确进入了这一智慧福地。如"历史和声音一下子消失/大厅里一片漆黑，仿佛一切失去了意义/人们静静地默哀了一分钟，然后/喧哗着，发出一声声嘈杂的抗议"，"我还记得那部片子：《鄂尔多斯风暴》/述说着血腥，暴力和革命的意义/1966年。那一年的末尾/我们一下子进入同样的历史"（张曙光《1966年初在电影院里》）[①]，从电影放映中偶然停电的瞬间捕捉历史巨变的信息，其"物"的背后流动的是个体和时代、历史遭遇时的心理痛感，不解和恐惧之中饱含着反思的意味。"排着队出生/我行二，不被重视/排队上学堂，我六岁，不受欢迎/排队买米饭，看见打人/排队上完厕所，然后，按次序就寝……有一天，所有的欢乐与悲伤/排着队去远方"（宋晓贤《一生》）[②]，用一个"排队"的细节贯穿人的一生和诗的始终，与人生相关的最普通的生活细节成了诗性最重要的援助，朴素的事项碎片后面接通的是无奈、沉重和感伤的生命表情。臧棣的《露水》截取的是早晨去散步看到露水的一件小而又小的事儿，但它关涉的却是"品格"的大问题，构成了某种精神的隐括，"黑暗之后：它仍/清亮，饱满；尽管渺小/却自成一体，近乎启示"[③]。杨克《在东莞遇见一小块稻田》本是再平常不过的事情，但他却让稻田自在地展开在"厂房"间的缝隙里生长的环境、疲惫的神态和稻穗拔节的微笑，从而昭示出一种顽韧强悍的生命哲学。西川常在可以把握的日常事物里转化个人经验，并使其切近神秘而不可知的本质领域，组诗《汇合》就把个人抉择和命运的冲突这个属于集体无意识范畴的主题返归给私人，昭示个人奔突的希望和个人历史的刺痛感。以上分析足以证明：1990年代先锋诗歌并没有因为走向日常诗意而停驻于私人悲欢的玩味吟咏，丧失通往宏大旨归的胸襟和抱负，而是通过对日常公共事物或历史的走近、观察、解剖、提升等重新编码过程，以历史意识和心灵思考的融入，将之转化为个人的经验，最终澄明、发现生命和存在中被常识

① 张曙光：《1966年初在电影院里》，《小丑的花格外衣》第3—4页，文化艺术出版社，1998年。

② 宋晓贤：《一生》，见杨克主编《1999中国新诗年鉴》第102页，广州出版社，2000年。

③ 臧棣：《露水》，《燕园纪事》第62页，文化艺术出版社，1998年。

和世俗遮蔽的诗意，并指向了超越细碎琐屑的本质性所在。

三是理性想象的“空间构筑”与“过程还原”。想象力和理性并非水火难容的两极，诗歌的根源就在于其幻想性，同生存体验相关的伟大之诗也不能仅仅表现常识，所以《倾向》1988 年创刊后，张枣、陈东东、朱朱、西川等人极力追求“最高虚构之上的真实”，并且真的赋予了诗歌一种幻想的品质；而想象力又乃理性和非理性的二元复合体，庞德就认为“艺术的功能是从情感的暴政中释放出理性”。鉴于此，1990 年代先锋诗歌回归世俗本真的同时并未去翻版现实的此在，而是借理性想象给诗歌涂上了一层幻想的光环，纳入诗歌的场景、事态皆为我们置身其中熟视无睹又被诗人的想象力抚摸过的存在。或者说诗人凭借想象力使场景、事态从凡俗平庸的日常经验中剥离而出，拥有了诗性的含义和价值。这种建设性的想象和理性遇合的形态大致有两类。一类诗歌着力于“物”的片段，从日常瞬间清晰可感的凝视和场景细节的精确描摹切入感受，倾向于空间上宁静淡远的创造，有种雕塑的立体直观感。如“一周前，在四号路市场/我看见卖熟食的桌案上/有什么东西闪光/走近才知道，一个猪头/眼眶下有两道泪痕……我不是/一个素食主义者，/那一瞬，我走了过去。我想/或许有什么出了错”（徐江《猪泪》）①，一次偶然遇到的庸常场面，引发了诗人无限的联想和感慨，令平淡的生活和思想敞开了自在的诗意。翟永明的《星期天去看贝岭》是从日常生活取像，秩序井然的场面、事件、细节等个人心理经验和情境的明晰剪贴，因为和广阔的历史、经验缠绕而蕴含着神奇的呼唤力量，上升为超越日常生活的审美经验。张曙光看到的流动的《公共汽车上的风景》，都是心灵的“植物标本”，过去动人的场景和现在时的自嘲搅拌，既有回忆的明丽，又有怀旧的忧伤，“物”和“心”高强的能见度，赋予了作品一种作为消逝的时间见证人的功能。

另一类诗歌则注意容纳事件，节制想象，追求文本的整体效果，体现出一种叙事的长度和冷静的真实，把生活还原到无法再还原的

---

① 徐江：《猪泪》，见杨克主编《1988 中国新诗年鉴》第 44—45 页，花城出版社，1999 年。

程度。如肖开愚的诗追求事件的整体脉络，想象连绵不断，有种叙事上的长度。《来自海南岛的诅咒》把海南开发这个连小说、戏剧处理起来都感头疼的社会事件，和个体的经验整合在诗里，容载了更多的信息和技法。孙文波的《聊天》《临夏记事》等诗，透露了他在琐屑生活里“怀着乌托邦式的乡愁眺望死亡”的深层精神秘密。王家新以文化记忆的透视呈示出来的，多为写作身份的冥想与追溯。西渡的《梦中的纸马》写道，“我在天亮前梦见/一匹纸马驰过/深夜的围篱//梦中的纸马/驮着果实的情人/站在贴红字的窗下……”[①]线性时间内的铺张，还原了梦中想象的怪诞和美好，有流泉淙淙之妙。尤其是他的《卡斯蒂丽亚组诗》中的“卡斯蒂丽亚”，完全是从阿索林的散文集《卡斯蒂丽亚花园》借用而来，或者说完全是虚拟的产物，诗人“给抒情对象起这样一个名字只是为了叙述的方便”，“可以向这个虚拟的对象尽情倾诉，同时又不留过分暴露个人生活的危险”，[②]这使卡斯蒂丽亚成了超离具体女人的“象征”，使诗歌具有了一种“抽象的品质”。也就是说，1990年代先锋诗歌中的现实“并不是先于写作而存在的现实，而是在写作中被发明出来的”[③]，而发明的动力即是想象。它拓展了诗歌审美的资源，丰富了诗写的可能性。在一般人的意识中，想象和理性是一对相克的因子，可是事实上1990年代先锋诗歌想象的具体性，不但没使诗歌陷入于琐屑的泥沼，反倒应了画家塞尚的在艺术中唯一的现实主义是想象的怪论，保证了诗歌想象力的准确和活跃。

四是文本的包容性。1990年代诗歌文本的包容性，一方面指意味层面由线形美学原则到异质经验的包容，一方面指技巧范畴跨文体的混响包容的驳杂倾向。稍把视线前移，我们就会记起1980年代后期诗坛上，穆旦、杜运燮等九叶诗人热的情景和1990年代上半叶对里尔克、奥登等诗人的空前推崇，作为一种潜在背景，它们构成了

---

① 西渡：《梦中的纸马》，《雪景中的柏拉图》第20页，文化艺术出版社，1998年。

② 西渡：《面对生命的永恒困惑：一个书生访谈》，《守望与倾听》第271页，中央编译出版社，2000年。

③ 西渡：《历史意识和90年代诗歌》，《诗探索》1998年第2期。

1990 年代诗歌的深刻影响源泉。因为上述诗人的实践文本证明，小说、戏剧包括散文这几种文体，在话语方式的此在性、占有经验的本真性方面均优越于诗歌，而诗歌要介入、处理具体的人事和当下的生存以及广阔的现实，就势必去关注、捕捉生活俗语中裹挟的生存信息，讲究对话、叙述、细节的准确与否。因此 1990 年代先锋诗歌常常敞开自身，融戏剧化叙事、小说化叙事、散文化叙事资源于一炉，借助诗外的文体、语言对世界的扩进，来缓解诗歌内敛积聚的压力，使自身充满了事件化、情境化的因子。

当然这种包容性在每位诗人那里的表现方式和程度不一。如马永波的《电影院》通篇运用了小说的笔法，客观场面、心理活动、解剖评论搅拌，情节、细节、氛围兼具，有种非诗体的芜杂，童年性觉醒的意识流遐想和自言自语的独白，使文本更近于散文随笔和小说的路子。西渡的《在硬卧车厢里》则是一幕正剧。在南下列车的硬卧车厢里，手持大哥大操纵北京生意的“他”，和“异性的图书推销员”奇遇、交谈、融洽、亲密、提前下车，诗歌叙述的是一个可能的暧昧的男女故事，其中有客观的环境交代，有男女从礼貌到微妙的对话，有女人为男人泡方便面和男人扶女人的腰下车的动作，有女人不无好奇的轻浮的性格刻画，更有作为旁观者的“我”的分析、微讽和评价，“不适于第三者旁听的氛围。我退进过道/回避陈腐的羞耻心”，认为他们提前下车，“合乎情理的说法是/图书推销员生了病，因此男人的手/恰到好处地扶住她的腰，以防她跌倒”。[①] 日常情境、画面的再现和含蓄微讽的批评立场结合，显示了诗人介入复杂微妙生活能力之强。张曙光更深信诗往往是回忆的结果，即使它描写的是眼前的情境，所以他常常把自己当观察对象，通过探究自己来探究“大历史”的奥秘，有一种自我分析的倾向，他作品中常出现两个自我——叙述者和作者，叙述者和诗貌似客观的距离拉开，实则是对作者生活的深层参与。这种艺术表现的适度、深刻而残酷的自我分析的自觉，使叙事已超越纯粹技术的范畴，浸染上了人性的困顿和诗人生命的宿命色彩。孙文波的诗歌中更多戏剧性独白的片段连缀，其《祖国之书，或其他》

---

① 西渡：《在硬卧车厢里》，《草之家》第 14—15 页，新世界出版社，2002 年。

把镜头对准了一个典型的知识分子,"他"陷入各种矛盾旋涡之中无法自拔,貌似平静实为慌乱不已,思想敏感活跃,而行为上却懒惰迟缓,在"他"身上承载的内涵远比小说、戏剧承载的内涵要多得多。刘翔的长诗《他》似一场书生的诘问,替代告白、抒发的叙述和分析,将"他"变成了"他者",在意念的客观化和诗歌内几个声部间的彼此交流撞击中,人物的精神及其历程沉稳地展示出来,这种酷似心理分析小说的写法,好像穆旦、里尔克再现。王家新的许多诗歌语速持重舒缓,更像戏剧中的自言自语,《伦敦随笔》在回忆中展开故事,与技巧比较更注重的是叙述的深度。陈东东的《场景和独白》和《春天》建构的是现实世界的戏剧性境界。小说、戏剧和散文技艺融入诗歌的文体混杂,使诗歌逐渐摆脱了单一抒情表达的困境,也促成了组诗、长诗的空前崛起。

五是语言的陈述性。1990年代的诗坛上有一个很有意思的现象,那就是古典诗人杜甫倍受推崇,其被热爱的程度甚至超过了李白。究其原因,我以为是他的诗史性质,尤其是叙事技巧引起了人们的共鸣。鉴于1980年代的抒情诗涵纳不了当下和历史境遇的缺失,1990年代的先锋诗歌基本上不再走象征、隐喻、意象化等现代主义的技术路线,偶尔运用也多呈现为整体性的戏剧化象征;而是把叙事手法大量地引入诗中。诗人们倡言要在诗歌中"讲出一个故事来"①,张曙光甚至要完全用陈述句式写诗,臧棣干脆把自己的诗集命名为《燕园纪事》。至于这类实践文本更是不可胜数,孙文波的《在西安的士兵生涯》、王家新的《瓦雷金诺叙事曲》、肖开愚的《北站》、臧棣的《未名湖》、张曙光的《给女儿》、马永波的《小慧》、刘春《一个名叫刘浪的女孩》、伊沙的《一个小公务员的情感变化》等,都表现为这种状态。诗人们深知,按照叙事学原理,叙事者和作者的关系越远越微妙,文本的效果越佳;所以他们的诗歌常常放弃主观在场,采用作者隐居的客观的他者视角和纯客观叙述,按生活的本色的状态,去恢复、敞开、凸显对象的面目,并且能够更深刻地挖掘和表现生活。应该说,这是对生活更为老实的做法,因为生活始终是叙述式的,它适

① 王家新:《讲出一个故事来》,《为您服务报》1995年8月31日。

合于叙述描述而不适合于虚拟阐释。为了取得和庸常烦琐而无聊的生活的应和，诗人们多起用细屑的叙说，像于坚的《啤酒瓶盖》、安琪的《塑料花生》、钟鸣的《曼德尔斯塔姆在彼得堡》、雨田的《交谈》等诗歌比比皆是，其间那长长的陈述句式絮絮叨叨，煞是饶舌。“清明时节多灰尘，草刚绿/远远的，一种酶/酸溜溜/蜜蜂因蜜而癫狂；孕妇情迷/满街追着消瘦男性//郊外水清，未受损伤/养蜂人放声唱着，揪出音箱里的鼻子//迫于胀通和淤积”（余怒《清明时节》）①，“我”的缺席或者说“我”的影子的完全抹去，遮掩住了作者的写作意图，特别讲究的观察解剖，使诗只剩下了一些细节、碎片、局部，至于这些细节、碎片、局部背后的意义得靠读者去猜测。王家新的《乌鸦》那种打乱时间线性结构的反结构叙述，也实现了“小小的叙述革命”。还有一些诗虽采用“我”在场的第一人称的视角，但是叙事的克制和传达的简洁，已使它异变得和从旁观者立场出发的客观写作毫无二致。如孙文波许多作品的叙述都在个人的经验范围里进行，其亲历性构成的事实上的“在场”的口语化叙述，和强化的日常生活因素遇合，就使大量的诗走向事态和过程，获得了一定的叙事性。1990 年代先锋诗歌这种平和舒缓的陈述性语言，修正了 1980 年代普遍存在的尖锐语调，提高了修辞手段在生活中的适应幅度。

第三节 “亚叙事”的两面性

置身于 1990 年代先锋诗歌的及物写作之中，也许有人会说它是对“第三代”诗的一种复归。其实不然。于坚、韩东为代表的“第三代”诗处理日常生活的方式完全是出于反文化的需要；而 1990 年代先锋诗歌寻找的则是一种“基于日常生活发生‘摩擦’，同时又对人的生存表示严重关注的更符合现代人复杂境遇的表达方法”②。并且

---

① 余怒：《清明时节》，《余怒诗选集》第 400 页，华文出版社，2004 年。

② 程光炜：《骑手在路上》，《百科知识》1997 年 5 月。

叙事在1990年代说穿了是一个“伪”问题，它“是一种亚‘叙事’，它关注的不仅是叙事本身，而且更加关注叙事的方式”，“它的实质仍是抒情的”。① 或者说它在本质上仍是一种诗性叙事，它摆脱了事件的单一性和完整性，不以讲故事、写人物为创作旨归，而是展示诗人瞬间的观察和体悟。作为一种探索，它的优长和缺憾同样值得深思。

1990年代及物写作的日常性意识自觉，既利于复杂经验的传达，又使诗走向了客观化境域，其意义是使诗歌恢复并拓宽了介入处理现实和深广历史的能力，获得了自由叙述的维度和可能的发展空间，破除了“大题材”一统化的格局，最大限度地打开了存在的遮蔽，在“反诗意”的地段扩大了诗歌的疆域，建立起诗歌与当代生活的更加广泛的关系。其次，日常生活的光怪陆离和丰富多彩，将诗的边界推向了纵深之处，所以有人认为“也因如此，才使90年代成为一个诗歌发现的时代”②。这种带有叙事性质的写作，是对诗歌中浪漫因素的对抗和削弱，它“使诗歌从一种‘青春写作’甚或‘青春崇拜’转向一个成年人的诗学世界，转向对时代生活的透视和具体经验的处理”③，解除了1980年代诗歌中那种狂暴抒情、凌空蹈虚的乌托邦式的假想情结，和朦胧诗崇尚的意象诗写的审美习气。另外，它对具体事物和细节准确性的关注，保证了语言和认识世界的清晰、生动，它使作为抒情主体的诗人们改变了上帝、牧师的角色，成了读者的知心朋友，使诗歌从“独语者”走向了“对话者”，转换成了沉静而宽容的文体。迷恋琐屑，沉湎及物，大大加剧了个人化诗写的趋势，诗因此不再是永恒精神存在的代指，而演绎为当下生存境况的外化。必须承认，尚情的中国诗人处理现实的能力相对薄弱。在1990年代诗歌写作直面世界而不知所措的窘境里，叙事大面积的移植诗中，不只增加了诗歌的创造力，更是一场叙述方式上的革命。

但是我们不能因此过高地评价1990年代诗歌的叙事性追求。

---

① 孙文波：《生活：写作的前提》，《阵地》总第5期。

② 西渡：《写作：意识和方法》，《语言：形式的命名》第364页，人民文学出版社，1999年。

③ 王家新：《当代诗学的一个回顾》，《诗神》1996年第9期。

许多诗人的叙事虽然在记忆和历史、想象和现实之间穿梭，但正是他们内在的抒情气质和论辩性情思结构才使叙事成为可能，他们叙事的背后恰恰是对叙事的隐性反动，叙事宣告的正是完全叙事的不可能。事实上叙事只能是诗歌技术的一维，其功能是有限度的，而决非一劳永逸的。所以西川坦言“叙事不指向叙事的可能性，而是指向叙事的不可能性……所以与其说我在90年代的写作中转向了叙事，不如说我转向了综合创造”①，1990年代诗歌面对生活和历史、现在与过去、善与恶、美与丑、纯粹与混沌共生的世相，不应该仅仅依靠叙事，而要创造一种熔叙事性、歌唱性、戏剧性于一炉的综合能力。因为偏于其中任何一端都不利于艺术向复杂世界的敞开。并且1990年代的诗歌叙事在某种程度上已成为创新的约束力，在一些后现代主义诗人那里出了“事故”，被演变为能指平面化的游戏和狂欢。不可否认，1990年代诗歌对1980年代的叙述颠覆提供了一定的鲜活陌生感；但对所指的轻视逃离则使诗歌降格为情绪层的发泄，关涉日常生活具事、琐屑的指称性语言的叠印，则使诗歌远离了深度，削弱了思索和表现功能。其次，对形而下的“此在”的过度倚重，使一些诗歌有时淡化了对蕴含着更高境界的“彼在”的关注，因缺乏对灵魂和理想世界的介入而流于庸常平面，只提供一种时态或现场，而那样完全将生活经验转化为诗性经验，叙事含混啰唆，结构缠绕枝蔓，臃肿枯燥，文体模糊，亏损了诗性的简洁和纯正，所以有人就不无偏激地将于坚的《0档案》视为语言的肿瘤和垃圾。再次，叙事性在1990年代的走俏升值和日渐“经典化”，也使这种个人化写作暗含着被重新集体化的危险，造成手法雷同，赝品复制，导致伪、假的体验感受与本真的体验感受鱼龙混杂。更何况诗歌本来就是主客契合的情感哲学，布尔乔亚的矫饰苍白之情应该清除；但对如今那点稀薄的理想浪漫之情也要彻底地驱赶殆尽，使诗走向彻底的情感零度，就不仅造成飘忽灵动的内在情感一端缺失，感觉冷漠；恐怕也背离了诗的本义，诗将不诗了。

---

① 西川：《大意如此·序》，湖南文艺出版社，1997年。

第五章　民间写作：日常化与解构性

“民间写作”概念和“知识分子写作”概念是互动共生的，它们二者之间绝非像某些人故意渲染的那样势若严重对立的南北两极。因为“民间写作”不是对参与“盘峰论争”的具体作者身份的指认，更非对哪个诗歌团体或流派的冠名，它从总体上涵纳着写作者的精神立场、与外部世界交流方式等诗学追求特点，它的意思是指一种“毫不妥协地面对各种庞然大物，坚持着对写作的自由和独立、对诗歌真理和创造精神的尊重”①的独立精神品质，它直接对应的该是“官方”或国家权力控制的主流文化，而不是“知识分子写作”。

如果按这一概念的界定出发去巡视近百年的现代汉诗历史，我们就会发现民间是诗歌的基本在场，民间写作的薪火承传从未中断过。新时期滥觞于民间的先锋诗歌，更是不论莽汉主义、他们、非非、海上、下半身写作等特色突出的诗群，还是北岛、舒婷、芒克、韩东、于坚、杨黎、孟浪、吕德安、何小竹、柏桦、杨克等杰出的诗人，抑或是《今天》《他们》《非非》《诗参考》《一行》《葵》《锋刀》《半身》等深具影响的刊物，无不来自民间，它们共同支撑起最坚实最活跃的诗歌星空；民间源源不断地为诗坛输送新的艺术生力军和生长点，开放、吸纳而繁复的存在机制使其成了诗坛的生机和希望所在。及至通信手段发达的世纪末，在电子技术和先进印刷术的支持下，数量急遽上涨的民刊日益精美大气，互联网上的诗歌网站多如牛毛，韩东、于坚等个别老

① 于坚：《穿越汉语的诗歌之光》，见杨克主编《1998年中国新诗年鉴》第2页，花城出版社，1999年。

牌歌者雄风不减之外，伊沙、阿坚、侯马、徐江、贾薇、盛兴、巫昂、尹丽川等新锐又蜂拥而出，成为诗界的主要亮点；并且这些可以统称为民间写作的诗歌，一改另类姿态，在标准化、权威性和影响力上直逼体制内多家刊物的诗歌“百花园”，大有取而代之、引领当代诗歌方向的趋势，它们和西方的达达主义、嚎叫派、拉康和德里达的解构思想隐性或显在地应和，还原生活，张扬原生和本真，以对文化霸权和主流话语的反叛、颠覆，赢得了许多诗人和读者的拥戴。

第一节　在日常生活的海洋中打捞“珠贝”

必须承认，知识分子诗人虽然也涉足日常生活，表现身边的一切；但远方与理想的巨大诱惑，彼岸式意识形态的神化，使他们更时时觉得“生活在别处”，依赖文化智性去瞩望“彼在”，具有综合复杂的“知识气候”，带着一定的虚幻性。民间写作诗人则和他们的意识指向相反，“真正的艺术必须具有原创性，生存之外无诗”①的认识，决定了他们从不去经营抽象绝对的“在”，而是始终张扬日常性，力求把诗歌女神从知识、文化气息缭绕的“天空”，请回到经验、常识、生存的具体现场和事物本身，将当下日常生活的情趣和玄奥作为汉诗的根本资源。这一点无须论证，只要检索一下民间写作阵营的文本，漫步于他们诗歌题目铺设的林荫小路，想象《在发廊里》（伊沙）发生的那个猥亵的动作，或《为女士点烟》（阿坚），回味《李红的吻》（侯马）的滋味，或遇到《一只胡思乱想的狗》（李红旗），之后《乘闷罐车回家》（宋晓贤），或去找《福来轩咖啡馆·点燃火焰的姑娘》（沈浩波）……就会触摸到诗人敏感于当下存在的在场心灵，感受出日常生活的体温和呼吸，觉得仿佛每个语词都是为走向存在深处而生的。

民间写作阵营的诗人们就是这样秉承着平民立场，在日常经验、

① 杨克：《〈中国新诗年鉴〉98 工作手记》，见杨克主编《1998 中国新诗年鉴》第 518 页，花城出版社，1999 年。

凡俗生活和事物表象的“泥土”里摸爬滚打，开掘诗意，锻造出一块块情思的“金子”的。他们从本质即现象、现象即本质的现象学理论那里寻找思想援助，不挖空心思地琢磨、臆想审美对象之外的微言大义，更懒得煞费脑筋、寻方设法地赋予审美对象以抽象的象征的蕴涵；而只是老老实实地恪守直面当下、即时的时空观，感兴趣于常识、生活和事物的具体甚或琐碎的形态，建设自己注重细节、置身存在现场、回到日常化和事物本身的诗歌美学。应该说这种新写实味儿十足的选择，时时受到诗意流于单薄平庸、缺乏终极理想的威胁，事实上也确乎有些诗歌因诗性消失倒向了非诗的深渊；但是由于诗人们非凡直觉力的介入和对感受深度的强调，仍保证了多数文本在人间烟火气浓郁地接近、呈现生活万象表层的同时，超越了片断的感悟、灵性和小聪明，抓住、抵达了事物的本质属性，在当下生存境况的真实还原中，折射出了人类历史的前景理想和作者人性化的理解思考。侯马的《种猪走在乡间路上》，冷静地叙述一个以“操”为职业的动物和它主人的生活，似乎丝毫无诗性和唯美的因子。在乡间的土路上，种猪在走，后面跟着主人，“自认为和种猪有着默契/他把鞭子掖在身后/养猪人在得钱的时候/也得到了别的”，“这时一辆卡车/爬过乡间土路/种猪在它的油箱上/顺便吻了一下”（《种猪走在乡间路上》）①。诗在外观上显露给人的就是这些；但透过这琐碎、平庸而让人百感交集的景象，它已直指动物主人的隐蔽的猥琐心理和麻木混沌的生活本质，他在仰仗种猪这卑贱的畜生生存同时，也得到了自己同类的性，结尾处猪的一吻处理，流露了童心未泯的诗人恶作剧后的得意、幽默之态。英国王妃戴安娜微妙之死乃小说、戏剧等叙事性文体都感棘手的社会新闻，但徐江的《戴安娜之秋》却对它迅速及时地做出反映，并从中把握住了公共人物的私生活在大众茶余饭后谈资快感中严肃而滑稽交织的真相，“秋风掠过衰草，掠过黄昏/开裂的快乐

---

① 侯马：《种猪走在乡间路上》，见杨克主编《1998中国新诗年鉴》第61页，花城出版社，1999年。

器/漏了的保险套”(《戴安娜之秋》),①这反讽技术的融入,有将被观照者凡俗化、让人一笑了之的神秘功能。题材本身即体现了诗人对社会生活极端关注的敏感,其幽默效果则是诗人将新闻提升为文艺作品能力的最好注脚。于坚更是延续《尚义街 6 号》《作品 X 号》时段的走势,写下《对一只乌鸦的命名》《0 档案》《飞行》《啤酒瓶盖》《阳光下的棕榈树》等对现场发言、充满人性细节的文本。

在日常生活和事物表象上开掘诗意方面,表现得最突出的是伊沙。他那些审视当代诗人生活的作品堪称一部世纪末的《儒林外史》,一份当代诗界的病理学。诗人们的形象大都猥琐渺小,没有一个正面的,“他们种植的作物/天堂不收　俗人不食”(《中国诗歌考察报告》)②,只配放在卫生间供人排泄时浏览(《在朋友家的厕所里》)③,诗里包孕的清醒的厌倦贬斥,何尝不是传统忧患意识的现代延伸和变形?诗外笼罩的搅拌着杀气的正气,又何尝不是鲁迅、北岛批判精神的个人化弘扬?是否可以说伊沙从鲁迅的杂感和野草受益最多,他的“这个世界是好玩的/这个世界总他妈玩我才使我觉得它好玩”(《悟性》)④等隐含着机智深思的诗,就深得鲁迅杂感之趣,就是诗的杂感。

可见,1990 年代民间写作接近日常生活、当下周围世界和个人经验的诗歌取向,并非像某些读者所误解的那样,仅仅是庸俗化平民化的情感和生活演绎。“伊沙是个有血性、有思想、有现实责任感的青年诗人”⑤的指认,有相当的可信度,它也称得上是大部分民间写作诗人精神向度的折光和缩影。他们是诗人,同时更是承担文化批评职责和义务的批评者,他们游戏语言但从不游戏精神,调侃幽默甚至痞气的外表,都掩饰不住内里直面反讽历史、现实积垢的一团愤怒之火,他们从事的是对外界关注大于心灵咀嚼的写作,虽然促使历史

---

① 徐江:《戴安娜之秋》,见杨克主编《1998 中国新诗年鉴》第 41 页,花城出版社,1999 年。

② 伊沙:《中国诗歌考察报告》,《伊沙诗选》第 65 页,青海人民出版社,2003 年。

③ 伊沙:《在朋友家的厕所里》,《伊沙诗选》第 121 页,青海人民出版社,2003 年。

④ 伊沙:《悟性》,《伊沙诗选》第 68 页,青海人民出版社,2003 年。

⑤ 沈奇:《斗牛士与飞翔的石头》,《文友》1992 年第 3、4 合期。

和现实积垢消解的愿望只实现了少许，但仅仅是其斗牛士似的姿态就值得人们钦敬。他们的写作和1980年代的民间写作也有着本质区别，因为后者当时也不无文化批判意味，但更多停浮于一种姿态层面，注重生命情绪的宣泄，放浪形骸、玩世不恭构成了其情思主调。记得当年维特根斯坦曾经感叹要看到眼前的事物是多么难啊！而今民间写作者通过和日常生活的平行和谐关系的确立，在最没有诗性的地方重铸了诗性，这既证明日常生活对于缪斯的举足轻重，也恢复了语词和事物、生活之间的亲和性，使诗重获了对世界命名的能力；而且其介入生活的方式不再是剑拔弩张，也不再是满脸严肃，和直觉、机智等因素联姻呈现出的意会性、间接性和幽默性品质，使其独特的"软批判"为诗歌带来了新的艺术增长点。在我们先验的理念里，中国诗歌在言志抒情的工具论强调、想象力和乌托邦升华聚结的情境中，远比其他文学样式更适于具有未来主义特征的诗意传递。如此说来，民间写作者执着与现在的日常性观念、取向，就无疑是对传统的定向爆破和强力挑战了。

第二节　解构的自觉与天然

有一个事实人们都是一致认可的，那就是1990年代的民间诗歌乃破坏性理念统摄下的解构写作。新时期以来，解构是所有民间艺术群落的一贯立场，身处主流外边缘的境遇规定它只能在反叛的突围中开辟自己的生存之路。早在"第三代"诗时期，大学生诗派、他们诗群、非非诗群的诗人们，虽然尚无缘和拉康、德里达"谋面"，甚至对达达主义和超现实派也知之甚少；但人是宇宙中心的人本主义思想的动摇，爱因斯坦相对论和海森堡测不准原理的启迪，尤其是天生的悟性和人类心理的共振频段，使他们不自觉地提出了一些"非非式"的解构主张，掀起了一股解构主义浪潮，以无深度的语义狂欢和带后现代色彩的消遣式形式操作，使现代主义的艺术秩序分崩离析。如蓝马在思维领域的前文化理论,《世的界》捣乱文化思维定式造成的新"语晕";非非主义以还原、逃避、超越途径解构语言中心神话,在非抽象、非两值定向、非确定的三度程序上再展语言风采的诗歌方法假说设想;韩东的"诗到语言为止"的形式观念,《关于大雁塔》那种"什么都不知道"模式对文化隐喻的拆解;大学生诗报消灭意象的语言再处理倡导等,都曾给过先锋诗人以感召。但应该说它们的反文化解构还处于自发的、局部的、表层的阶段。而1990年代民间写作对汉语诗歌体系的解构,则趋于自觉化、体系化和本质化,并且因为诸多簇新恰适的艺术质素的介入更加犀利有力,使它在解构中已经有所建构。

在于坚、杨黎、丁当、朱文等诗人那里,是以事物和语言的自动呈现俘获天然性,解构象征和深度隐喻模式。如在于坚看来,"写作是通往自由的道路,重要的是如何才能真正脱离文化之舌,隐喻之舌,让话说出来,让话诞生",①民间写作和知识分子写作的根本区别就在于知识分子写作使用普通话,使用一种远离诗情诗味的集体的、升华的、第二性的、形而上的僵化的硬语言,而民间写作则使用常识的、可感的、第一性的、具有生命和原创性的灵脱的方言软语言;所以为"在一个词不达意,崇尚朦胧的时代,我试图通过诗歌把我想说的说清楚",②他尽力拒绝象征,回到隐喻之前,回到生存的现场和常识、事物本身,采纳能使诗歌澄明、充满人性和生动活力的口语,那些被称为直接写作的事件系列诗都是佐证。"我看见了它　那个把它敲进墙壁的动作/似乎刚刚停止　微小而静止的金属/露在墙壁上的秃顶正穿过阳光/进入　它从未具备的锋利/在那里　它不只穿过阳光/也穿过房间和它的天空/它从实在的　深的一面/用秃顶　向空的一面　浅的一面/刺进"(《一枚穿过天空的钉子》);③"我梦想着看到一只老虎　一只真正的老虎/从一只麋鹿的位置　看它/让我远离文化中心　远离图书馆　远离动物园/越过恒河　进入古代的大地/

---

① 于坚,陶乃侃:《抱着一块石头沉到底》,《当代作家评论》1999年3期。

② 于坚:《棕皮手记》第285页,东方出版中心,1997年。

③ 于坚:《一枚穿过天空的钉子》,《于坚的诗》第127页,人民文学出版社,2000年。

直到第一个关于老虎的神话之前/我的梦想是回到梦想之前/与一头老虎遭遇”(《我梦想着看到一只老虎》)。[①] 从这两段诗能够看出，于坚是在拒绝着深度隐喻，抑制着想象思维，在他笔下被拭去身上的文化尘土的事物露出了本貌，钉子就是钉子，老虎就是老虎，不高尚也不卑下，它们都只是一种存在而已。符马活的《观看一只杯子》、刘立杆的《基督教女青年会咖啡馆》也体现出了类似追求，主体仿如撤出的纯客观、非变形透视，和世界、生活几乎毫无二致。这些作品对言此即彼的隐喻、暗示传统诗学消解所带来的事物本质的去蔽显真，使诗摆脱了由文化和个人意识干涉的升华模式，事物得以从神话原型和文化符号中解放，按自身秩序展开，恢复到了第一性状态，这种细节化、生活化、人性化的说话方式，激活了世界也复活了词语自动言说的功能。

一些诗人干脆从对口语和语感的推崇向后口语推进。韩东、于坚、丁当、小海、吕德安、杨黎、李亚伟等“第三代”诗人，当年应和韩东“诗从语言开始”“诗到语言为止”的观念，用口语呈现个人化日常经验的实验，已成当代汉诗最重要的美学遗产。进入1990年代后，出于对平面化口水化陷阱的警惕，以于坚为代表的部分先驱，和新近崛起的伊沙、徐江、侯马、杨克、阿坚、沈浩波等人，又以后口语写作开启了语言革命的一个新阶段。他们走自觉的口语化道路，但又不仅仅停留在口语写作状态，而是让口语接近说话的状态，保留诗人个体天然语言和感觉的原生态，这是对1980年代语言策略的最大超越。由于1990年代民间写作者对世界的关系是感知的，而不是思考的征服的，感受的冲动和体验，自然有一种独立的、不可复制的性情和风格，如阿坚轻松散淡、侯马灵气四溢又温和不已、徐江率性而为却忧伤弥漫、贾薇神秘而自足，个人有个人追逐的个性太阳。“那男孩子手指太阳/给我们布道/这是日——/日你妈的‘日’”(伊沙《命名：日》)[②]。作者曾经坦露要在诗里作恶多端，以毒攻毒，这首诗就够歹毒了，它

---

① 于坚：《我梦想着看到一只老虎》，《于坚的诗》第121页，人民文学出版社，2000年。

② 伊沙：《命名：日》，《伊沙诗选》第51页，青海人民出版社，2003年。

在貌似稚嫩、漫不经心的戏仿中，认真而智慧地把人耍了，那种解构崇高和悲剧感的恶毒深度，那种匪夷所思的机智思维，令人折服。后口语写作除了注重原创性的特点外，还注意诗歌语言整体的浑然与自律。诗人们深知后口语不是降低写作难度，它自然朴素、不露痕迹的无为境界，要求诗人有更高的点石成金的能力，所以都在内在技艺上下功夫。“结结巴巴我的嘴/二二二等残废/咬不住我狂狂狂奔的思维/还有我的腿/你们四处流流流淌的口水/散发着霉味/我我我的肺/多么劳累/我要突突突围/你们莫莫莫名其妙/的节奏/急待突围//我我我的/我的机枪点射般/的语言/充满快慰//结结巴巴我的命/我的命里没没没有鬼/你们瞧瞧瞧我/一脸无所谓”（伊沙《结结巴巴》）①，其对汉语的彻底解构乃诗人的独创。其源于于坚、韩东的口语却更结实有力，更富于口语的自律性；它既道出了当代诗人的精神偏瘫问题，又是对语言困惑命题的思考；它气势上的固执和硬度、流畅中的拗口，有狂欢倾向又更整齐，结巴而有秩序，这近似摇滚的口语本身就有一种让人哭笑不得的反讽意味。这种用结巴语式做诗歌语言的实验，消解汉语同时又提供了诗歌语言再生的可能，它不但未拆解读者的阅读，反而会刺激读者的阅读快感，可谓匠心独运。于坚的《0 档案》尽管被某些人贬为语言的垃圾、肿瘤和词语集中营，但在“怎么说”上的智慧和巧妙却有目共睹，堪称当代诗史上的事件之一。这首意在通过一个人历史的书写，来抨击体制运用强制手段扭曲、物化、抹杀人性活力的、回到常识的诗歌，为呼应集约化社会控制的存在特征，竟大胆地把档案的文体和语式完全移植于诗内，偷梁换柱地借代。请看它写日常生活的第八节的日记：

8 日记
×年×月×日　晴　心情不好　苦闷
×年×月×日　晴　心情好　坐了一个上午
……
某日冷

① 伊沙：《结结巴巴》，《伊沙诗选》第 31 页，青海人民出版社，2003 年。

某日等待某某

某年某月某日　新年　某日　某生　某日　节日①

这种日记诗充满公约公式、机械呆板、量化标准式的叙述记载，千篇一律，无聊乏味；但它形式本身先定的僵死冷漠氛围，却把档案乃一切活人视而不见的活地狱的真相外化得十分贴切，成了那个活人的生命被意识形态与无形的权力抽象为一袋袋文字的、畸形“文革”时代的巧妙文献。也就是说后口语写作貌似率性而为，实则隐伏着诗人对世界洞察的敏感和灵智。

最为醒目的是，1990 年代的民间写作者以对语言的施暴扭曲、反讽戏拟的大面积起用和对身体写作的引入，来增加解构力度，给诗歌涂抹上了一层超现实的色彩。我们先说对语言的施暴扭曲。延续何小竹在 1980 年代开拓旋即放弃的追求，1990 年代民间写作者对语言施暴扭曲的表现林林总总。如比何小竹更彻底极端的余怒这样写《盲影》，“傍晚，有一句话红得难受/但又不能说得太白/他让她打开玻璃罩//他说来了，来了/他是身子越来越暗/蝙蝠的耳语长出苔藓”（《清明时节》）②，“歧义”意识的突显，加大了诗歌超现实写作的荒谬力量。

安琪等部分诗人用发散性的思维观察、体验生活，其《庞德，或诗的肋骨》头尾全无，全诗无中心也不和谐，每节每段均相对独立，且可抽出阅读，哪怕变换顺序也无损于诗意，其琐碎、杂乱的思想碎片，即是无始无终的世界、生活在诗中的必然逻辑反映。有些诗人居然用了失名或缺场。自我丧失的“第三代”诗常用角色互转来消解自我，杨黎就以“A 或者 B”，“B 或者 A”取消非定性自我，而伊沙在《老狐狸》里更变本加厉地制造罕见的缺场，休说主体，连本文也不见了，只是在结尾处这样写道：

（说明：欲读本诗的朋友请各备好

---

① 于坚：《0 档案》，《于坚的诗》第 357—358 页，人民文学出版社，2000 年。

② 余怒：《清明时节》，《余怒诗选集》第 179 页，华文出版社，2004 年。

显影液在以上“空白”之处，涂抹

一至二《老狐狸》即原形毕露）①

结果真的害得几个读者用了显影液涂抹，觉得上当受骗后大叫伊沙如老狐狸一样狡猾。诗人就是在这种本文放空的行为艺术中，玩一次性消费的把戏，领略解构传统语言的游戏快感。次说戏拟反讽。对原文仿写和复制造成的反讽戏拟，“是对权威、经典、范型明目张胆的‘误读’策略”，②伊沙是这方面的高手，他的《中国诗歌考察报告》（一九九四年二月六日）完全戏拟毛泽东的《湖南农民运动考察报告》，“同志们/中国的问题是农民/中国诗歌的问题也是农民/这是一个十分严重的问题/这是一帮信仰基督教的农民/问题的严重性在于/他们种植的作物/天堂不收　俗人不食”③，可是在语气、视角、措辞、形式的表面同一背后，却掩藏着通篇曲解的险恶用心，他只是利用伟人的高度威慑力指出中国诗歌问题的严重性，表达反神话的写作态度，以取得反讽得好玩的效应。法拉奇在伯罗奔尼撒山上见到的伟大情景，到伊沙的《法拉奇如是说》却成了：“人类尊严最美妙的时刻/仍然是我所见到的最简单的情景/它不是一座雕像/也不是一面旗帜/是我们高高撅起的臀部/制造的声音——意思是：‘不’”（《法拉奇如是说》）④，诗对太初有戏的戏拟，乃诗人对自己书房墙上字幅的“太初有屁”的阐释，它真是痞气又嬉皮，手法也霸道骇俗，诗人不屑用嘴交战，只是不恭而放肆地撅起屁股，同放个响屁那样简单就否定了权威法拉奇，把他在伯罗奔尼撒山上见到的伟大情景和意义一笔勾销了。侯马的《现代文学馆》味道也很特别，“我的老乡/站在一头毛驴边/小芹的背部/有一种北方乡村的/性感味道/艾青坐在圆墩上/像罗丹的思想者/夏尔说/他在拉屎吧”（《现代文学馆》）⑤，那么

---

① 伊沙：《老狐狸》，《伊沙诗选》第38页，青海人民出版社，2003年。

② 陈仲义：《扇形的展开：中国现代诗学谫论》第301页，浙江文艺出版社，2000年。

③ 伊沙：《中国诗歌考察报告》，《伊沙诗选》第65页，青海人民出版社，2003年。

④ 伊沙：《法拉奇如是说》，《伊沙诗选》第48页，青海人民出版社，2003年。

⑤ 侯马：《现代文学馆》，见安琪等主编《中间代诗全集》第39页，海峡文艺出版社，2004年。

崇高神圣的地方和伟人，经他不雅的生理行为随随便便的一折腾，就被不知不觉、轻而易举地解构了。再说身体写作的引入。“第三代”诗人就写性，可决不像1990年代民间写作者写的这般铺天盖地，翻开一本诗集或杂志就是这样的诗，“她在高潮中有一声喊/喊着元首的名字/显得异常快感/这尖锐的一喊/造成了我的软/我不是犹太人/但有着人类的软”（伊沙《阳痿患者的回忆》）①；性的缠绕既是他们对凡俗生活真相的尊重和恢复，也是他们消解文化、理性、政治等因素的常用工具之一，伊沙的《和日本妞亲热》就把人的政治动物和性的动物特点捆绑一处，以性作为消解政治的手段取得的局部胜利。人的身体的发现和性的刻意强化，和1980年代的语言革命一样，是1990年代诗歌具有深刻意义的艺术革命，它直接启示并影响了70后诗人，尤其是下半身写作的审美风范。

第三节　活力的象征与姿态的停滞

有一种似乎已成定见的思想，那就是在一些人先验的认识中，民间和解构休戚相关，而解构又总是破坏的代名词；所以民间诗歌写作在艺术上几乎没有实质性的建树。这种成见必须击破。

事实上“中国文学史没有生气则已，稍有生气者皆自民间文学而来”②，民间文学阵营的流动、开放，使它总是不断处于分裂的状态之中，而每一次分裂都会造就一次革命，给文坛带来一次繁荣；甚至民间诗人对诗坛的每一次“捣蛋”，都可能孕育着现行诗歌之外的另一种写法。民间视阈不仅为先锋诗人提供了丰厚的精神源泉，而且民间立场也以对学院、传统、主流和体制精英化立场的抗衡，在消除狭窄的一元化思维和阐释模式的困扰，有效防止经典僵化的同时，使诗

---

① 伊沙：《阳痿患者的回忆》，《伊沙诗选》第43页，青海人民出版社，2003年。

② 胡适：《中国文学过去与来路》，《胡适文集·十二》第30页，北京大学出版社，1998年。

坛始终有如一潭活水，能容纳各种新的诗人、诗艺、诗作，保持多元均衡的健康格局和创新态势，活力四射。“在真正意义上的 1990 年代，从韩东、于坚、杨黎等对于语言‘命题’的完成，到伊沙、余怒对于语言‘命题’的重新开发和补充，到‘后口语’诗人群在写作上体现出来的勃勃生机，再到新近涌现出来的‘下半身’诗歌群体对于诗歌写作中身体因素的强调，这十年来，中国先锋诗歌内部新的生长点不断涌现着，并且早已出现了灿若星辰的诗歌文本”①，而这一切都乃民间写作阵营的频繁裂变促成。当整个诗界都被拖进意象和观念的麦地牧场里，当晦涩成为诗坛的流行色，当诗人们臣服于二手知识和阅读经验的空转时，是民间写作者一次次果断而及时地喊出要“饿死诗人”，回归当下生存的现实，以清水芙蓉般的朴素清朗姿态，输送出诸多平易可亲的文本，使诗产生了在读者中比在诗人中更大的影响，在某种程度上挽回了生活与诗的生命尊严。在这个意义上，说民间写作阵营是诗坛活力的象征一点也不为过。

常言道，祸福相依，优长与缺憾正如硬币的两面。于坚的“好诗在民间”②的论断，恐怕要打对折理解，因为民间写作阵营是藏龙卧虎与藏污纳垢的复合体。与倾心文本的创作相比，民间写作对文化反叛的行为本身用力更多，这就注定了它难以逾越精品、经典稀少的大限，它虽然也有《尚义街 6 号》《对一只乌鸦的命名》《大雁塔》《冷风景》《中文系》《结结巴巴》《饿死诗人》《种猪走在乡间的路上》《糟老头》等相对优秀的名作支撑门面；但从骨子里讲还不时停滞于虚空的先锋姿态中。不少作品在随意表述和泛滥的口语左右下，遁入了本文游戏，如《点射》（伊沙）式凌乱无序的转换让人难以介入，诗性缺乏；肮脏意象与黄色段子勾搭，使许多诗已远非文化快餐，简直就是《淋病将至》（沈浩波）样的“垃圾盛筵”，诗意简单浅显，更粗鄙不堪；过度解构的创新意识，使《为“哇塞”而完成的一首诗》（徐江）等作品

---

① 沈浩波：《对于中国诗歌新的生长点的确立》，中岛主编《诗参考》第 273—274 页，第 16 期，2000 年。

② 于坚：《穿越汉语的诗歌之光》，见杨克主编《1998 年中国新诗年鉴》第 9 页，花城出版社，1999 年。

不时倒向形式主义和语言暴力的深渊，狡黠与小聪明的特色十足，智慧与大气魄却被迫退避三舍……假如从 1980 年代中期算起，民间写作的历史至少已近二十年，可是许多诗人的认识还停留于当年《大学生诗派宣言》倡导的诗歌魅力源于“粗暴、肤浅和胡说八道”[1]的混沌思想层面，意在反叛地矢志追求“文化的反面”，而不做写作策略上的深化、完善和提升，这种滞后于时代进步的艺术观念和行为，无论如何都会令人遗憾不已。

---

① 徐敬亚，孟浪编：《中国现代主义诗群大观 1986—1988》第 185 页，同济大学出版社，1988 年。

第六章 “知识分子写作”:思想与技术同构

在反意识形态奴役化的精神向度上,“第三代”诗的诸种流派间有着惊人的一致;但消解朦胧诗的目标一经实现,骨子里分歧的显露就使它迅速分崩离析,演化为文化诗和生活流诗两股并行生长的主流倾向,“后朦胧诗(“第三代”诗)在80年代张扬的是‘文化诗’,到90年代则成为‘知识分子写作’”①,在1980年代张扬的生活流诗到1990年代则成为“民间写作”。应该说知识分子写作和民间写作,在个人化、“及物”性、日常取向、叙事技巧等方面的追求是相通的,只是写作立场、审美旨趣和文本效果的差异,又使它们各行其道,分属于不同的艺术世界。

“知识分子写作”专指王家新、欧阳江河、西川、臧棣、欧阳江河、孙文波、张曙光、陈东东、肖开愚、翟永明、钟鸣、王寅、西渡、柏桦、吕德安、张枣、桑克等人的诗歌写作。作为一般语汇,“知识分子”和“写作”都已司空见惯;但两个语汇组合在一处并形成特定的所指,还是从1990年代后开始的。进入1990年代之后,面对着新奇繁杂的诗歌现实,“后朦胧诗”概念的有效性渐趋衰退、失灵,而“90年代诗歌”一词却悄然被《学术思想评论》《天涯》《北京文学》《倾向》等多家刊物认可与采纳。并且,在一些理论家觉醒的“90年代诗歌”的意识中,知识形构的整体性改变已经成为区别于1980年代诗歌的明显标

① 于坚:《穿越汉语的诗歌之光》,见杨克主编《1998中国新诗年鉴》第7页,花城出版社,1999年。

志。[1] 最早提出"知识分子写作"概念的是西川，由于担心"中国诗歌被十二亿大众的庸俗无聊的日常生活所吞没"，他在1987年8月诗刊组织的"青春诗会"上"提出了'诗歌精神'和'知识分子写作'概念"，阐明知识分子是"专指那些富有独立精神、怀疑精神、道德动力，以文学为手段，向受过教育的普通读者群体讲述当代最重大问题的智力超群的人，其特点表现为思想的批判性"。[2] 应该说，他的阐释把握住了知识分子概念的精髓所在。1988年，和西川同时参加"青春诗会"的陈东东等人创办的民间诗刊《倾向》，即以知识分子态度、理想主义精神和秩序原则为宗旨，强调艺术的独立性和伟大诗歌的标准，指明知识分子写作应该上升为一种诗歌精神。到1994年，欧阳江河发表的《89后国内诗歌写作：本土气质、中年特征与知识分子身份》一文，则标志着有关知识分子写作的具体内涵、流变、意义的阐释表述，已经基本上走向系统化和清晰化。在欧阳江河看来，知识分子写作是在1989年抗议主题被耗尽、群众写作过后，一种从语境和语言策略上寻求阶段性活力的诗歌实践，"知识分子诗人有两层意思，一是说明我们的写作已经带有工作和专业的性质；二是说明我们的身份是典型的边缘人身份"，"诗歌中的知识分子精神总是与具有怀疑特征的个人写作连在一起的，它所采取的是典型的自由派立场，但它并不提供具体的生活观点和价值尺度，而是倾向于在修辞和现实之间表现一种品质，一种毫不妥协的珍贵品质"；并进而明确了"将诗歌写作限制为具体的、个人的、本土的，这种写作实际上就是西川、陈东东和我早些时候提出来，后来又被肖开愚、孙文波、张曙光、钟鸣等人探讨过并加以确认的知识分子写作"，也就是人们常说的"中年写作"或"八九后的写作"。[3] 从知识分子写作者的大量阐释中，不难透析出知识分子写作的真切内涵：它意指那些凭借知识优势，以批判、自由的个人化精神立场介入时代和社会，在艺术文本上精进的创

---

① 程光炜：《90年代诗歌：另一意义的命名》，《学术思想评论》1997年第1期。

② 西川：《答鲍夏兰·鲁索四问》，见闵正道主编《中国诗选》第376页，成都科技大学出版社，1994年。

③ 欧阳江河：《89后国内诗歌写作：本土气质、中年特征和知识分子身份》，《今天》1993年第3期。

作实践；它的终极目的是想以现代知识系谱和话语方式的重构，来重塑现代知识分子形象。

第一节　批判性精神立场的张扬

知识分子的独立品质是思想自由，一贯态度是批判立场，坚持思想批判的精神立场是知识分子写作的生存依据。在这点上知识分子诗人群无愧于知识分子的称谓。

民间写作者诟病知识分子写作者是脱离中国人生存现场的暗房工作者、缺少对当下日常生活的敏感，恐怕是武断之见。因为从没有哪一代诗人比后朦胧诗人更渴望加强同生存境况的联系，将日常经验和事物作为诗歌基本资源是所有朦胧诗后先锋诗人的共同选择。不错，知识分子写作有过“凌空蹈虚”的时节，1989 年前后“纯粹”“文化”风尚的裹挟曾令其流连沉醉不已。但是当时大量“农耕式庆典”诗歌那种逃避生存的流弊，也让一些知识分子写作者警觉到：先锋诗歌的纯粹不该自我封闭，而要“深入当代”①，在打开的当代经验中获得；并在实践中逐渐走上了“及物”的日常性路线，“比现实主义者更关心现实生活”②，关注人类命运和当下生存经验，切入了时代精神及其内在焦虑的核心。如不乏敏锐历史感的臧棣，就是从生存和日常生活细节的诗意捕捉获得成功的，“隔着丝绸衬衣，你也能感到/她的双乳陈旧，如一对尘封的有源音箱”（《维拉的女友》）；③“她解开衣链，裙子像波浪一样滑下/她露出更完美的建筑：她坚定地说/这就是你的教堂。信仰我吧”（《关于波浪维拉的虚构之旅》）④。私人性的琐屑、具体的细节氛围和略带反讽的描述媾和，既完成了书写维拉之

① 陈超：《深入当代》，《诗歌报》1993 年第 2 期。

② 西川：《让蒙面人说话》第 277 页，东方出版中心，1997 年。

③ 臧棣：《燕园纪事》第 157 页，文化艺术出版社，1998 年。

④ 臧棣：《燕园纪事》第 159 页，文化艺术出版社，1998 年。

美的沉潜主旨，又让人读之有身临其境之感，把与白领丽人相遇或可能相遇的奇异经验，传达得漫不经心却诗意盎然。张曙光在日常性意识上的觉醒也许更早些，当多数诗人还在宏大主题和叙事中高蹈时，作为人类生存处境的自觉承担者，他已经开始注意用细节表现人在当代境遇中的内心世界，“那一天我们走在街上/雪花开始飞舞/搅乱着我们的视线/于是街道冷冰冰的面孔/开始变得亲切/那一天我们喝了很多酒/在酒桌上，像两个水手/谈论起很多往事/直到我们的酒杯/溢满暗红色的暮色/一切都让它过去吧/你说，一辆辆汽车/开始从我们的身边驶过”(《那一天……》)①，那一天的时间，是以诗人的生活细节和内心经历一部分的形式出现的，这种建立诗和时间关系的方式更凿实可靠。黄灿然则把感情的日常状态伸向了更具体的生活领域，如他的《建设二马路》一诗，出现的物象和场景是这样的，“酒楼、排挡、杂货店，/菜市场、药房、地摊，它们/都近在咫尺，方便我这个贪方便的人”②，最无诗意的事物入诗，却恢复出了凌乱而实在的生活场景和感受，实现了对传统的诗歌题材观念的去蔽。即便像张枣的《梁山伯与祝英台》、钟鸣的《莉娅的晚餐》、欧阳江河的《那么，威尼斯呢?》等想象力铺就的诗，也都氤氲着浓郁的日常生活气息，体现着诗人们介入现实的动向。

尤为可贵的是，知识分子诗人们没有仅仅为生活和社会画像，而是在介入生活现实的过程中又兼顾了思想的批判和建树。以对当代现实毫不妥协的批评者姿态出现于 1990 年代的孙文波，尽管以调侃、反讽作减压阀；可是调和冲突心理机制的缺乏和“反诗意”的视角，使他那些执着观照日常生活的反面及人在其中的羞辱存在的诗歌，依旧似一座座没有爆发的活火山，贮满火气。“我的姊妹们，从可爱的姑娘长成愚蠢的女人/势利地打量着世界。我的同伴们，在/商海里游泳，而我却为文字所惑，/在文字的迷宫里摸索。但我的笔却写不出/一个人失去的生活；我无法像潜水员/在时间的深处打捞丧

---

① 张曙光:《那一天……》,《小丑的花格外衣》第 13 页，文化艺术出版社，1998 年。

② 黄灿然:《建设二马路》,《世界的隐喻》第 4 页，文化艺术出版社，1998 年。

失的记忆”(《铁路新村》)①,从容的审视、叙述里所透出的沉痛而“恶毒”的立意,有种袭人的悲观。王家新更因为对现实的真诚承受与批判,被一些人称为时代道义、良知的承担者和见证人,他深刻地认识到“无论我们多么渴望个人在历史中的自由,我们的写作仍不可避免地受到当代政治文化生活的影响,也无论我们走到多远,我们最终仍要回到这种我们注定要承受的汉语的现实中来”②,并以文本触及了人在意识形态话语中的困境。“终于能按照自己的内心写作了/却不能按照一个人的内心生活……那是/命运的秘密,你不能说出/只是承受、承受,让笔下的刻痕加深……人民胃中的黑暗、饥饿,我怎能/撇开这一切来谈论我自己?”(《帕斯捷尔纳克》)③诗中那种为时代和历史说话的悲天悯人的道义担待,那种为对命运浑然不知者忧患的伟大气质,借帕斯捷尔纳克的痛苦精神旋律宣泄奋然而出,文本的真诚自身就构成了对残忍虚伪、缺乏道德感的时代的谴责鞭笞。昔日的语言炼金士西川,正视死亡的此时也一改优雅与唯美,“死亡使你真实,却叫我们大家/变得虚幻”(《为骆一禾而作》)④,开始探询抽象的死亡和诗人写作的意义,试图嘲讽死亡的丑陋和悖谬,发现、质疑思维与世界或逻辑与结论间的错位。

在个人化写作的1990年代,写诗已经成为一项独立的精神探险,它要求每个写作者都必须具有独立的见解和立场;所以西川说在中国要做诗人必须先做思想家、哲学家、神学家。这种精警的认识,因为十分符合知识分子写作强调提升精神和思想超越的本意,所以曾经引导过知识分子诗人们的集体审美趋向。诗人们像承继艾略特的非个人化传统,讲究现实、玄学与象征综合的九叶诗人一样,重视复杂经验和“诗想”的开拓,孕育出了许多从日常生活经验出发又与其保持一定距离、向宗教与哲学境界升华的文本。如以洞察事物内在不可知秘密为最高宗旨的西川,对神性、秩序、永恒、终极一类的观

① 孙文波:《铁路新村》,《孙文波的诗》第2页,人民文学出版社,2001年。

② 王家新:《游动悬崖·自序》第1页,湖南文艺出版社,1997年。

③ 王家新:《帕斯捷尔纳克》,《王家新的诗》第76—77页,人民文学出版社,2001年。

④ 西川:《为骆一禾而作》,《西川的诗》第174页,人民文学出版社,1999年。

念始终有着浓厚的兴趣，1990年代一些诗人自杀后的特殊思想氛围，更在一段时间里主宰了他诗歌的生命意味。“你没有时间来使一个春天完善/却在匆忙中为歌唱奠定了基础/一种圣洁的歌唱足以摧毁歌唱者自身/但是在你的歌声中/我们也看到了太阳的上升、天堂的下降/以及麦子迎着南风成熟/以及鹰衔着黑夜飞过姐妹的田垄”(《为海子而作》)①。面对世界的喧嚣和裂变，诗人仍然固守沉思的风度和气质，不能不说是一种人生大智慧的表现。为先锋诗歌提供思辨维度的欧阳江河，是玄学倾向和抽象能力具强的诗人，一似沉迷于思想的滔滔不绝的哲学家。“从帝国的观点看不出小镇的落日/是否被睡在闹钟里的夜班小姐/拨慢了一个世纪。火星人的鞋子/商标上写着‘中国造’”(《感恩节》)②。此在瞬间感受的世俗化抚摸，被一种机智的细节把握所包裹，每个句子显示的机敏的小思想或小思想在语词中的闪耀，充满快感。他那种带有反省和怀疑质地、对人类存在意义和悲剧内涵的持续思考，后来在王家新的《挽歌》、西川的《致敬》、肖开愚的《国庆节》、翟永明的《咖啡观之歌》等诗中，都激发出了强烈的回响。可见，知识分子写作和粉饰现实的颂歌模式有别，更与语言、形式领域的平面游戏无缘。知识分子内质外化的对现实的批判性介入，对政治文化与道德命题的直面言说，使其无意中暗合了伟大之诗的趋向，其在话语和现实之间确立诗与时代生存境遇关系的实践，是对诗坛的一个重要贡献。

令人惋惜的是，知识分子写作至今尚未出现阔大邃密、振聋发聩的思想文本，影响了自身成就的高度和力度。这一方面是由于诗人们的哲学意识薄弱，思想识力不逮；更重要的一方面则是因为诗人们的思想建树途径存有本质上的偏差。知识分子写作多采用与西方亲和、互文的写作话语，这在1990年代后殖民化的文化语境里本来无可厚非；问题是这种本该进行中西写作、文化上平等对话的资源借鉴，已严重地失衡为向西方“拾人牙慧”的一边倒，被欧化得失去了民族性根基。看看程光炜所开列的名单即可窥见一斑，欧阳江河“同波

① 西川：《为海子而作》，《西川的诗》第171页，人民文学出版社，1999年。
② 欧阳江河：《感恩节》，《今天》1997年第2期。

德莱尔一样，把一种毁灭性的体验作为语言的内蕴，把一个要将他的过去和现在碾得粉碎的时代作为思考的主题”；“王家新对中国诗歌界产生实质性影响，是他自英伦三岛返国之后……米沃什、叶芝、帕斯捷尔纳克和布罗茨基流亡或准流亡的诗歌命运是王家新写作的主要源泉之一”；“西川的诗歌资源来自拉美的聂鲁达、博尔赫斯，另一个是善用隐喻，行为怪诞的庞德”；“开愚的身上有着庞德的某些影子”。[①] 知识分子写作的资源，不是来自心灵和足下的土地，而基本上来自兼为思想家的西方大师们的智慧。例如王家新和帕斯捷尔纳克间的互文，不过是在《帕斯捷尔纳克》中把后者被翻译的诗《二月》之句“直到轰响的泥泞燃起黑色的春天”，改写成“从雪到雪，我在北京的轰响泥泞的/公共汽车上读你的诗”；[②]“西川的《近景和远景》对名词进行解释、阐述，缺乏长诗应有的系统的思想性，虽然那些见解十分精彩”。[③] 不可否认，模仿、借鉴西方大师的思想，也可能是通向创造的前奏。但是，关键是在大师们的荫蔽下，久而久之，一些诗人渐渐沦为仅仅消费、阐释、重复西方大师思想的单纯追随者，缺少思想的原创性，不用说文本的思想建树无从谈起，就是诗人们介入、批判现实的深度和力度也都大打折扣。

第二节　形式技术的着力锻造

在崇尚工具理性的现代性艺术实践中，形式因素的地位更为显赫，形式本身常常就具备增殖效应。知识分子写作者因为长期在艺术传统里浸淫，因为综合“知识气候”的科班训练，因为偏好写作可能性的探讨，也因为喜欢向复杂经验和知识系谱问鼎；所以和其他的诗

① 程光炜：《序〈岁月的遗照〉》，《程光炜诗歌时评》第 53—57 页，河南大学出版社，2002 年。

② 王家新：《帕斯捷尔纳克》，《王家新的诗》第 76 页，人民文学出版社，2001 年。

③ 梦亦非：《“知识分子写作”：标准与失范》，见小引，朵朵编《或者诗歌》第 1 卷第 31 页，2001 年。

歌类型群体比较，更敬祈技术含量和文本形式的精湛。与脱离技术“伟大的思想不过是空洞的废话”[①]观念呼应，他们认为写作是一种技术，一种技术对思想的咀嚼，“一种新的技术的运用，会向你展示一种新的可能性，会带给诗歌新的空间，容纳进新的经验”，[②]“技巧的完整性反映出主体内心世界的完整”，“对技巧（技艺）的依赖是一种难以逃避的命运”，[③]在——艺术操作中非常重视技艺，甚至“把技艺的成熟与经验的成熟作为检验一个诗人是否正在成熟的一个重要标准”[④]，作为诗歌生命的内在支撑，在技巧和心灵的相互磨砺中，创造了大量朝经典化方向努力的优秀文本。

知识分子写作者的艺术表现，是八仙过海，各怀绝技，风格如缤纷的花雨，仪态万千，吕德安善驰骋幻想、张枣长经营语感、王家新好内心独白、西川喜文体综合、欧阳江河多精雕细琢……但在这众声喧哗背后仍有几个恒定的主题音笼摄着。

一是顺应1990年代的艺术趋势，普遍重视开发叙事性功能。随着缪斯向世俗化世界的敞开，诗歌所涉略的材料日趋庞大芜杂，面对复杂的经验、情境和场景，再一味沿袭纯粹的意象与象征手段已捉襟见肘；因此为加强处理复杂事物的能力，知识分子写作者都注意将叙述性作为改变诗歌和世界关系的手段，并把这种手段调弄得异常娴熟。如典型的学院派代表臧棣，1980年代的许多文本都以唯美典雅著称，进入1990年代后则开始祛除趣味主义因素，以“非诗”的形式拓展经验世界的边线，他的诗集以《燕园纪事》命名即可窥见这种转换讯息。“1990年，七月或八月的一天/我们聚集在学四食堂，不分宾主/为镀完金的陈建祖和非默饯行。/席间，只有韩毓海穿着休闲的短裤，使夏天准确地服务于人体/并使我的回忆有根有据……你的死亡使我震惊，但却/教育不了我；你的献身使我们/共同的朋友西渡

---

① 纳博科夫：《文学讲稿》第12页，三联书店，1991年。

② 臧棣：《后朦胧诗：作为一种写作的诗歌》，见闵正道主编《中国诗选》第350—351页，成都科技大学出版社，1994年。

③ 张曙光：《诗歌中的几个问题》，《诗林》2002年第3期。

④ 程光炜：《90年代诗歌：另一意义的命名》，《学术思想评论》1997年第1期。

震惊而悲伤”(《戈麦》)[①],过程切面、场景描述和冷静的议论,仿佛把诗变成了有条不紊的“无风格”的叙述之作;但其诗意却毫无遗漏地渗入了抒情空间,那种对现实的点化能力无法不令人击节。“孙文波的贡献在于对叙事能力的开拓,在我们周遭发生过的‘现实’,经过他的编码,是那样的不可思议,触目惊心”[②],充满真实生活细节的《梦·铁路新村》和《在西安的士兵生涯》都是有力的证明。在叙事性追求上,如果说臧棣、孙文波分别以综合感和复杂多元的叙说方向强化引人注目;那么具有深刻自省精神的张曙光则在自我分析、叙事和抒情的适度调节方面堪称独步。“现在雪落在公共汽车的站牌上/我仍在等待——我的影子/是否会与往昔的一切重叠,那/永远失去或正在失去的一切?/或透过时间的迷宫/彩色的窗子(略有些褪色)/能够窥视到往昔的一切/我为什么这样想,也许我只是应该/跺跺我的脚,它的上面溅满了雪/我真的迷失了吗,在一场雪里?”(《序曲》)[③]克制内敛却深入异常的语言,在简洁紧凑的叙述笔调下直指普遍的人性困顿和诗人的心灵剖析,作者和叙述者两个若隐若现的“自我”距离的开合,强化了文本的低调和滞重,越是冷静震撼力越大,在这里以退为进的技术对人类精神困惑的容纳,已很难说仅仅是一种外在形式了。肖开愚扩张性质的写作也有一种跨文体意味,“你装扮成我的另一个我/来挟持我的这一个我。/两个相反的人并不彼此喜欢/一个大喜,在回忆中虚构自己,/一个落泪,在眺望中虚构自己。/可当我们相互认出。/反而像一瓢冷水泼过来。/(可你一头好发新理了,刚好是个酒瓶盖子)”(《王一檪》)[④]。这完全是想象力的诗歌片断,在想象时空里的思维游走,对材料的戏剧性驾驭,加添括弧的调皮,雅言俗语的搅拌,都显示了诗人高度的时空综合能力。欧阳江河 1990 年代在中国、欧洲和美国之间没有终点的精神漫游,在

① 臧棣:《戈麦》,《燕园纪事》第 42—44 页,文化艺术出版社,1998 年。

② 程光炜:《序〈岁月的遗照〉》,《程光炜诗歌时评》第 58 页,河南大学出版社,2002 年。

③ 张曙光:《序曲》,《小丑的花格外衣》第 83—84 页,文化艺术出版社,1998 年。

④ 肖开愚:《王一檪》,见孙文波等编《语言:形式的命名》第 49—50 页,人民文学出版社,1999 年。

扩大知识和文化视野同时，也使他从以前滔滔不绝的语词气势和雄辩性转向了平淡无奇的个人叙述，《哈姆雷特》揭示了他个人的处境，既意识到“在一个角色里待久了会显得孤立”，又深知“但只有鬼魂，面具后面的呼吸”，既明白“舞台周围的风景带有纯粹肉体的虚构性”，自己对它冷淡，又无法回避“我们也将长久地、不能抑制地痛哭”，①矛盾而无奈。知识分子写作的叙事性引进与强化，是对现实主动自觉的迎迓和介入，是对诗歌本质的扩充和改写。它既拓宽了诗歌的题材、表现手法与时空幅度，又限制、削弱了浪漫主义因素的膨胀，令几十年来看惯伪抒情诗歌的读者胃口大开。当然它叙事性语言功能的过分夸饰，也减损了诗的古典性、抒情性和诗意浓度等一些优秀品质，这恐怕就是世事难以两全的惨痛代价吧！

二是语言修辞意识的高度敏感和张扬。臧棣说1990年代的两个诗歌主题是历史的个人化与语言的快乐，这种说法堪称经典之见。历史的个人化在这暂且不论，语言的欢娱锻造确实够得上1990年代知识分子写作的标志性特征之一。新的存在和生活经验的激发，原有狭窄艺术手段本身不堪重负的调整呼唤，和诗人加强和社会交流的渴望三者会通，敦促着诗人们寻找各自恰适的艺术通道，“训练各种手艺，就是希望培养综合写作的能力”，②以适应大型的、微小的、抑或中性的题材书写需要，于是反讽、隐喻、引文镶嵌、戏剧化、散点透视、互文等，传统的、簇新的、诗内的、诗外的技术因子，都纷纷落户于知识分子写作的文本之中，灵活、复杂又有广融性。许多诗人受“诗的语言是悖论语言”③启发，在诗里做“语境对于一个陈述语的明显的歪曲”④的反讽训练，以含混、变形方式形成的张力来实现文本自足。孙文波甚至断定“一个有创造力的诗人如果做不到在他的写

① 欧阳江河：《哈姆雷特》，见程光炜编选《岁月的遗照》第32—33页，社会科学文献出版社，1998年。

② 见肖开愚访谈录——《个人写作：但是在个人与世界之间》，《北京大学研究生学刊·文学增刊》创刊号，1997年1月。

③ 克利安思·布鲁克斯：《悖论语言》，见赵毅衡编《“新批评”文集》第354页，百花文艺出版社，2001年。

④ 克利安思·布鲁克斯：《反讽——一种结构原则》，见赵毅衡编《“新批评”文集》第379页，百花文艺出版社，2001年。

作中使用过去被判定为没有'诗意'的词汇，那么，他的写作多多少少应该看作是不成功的"①，在司空见惯的词语之间的冲突和摩擦中酿造潜能，"我们还要站得多高才能看见那些在/县政府里走动的人？还要用多少管墨水/他们才会下达一个命令"（《散步》）②，旁观者立场的喜剧性反讽，使诗人愈是故意"缺席"，愈是从反面强化、突出了自己的在场，在面向社会病态挥动反讽嘲谑的手术刀的孙文波外，分明还站着一个沉于世俗、悲怆而无奈的孙文波。臧棣的《生活的展示者》、西川的《小说家》等诗，也以变形倒错的方式把互相冲突、不协调的事物拷合在一起，在言语或情境反讽中制造喜剧效果，含混、复杂，妙趣横生。这是生活的馈赠，也是诗歌自我调节的结果，更是因为大部分进入中年的作者诗人"到了/讥讽的年龄"（王家新《纪念》）③。知识分子诗人悟到，无论多么高妙的修辞和精湛的思想，都只能通过中介性的词和词的关系的建立来完成；所以他们在创作中对词语的选择、连缀和装饰就格外讲究。像精雕细琢的欧阳江河，习惯经过反词展开修辞，来放大和升华其正面意义，请看他的《1991 年夏天，谈话记录》第五节的旅途描写："这里不是田纳西州，没有涌向一只空瓶子的/波浪似的原野，和白象似的起伏的群山。/从美国到中国：你可以对未来保持沉默，/也可以站在既往的立场上维护旧事物的/等级。两个轻轻相碰的杯子具有同等重量。……眼泪，没有来由的眼泪"④，诗的主体写两个中外朋友中的中国朋友，要向另一个异性朋友表达爱情，但碍于身份和心情弱势不便交流，遂用反向词来突破心理障碍，以对词的正面意义扭曲和修改，把文化压力转移到了对方身上，使保持沉默、等级等有教养的辞令里，包含着内心的自尊和另一层不明含义的蔑视，这种处理在加大阐释空间同时，也容易激发读者

---

① 孙文波：《生活：解释的背景》，转引自程光炜《叙事策略及其他》，《大家》1997 年第 3 期。

② 孙文波：《散步》，《孙文波的诗》第 154 页，人民文学出版社，2001 年。

③ 王家新：《纪念》，《王家新的诗》第 142 页，人民文学出版社，2001 年。

④ 欧阳江河：《1991 年夏天，谈话记录》，见闵正道主编《中国诗选》第 264—265 页，成都科技大学出版社，1994 年。

对词语不同意义的想象力。[①] 西川则"长于用哲学的眼光来思考问题,同时又把激情隐藏在相当放松的形式、结构、节奏和语调之中"[②],他的语言才能全面而均衡,在《在哈尔盖仰望星空》时,"听凭那神秘的力量/从遥远的地方发出信号/射出光来,穿透你的心",诗人感受着大自然和星空的神圣,"像一个领受圣餐的孩子"(《在哈尔盖仰望星空》)[③],那种高度协调的控制力和恰到好处的分寸感,保证了艺术的沉静、简约而精致。陈东东更是"优美地专注于文本的快感。他的诗歌是本文的本文,洋溢着一种漂亮的、华美的、新奇的、将幻想性与装饰性融于一体的、执着于本文表层的语言的光泽",它意指着"想象力的欢娱,一种从容、自如、优美、飘逸的诗歌感性","他在诗歌的感受力方面所臻及的完整和活力,几乎是无可挑剔的"。[④] 知识分子写作在语言上还有一个共性的追求,是喜欢用翻译语体。因为大多数"知识分子"都出自高校,受过正规的科班教育,写诗之余都能做一点翻译。这种经历和境遇折射到创作中,就使他们有形无形地会利用翻译的便利,让外国诗歌中的一些语汇、语体进驻自己的诗里。如"我建筑了一个城堡/从一个滚石的梦中;我经历着审判"(王家新《卡夫卡》)[⑤],"马可·波罗遇上了鞑靼王,/也遇上了威尼斯帐篷里的狗吠。/一寸浪好比一寸不曾失色的金子,/带走了那不胜风寒的迷楼"(钟鸣《密房》)[⑥],这种翻译语体因常常结合感性判断和诡秘的陈述语,结合经典意象和新鲜事物,富于思辨和剖析意味,所以在一定程度上提高了消化异质成分的能力,使熟悉的言说愈加陌生化,对以往抒情诗那种平庸程式化的遣词用语构成了一种颠覆;但是优势即局限,过分向外语诗歌看齐就容易在不自觉中混淆创作诗和

---

① 参阅程光炜《欧阳江河论》,《程光炜诗歌时评》第189页,河南大学出版社,2002年。

② 程光炜:《西川论》,《程光炜诗歌时评》第196页,河南大学出版社,2002年。

③ 西川:《在哈尔盖仰望星空》,《西川的诗》第37页,1999年。

④ 臧棣:《后朦胧诗:作为一种写作的诗歌》,见闵正道主编《中国诗选》第342—343页,成都科技大学出版社,1994年。

⑤ 王家新:《卡夫卡》,《王家新的诗》第104页,人民文学出版社,2001年。

⑥ 钟鸣:《密房》,孙文波等编《语言:形式的命名》第97页,人民文学出版社,1999年。

翻译诗的界限，既限制汉语固有的自动或半自动言说性质，养成思维惰性，也晦涩蹩脚得让读者感到隔膜生分。

三是文体的自觉互渗。20 世纪是个开放与交叉的时代，各种门类的艺术都难再做野鹤闲云般的闺阁处女，一守纯洁，或者说文体上的界限越来越模糊。顺应这种世界性的文体互渗趋势，也为通过文本包容性的加强，来满足扩大了的现实诗意的传达期待；知识分子诗人们的文体意识日益开放，散文、随笔、小说乃至戏剧企图的凸起，促使他们的文体走向了立体、自由和驳杂的境地。如西川本来就具有强烈的文体意识，1990 年代后更发展了诗歌的跨文体倾向，长诗《厄运》叙写一个人从三十岁到七十岁的报废人生，被观照的漫游者按生活的逻辑丝毫不差地做事，却每一步获得的都是反向的结果，厄运自始至终的纠缠使他没有别的选择，根本拒绝不了难堪的生活。作品好像在揭示生活不在别处就在这里的真理命题，诗的韵味十足；但其表述方式却有明显的小说化痕迹。《致敬》乃由自嘲饶舌的散文片段连缀而成，形式上近于随笔。在对一种新的诗歌体裁的把握上，《近景和远景》"匀称、饱满，同时保持了西川那独特的嘹亮而纯正的音色。这组诗成为西川对 90 年代诗歌文体一个不可忽视的贡献"①。王家新也极力扩展文体的涵纳力，在《词语》《谁在我们中间》《临海的房子》等诗中，运用片断式的散文体，使独白之外又多了异质的经验和言说渠道。翟永明的《咖啡馆之歌》、肖开愚的《来自海南岛的诅咒》等诗也一改单一的抒情视角和分行体，运用多声部的叙事体。文体的互渗，使知识分子写作时时能跳出自我，视野开阔；并因为对人物、过程或细节因素的注重，强化了诗歌的整体性指向和可观性。

第三节　渐进智性写作的佳境

毋庸讳言，1990 年代的中国，理想幻灭、道德沦丧、腐败盛行，炽

① 西渡：《凝聚的火焰》，《守望与倾听》第 111 页，中央编译出版社，2000 年。

盛的世俗化之风锐不可当，整个知识界的精神濒于崩溃的边缘。在转型期严峻的境况下，知识分子写作者却能够保持一种思想操守，不向失望和痛苦的时势投降；并且依然在艺术地把握复杂历史经验的基础上对人类的精神殷殷关怀，这不能不令人肃然起敬。他们那种理解事物、参与生活、写作旨趣上的方式与形态，对周瓒、余弦、唐丹鸿和以胡续东、姜涛为代表的《偏移》同仁等后来者，都形成了积极的启迪，与后来者共同组构成知识分子写作谱系。在谈到知识分子写作时，臧棣说"'知识分子写作'从它的自我命名之日起，就面临着被丑化和庸俗化的双重危险。庸俗化的危险主要来自其内部，或者说，来自它的参与者的自我神话的潜在倾向"[①]，我觉得，这一方面是源于文人相轻的诬陷批评，一方面也说明知识分子写作确实存在着许多不可逆转的缺憾。知识分子写作"要将诗歌建构成一种关乎我们生存状况的特殊的知识"，"将想象力塑造成了一种执着于自由关怀的知识"，[②]这优卓准确的向度体现出一种审慎的魅力，代表着中国诗歌的生命力；只是由于目前种种不足的牵制，使它的理想尚未实现，仍处于通往成熟的途中。

首先，知识分子写作为企及智慧写作的化境，所走的知识化路线是一条理想的捷径，它能够增加诗歌翅膀的硬度和速度；但西川、王家新、臧棣们过分依靠知识，坚守"只有从文学才能产生文学，从诗中才能产生诗"[③]信条，有时甚至"靠阅读写作"，不从心灵而从知识出发，根本未将知识的诗性价值转化为生命有机体，活生生的诗歌实践被改造成了智力比赛和书斋式的写作，大量充塞的神话原型、文化符码，使文本缺少生气，匠气十足。其次，知识分子写作这种靠演绎知识以表现宏阔视野的行为，背离了诗歌的心灵艺术本质，在已有的知识层面驰骋想象也提供不出簇新的审美经验，渐进、温和而平庸，原创力萎钝；所以有人批评它的"诗歌一看就知道它试图置身于哪一个

---

① 臧棣：《当代诗歌中的知识分子写作》，《诗探索》1999年第4期。

② 臧棣：《当代诗歌中的知识分子写作》，《诗探索》1999年第4期。

③ 王家新：《回答四十个问题》，见闵正道主编《中国诗选》第403页，成都科技大学出版社，1994年。

大师的精神背景下，连语感和文体，看起来都像翻译诗，看不出他们对任何具体的问题和事物有体验或疼痛"[1]，这话虽然有些夸张，但也道出了"知识分子写作"的知识化、玄学化追求淡化对日常经验和生存现场关怀的实情。再次，知识分子写作处置本地经验和事物时有一种明显的趋同国际化倾向，《重读博尔赫斯》（西川）、《卡夫卡》（王家新）、《海神的一夜》（陈东东）、《哈姆莱特》（欧阳江河）等文本，都大量运用了与西方互文的话语。向西方借鉴精神资源是和国际诗坛接轨的有效途径，但应该以之激活中国传统的写作技术，达成传统诗学和西方诗学精神观念、话语技术的合璧，切不可直接照搬西方的知识和方法，把西方资源当作唯一资源，忽略本土和当下关怀，从词语到逻辑都洋腔洋调，知识分子写作现有的"翻译风"只能令人生厌，必"隔"无疑。另外，知识分子写作是一种小众化诗歌，它对写作难度的强调、鼓吹诗歌是少数人的艺术本无大碍，但不该将艺术水准的提高和接受者对立，主张诗为少数人独有。王家新、翟永明、陈超一再提及诗歌写作应效法希门内斯，为"无限的少数人"服务，而不必顾及与艺术隔膜的精神贫民，这种贵族性观念无疑是自设迷津，把大批读者挡在了"高雅"的诗歌之外。它的意味深藏与曲高和寡，要求读者必须有较好的知识积累和艺术修养方可入其门槛，否则只能"望诗兴叹"。知识分子写作拒绝商品文化、世俗文化的选择令人肃然起敬，但也必须警惕技术主义和修辞至上。从令人"气闷"到令人"头晕"，先锋诗歌一再遭遇"读不懂"的责难，这本不该成为先锋诗歌、知识分子写作的必然宿命。

① 谢有顺：《诗歌在疼痛》，《大家》1999 年第 5 期。

第七章　激情同技术遇合:女性先锋诗歌论

1990年代的诗坛渐呈颓势,每况愈下。诗人头上的贵族光晕日益黯淡,诗歌在生活中已经成为可有可无的点缀,诗歌写作变得愈来愈个人化、边缘化。在诗坛空前的阵痛和逃亡中,招摇的诗写者纷纷走穴出局,男性诗人频频自杀,先锋诗歌步履艰难。然而就在同样一个时段内,女性主义诗歌却相对平静,不但翟永明、伊蕾、唐亚平、陆忆敏、王小妮、张真、林雪、张烨、海男等"老"诗人锐利不减、风头正健,唐丹鸿、李轻松、丁丽英、鲁西西、周瓒、安琪、胡军军、穆青、吕约等"新"诗人更源源不断,繁花似锦,阵营壮观;而且诗人们置身于文化消费性强化的残酷现实中普遍波澜不惊,置身于物质欲望的潮流里一致拒绝其精神掠夺,不向经济大潮投降,也不向大众文学改嫁,而是超然宁静,心怀高远,在寂寞中致力于女性主义立场上的日常生活提升,以精神创造的反消费力量为诗歌"招魂",在人类灵魂的高地继续为人类灵魂救赎,从而开辟出了更为阔大的驰骋天地,拥有了一份自己的练达和成熟。

从1980年代到1990年代,女性主义诗歌留下了一条断续的生命曲线。先是1980年代中期诗坛劲刮起女性意识的黑色旋风,在1989年第6期的《诗刊》上和女性诗歌同步推出的笔谈,从各方面为女性诗歌的发展指明了路向;1990年代初因为模式化沉寂一时后,《淮风》《女子诗报》《女子文学》的创刊和推波助澜,仍引发了一股创作热潮,1992年未凡主编的"中国当代女诗人抒情诗丛"在沈阳出版社出版,代表了当时"女性诗歌"的最高水准;自1993年起,女性主义诗歌则由“黑夜”转入了“白昼”，北京中国诗歌研究所、《中国诗人报》和《女子诗报》等单位，于12月份联合举办了“中国首届女性诗歌研讨会”，同年北京大学、西南师范大学的新诗研究所又相继召开研讨会，尤其是1995年世界妇女大会在北京的召开，更犹如适时的春风，吹绽了各种报纸、杂志上的女性诗花，女诗人专栏渐次遍布大江南北，5月《诗探索》又借势在北京召开“当代女性诗歌：态势与展望”座谈会，这样女性主义诗歌开始从沉寂转向复兴；1997年春风文艺出版社的“中国女性诗歌文库”，一次就集约性、高水准地展出十几位成绩卓著的诗人作品，气象迷人；到了20世纪末的1998年，时在北京大学就读的周瓒联系穆青等人，创办诗刊《翼》，女性主义诗歌终于有了自己独立的阵地。皮相地看，在从1980年代到1990年代的时间位移里，女性主义诗歌是一路直线前行的；但实际上其视角、蕴涵、言说策略和艺术品格上还是经历了本质性的蝉蜕和裂变。记得法国女性主义理论家朱利亚·克里斯蒂娃在《妇女的时间》一书中说，女性的写作要经历三个阶段，即对男性词语世界的认同——对男性词语世界的反叛，即二元对立式的词语立场——回到词语本身，直面词语世界。我以为在新时期的诗歌视野里，如果说舒婷一代和翟永明、伊蕾、唐亚平一代分别完成了女性写作觉醒、确认的前两个阶段，那么1990年代的女性主义诗歌则进入了回归词语本身、直面词语世界的语言写作时期，在1980年代关注“说什么”的激情本身基础上，又开始关注“怎么说”的技术问题；或者说已经进入了激情和技术的对接混凝时期。

第一节　躯体诗学的解体

女性主义诗歌从躯体写作出离，是跨入1990年代门槛后所做的相应策略调整。这种出离，不是偶然凭空的突发事件，更非神秘莫测的“天外来客”，在它戏剧性的变化背后隐伏着诸多历史、文学乃至诗人主体心理结构方面的复杂动因。

一是对抗男权话语和西方女权主义话语焦虑的必然选择。一部中华民族的话语流变史说穿了就是一部女性的屈辱史，长期的男权遮蔽和压制，激发出女性内在的言说欲；所以借普拉斯等美国自白派诗人的引发与怂恿，翟永明、唐亚平、伊蕾、陆忆敏、小君等女性主义诗人携着强悍的女性意识，于1980年代呼啸而出，在创造自身"最安静最美好的时光"（小君《关于我》）、"聆听笔的诉泣纸的咆哮"乐趣（唐亚平《自白》）同时，为诗坛带来了一阵奇妙的骚动和颤栗。但是随着进入1990年代后激情的冷却终结、诗写的日趋平静自觉，诗人们痛苦地发现，她们对女性意识觉醒的呼喊，在男性中心根深蒂固的社会面前，充其量不过是墙壁内苍白的声音，微弱的影响力丝毫未逸出女性精英的小圈子，受男性中心文化遮蔽的失语焦虑远远没有消除；并且女性意象和性征在商业广告、传媒中逐渐成为商品化符码，依旧是被窥视把玩的"风景"，"这种让女人与金钱互相转化的'性炒作'，使女性身份进一步性消费化，女性的地位在'解放'的虚名下日渐沉沦"。[①] 尤其是她们发现当初从男性话语的陷阱挣脱时，走进的却是西方女权主义话语遮蔽的另一个陷阱，女权主义话语虽然尖锐遒劲，有力地传达了她们颠覆男权话语的决绝和神勇；但它对于中国女性主义诗人来说却是异己的，诗人们使用多年的话语原来是他者话语的重复模仿，是本质上的失语，这种发现让中国女性主义诗人更为痛苦和焦虑。双重失语焦虑的合力进逼，促使女性主义诗人毅然将普拉斯还给普拉斯，告别躯体诗学，希求另寻出路，构筑一种新的诗学言说系统和方式。

二是源于艺术内部运行机制上对前期女性主义诗歌缺陷的定向反拨和矫正。女性主义诗歌正值生命峰巅状态之时已经隐藏着无法救治的危机，随着时光推移，弊端愈加清晰。女性主义诗歌刮起的"黑旋风"，在1986年至1988年间曾经风光绚丽一时，它拆解了男权话语中心，喊出了女性显在以至隐蔽的心理吁求，打开了多种诗写渠

---

① 吴思敬：《中国女性诗歌：调整与转型》，《诗学沉思录》第286页，辽宁人民出版社、辽海出版社，2001年。

道的可能；但它在展示女性形象同时，也在某种程度上扭曲、损害了女性形象，诗人们笔下变态、疯狂、肉欲十足的呼啸颇吓倒了一批读者，喧嚣混乱中女性主义诗歌又被群起效仿为新的“写作模式”，“固定重复的题材、歇斯底里式的直白语言、不讲究内在联系的意象堆砌，毫无美感、做作外在的‘性意识’倡导等，已使‘女性诗’出现了媚俗倾向”，①这种心理风暴和自白话语滋生的副产品——媚俗倾向，在新时期想象力和激情过剩的时节，非但保证不了诗歌资源的恒久丰厚，而且严重地减损了诗的艺术质地。所以自女性主义诗歌问世那天起，对它批评的声音就从未间断过，谢冕、郑敏、崔卫平、臧棣等诗歌理论家都贬斥它为与社会脱钩的“自我抚摸”、充满“死亡冲动”“性意识”泛滥成灾、进入了“自白的误区”，②告诫其“强调女性意识并不是要回到父权神话中的封闭的女性内心世界，而应该在一个大的现实背景和时代背景下去展开真实的女性对世界的认识”。③ 在一浪高过一浪、日趋严厉深切的冲击声讨面前，多数诗人正视到自身的弱点，翟永明就深刻地反省那篇被称为女性主义诗歌宣言的《黑夜的自白》“充满了混乱的激情、矫饰的语言，以及一种不成熟的自信”，并预见“女诗人将从一种概念的写作进入更加技术性的写作”，④要“思考一种新的写作形式，一种超越自身局限，超越原有的理想主义，不以男女性别为参照又呈现独立风格的声音”⑤。她在这里所说的“技术性的写作”和“独立风格的声音”，当主要指语言意识的自觉，和将目光投向人类、历史、未来、理想和终极关怀的超性写作。这无疑表明女性主义诗人已经步入相对的成熟。

三是“语言论转向”的全球化语境和郑敏的诗语探索的共同催生。正如海德格尔所说，语言是存在的家屋，它本身就体现存在就是存在，创作主体面对的“第一现实”就是语言；所以一切作家和诗人对

① 翟永明：《“女性诗歌”与诗歌中的女性意识》，《诗刊》1989 年第 6 期。

② 陈旭光：《凝望世纪之交的前夜：“当代女性诗歌：态势与展望”研讨会述要》，《诗探索》1995 年第 3 期。

③ 李小雨：《失却女性》，《诗探索》1995 年第 3 期。

④ 翟永明：《再谈“黑夜意识”与“女性诗歌”》，《诗探索》1995 年第 1 期。

⑤ 翟永明：《“女性诗歌”与诗歌中的女性意识》，《诗刊》1989 年第 6 期。

语言都怀有天生的敏感，他们的创作困境无不首先表现为语言的痛苦，要摆脱困境也无不首先把聚光点对准语言。在被誉为语言学时代的20世纪里，“语言，连同它的问题、秘密和含义，已经成为20世纪知识生活的范型与专注的对象”①。1980年代后期，西方哲学领域中，从以理性为中心的认识论美学转向的以语言为中心的语言论美学和海德格尔标举语言的诗学理论一道被绍介到中国后，因刺激、触动了中国文学的神经，而使诗界掀起了一股语言热的浪潮，使女性主义诗人也都把创造诗歌理想的无限希望寄托在语言乌托邦上，语言意识高度强化。同时，女性主义诗人们实际上的精神领袖郑敏，自1990年代开始对诗歌中的语言问题进行了深入的哲学思考，相继写下《语言观念必须革新：重新认识汉语的审美功能与诗意价值》《世纪末的回顾：汉语语言变革与中国新诗创作》《诗歌与文化：诗歌·文化·语言》等一系列关涉诗歌语言的论文，指出语言既被干扰、糟蹋、挤压得伤痕累累面目全非，又潜伏着发现经验和悟性的宝贵资源。她的理论和行为感召，使许多女诗人对躯体的兴趣逐渐转向语言，意识到语言是诗人的故乡，是诗歌存在的居所与形式，唯有从语言切入方能抵达诗歌的本性、本质、本体所在，纷纷表现出回归词语本身的动向。翟永明说“我对词语本身的兴趣超过了以往任何时期”②，“汉语所提供给我的词汇和符号都使我感觉到汉语空间的无穷魅力”③；唐亚平说“语言已成为人类文明的自然。诗是语言的自然。诗人成全了诗，诗成全了语言，语言成全了诗人……我希望我的诗能把语言组织起来，我的语言能把事物组织起来——创造一个世界”；④海男这个“语言魔女”也说“词已经成为我的护身符”，渴望构筑语言乌托邦……这种种表述和海德格尔那种视语言为诗的根本问题与归宿，认为不是诗歌创造语言，而是语言创造诗歌的论调何其相似。在这种思想统摄下，一些女性主义诗作甚至把“语言的狂欢”作为基本主

---

① 伊格尔顿：《二十世纪西方文学理论》第121页，陕西师范大学出版社，1986年。

② 翟永明：《面对词语本身》，《作家》1998年第5期。

③ 翟永明：《纸上建筑·完成之后又怎样》第243页，东方出版中心，1997年。

④ 唐亚平：《黑色沙漠·序》，春风文艺出版社，1997年。

题，把写诗衍化成了纯粹的语言学行为。

西方女权主义诗学话语“影响的焦虑”、对前期女性主义诗歌创作缺点的自省和“语言论转向”的全球化语境影响的合力作用，促成了 1980 年代女性躯体诗学的最终解体；并使 1990 年代的女性主义诗歌逐渐向新的审美维度归趋。

第二节　指向与形态

躯体诗学解体后，1990 年代的女性主义诗歌呈现出了新的面貌。其具体表现为以下三个方面。

一是性别意识的淡化。性别意识确立、女性身体的开掘，是女性主义诗歌向远方进发并获得成功的依仗；但对它的极端张扬则使女性主义诗歌破绽百出，逼人沉思。“当西方的女权主运动者唾弃一切传统留给妇女（出于保护她们）的权益，要求受到男子一样的社交待遇时，中国的一些女性反抗却表现在请将我当一个女性来对待”①，这种总想到自己性别的写作显然是低级的。因为真正的诗歌写作要维护一种标准，追求高尚的情感精神、敏锐的观察能力、超群的表达技巧的和谐共振；真正的女性诗歌写作要通过文本自身接近成功的境界，而不能借助和男性文化对抗的性别姿态和资本，否则充其量只能是在肉体和廉价的情感里兜圈子，永远难以获得优秀诗人的称谓；成熟的女性主义诗歌应该具有角色意识又能超越角色意识，打破性别的界限，着眼于女性和全人类的讲话，接通女性视角和人类的普泛精神意识，最终实现双性同体的诗歌理想。明了这一道理后，女性主义诗人在 1990 年代有针对性地进行了超越性的努力。

不少诗人仍然承继翟永明、唐亚平们开辟的路子，坚守女性写作立场和身份，对女性内在的神秘感受、体验、冥想进行言说。但整个女性抒情群落却已从翟永明等人的黑色情思系列跨过，普遍淡化了

① 郑敏：《诗歌与哲学是近邻》第 395 页，北京大学出版社，1999 年。

自赏、自恋和自炫意识，不再受制于性别局限，不再仅仅关照自身；而是积极缓解性别的对抗，不仅言说女性的一切，还以女性和诗人的双重身份，向女性之外的人群、女性问题之外的人类命运与历史文化等广阔认知范围内驰骋神思，做更为博大、普范化命题的超性言说，而且别有洞天。

在这一向度上，非但王小妮、虹影、张真、海南、阎月君等先锋代表有意识地转向了宽大的人文视野，如“隔着一个未知的世界/我们永远不能了解/你梦幻中的故乡/怎样成为我内心伤感的旷野”（翟永明《壁虎和我》）①，悲悯壁虎的经验，不再是女性独有而成为笼罩全人类的伟大情怀，诗已上升到命运沉痛思索的高度，就是那些1990年代崛起的诗人也纷纷尝试，她们相当自觉地表示：“女性的写作可能同样是极为广阔的，没有什么‘内在’的限制不可突破的”，并在写作中“有意地摒除明显地归属于‘女性’的一些特征，尽量使文本显得缺乏直觉和经验的成分，同时又专注于某些‘重大’的、所谓‘超性别’的题材”，②并且创造了一批超性别文本。周瓒面对《窗外》，“我时常想象自己抬起头，从书页上/我想象自己，看到了一片海/有蓝色的液体，游过窗棂/但我所能领受的，只是一小片海域/我告诉自己，那从来就不是/全部的深广，况且/我坐在一个固定的地方/它提醒我，想象也不能是无限的”③，知识的底色和轻灵的感受并驾齐驱，虽然思维、语感和表达方式依旧是女性的，但节制内敛，处处闪现着智慧的辉光，本色的语言流动里寄寓的思考已经远远超越了女性意识，攀缘到了完全可以和男性比肩的感知高度，其价值再也无法仅仅用女性诗歌来甄别和断定。性别意识淡化后，女性主义诗人们在普遍保持女性的敏感细腻同时，又以少有的冷静与睿智从人性的观照中发现思想的洞见，这样就打破了理性、知识、抽象等存在常常和男性必然联系、而和女性互相背离的神话，介入了澄明的哲理境界。还有王小

① 翟永明：《壁虎和我》，《黑夜里的素歌》第2页，改革出版社，1997年。

② 戴锦华，周瓒、穆青：《关于〈翼〉与女性诗歌的对话》，《诗林》2000年第2期。

③ 周瓒：《窗外》，见黄礼孩，江涛主编《2002中国女性诗歌大扫描》第147页，《诗歌与人》总第四期，2002年。

妮的《不要帮我，让我自己乱》中无可奈何的“烦”心理，契合了现代人渗透骨髓的空虚和绝望心理；还有李轻松从死亡意识角度切入的深度人性剖析等，都呈现了这一状态。

二是向日常化与传统的“深入”。性别意识的觉醒使 1980 年代的女性主义诗歌实现了“向内转”的革命，写女性内部生活和感受的特征几乎覆盖了她们所有的文本。但是翟永明、唐亚平、伊蕾等诗人的特立独行、嫉愤孤傲，和广大的女性群体、女性诗人群体相比总显得有些形单影孤，有些贵族化的落寞寡合之感，使她们仿似同普通人的生活、生命隔膜的“异类”。女性主义诗歌也因为过分自恋地瞩目思想感觉的敏感地带，张扬普拉斯似的疯狂情感，在性问题上缠绕，远远无法涵盖女性生理、心理和社会属性的全部特征，不但视野狭窄，缺少对当下发言的机制，与启蒙主义深度失之交臂；而且只局限于女性个体的生活经验，势必会走向自我重复和欺骗，诗的平面私语化粘连也常常使独到体验的获得失去了可能。

1990 年代后，转向冷静的诗人们意识到诗人的优越感、神圣感顿失，自己绝不是什么“女神”“圣女”式的超人，诗人和万千的女性并没有什么根本区别，更年轻者干脆就不把自己当诗人，认为写诗和吃饭、睡觉、性爱、吃零食等生活中的其他事端一样，都是一种生存方式、一种自娱性行为，诗歌并没有陶冶性情、提高道德意识的功能。这种对尘世的认同、平凡心态的恢复，决定她们开始顺应诗歌中宏大叙事衰减、个人化写作深入的潮流，响应理论家们“深入当代”的呼唤，在保持心灵视角的前提下，将目光的触须下移，向“自己的屋子”外的世俗现实人生、生活场景俯就，注意在身边的生活海洋里寻找拾捡诗情的珠贝，使经验日常化。如此间的王小妮就把自己界定为家庭主妇和木匠一样的制作者，认为“诗写在纸上，誊写清楚了，诗人就消失，回到他的日常生活之中去，做饭或者擦地板，手上沾着淘米的浊水”①，很好地协调了诗与日常生活的关系，置身于生活的琐屑里，仍能在心灵的一角固守独立的精神天地，在家庭平淡庸常背后保持一颗诗心，“一日三餐/理着温顺的菜心/我的手/漂浮在半透明的白

① 王小妮：《木匠致铁匠》，《现代汉诗：反思与求索》第 361 页，作家出版社，1998 年。

瓷盆里。/在我的气息悠远之际/白色的米/被煮成了白色的饭”(《白纸的内部》)①,完全是一个家庭主妇的口吻叙述,琐屑而充实。从黑夜里走出的、1980年代的心灵写作代表翟永明,也表白“我喜欢从日常经验中提取我需要的成分,对此我也不介意人们用自传的眼光来看我的诗”②,“一杯烈酒加冰/端在/一些男人的手里　正如/一些烈焰般的言辞　横在/男人的喉咙//他们中间的全部　渴望/成为幻觉的天空　偶尔/浮动、显现、发射出美学的光辉/我满头的银丝/此时着了火似的　反射出/鬓旁的蛇形耳坠和地面的月形刀”(《小酒馆的现场主题》)③,透过酒馆的灯红酒绿、五光十色,发现的是都市现代人精神的贫乏、无聊、虚夸和在困境中的无望努力。蓝蓝的《让我接受平庸的生活》、海男的《翻开今天的报纸》、林珂《酒这东西》、路也《两个女子谈论法国香水》也都是在日常俗事中寻找诗意的作品。

女性主义诗歌向现实的“深入”,不仅指对当下的日常化关涉,还包括对过去的现实即传统题材和精神向度的回归。若说翟永明写赵飞燕、虞姬和杨玉环的《时间美人之歌》,写黄道婆、花木兰和苏慧的《编织行为之歌》,写孟姜女、白素贞和祝英台的《三美人之歌》,分别取材于中国戏曲、小说、民间传说,它们和张烨的《长恨歌》《大雁塔》、唐亚平的《侠女秋瑾》《美女西施》、沈杰的《博物馆,与西汉男尸》等一道,在选材上有传统音响的隐约回应,偏重于古典素材、语汇和意象的现代意识烛照与翻新;那么燕窝的《关雎》、安琪的《灯人》等则侧重于传统人文精神和情调的转化和重铸。如《灯人》让人读着仿佛走进了潇湘馆,“蟋蟀的洞窑里叫我一声的是灯人/没来得及回应梦就开了/天暗、风紧,喧哗缩手/百年前的一个女子持灯杯中/风中物事行迹不定/一小滴水为了月色形容憔悴? 白马带来春天”④,女诗人心怀高洁又满腹心事的纤弱,犹似林黛玉再现。在农业背景上成长起

① 王小妮:《白纸的内部》,王小妮《我的纸里包着我的火》第193页,春风文艺出版社,1997年。

② 翟永明语,见沈苇,武红编《中国作家访谈录》331页,新疆青少年出版社,1997年。

③ 翟永明:《小酒馆的现场主题》,《称之为一切》第190页,春风文艺出版社,1997年。

④ 安琪:《灯人》,《人民文学》1994年第8期。

来的蓝蓝，与四季相互感应与交谈，她那凝结温暖和忧伤的土地、村庄意境，似陶渊明再生，“夏天就要来了。晌午/两只鹌鹑追逐着/钻入草棵/看麦娘草在田头/守望五月孕穗的小麦/如果有谁停下来看看这些/那就是对我的疼爱”(《在我的村庄》)①，那份清幽质朴的感恩情怀，那份香色俱佳的宁静画意，那份浸满人间烟火又脱尽人间烟火的天籁生气，都极容易唤醒深深蛰伏在读者心底的遥远记忆。

三是都提倡技术性写作。女性主义诗歌在1980年代的当务之急是对抗男性中心文化，其自白似乎只是响应情感的呼唤从生命里奔涌而出，根本顾及不到技法的讲究，到了1990年代诗人们在激情冷却后及时发现了抒情的缺失，并借助张曙光、孙文波等男性诗人的叙事性手段和空前提高的语言意识，开始既考虑那些体内燃烧的、呼之欲出的词语本身，又考虑怎样把它们遵循美的标准进行贴切安置组合的技巧问题，努力运用多种手段使技巧更贴近内心；从而转向了“更加技术性的写作”，这种技术至少包括语言的叙述性和明澈化转换两个方面。

内省式叙述。一叶知秋，翟永明的经历透露着女性主义诗歌艺术变化的讯息。绝望矛盾的1980年代，内在灵魂的相通使她在精神上认同了普拉斯，从那以后她长时间没有摆脱自白派诗歌的艺术影响，直到写祛除死亡气息、绝望情调的《死亡的图案》《咖啡馆之歌》等诗时，她才逐渐“完成了久已期待的语言的转换”，带走了“过去写作中受普拉斯影响的自白语调，而带来一种新的细微而平淡的叙述风格”，②即便再使用自白语式也已在保持女性诗歌本体性特征同时，加大了其抒情态度的客观性。也就是说，为消解对抗激情的弊端，1990年代的女性主义诗人日渐向日常叙述位移，以口语化的词语本身和叙述联姻介入生活细节，敲击存在的骨髓，这一方面增强了对生活细致入微的观察和分析成分，一方面使日常生活场景大面积地在诗中生长。如“当我容光焕发时/我就将你忘记/我的嘴里含着烈性

① 蓝蓝：《在我的村庄》，《内心生活》第106—107页，春风文艺出版社，1997年。
② 翟永明：《纸上建筑·〈咖啡馆之歌〉及以后》第204页，东方出版中心，1997年。

酒精的香味/黑夜向我下垂/我的双腿迈得更美”（翟永明《壁虎和我》）①，借助两个生物的互视，写心灵和文化的隔膜，写在异邦的寂寞孤独，诗已由内心的剖述转为一种对话性的戏剧展开，煞是奇妙。出色的生活观察者丁丽英，将观察由诗歌方法晋升为认知态度，“音乐从高保真的音响里/流出来，仿佛自来水那么流畅。/缓慢而富裕的音乐。/就像栅栏中的一头鹿来回走动。/它的蹄子踢到了自由的极限。/却看不到自身可怜的装饰的纹路”（《一天早晨》）②，诗是对有限性的体认，但它自我思想的抒发已让位于精到的观察和细节的描绘，自我思想完全被对象化了。就是海男这个一向在自我的臆想中写作的诗人，也汲纳了叙事成分。

语言的明澈化。海德格尔强调“语言是我们生存的世界”，“语言不是人所控制的一种工具，而是语言把握着人生存的最高可能性”；③后朦胧诗人也认为诗歌无所谓对观念世界关涉的所指内涵，它不过是“语言的‘在场’，澄明”④。受中外诗学的双重启迪，进入1990 年代的女性主义诗人感到诗的使命就是对“在”的去蔽和显现，让语言顺利优卓地出场。她们中的鲁西西、安琪、阳子等一些人，仍在男性诗人的导引下坚持语言狂欢的路数，以无所顾忌地释放潜意识自娱，“那是纯洁的燃烧的星期几/穿高统丝袜的交叉的美腿一挺/我吹哨：机关枪新娘，机关枪/你转动了我全身的方向盘/你命令我驶向疯人院//那是东边的火药瞄准西边的头发/那是愤怒的朝霞插入扳机的食指”（唐丹鸿《机关枪新娘》）⑤，在这种漫游于想象和词语世界的诗中，词语的魔幻组合、缭绕、调式多变，半是现实半是悬想，新鲜而刺激，有种发泄狂欢的愉悦；但它根本不顾及所指地率性消费语言，搞语感和能指滑动的快感实验，也让一些人不知所云。好在大多数诗人都抵达了语言的自足性化境，实现了语言和诗人的生存、心理状态的同质同构；并且注意能指秩序，尽量避免紊乱和浪费倾向，向

① 翟永明：《壁虎和我》，《黑夜里的素歌》第 1 页，改革出版社，1997 年。
② 丁丽英：《一天早晨》，《长江文艺》1998 年第 3 期。
③ 海德格尔：《存在与时间》中译本第 199 页，三联书店，1987 年。
④ 于坚：《从隐喻后退》，《作家》1997 年第 3 期。
⑤ 唐丹鸿：《机关枪新娘》，《大家》1999 年第 2 期。

规范化、明朗化、澄澈化靠拢。如海男的诗集《虚构的玫瑰》语言已一改佶屈聱牙的晦涩，语句趋于连续澄明，“爱人，带红色的墙下，我们松开手/一直走到花园的里面才开始亲吻/朗诵黎明到来之前天上的声音/出奇的生长，爱人，你让我学会宽恕”（《花园》第 62 首）①，生命本色的激动渐渐退去，理智和语言技艺的贯通，使诗不但具体可感而且优美耐读。也许人们会问，这种转型和韩东、于坚等“第三代”诗的日常生活处理是否相同？回答是否定的。抛却它消除 1980 年代诗到语言为止实验的激进色彩、进入历尽沧桑后的超脱平静不说，仅仅是其寻找既和生活发生摩擦又符合现代人境遇的表现方法，就和“第三代”诗无谓的平民化展示，在取向上截然不同；那种更多着眼于生活中高尚、普遍、永恒事物的视点，也和“第三代”诗的丑的展览、死亡表演有本质区别；至于它接近诗歌的方式，就更和“第三代”诗的自我包装、商业炒作气息不可同日而语了。

第三节　走出“屋子”话得失

对女性主义诗歌从走进“屋子”到走出“屋子”的两极精神互动，人们评价不一，有人攻击它为一种对男权文化的投降，有人盛赞它是一种向成熟境界的趋赴，我以为对此应该辩证地加以认识。

必须承认，1990 年代女性主义诗歌兼顾人文性别立场与艺术诗性价值，以人的本质生存处境和诗歌规律技巧的双重关注及综合，结束了 1980 年代激情喷涌的单向追索的贫乏历史。首先，其性别意识从自觉、强化到超越淡化后的理性意识苏醒，是对人类文化双性关系的改写，它在显示女性意识艰难嬗变的螺旋式上升轨迹同时，使诗人们得以突破二元对立坐标，摆脱性别限制，在更阔大的视界里从容地去拥抱社会，思考人类命运；并因和人类的永恒性关系的建立而强化了诗歌厚重深刻的生命，告别了躯体写作中的急躁、焦虑和轻浮色

① 海男：《花园》第 62 首，《是什么在背后》第 97 页，春风文艺出版社，1997 年。

彩，由“黑夜”走向了“白昼”。其次，女性主义诗歌经验向日常化和传统的深入，是1980年代身体写作中个人化因子的顺向延伸，更是一种新气象的拓展；它来自日常境遇并充满焦虑的指向，真实地折射了现代人的生命和生活本质，在加强诗歌介入现实、叙述生活的适应能力和幅面同时，达到了对内自省和向外审视的结合，使诗人对感觉经验的驾驭变得异常自由；原来被人被忽视、遗忘的日常细节和经验，被起用为诗人和时代、人性对话的载体和契机，“使诗与存在与日常生活统一于一身”①，增添了现实精神的活力，和1980年代那些不受制于文化传统的“超道德写作”划清了界限，也超越了以往那些大声疾呼的回归现实的诗歌。再次，女性主义诗歌的叙述选择，显然和同时期男性诗人的叙事性追求是声气相应的，它的戏剧感和现场感，使诗性从想象界转为真实界，直面人类生命生活的真本存在；叙述性的口语言说，貌似节制诗情实则使诗情愈加弥漫，为女性主义诗歌创作提供了观察生活和自我的新视角，开辟了更为广阔的前景；深化女性自身的语言探索，回击了女性在商业社会中的身份消费化倾向，使诗歌从沉溺的感情世界走向现代理性观察有了可能。另外，还有一点十分喜人的是，由于诗人们的突围注意了对技术因素、技术因素和情思蕴涵协调的强调，保证了“再不像80年代诗歌批评所构造的那样单一”②，那里有虹影式的敏锐而充满激情的超现实营造，有赵丽华式的来自日常生活的通彻表述，有周瓒式的依靠知识积累所获得的智性追踪，有胡军军式的在散漫和犀利之间的批判性精神漫游，有穆青感性又清醒的调侃，有安琪借助自我语言策略对现实、经验和历史的重构等，这样就建立起了1990年代女性主义诗歌的个人化奇观，使读者的关注目光逐渐从1980年代的舒婷、翟永明、唐亚平等“老”诗人那里，转移到了1990年代崛起的新生代女诗人身上。

女性主义诗歌走出“屋子”选择的弊端也不容忽视。立足性别又超越性别，是女性主义诗歌自我拯救的不二法门，但女性主义诗歌也

---

① 唐亚平：《语言》，《诗探索》1995年第1期。

② 周瓒：《当代中国女性诗歌：自由的期待与可能的飞翔》，见黄礼孩，江涛主编《2002中国女性诗歌大扫描》第425页，《诗歌与人》总第四期，2002年。

因之付出了感召力减弱的相应代价，不少诗人放弃女性立场后仅仅蜷缩在男权话语的大树下分一块阴凉，也放弃了对男权话语再次覆盖的警惕和反对。而在日常化的深入过程中，因为表现的生活人们过于熟悉，无疑加大了写作难度，使表现存在的深度、走向大气的理想实现起来更加不容易；事实上1990年代的女性主义诗界也的确貌似热闹实为无序，诗人们普遍缺少博大的襟怀、理想主义的终极追求和高迈伟岸的诗魂支撑，所以震撼人心、留之久远的佳构难觅，读者一致企慕的大诗人就更少见，1980年代还能够看到翟永明、唐亚平、伊蕾、海男这样领潮的重量级人物，到了1990年代几乎没有再出现过，有不少写作者仅仅是一现的昙花而已。再次女性主义诗歌理论贫乏的老问题，一直未引起诗人们的充分重视，它注定她们的写作难以从感性阶段上升到智性写作高度，对生活材料提炼淘洗不够，组织随意，题材和主题常常互相生发，有重复叠合之嫌；而书写的轻松狂欢和解构传统的迫切心态更“火上浇油”，容易导致诗人滥用话语权利，写作粗糙、仓促，有时作品只具备反诗性的浅白、粗鄙、庸常，却少对生命本质的逼视和承担，叙述和口语在扩大诗意空间的另一面则造成了诗意流失。观照对象对写作的高要求和写作手段的低质量的反差，把1990年代的一些女性主义诗文本推向了无效写作的灭顶深渊。

近些年的女性主义诗歌，因贾薇、尹丽川、巫昂、吕约、曹疏影、黄春红等70后诗人的介入为之气象一新，虽鱼龙混杂但却活力四射。我相信随着高学历、有思想的女性知识分子诗人的不断涌现，女性主义诗歌势必会在21世纪取得强力突破。

第八章　集体性的"突围表演"：论70后诗歌

1990年代中后期，70后诗人大面积登场，他们以特有的爆发力和行动力，办报纸、印刊物、出诗集、上网络、搞活动，冲破了诗意稀薄的时代语境与多重遮蔽，虽然没有70后小说家那种凭借官方媒体的包装与造势的福分，却也顽韧地完成了对自己的命名。在它的进逼之下，有人感叹，"70年代出生的诗人，要占领中国诗歌的高地是不可避免的"[①]，甚至有人把它置于"一个新的诗歌群落、一种新的美学原则，以及一种新的精神和话语的方式正在年轻一代中悄然崛起"[②]的高度上，对之大力标举。

70后的说法，最早出现在1996年陈卫于南京创办的民刊《黑蓝》封皮上的一行字：70后——1970年以后出生的中国写作人聚集地；1999年5月，安石榴在深圳创办民间诗报《外遇》，推出70后诗人诗歌版图，几乎同时或稍后，《诗林》《山西青年》《科学诗刊》等媒体纷纷推介与宣传70后诗人诗作，70后诗歌声名日隆。2000年和2001年，黄礼孩主编的《诗歌与人》，两次隆重推出"中国70年代出生的诗人诗歌展"，并在2001年由海风出版社出版了它主编的中国第一部70年代出生的诗人诗歌集——《'70后诗人诗选》，这被多数人视为"70后出生诗人崛起的标志"。

① 中岛主编：《诗参考》总17、18合期《编后记》，2001年4月。
② 谢有顺：《1999中国新诗年鉴·序》第7页，广州出版社，2000年。

第一节 突然崛起的背后

70后诗人和1990年代诗人群落在人员构成、诗歌观念上有一定的交叉与重合关系。其中不少人是承继1990年代诗歌的写作经验成长起来的，有的甚至就是1990年代诗人群落的中坚，如沈浩波、尹丽川、南人、姜涛等；《阵地》《偏移》同仁和“下半身写作”集团，则分别借鉴、延续了1990年代诗歌中的“知识分子写作”与“民间写作”的思想立场与观念趣味路线。但边缘、后生的和次要的位置，又使他们对1990年代诗歌普遍表现出一种挑战、反叛和颠覆姿态。问题的关键是，70后诗人为什么要发起这次“向世纪末集体逼近的突围表演”？[①]这恐怕不是仅仅用“时间神话”就可以解释得了的。70后诗歌的蜂拥崛起，乃源于文化抗争、主体精神、诗学传统和网络狂欢三位一体的合力塑造。

70后诗人崛起于崇尚金钱、技术与性的诗意稀薄的1990年代初、中期，当时随着语言时代的结束和身体时代的开始，在先锋诗歌领域内完成了由精英文化向大众文化的转型，诗歌艺术衰落了，诗歌日益变轻，诗人身份退隐。70后诗人们就是在这样的时节和氛围中迈进大学校门的。与以往的诗人比较，他们和传统最为隔膜；和同代的诗人之间交流，他们最缺少集体的经验和共同的话语。这种特点和他们置身的高等教育的背景、良好的文学启蒙遇合，使他们既最为直接、轻松，毫无负担，又能冷静理智地观察现实与历史的更迭变幻，兼具单向、勇敢的人生色彩和世俗、实际化的行事风格，“一面想写出自己满意的诗，另一面却不想像他们（别人）那样潦倒”[②]，充满高远的精神寄托，也决不放弃个人从精神到肉体的享乐与狂欢的合法性。于是他们就以严肃而戏谑、执着又超然的复合态度，对待生活与诗

① 朵渔：《我们为所欲为的时候到了》，广州：《诗文本》（四）第25页，自印，2001年。
② 黄礼孩：《与诗歌相关的生活》，《诗选刊》2001年第8期。

歌，不再将诗奉为高洁的精神寄托，在写作中有意识地疏离权力话语，疏离那种以时代、文化症候作为思考主轴的创作，而尊崇、张扬感性因素和个性主义，表现出不乏游戏和消费特征的诗歌征候，表现出一种迥异于朦胧诗、"第三代"诗乃至1990年代一些先锋诗歌的后现代主义状态。同时70后诗人的崛起更是他们对影响焦虑对抗的结果。虽然从写作经验上来说，很大一部分70后诗人都受过"第三代"诗和1990年代诗的影响，如具有写作背景知识化特点的《阵地》（森子编辑）同仁，与阅读1990年代诗歌、"王家新的访谈录以及西川的一些文章"①而受了很大震动的《偏移》（林木编辑）同仁，和王家新、孙文波、臧棣等诗人都有着千丝万缕的精神联系，并把自己的刊物办成了新一代知识分子写作的阵地；曾经参加过"知识分子写作"与"民间写作"论争的沈浩波、尹丽川，同"第三代"诗的中坚人物韩东、于坚，以及"中间代"的优秀者伊沙、徐江，在美学趣味上走的是同一路线。但70后诗人没有朦胧诗人、"第三代"诗人那种依靠诗歌获得社会声誉的福分，也没有赶上1980年代诗歌辉煌的余荫，他们从一开始就被置于生活的边缘、后生的和次要的位置，长期地忍受着受平庸的1990年代诗歌的浸淫，忍受着"第三代"诗歌以来形成的、权力秩序和强势话语优先权的双重的遮蔽与挤压，处境尴尬，若想登上历史舞台，就必须对传统进行彻底的颠覆。这种影响的焦虑和诗学的诉求，使70后诗人顺应时势，趁"盘峰论争"中"民间写作"与"知识分子写作"交战、诗坛混乱之际，在学徒期未满的情况下提前出场，并快捷地成长起来；所以有人说"盘峰论争真正成就了70后"②，是不无道理的。

70后诗人的崛起也是中外诗歌传统双重启迪的结晶。70后诗歌的肉体诗学早在于坚、何小竹、杨黎等的"第三代"诗中就有先导，韩东的《甲乙》已涉及下半身内涵，杨黎的《打炮》似乎已经接近70后诗歌的肉身化写作情调，但是，它们在强调"诗到语言为止"、被誉为语言革命的1980年代出现，还仅仅是性爱诗的一种萌芽；而且"更多

① 姜涛，胡续东，冷霜，蒋浩：《四人谈话录》，《偏移》第9期第25页，2000年7月。
② 沈浩波：《诗歌的70后与我》，《诗江湖》创刊号，2001年。

的指向一种语言状态，而'下半身'更多的指向一种生命状态"[①]，而到身体觉醒的1990年代的"伊沙和贾薇那里，身体性才真正开始被自觉的关注和实践"[②]；至继承前辈衣钵的《下半身》出刊，追求身体的放荡与快乐的70后写作则已逐渐扩大、敷衍为一种潮流了。同时，70后诗歌的荷尔蒙叙事，也是对西方深远的写作传统的历史回应。在西方，崇拜身体乃希腊的古老传统，奥林匹克人就常通过裸体竞技来展力量和美；文艺复兴时期，冲破中世纪以来的禁欲主义思想的艺术家"裸画成风"；弗洛伊德在上个世纪初高扬力比多，强调性本能的快乐原则，把原欲作为创作的根本动力；当代人格心理学家梅洛·庞蒂创造的存在现象学，更以肉体为基础的"身体哲学"提供了依据。至于诗歌界，恩格斯就曾经肯定过德国诗人奥尔格·维尔特诗歌中那种"自然的，健康的肉感和肉欲"[③]；美国诗人惠特曼一百多年前也狂热地歌颂肉体、女人、性欲，要把自己"禁锢的河流"和"将来的一千年"，存放在对方的"体内"。在艺术上全方位开放的70后诗人，正是以中外身体诗学传统的甄别、吸收、融合，创造了自己的肉体诗学。

民刊和网络媒体的刺激，更对70后诗歌的生成和凶猛发展起了推波助澜作用，并开辟了其基本的生存空间。在生存策略上，70后诗人仍然先以民刊方式向诗坛进击。在《黑蓝》《外遇》《诗歌与人》办刊前后，北京的《观念》《朋友们》《诗江湖》《诗参考》、天津的《葵》、贵州的《零点》、湖南的《苍蝇》、西安的《七十年代》、山东的《声音》、重庆的《界限》、广东的《诗文本》、南京的《中间》和黑龙江的《东北亚诗刊》等，一本本印制精美、活力四射的民间刊物，也竞相发表70后诗人的作品，使"他们制造了自己的时代"[④]。70后诗歌影响的广泛与迅猛，逼迫得诗歌界和官方诗刊不得不开始半遮半掩地接纳70后诗人。

---

① 朵渔：《我现在考虑的"下半身"》，见杨克主编《2000中国新诗年鉴》第567页，广州出版社，2001年。

② 沈浩波：《下半身写作及反对上半身》，《下半身》创刊号，2000年7月。

③ 《马克思恩格斯全集》第21卷第6页，人民出版社，1956年。

④ 安琪：《他们制造了自己的时代》，见黄礼孩编《'70后诗人诗选》第351页，海风出版社，2001年。

2001年,《诗选刊》《诗刊》《诗林》《星星》等纷纷关注、刊发、转载70后诗人作品,终使70后诗人的称谓彻底浮出地面。与民刊相比,网络也越来越为70后诗歌的生长大张神威,并已支撑起70后诗歌的半壁江山。网络因为天地阔大和虚拟特征,使每个人的心态都自由放松,都可以卸下职业抒情者的面具,像隐身人和假面人一样恣意狂欢随意处理生活、心理、意识和诗歌的关系,难度的降低与好玩的引力从两个向度刺激着诗人们的热情,诗歌成了传播迅疾的一次性消费的流行艺术,甚至凭借互联网舞台的自由,大量诗人干脆不再理会所谓的官方诗歌刊物,"江湖"对"庙堂"的取代,使原有约定俗成的写作秩序和规范宣告无效,这种写作方式和心理,无疑助长了诗歌的大面积生长。如果说《今天》《非非》《他们》《倾向》《南方诗志》是朦胧诗、"第三代"诗成长的摇篮,那么网络上的集体狂欢则是70后诗歌孕育的大本营和栖息地。如"《下半身》的一举成名,离不开各诗歌网络站点的兴起,《下半身》就是从'诗江湖'和'诗生活'引发了不啻地震般强烈震撼并从这两处将其影响辐射出去的"①;如轩辕轼轲就完全是靠网络起家的诗人,像他的"要想知道梨子的味道/就要先种植一株梨树/就要先找到适宜种梨的春天/就要在春天之前被生出来/生出来后茁壮成长　好好吃饭/父母在　不远游　不经商/不做工　不务农　不做官/不出国　不进宫　不进寺院/不进看守所　不近女色　不近人情/不和卖水果的小贩搭腔/不和搔首弄姿的世界搭腔/百无一用　坐怀不乱/怀抱一枚上帝发给的梨核/坐在春天里　坐进春天里/像陷进泥土里的根/哪怕它寸草不生/哪怕它果实累累/始终只想着梨子的滋味/让舌苔守身如玉/咬紧牙关"(《要想知道梨子的味道》),和《是××,总会××的》等优秀的诗,若是没有放松的心态,没有上好的技术训练,要想创造出来简直是无法想象,这些出自业余诗写者之手的作品在韵味、意向和语感的进逼,令很多专业诗人汗颜。

上述几方面因素的合力作用,使70后诗人实现了向诗坛的"突围表演"。

---

① 沈浩波:《诗歌的70后与我》,《诗江湖》创刊号,自印,2001年。

第二节　肉体“乌托邦”建构

在写作上被视为无“根”群体的70后诗人，因为对边缘、前卫的生活及其体验最敏感，也最容易获得“另类”的特征；他们的创作，不仅在“怎么说”上与此前的诗歌划开了界限，而且在“说什么”问题上也对以往的诗歌传统构成了一次不小的革命。

70后诗歌抒情群落比较驳杂，既有以沈浩波、南人、安石榴、梦亦非、符马活、赵卡、黄礼孩等为代表的人员众多、阵营庞大的后口语写作力量，又有以于贞志、王艾、姜涛、胡续东、蒋浩、穆青、周瓒等为代表的高贵深刻、具有文化批评气息的泛学院化写作力量，但从本质上讲无不属于日常主义写作(前一股力量先锋姿态更强，更具有爆发力和影响力；所以本文论述在兼顾整个70后诗人同时，着重以它为主)，都完成了对日常诗风的认同与间离。

若说朦胧诗中的抒情主体是英雄、崇高之人，“第三代”诗的抒情主体是平面、世俗之人，那么70后诗歌的抒情主体则是边缘、个体之人。他们在集体失聪、诗歌失宠的1990年代中后期“出场”，再度遭遇了海德格尔那句老话“贫乏的时代，诗人何为”的拷问；并在宏大叙事终结的氛围里，深感影响人们深层心理的东西已由重大历史事件向日常生活位移，“艺术的内容也是唯一的——形而下”①，如果抽空对自身当下处境的关怀，诗歌艺术只能沦落为一种没有真实价值的姿态；于是他们理智地认同了“第三代”诗和1990年代诗的日常取向，尽量将视点日常化，甚至零散化，从诗人的经验、处境和兴趣出发，在形而下层面踯躅诗思，描写周围与自己有关的生活细节和存在的“真实”，表现出来的常常是琐事、逸闻和私语，或者关于自我和他人的流水簿。如符马活的《一枚钉子》对一枚最无诗意的钉子钉入墙壁的位置、深度、过程、状态的“想象”，似乎在“无病呻吟”，实在没有

① 沈浩波：《下半身写作及反对上半身》，《下半身》创刊号，2000年7月。

多少值得回味的思想或情感;可是细细想来又好像昭示着某种哲学的内涵。胡续东的《骨头汤》写的东西好像根本没有什么意义,说穿了不过是小叮当生理、饮食状态平淡琐屑的复述,没有美与深度,更谈不上意味深长,甚至都没有文化;但让人读了又觉得它离生活很近,那凡俗的描述对象和语调都泛出一种不可抗拒的亲切。还有吕约对《助手》们那种匆忙、紧张而又虚无、无价值的身影的观察,还有余丛的《多疑的早晨》中"思想的花朵"要逃离城市的天空飞向田野的无端漫游……大量的文本都以形而下的日常细节、场景、遭遇、欲望和事物,对抗、消灭着形而上的想象、追问、隐喻和知性思考。它们庸常、琐碎,有时还不乏混乱、粗俗,但却一如生活与心灵本身,氤氲着浓郁的人间烟火气息。但是,70后诗人尤其是"下半身写作"诗人很快发现,仅仅停留于对非非、他们诗派和1990年代诗歌的同声相应,不但找不到自己应有的位置,就连自己的经验和情感也难以传达到位。于是开始质疑曾经承认过的、"第三代"诗后的口语传统,倡言"语言的时代结束了,身体觉醒的时代开始了"①。特别是"肇事英雄"沈浩波,于2000年毅然停掉《朋友们》而创《下半身》,"从'身体写作'的观念出发进而提出'下半身'"②,既填补了诗歌界身体写作的空白,又使70后诗人有了独立而坚实的阵地,标志着"下半身写作"团体的正式诞生。正是在这样的背景和基础之上,70后诗人对"第三代"诗与1990年代诗歌实行了有意识的"间离"与置换,将其平民诗学和身体诗学进一步扩大化为肉体诗学,从而提供出一种殊于其他诗人与流派的诗歌新质,开拓了自己的诗歌时代。

"第三代"诗的身体诗学已经包括肉体与下半身成分,为何70后诗人还要提出"下半身写作"主张?因为在他们看来,人们的身体在很大程度上已被传统、文化、律令、知识等"上半身"因素污染、异化,只有肉体本身和下半身,才不存在被污染与异化的危险性,才能给予诗歌以第一次的推动;强调肉体和下半身写作的意义,"首先意味着

---

① 沈浩波:《下半身写作及反对上半身》,《下半身》创刊号,2000年7月。

② 伊沙:《现场直击:2000年中国新诗关键词》,见杨克主编《2000年中国新诗年鉴》第428页,广州出版社,2001年。

对于诗歌写作中上半身因素的清除"①，其核心理念"就是诚实地遵从肉体法则"，"以'选择'的可能性对抗社会的'给定性'，以激情、疯狂和热情来捍卫人的原始力量"②，所以他们纷纷提出诗歌"从肉体开始，到肉体结束"③，要以下半身的肉体作为写作的全部目标。那么下半身最敏感的肉体器官是什么？毫无疑问是性器官，因此在70后诗中性主题自然成了歌唱的核心，性事化描写流行，性意识和潜意识构成了经验内容的基本模式。"我在2000年之后的诗有一个比较坚定的主题，那就是写性，女性的性"④，女诗人如此表白，男诗人写性更不言自明。最能体现这一性事化倾向的是"下半身写作"团体。沈浩波在其宣言《下半身写作及反对上半身》中那段话"我们亮出了自己的下半身，男的亮出了自己的把柄，女的亮出了自己的漏洞，我们都这样了，我们还怕什么"，表明他们装的比王朔还痞气，还"牛逼"。它主张抑灵张肉，舍灵取肉，进行轻、软、小、嫩的时尚化写作，营造道德底线之外的肉体"乌托邦"。如果说包括泛学院诗人在内的整个70后诗歌遵循的是快感原则，那么下半身诗歌写作遵循的则是性感原则。如南人诗歌的题目就够肉体的，如《压死在床上》《干和搞》，"一位二十多岁的女子/剥出一根冰棍/使劲吸吮/伴随伸缩自如的动作/她的唇边发出/不可思议的/有节奏的声响/并有白色的奶液/溢出嘴角/不少男人/驻足旁观/垂涎欲滴"(《吃冰棍的女子》)⑤，通篇是对应性的"口交"的隐喻，即便一个个比喻体不断的遮羞，但是其指向仍十分明确，性的主体意识在起着绝对性的作用。与那些理论倡导者相比，女诗人尹丽川是彻底的身体解放主义者，其《花天酒地》简直不可理喻，"我的男人在花天酒地后/成了我的男人；情人也大多如此/每一场花天酒地，都不想回家/让我的皮肤粗糙，好久没见

---

① 朵渔：《我现在考虑的"下半身"》，见杨克主编《2000中国新诗年鉴》第561页，广州出版社，2001年。

② 沈浩波：《下半身写作及反对上半身》，《下半身》创刊号，2000年7月。

③ 朵渔：《是干，而不是搞》，《下半身》创刊号，2000年7月。

④ 巫昂：《我为什么写性》，见黄礼孩，江涛主编《诗歌与人：2002中国女性诗歌大扫描》第385页，2002年。

⑤ 南人：《吃冰棍的女子》，《下半身》创刊号，2000年7月。

过早晨/深夜是谁和我爱过一次/中午我实在想不起来/下午我立誓做个良家妇女/晚上我更加花天酒地/反正总得回家，我真的不是/故意勾引你。我早就打定了主意/我只要在花天酒地，和你”。① 还有《为什么不再舒服一点》，“哎，再往上一点再往下一点再往左一点再往右一点/这不是做爱，这是钉钉子/噢，再快一点再慢一点再松一点再紧一点/这不是做爱，这是扫黄或系鞋带/喔，再深一点再浅一点再轻一点再重一点/这不是做爱，这是按摩、写诗、洗头或洗脚/为什么不再舒服一些呢，嗯，再舒服一些嘛/再温柔一点再泼辣一点再知识分子一点再民间一点/为什么不再舒服一点”②，诗已完全抛却了观念与理性，赤裸裸地以做爱、性交的舒服快乐为最高原则和目的。它根本不顾及或者说附加对男性中心批判的主题，也超越了当年伊蕾的《独身女人的卧室》的性观念吁求、挑逗，它把做爱看的如同“钉钉子”“系鞋带”“按摩、写诗、洗头或洗脚”一样普通正常，必不可少，并把做爱时应保持怎样的方向、速度、力量才能舒服，进行了坦然的揭秘。和那些毕竟还隔着一层的肉体隐喻相比，沈浩波更露骨得多，他的许多诗是对性心理、性冲击、性欲望、性观念及性压抑的大胆而直接的展览。《朋友妻》的肉体神话，把诗歌推向了享乐主义深渊，再现了诗人在酒吧和朋友美丽丰满的妻子对坐，想的却是“要是能把/这个女人/抱上床/那该多爽”的“有悖道德的肮脏念头”③，和面对道德、他人的无奈——性和欲望的无奈。《失败得很》更无聊放荡到了极致。“下半身写作”成员曾公开挑明，“那些相信和追求崇高的写作为我不齿，那些期待神灵拯救的写作也为我不齿”，“诗歌中的悲悯情怀是诗人最可耻的一种情结”。④ 检视他们的文本，也的确都以肉体内部的秘密，排斥着肉体之外的精神、情操、意识，肉体外部的伦理、诗性、思想已让位于性、欲望、躯体表演等官感本能的放纵与发泄，仿佛下半身写作即色情诗，肉身化写作即性写作，荷尔蒙符号的流动使

---

① 尹丽川：《花天酒地》，《下半身》创刊号，2000年7月。

② 尹丽川：《为什么不再舒服一点》，《下半身》创刊号，2000年7月。

③ 沈浩波：《朋友妻》，《下半身》创刊号，2000年7月。

④ 沈浩波：《一把好乳》（自印诗集）序，《我的诗歌有道理》，2001年。

诗真正做到了从肉体开始，到肉体为止。

在谈到70后诗歌的特征和价值时，朵渔认为70后诗人是“背景——生在红旗下，长在物欲中；风格——雅皮士面孔，嬉皮士精神；性爱——有经历，无感受；立场——以享乐为原则，以个性为准绳”①，这不但形象，也很有道理。70后诗歌的日常化漫游和肉体乌托邦建构，确实以对人类生理与心理中美好、典雅部分的解构，和对丑恶、粗俗部分的袒露，接近了文学真实的某种含义，拓展了诗歌的资源，为21世纪诗歌发展提供了一些新的刺激点和增长点。但是，穿行于70后诗歌的文本中，仅从那些诸如干、搞、操、鸟、精液、乳罩、阴茎、阴蒂、性交、牛逼、傻逼、妓女、避孕套等充满兽欲“快感”的语汇，和南人的《伟哥冲入中国市场》、张守刚的《女人的尖叫》、沈浩波的《牛逼的事情》等荷尔蒙气息浓郁的题目，就足以看出70后诗歌的肉体主义的狂欢书写，已使理想、道德与伦理内容荡然无存，其抽空了有关文化、社会之“思”与“智”因子的浅薄写作，把诗歌降格为肉体能量的生理释放，以一场在世纪末风中上演的赤裸的“身体秀”，滋生出了一种新粗俗主义的嫩芽，内在生命贫弱而苍白。70后诗人的一些文本已萎缩为一种游戏，一种指涉后现代主义精神的生活表象罗列，它们真而非美，有趣而无深度，有刺激而无意义。在70后诗歌尤其是“下半身写作”的意味“革命”冲击面前，我们无法不痛苦地承认，诗意在一定程度上被远远地放逐了。

第三节　原创与“快乐”的追求

70后诗人不是单向在日常、肉欲和性层面游走的抒情群落，而是认为“技术”和“个人经验”在创作中同等重要，只是不再追求圆满。他们认为圆满性常与某种腐朽的“秩序”合谋，“导致一首诗被玩味得过于精致，没有了激动人心的性格与粗糙的质感”，所以常去追求“也

① 朵渔：《我们为所欲为的时候到了》，《诗文本》（四），2001年。

许是有点缺陷”的“更本质更质朴一些，质地更自然一些”[①]的原创性。那么，他们如何获取艺术原创性？我认为主要的途径就是注重文本的快感。和经历过精神炼狱的朦胧诗人、经历过社会转型动荡的“第三代”诗人不同，70 后的诗人们的心态相对自由、放松，抛却个人的情感恩怨外，几乎没有什么痛苦与忧郁可言。在他们看来，置身于后现代的社会文化语境里，诗意是让人倒牙的酸词，诗意的时代已经终结，“有时所谓的抒情其实只是一种可耻的自恋”，满足的是一种“低级趣味”，是对“灵魂上的那一堆令人恶心的软肉”的抚摩，[②]所以他们的写作在某种程度上就是对浪漫主义因素的一种清除，“要让诗意死得很难看”[③]；并在悟透清除诗意的最有效的手段就是快感叙事后，不约而同地向其趋附。朵渔从 1990 年代诗歌的现实出发，肯定伊沙那种不为经典写作、而进行充满快感的写作的方向可能预示了未来几年的诗歌方向，提出“什么样的诗歌都可以，关键是写作时的轻松愉快”[④]，沈浩波不无绝对地说“只有找不着快感的人才去找思想”，“只有找不着身体的人才去找抒情”[⑤]。他们的表述几乎近于后现代主义大师詹姆逊所说的“美不再处于自律的状态，而是被定义为快感和满足”[⑥]。也正是在这种自觉的理论烛照下，他们实现了罗兰·巴特的理想，创造了大量的“快乐的文本”。这种快乐既包括像尹丽川的《为什么不再舒服一点》、盛兴的《床单上的图画》等诗，那种追求肉体、意识、欲望的生理和心理发泄的快感，也包括诸如和市场经济的灯红酒绿、喧嚣混乱相对应的散文化小说化叙述，追求多元化的语言个性，注重日常性书写等艺术上的快感；但这些艺术快感在 1990 年代诗歌中都似曾相识，70 后诗歌赖以直立的艺术快感创造，是从几个方面进行的。

一是在场的叙述。在强调和日常生活相关的叙事走向上，70 后

---

① 朵渔：《读诗笔记之碎思录》，见李永毅主持“灵石岛”诗歌网站。
② 沈浩波：《下半身写作及反对上半身》，《下半身》创刊号，2000 年 7 月。
③ 沈浩波：《下半身写作及反对上半身》，《下半身》创刊号，2000 年 7 月。
④ 朵渔：《关于“70 后诗歌”的十个问题》，《扬子鳄》，2000 年 2 月 1 期。
⑤ 沈浩波：《下半身写作及反对上半身》，《下半身》创刊号，2000 年 7 月。
⑥ 弗雷德里克·詹姆逊：《文化转向·译者前言》，中国社会科学出版社，2000 年。

诗歌和1990年代诗歌趣味相投，只是它不像尚存有浪漫主义情结余绪的“第三代”诗人乃至1960年代出生的“中间代”诗人那样，在时间向度上常常对自身处境进行追忆、回望。而是大多数诗人都缺乏历史感和未来意识，觉得明天难以把握，注重享受此时与此地的时尚的快乐，从事写作的全部动机，就是表达赤裸的欲望，或客观直接地恢复审美对象，关注当下的存在状态，讲究事物和心灵在场的本色的表演。具体到文本中，则常常用形而下琐屑的场景的、细节的、片段的日常化叙述，替代恢宏的、灵感式的、情绪化的抒情成分，大多数作品都充满强烈的现场自足感。尤其是“下半身写作”，更要“回到肉体，追求肉体的在场感”（是肉体而不是身体，因为身体在很大程度上已经被传统、文化、知识等外在之物异化污染），让“体验回到本质的、原初的、动物性的肉体体验中去”，诗人就是“一具具在场的肉体”，只有“肉体在场”才会有“诗歌在场”。① 李师江在《下半身的创造力》一文中说：人用下半身创造力生命，下半身的意义在于每一次的诞生都是原创的，诗歌应该从下半身出发，忠于诗人对世界最原始的冲动或者反映。② 如“我看探索频道/猴子从一个窟窿钻进另一个窟窿/马嚼着草根底下的橡皮泥/我关掉电视/在阳台上点蜡烛/他下了公交车/在门口给我打电话/我下楼接他/他坐在桌子前/看我们新出的杂志/把我的文章当稀饭读/我把手搭在他肩上/他吻了一下/我抽走了他看的另一本杂志/天黑透了/我问他回不回家/他犹豫片刻，说：‘家里会不会有小偷’”（《乐趣》）③，一次情人幽会的细节、过程的捕捉，活画出了新新人类的生活的在场的样情态，最基本的生理、心理动作里，折射出来的是无聊、平淡甚至不无卑琐的生存况味。更为巧妙的是沈浩波写于2000年、书写“我”与“卖肉”者之间相遇对视的《静物》，它先营构了一个泛性化的转喻——“卖肉”和欲望性圈套，“卖肉的少妇坐着/敞着怀/露出雪白的奶子//案板前面/买肉的我，站着/张着嘴，像一个饕餮之徒”，引诱读者想入非非，可最后竟极具戏剧性

① 沈浩波：《下半身写作及反对上半身》，《下半身》创刊号，2000年7月。
② 李师江：《下半身的创造力》，《下半身》创刊号，2000年7月。
③ 巫昂：《乐趣》，《下半身》创刊号，2000年7月。

地把笔锋突然一转，写道“而唯一的动静/由她怀中的孩子发出/吧嗒吧嗒/扣人心弦”，①“此在”的展开，令读者所有的想象阅读经验都失灵、受挫，被他轻而易举地“耍”了，很具有肉体的在场感。70后诗歌的在场叙述，有时和美感有一定的距离，许多作品干脆与美感无缘；但它却具备一种“真”的品格，诗人们观照的“此在”对象，那种切肤感和亲历感所携带的“体温”和“呼吸”，似乎可以让人触摸到审美对象的生命所在。它一方面驱逐了想象的玄虚和情感的矫饰，一方面也对日常生活中逐渐贫乏的诗性，构成了最重要的资源援助；并且和70后诗歌的一些理论极为默契，极为吻合。

二是具有词语的原生性和暴力化倾向。在70后诗人的心目中，“下半身”主要包括裆部、腿部和脚，而那里恰恰是生命的创造源与诞生地，所以“下半身写作”的意义当意指原创力，它的关键词就该是：冲动，原创，力量与激情。② 这是“下半身写作”的诗歌美学，也是70后诗歌美学的缩影，原创性是所有70后诗人写作追求的第一要义。原创性在70后诗歌中有许多种表现，如肉体乌托邦的建构、段子式的书写方式、网络上的命名状态，等等。折射到语言层面，就表现为词语的原生性和暴力化倾向。70后诗人们认为，诗歌语言要摆脱传统的束缚，那种“无一字无来历”的改写、引用和拼贴是对语言的伤害，为还语言以返璞归真的天然本色，他们普遍注意追求词与词的正常使用，从丰富的日常口语中找寻原生质的活力语言。他们深知日常语言从本质上讲，并非我们置身其中的语言，它们是人们置身其中的含义遮蔽了其原本具有的含义的语言。那么诗人们该如何用“点石成金”的妙术，对人们后来附加上的含义进行“去蔽”，使其重新恢复新颖、鲜活的原生冲击力呢？70后诗人提供的经验就是，在沉入语言现象时，诗人要凭借审美主体对体验和口语的妙悟、自我情境的洞察观照，抗拒语言和事物现成的先在的意义，重新生成并呈现出一种人们所忽视的新的意义来，在浑然天成的语境中，产生一种让人耳

---

① 沈浩波：《静物》，《诗参考》总第17—18期，7—8页，2001年。

② 参见朵渔：《是干，而不是搞》、李师江《下半身的创造力》，《下半身》创刊号，2000年7月。

目一新的陌生感。如“花儿为什么这样红/我为什么叫做石榴//我为什么不爱惜自己的身体/沉迷城市和酒馆/为什么我离开石榴村/把榴花开放的时节定为节日//石榴花的雨水像泪水一样多/我写过的诗/不及我今夜的心事”(《我为什么叫做石榴》)①,平凡的语汇、熟识的调式、快餐式的语义,直截利落,那种不加雕饰的原始蒙茸,未经改造的天然朴拙,让每一个意义单位都摆脱了词语的附着成分而归依了自身,构成了诗人和世界的基本关系,在和缓、清淡的语流中,流泻出诗人内心深处对生活无奈的感受,最随意、最平常的口语叙述,却也是最本真、最简隽的表情达意状态,它较好地谐调了叙述话语和深度意象,具体可感而又韵味十足,体现了较好的创造力。在如今诗人们都努力把诗写得像诗的时节,这种返璞归真、接近灵魂的选择,有不事张扬的沉潜力,朴素本色却暗香浮动。

与词语的原生性并行不悖的另一个走向就是词语的暴力化,或者说有时诗人正是为了使诗歌获得原生性效果,尝试着通过对语言的扭曲、断裂、跳接,依靠语象板块间的碰撞和激发来完成“诗想”,把不同质的语象拼贴成共时性的状态或画面,进行暴力性组合,甚至搞语言的泛性化转喻。如从时尚攫取快乐的新莽汉主义者胡续东,即是十足的文字快乐者,他写作尽量让自己快乐,以舒服过瘾为最高准则,根本不去考虑文本传递什么内容。在《hola,胡安》中,他将新的旧的,古老的时尚的,电脑词汇、外语词汇、京腔与四川土话等质地相悖的词汇“一锅煮”,在此中体验词汇组合时那种自由与文化施暴的快乐,这也许是他身上那种四川人的乐天派性格使然吧。尤其惹眼的是,“下半身写作”为了达到反讽的目的,竟解构起语言自身,以性意识的渗透强化而使原有固定意义的词语,成为带有新的性色彩的“泛黄色化”的专用术语。在这方面沈浩波的暴力倾向非常显明,如他的《怀念一只鸡》《她想把我办了》《一日千里》里的“鸡”“办”“日”,都既保留着本身的原意,更分别指涉着妓女、“强暴”、性交的泛性化转喻。再如“干和搞/两个动作/分工清楚/该干的时候不能搞/该搞

---

① 安石榴:《我为什么叫做石榴》,见黄礼孩编《’70后诗人诗选》第204—205页,海风出版社,2001年。

的时候不能干//比如/干革命四化干着急/不能/搞革命搞四化搞着急//再如/搞改革搞开放搞女人/不能//干改革干开放干女人//也有些个案/能搞也能干/比如干事也可说搞事/比如干活可以叫搞活/搞准搞狠搞深搞透/也可以说成/干准干狠干深干透//同样/快搞难搞胡搞乱搞瞎搞/可以说成/快干难干胡干乱干瞎干//而当干儿子干女儿走到/干爸爸干妈妈面前/他们必须将干和搞的联想/忘得一干二净"(《干和搞》)①,这里的"干"和"搞"的意义,都早已逸出其正常所指,而带上了泛性色彩。在其他诗人的诗歌文本中,干、办、日、搞、插、玩、睡等词语,也都转化成了性动作的特有词语。至于专指运动场所的"操场",和诘问做什么事情的语式"干吗",词义也都理所当然地变得和男女之间的性事相关了。70后诗歌这样做的结果,能够使诗人体验到文化"施暴"、重构世界的快感,拓宽语言表现力的幅度和疆域;但在某种程度上,也不时因语言中西夹杂、土洋结合而增加了汉语本身固有的模糊,使诗成为混沌难辨的光团,破坏了语言的纯洁性和规范性,有种说不出的别扭。词语的原生性与词语的暴力化,一个注重平白,一个注重奇特,一个不变形,一个变形,但都同样具有原创性,同样是对平庸和因袭的反叛。并且,它们正如硬币的两面,紧紧地黏合在一处,其实70后诗歌对传统诗歌的语言进行的原本就是综合抗击与超越。

三是"段子"式的书写方式。胡续东在网上与女诗人尹丽川过招时放言,"色情的成分在我的诗中一直是一个重要的元素,只不过有人好的是色情本身这口子,而我更对色情事物里包含的其他东西感兴趣","不经过反讽、间离和荒诞处理的色情场景我不感兴趣",这也是整个70后诗歌的群体告白。也就是说,70后诗歌一直沿着"第三代"诗歌开拓的口语化叙述的道路狂奔,标举以游戏段子为言说特征的新口语;并且,为了增强书写快感,习惯把荷尔蒙叙述、简化的小品与幽默笑话等因素搅拌在一处,钟情色情本身,更心仪处理色情本身的喜剧感、冲击力、想象的快感以及混杂的语言状态等书写方式。这种"段子"式的书写,在70后诗人那里有时不直接和盘托出,而呈现

① 南人:《干和搞》,《下半身》创刊号,2000年7月。

着间离性的轻松、调侃的反讽状态，这也许是70后诗人对抗、抵御沉痛生活的一种策略。如“我在《人民日报》上/找性病广告/我相信刊于此报的/定是最权威的/我用雷达般的眼睛/把整版报纸仔仔细细/搜寻了三遍/却压根儿没有/性病广告的影子/倒有一整版/关于某战斗机的介绍/战斗机是个好东西/只是我暂时/还用不着”（《无题》）①，庄严正统的《人民日报》，和下九流的虚夸肮脏的性病广告联系在一起，让人感到有种浓郁的搞笑色彩，庞大威凛的战斗机，和微弱渺小的平民之“我”拷合，其效果则令人啼笑皆非；而雷达般眼睛的仔细搜寻，和战斗机是个好东西、我暂时用不着的一本正经叙述相遇，更强化了诗歌戏剧性的荒诞效应。沈浩波的《临终遗言》、李师江的《校园记忆》恐怕是最“肆无忌惮”的典型。前者写一个糟老头子临终之前对围在榻前的亲人说话，“我这一辈子/吃也吃过了/喝也喝过了/可是……糟老头王得福/将浑浊的老眼中/仅存的一点注意力/集中到他那/刚刚发育成熟的孙女身上//善解人意的好孙女/在母亲目光的示意下/乖巧地前趋几步//蹲在糟老头王得福的榻前//于是她便清楚地听到了/王得福嘟囔一般/从混沌不清的喉咙里/传出的最后一句/临终遗言/‘可是我没嫖过呀’”②，真是又严肃又戏谑，意味深长又无须细品，人性中最卑劣、最龌龊的隐私，在临终之际最自然、最真实也最可怕地流露出来了。后者写道：“整个校园哼哼唧唧/只有教授们还在教导我们/学为人师行为世范/为了报答恩师/我把用完的避孕套/埋进土里”③，以一个“埋”的动作，回报恩师德性的关怀，完成诗歌的反讽，在消解“道德”规范的同时，更宣泄了校园嬉皮士的原欲。70后诗人就是这样，他们貌似反讽、调侃的思维方式，实际上是和其早已冲出道德底线的思想互为表里的。这种正在走俏的“段子”式书写，和“一地鸡毛”式的叙述，因为是寻找刺激、休闲和开心的结晶，游戏和消遣是它们的全部目的，所以与深刻无缘。但却常常趣味独特盎然，语言活力四射，不乏好玩与耐看之处，也在一定程

---

① 朱剑：《无题》，《下半身》创刊号，2000年7月。

② 沈浩波：《临终遗言》，《下半身》创刊号，2000年7月。

③ 李师江：《校园记忆》，《下半身》第二期，2001年3月，北京。

度上反映了诗人们的生存状态和情感取向。只是它那种过于随便、啰唆、直白的口语狂欢，那种带有后现代主义倾向的"话语膨胀的特征"①，把"第三代"诗的前口语探索那种内敛、节制、审慎、鲜活与纯洁的本质完全清空了，在悬置思想和真理的深度过程中，也导致了诗意的大量流失。因为抒情主体对历史文化的虚无态度，和对社会问题的淡漠，使不少诗人真的"诗到语言为止"，仿佛诗歌在他们的笔下完全成了语言的拼盘，和诗人玩弄现代文明的"七巧板"。

1990年代的70后诗歌总体看热情饱满，却鱼龙混杂，偶有佳作，更多垃圾，总体平庸。客观地说，它并没有从本质上撼动以往的诗歌，在写作方向和诗学主张上，它同"第三代"诗歌的后期精神并无严格意义上的区别，甚至他们尚处于没有形成总体氛围的散兵游勇状态，还没有产生众望所归的诗人、批评家和核心的诗歌特质。但它潜力巨大，众多70后诗人在新世纪的精彩表现就是强有力的证明。

---

① 查尔斯·纽曼:《后现代氛围》，见王岳川，尚水编《后现代主义文化与美学》第27页，北京大学出版社，1992年。

下编

第九章 坚守独立的方向写作：论于坚1990年代的诗

从1980年代的红土高原诗写作，中经“大学生诗歌”“第三代”诗歌”“九十年代诗歌”，一直到如今的“新世纪诗歌”，于坚始终置身于诗歌创作的潮头位置，即便是诗人们纷纷转场、诗歌最为边缘化的1990年代，仍“穷途不返”，持续写作，并在贫穷中加深了和诗歌的精神联系。显然，于坚不是一过性的“流星”，他在不同时段内均有出色的表现，虽然新世纪后其写作的有效性有所下降，但在创作黄金期留下的大量作品却依然放射着迷人的艺术之光。可以断定，于坚是当代诗坛的拳头诗人之一，于坚诗歌是新时期文学中无法绕开的重要学术话题。

只是对于坚诗歌的解读非常困难。说其困难既是缘于于坚的创作几乎贯通了新时期诗歌历史全过程，时间长，跨度大，几经翻新的个性相对驳杂，不易把捉；也是缘于学术界对于坚诗歌的研究起步早，成果多，高出于坚诗歌文本数十倍乃至上百倍的阐释文字，对每位后来者都构成了一种威压，再找出新的介入视角和方法的可能性越来越小；更是缘于于坚诗歌的本质复杂微妙，人们评说起来歧义辈出，意见的反差判若云泥，赞赏者称之为新时期诗坛的“旗帜”性标志，批评者则斥之为过于平淡的“垃圾”，令普通读者无所适从。那么，于坚诗歌到底具有怎样的个性，它为诗坛究竟输送了什么品质，又如何影响、启示了后来者？我以为于坚无意间说的一段话，“我作为诗人的过程，可以说是不断地从总体话语逃亡的过程，尤其是对所谓‘当代诗歌’逃亡的过程”①,为人们提供了一把进入他诗歌世界的钥匙。作为一位有思想主见与理论高度的诗人,于坚时刻都在寻找着自己独立的精神和艺术方向,并且方向感越来越自觉,越明确。对他的诗不宜从技巧的圆熟和对传统的完善方面苛求,而应从反传统的个人化探索向度上去估衡。

第一节 “一切皆诗”:走“低”的立场与姿态

时至1986年,读者已日渐适应朦胧诗的审美习惯。而携着成名作《尚义街六号》正式崛起的于坚,在诗坛引起奇妙骚动的同时,也让不少人一头雾水。毕竟到朦胧诗为止,虽然从未有人具体规定过什么可以入诗,什么不能入诗,但漫长的诗教传统已在无形中培育出一种习焉不察的集体无意识:诗是相对高雅的,世间的一切存在着诗性与非诗性之分。对这种“诗必然与‘美好的事物’‘过去的事物’,与‘怀念’‘玫瑰’‘乡村’‘大自然’有关”②的所谓“真理”,于坚是深为反感并坚决拒绝的。所以在“他们”时期,“世界的局外人”的边缘立场和低调写作姿态,就使他从根本上漠视中心,淡化诗意,不愿以朦胧诗那种英雄式的“类的社会人”身份歌唱,用诗承载什么微言大义,而倾心于“逃离乌托邦的精神地狱,健康、自由地回到人的‘现场’、‘当下’、‘手边’”③。事实上,《远方的朋友》《尚义街六号》《作品第39号》《罗家生》等诗,也的确多以普通人的视角关注日常生活和世俗生命的真相,传递“此岸”人生的况味,建构自己的平民诗学。像《作品52号》以众多庸常、琐碎的生活片断连缀,戏谑、反讽生命的平淡和无价值,“很多年　屁股上拴串钥匙/很多年,记着市内的公共厕所　把钟

① 于坚:《答〈他们〉问》,原载《他们》第6期,《于坚诗学随笔》166页,陕西师范大学出版总社有限公司,2010年。

② 于坚:《答〈他们〉问》,原载《他们》第6期,《于坚诗学随笔》162页,陕西师范大学出版总社有限公司,2010年。

③ 于坚:《棕皮手记》第238页,东方出版中心,1998年。

拨到七点/很多年在街口吃一碗一角二的冬菜面/很多年　一个人靠在栏杆上　认识不少上海货"①,流水账、大补丁一般的惨淡扫描,同毫无雅趣的意象、漫不经心的口语搅拌,袒露了凡人生活的真本模样,把诗意洗涤一空。《尚义街六号》更氤氲着浓郁的生活气息,"尚义街六号/法国式的黄房子/老吴的裤子晾在二楼/喊一声脚下就钻出戴眼镜的脑袋/隔壁的大厕所/天天清晨排着长队"②,普通百姓的吃喝拉撒,笼罩在拥挤、嘈杂又人气十足的温馨氛围中,一种粗鄙而亲切的真实被堂而皇之地凸显出来,形下的生活场景和形上的精神追求统一,吊儿郎当和正襟危坐并存,温文尔雅和歇斯底里的叫骂比邻,乃 1980 年代中期大学生活灵活现的自画像,也令人觉得生老病死、喜怒哀乐、饮食男女等一切事物均可入诗,诗即生活,生活即诗,于坚正是在他人看来最没诗意的日常生活中寻找、建构起鲜活的诗意空间,贴近、恢复了凡俗的生命意识和存在状态。

若说于坚以平视眼光观照"小人物"琐屑生活营构的日常主义诗学,在重建日常生活尊严过程中对政治、文化、历史等宏大叙事和虚幻乌托邦的规避,还不乏对抗性写作痕迹;进入 1990 年代后,他对诗歌作为"存在之舌"的本质,对"写作是通向自由的道路,重要的是如何才能真正地脱离文化之舌,隐喻之舌,让话说出来,让话诞生"③的悉心参悟,则使他为语言去蔽、澄明事物的努力,也因之走向了世界本源的呈现与敞开。在他这期间延续《尚义街 6 号》《作品 X 号》时段贴近"存在"走势写下的《对一只乌鸦的命名》《0 档案》《飞行》《啤酒瓶盖》《一枚穿过天空的钉子》《阳光下的棕榈树》《鱼》等充满现场感的诗中,诗人的目光依然在琐碎、庸常而"无意义"的题材领域逡巡,并且边沿不断由西南高原、市民日常生活向繁复的外面世界拓展,只是已把调整语言与存在之间的关系作为创作的重头戏,并由此使每一次书写都成了对附着在事物之上的历史文化积淀的清洗,都成了返归事物与生命"原初"存在状态的自觉行为,或者说诗人是以外在

---

① 于坚:《作品 52 号》,《于坚的诗》第 205 页,人民文学出版社,2000 年。

② 于坚:《尚义街六号》,《于坚的诗》第 250 页,人民文学出版社,2000 年。

③ 于坚,陶乃侃:《抱着一块石头沉到底》,《当代作家评论》1999 年第 3 期。

的文化和意识形态的双重去蔽，在对世界和事物进行着一次次的重新命名。如《对一只乌鸦的命名》还原事物的倾向就极为显豁。提起乌鸦，稍有文化和生活经验的人都清楚，它在日常生活和文学作品里都被视为一种令人讨厌的丑陋、不祥之“鸟”，它带给人的可能多是晦气和压抑，似乎它只能也应该经历如此多舛的命运：“乌鸦　就是从黑透的开始　飞向黑透的结局/黑透　就是从诞生就进入的孤独和偏见/进入无所不在的迫害和追捕/它不是鸟　它是乌鸦/充满恶意的世界　每一秒钟/都有一万个借口　以光明或美的名义/朝这个代表黑暗势力的活靶　开枪”。① 而实际上乌鸦是无辜的，人类对乌鸦的态度是不可思议的。诗人“要说的　不是它的象征　它的隐喻或神话/我要说的　只是一只乌鸦”②，唯一的目的是为乌鸦正名，还乌鸦以本来面目。在诗人看来，乌鸦不过是普通的鸟，也无“祥”与“不祥”之说，更和“黑暗势力”扯不上关系，是一代代“语言的老茧”，不断通过民俗、历史、社会、心理等各种途径把它文化化、形而上化了，而随着“乌鸦”这一语词的象征、隐喻化，“乌鸦”意象也逐渐背负上许多“莫须有”的罪名与恶名；所以诗人面对它才有了“叙述的愿望　说的冲动”，并将之看作“也许是厄运当头的自我安慰”，所以诗人在看到它“大嘴巴”“快乐”而“自由自在”的本性后，才形容其“是永恒黑夜饲养的天鹅”，所以“当那日　我听见一串串不祥的叫喊/挂在看不见的某处/我就想　说点什么/以向世界表白　我并不害怕/那些看不见的声音”。③ 也就是说，在于坚笔下乌鸦已抖掉各种象征、隐喻、臆想的尘埃，从形到质地被恢复为乌鸦自身，而诗人为乌鸦清污、还原、正名过程中发自灵魂深处的悲悯和认同，可理解为仍未改变的平民立场写照，读者从中也不难体会到一种底层生命自由、顽韧的精神意味。再有“女同学”这三个和美丽、清纯、幻想、回忆连在一起的字眼，按说应充满诗意，让人浮想联翩，可于坚的《女同学》却把它可能蛰伏的预想粉碎了。“女同学”面容模糊，“是有雀斑的女孩　还是豁牙的

① 于坚：《对一只乌鸦的命名》，《于坚的诗》第89页，人民文学出版社，2000年。
② 于坚：《对一只乌鸦的命名》，《于坚的诗》第88页，人民文学出版社，2000年。
③ 于坚：《对一只乌鸦的命名》，《于坚的诗》第91页，人民文学出版社，2000年。

女孩?”已经忘却,甚至名字叫什么,是“刘玉英　李萍　胡娜娜　李桂珍?”也记不清,留在诗人记忆中的仅有空空的操场。全诗复现的是女同学朗诵、微笑、说话、与自己同桌、碰手,自己对女同学的“偷看”“春情萌动”、想入非非以及男女同学间相互吸引等一些细节、场景、事相的碎片,一些毫无特殊、浪漫之处的平常经历和感受,在一片“生活流”的淌动中,小人物平庸而真实的生活、情感状态呼之欲出。于坚新世纪的诗题旨、意趣纷然,或像《唐僧》一样重观唐代和尚金光闪烁影像背后“背着棉布包袱”的“行者”风貌,或如《纯棉的母亲》一样在政治和性别冲突的背景上赞美本色、淳朴的母亲,或似《便条二五八》一样以巧妙的构思洞悉生命存在的本质,但诗人走低的平民立场、还原事物的文化去蔽目标却一以贯之,这也是不少读者一直视于坚为民间诗人领袖的根由所在。

因为于坚把写诗目的定位于世界的澄明,而世上的一切事物都是平等的,彼此间没高低贵贱之分,也无对错良恶之别;所以在他眼中“一切皆诗”,不但都应给予观照,并且该一视同仁。于是,我们发现不论写宏大、庄重题材的《赞美劳动》《登秦始皇陵》《读康熙信中写到的黄河》《哀滇池》,还是写卑微、平凡事物的《我梦想着看到一只老虎》《三个房间》《披肩》《美丽的女人住在我家楼上……》都由于有还原、澄明事物和日常生活的走“低”立场压着阵脚,拒绝升华,随性自然。如故宫在许多人心中博大、庄严,在这座文化圣殿面前,于坚没有顶礼膜拜地被吓到,而是心平气和地写道:“皇家宫殿　使‘辉煌’形成一种实体/呈现于长城之内的平原　黄河流淌在它的北方/帝制早已废除　不朽的是木头和石头/在公元二十世纪……皇帝的卧室已经没有皇帝　门户大开　任闲人参观/大家面对的不是朕　而是他睡觉的枕头　被窝/许多人仍然觉得双膝在发软　忍不住要下跪”(《参观故宫》)①。诸多动词和名词的滑动、狂欢,好像是在再现故宫场景的一角和带有历史文化色彩的皇权意识;但实际上表现历史与文化并非它的本意,淡化历史的平视视角,夹叙夹议的反讽笔调,隐约流露出其深层意图,那就是对曾经的皇帝、奴性的观赏者作为普通

① 于坚:《参观故宫》,《于坚的诗》第271—273页,人民文学出版社,2000年。

人个体生命意识和价值的一种关注。而对生活中人们不屑一顾、少文化想象的物件啤酒瓶盖，于坚竟然大动诗思，写下《啤酒瓶盖》一诗，细腻地状写啤酒瓶盖的面貌、作用和悲惨际遇，它从桌上“跳开”后即成“废品”，“世界就再也想不到它/词典上不再有关于它的词条 不再有它的本义 引义和转义”；[①]而“我仅仅是弯下腰 把这个白色的小尤物拾起来/它那坚硬的 齿状的边缘 划破了我的手指/使我感受到某种与刀子无关的锋利”[②]，这里隐含着很深的寓意，啤酒瓶盖划破手指意在提醒人们，生活中有些事物看似微不足道，实则不可或缺，啤酒瓶盖就保证了宴会的热烈和隆重，“意味着一个黄昏的好心情”，人们“不知道叫它什么才好”，又分明从特殊的向度指认出诗歌对事物命名艰难的失语现象，探索了语言的功能与局限，诗的观照对象虽小，包孕的内涵却十分深邃。应该说，于坚这种承继“无事不可入，无意不可言”传统的探索，是有难度的写作，它在扩大诗的题材疆域、打开写作的多种可能性同时，也提供了一种启示：不是拥有宏大、庄重的题材即会气象高远，日常琐屑平庸的“小景物”“小事象”中同样能够发掘出大哲学和独到的诗意，关键不在“写什么”，而在于“怎么写”，对一个真正的诗人来说，“怎么写”比“写什么”更重要，更值得斟酌。

第二节 澄明存在的“看”的美学

阅读于坚诗歌的一个共性印象，是诗人经常采用“我看见”的视角。按照西方新批评派的理论逻辑，于坚诗歌这个中心视角的高频率出现，绝非随意而为，它的背后肯定隐匿着诗人深度的情绪特质、经验色彩和风格趣尚。的确，“我看见”的视角既是于坚还原存在过程中去蔽求真的具体策略与方法，也是诗人维系自身和世界之间关

① 于坚：《啤酒瓶盖》，《于坚的诗》第132页，人民文学出版社，2000年。
② 于坚：《啤酒瓶盖》，《于坚的诗》第133页，人民文学出版社，2000年。

系、观察事物的基本途径，这一点似乎已成公开的秘密。问题是于坚为何如此青睐这种视角，这种视角和于坚诗歌又是一种什么关系？我以为答案应从于坚的身体和精神个性中去找寻。

据诗人讲，他曾拥有过幸福的童年，但五岁时由于生病注射链霉素过量落下弱听的毛病，初中毕业后上班的工厂铆焊车间里震耳欲聋的声音更是“雪上加霜”，使他的听力变得愈发不健全，连蚊子、雨滴和落叶的声音都听不到了。而每个人的诸种感觉能力间往往总是靠互补来平衡，一般说来眼睛不好的人听力多比他人敏锐，失聪者则常会训练出过人的视觉能力。于坚的生理疾患和工种对眼睛的特殊需要，决定他“与世界的关系不再是想当然的，而是看见的”，或者说“把握世界的方式主要是看”；①这与他对自己着力表现的日常经验“在世界中，与过程、行为、体验、事象、细节、在场等有关”②的切身理解遇合，就使他的诗很少涉足未知、臆想的领域，并出现了许多不同于抒情诗歌的“非诗”因素，即和小说、戏剧乃至散文文体较近、能够“看得见”的一些叙事性特征。

一是大量物象、事象等事态因子的介入，铸就了诗歌一定的叙事长度和宽度。于坚的诗虽然不特别排斥朦胧诗艺术成功凭借的意象，但意象相对疏淡，并且疏淡的意象也并非它着力表现的重心，能激起读者观赏兴趣的更多是一些状态体验中的细节、过程与情节。1980年代的《那是我正骑车回家》《春天纪事》《一只蝴蝶在雨季死去》等就呈这种走向，像《给小杏的诗》仿佛给人的是一截故事片段，“小杏　在人群中/我找了你好多年/那是多么孤独的日子/我像人们赞赏的那样生活/作为一个男子汉/昂首挺胸　对一切满不在乎/只有夜深人静的时候/我才能拉开窗帘/对着寒冷的星星/显示我心灵最温柔的部分……小杏　当那一天/你轻轻对我说/休息一下　休息一下/我唱支歌给你听听/我忽然低下头去/许多年过去了/你看　我

---

① 参见于坚，谢有顺：《真正的写作都是后退的》，《南方文坛》2001年第3期。于坚，陶乃侃：《抱着一块石头沉到底》，《当代作家评论》1999年第3期。

② 张大为，于坚：《于坚访谈录》，《诗刊》2003年第6期，上半月刊。

的眼眶里充满了泪水”①。诗里也有小杏、窗帘、星星、泪水等意象，只是读者阅读时会不自觉地跳过这些具体的“词意象”，而去关注它们同其他语汇组成的“句意象”和诸多句意象连缀的整体事态过程、情境，在对女子小杏的娓娓叙说“对话”中，体悟诗人平实而诚挚的深情和秉性，也可捕捉诗人思念小杏、和小杏交往的动作（含心理动作）、细节、场景片段，领略到阅读叙事性文学的快感。1990年代以后的《第一课：“爱巢”》《在牙科诊所》《小丽的父亲》《主任》等，特别是那十几首“事件”系列诗歌，更把这一倾向推向巅峰状态，它们或纵式流动，或横向铺排，地点、人物、情节、事件等叙事文学要素一应俱全。“从铺好的马路上走过来　工人们推着工具车/大锤拖在地上走　铲子和丁字镐晃动在头上/所有的道路都已铺好　进入了城市/这里是最后一截坏路　像好地毯上的一条裂缝/威胁着脚　使散步和舒适的动作感到担心/一切都要铺平　包括路以及它所派生的跌打　药酒　赤脚板　烂泥坑和陷塌这些旧词/都将被那两个闪着柏油光芒的平坦和整齐所替代/这是好事情　按照图纸　工人们开始动手/挥动工具　精确地测量　铺设一条康庄大道那么认真”（《事件·铺路》）。② 全诗详尽描写工人们铺路的场面与过程，从场景设置、细节刻画到人物动作安排、事件情节穿插，全有新写实小说味道，当然它只是通过截取的几个兼具时间长度和空间宽度、相对典型的片段、瞬间，有效地抵达了作者还原事象的企图，而没有呆板地恪守叙事性文学的严谨、完整原则，散点透视的笔法也使劳动情境的叙述焕发着鲜活的诗性气息。不难看出，为回到事物与存在现场，贴近表现对象，于坚诗歌向诗外文体的扩张带来了明显的叙事性，但没有以牺牲诗的品质为代价，它只是合理吸纳了小说、戏剧、散文的一些手段，其叙事基本上仍属于注意情绪、情趣渗透的诗性叙事；并且因之而扩大了诗歌的内涵容量，拓宽了诗歌适应现实生活的幅度。从这个向度上说，维护诗歌的纯洁性固然重要，但文体互渗恐怕也不是完全不可取的。

---

① 于坚：《给小杏的诗》，《于坚的诗》第180—181页，人民文学出版社，2000年。

② 于坚：《事件·铺路》，《于坚的诗》第293页，人民文学出版社，2000年。

二是为降低对所见事物澄明、还原的干预程度，诗人努力从不同的方向进行“反诗”的冷态抒情。诗是主情的、抒情的似乎已成常识，但艾略特对之却有异于传统的认识，他以为“诗不是放纵情感，而是逃避情感，不是表现个性，而是逃避个性”①。在这一点上于坚和艾略特有精神相通之处，他的当代好诗应具备“一种冷静、客观、心平气和、局外人式的创作态度”②观念，即与艾略特不谋而合。“非升华”性的写作性质，决定他很少走涵括朦胧诗在内的中国诗歌的“变形”路线，以主观的介入、扩张重构外在时空秩序，俘获含蓄之美，也留下矫情浮夸的危险；而是针对朦胧诗花样百出的意象艺术，十分警觉地提出“反诗”或叫不变形诗主张，希望通过对诗歌抒情性和外在修辞倾向的弃绝，正本清源，“回到事物中去”，使诗最终回到诗自身。

一方面诗人直接去处理审美对象，以“情感零度”状态正视世俗生活，没有事物关系打破后的再造，没有意象的主观变形，譬如《独白》《下午　一位在阴影中走过的同事》《铁路附近的一堆油桶》《鞋匠》等，就将自我欲几乎降低到了没有的程度。“玻璃后面　我光滑地看着这场雨/这场来自故国春天的阵雨/在公寓的空场上降落/精心施工的场子　干燥　缺乏光彩/为停放汽车而准备……公寓里的居民都待在各自的单元里/看着停车场渐渐闪射出光芒/大家心情各异　等待着这场雨完结”(《停车场上　春雨》)③，诗人像个冷静的记录者，不动声色地勾勒出了一幅春雨到来时分春雨、停车场组构的场景和居民等待春雨停歇的“冷风景”，做到了“是什么就是什么”的写实，彻底摒弃了个人主观的情感立场和价值判断，不能再具体的凡俗细节，不能再客观的直接呈现，使世界以其没被艺术打扰过的本来样子，准确而清晰地呈现在读者面前，规避了文化、意识形态对世俗对象的影响，可在具象性的事态原貌的视觉恢复中，却又淡淡地透露出一股孤独和焦灼情绪，表现了诗人对日常生活的敏感和尊重。再如

---

① 艾略特:《传统与个人才能》,《艾略特诗学文集》第8页,国际文化出版公司,1989年。

② 于坚:《诗歌精神的重建:一份提纲》,《诗歌报》1988年7月4日。

③ 于坚:《停车场上　春雨》,《于坚的诗》第197页,人民文学出版社,2000年。

“要说点什么的话/我只能说它长得比鸭子更肥些/如果烤一烤　加些盐巴　花椒　味道或许不错可是天鹅啊　我虽对你有些不恭的小心眼/但现在我记住了你　你不再是纸上的名词/你一张翅膀　飞腾起来　越过海岬/为我留下黑暗”(《在丹麦遇见天鹅》)①，诗里找不到丝毫“变形”诗的痕迹，词与物之间的关系完全对等，曾经给人以无限幻想的神性的、“天使”般的天鹅，在诗人俏皮幽默的解构下显影，什么都不是，它就是它自己，一只比鸭子更肥些的动物。作者局外人似的超然旁观，感觉不到天鹅之美，所以“无话可说”，也无法“赞美”，诗人不过是记录了一次海外与天鹅遭遇的经历和瞬间的情绪波动而已。另一方面则以客观叙述做艺术言说的主体方式，辅以第三人称、对话与独白等戏剧手段，强化诗歌的非个人化效果，如《篱笆》《在云南省西部荒原上所见的两棵树》《参观纪念堂》《0档案》《他总是　在深夜一点十分的时候……》等，都带着平民化、生活流取向势必产生的“叙述”烙印。《罗家生》写道：“他天天骑一辆旧‘来铃’/在烟囱冒烟的时候/来上班//驶过办公楼/驶过锻工车间/驶过仓库的围墙/走进那间木板搭成的小屋……四十二岁/当了父亲//就在这一年/他死了/电炉把他的头/炸开了一大条口/真可怕//埋他的那天//他老婆没有来/几个工人把他抬到山上/他们说　他个头小/抬着不重/从前他修的表/比新的好”②。通篇依靠叙述方式介入下层的生存现实，讲述善良的罗家生庸常的人生和死亡的悲剧，在来铃车、办公楼、锻工车间和木板屋等织就的环境背景中，塑造出罗家生的“典型性格”，他普通得有点卑微地生活着，甚至“谁也不知道他是谁”，他也不普通，精通电工技术，有自己的精神想往，箱子里的“领带”即是明证；然而一场意外却使他从人间消失了，工友们不悲不喜地谈论着他，生活依然。诗以第三人称的“平视”角度透视，把一个善良人的悲剧诠释得异常淡泊、平静，舒缓的叙述调式切合了人生的本相，寄寓了似淡实浓的人性悲悯，好似一段黑白影片，朴素而深邃，能引发读者的情绪共鸣。再如“亲人们对天才熟视无睹　除非死掉/否则　人所遭遇

① 于坚：《在丹麦遇见天鹅》，《于坚的诗》第92—93页，人民文学出版社，2000年。

② 于坚：《罗家生》，《于坚的诗》第220—221页，人民文学出版社，2000年。

的一切　他也应当遭遇/小市民　肺病患者　保险公司的职员　甲虫/大师在世　持有的是这些身份/老儿子　在街头闲逛时常常被父亲喝住/'弗兰茨　回家　天气潮湿!'……'他是那么孤独,完全孤独一人。/而我们无事可做,坐在这里,/我们把他一个人留在那儿,黑咕隆咚的;/一个人,也没有盖被子'(女友　多拉·热阿蔓特)/他身上没有什么引人注目的东西/他默默地亲切地微笑"(《弗兰茨·卡夫卡》)①。这首诗的细节叙述更为突出,铺排叙述和罗列性描述结合,相对完整地交代了作家弗兰茨·卡夫卡的生命历程和性格遭遇,使一个"苦难的圣灵"形象站立起来,弗兰茨·卡夫卡的父亲、朋友、女友的对话、旁白等戏剧性的场景和细节,更从侧面丰富、丰满了诗的书写对象,使诗的字里行间缭绕着人间的烟火气息,使戏剧文体特有的复调性、现场感得以自动强化。

对于坚诗歌的"看"的美学,很多人不以为然,并以"非诗"之名不断地诟病和挞伐,至今它也未获得普遍的认同。其实很多人误读了于坚。冷抒情不是不抒情,不是彻底的纯客观,它是诗人隐藏情感的一种表现技巧;叙事性也非诗的目的,它乃诗人为提高诗歌处理日常生活能力向其他文体的合理扩张,始终和诗性相伴生,像《飞行》《纯棉的母亲》等就适当地以贴切的意象与情绪配合,不纯粹是"看"的结果。所以说于坚的"反诗"不但没有毁灭诗,反倒强壮了诗的生命力,它以自己的方式保证了存在和事物的还原,对抗、反拨了变形诗歌矫饰浮夸的弊端,为当代诗歌走向大气、为读者更加深入地认知世界提供了新的启迪,这也是于坚对新诗艺术的独到创造。如此说来,就难怪诗人宁可遭受诘难和批评对这种"非诗"立场一直坚定不移啦。

第三节　语言:从意识自觉到行为拯救

一切诗歌最终均将物化为语言形态,所以历代文学革命不约而

---

① 于坚:《弗兰茨·卡夫卡》,《于坚的诗》第232—233页,人民文学出版社,2000年。

同地都选择语言作为突破口，于坚对当代诗坛的冲击和建树同样也是从对语言的不信任开始的。受海德格尔的"诗乃是存在的词语性创建"①思想影响，初登诗坛的于坚就具有极自觉的语言意识，虽然那时他的兴趣基本上还在对传统理论的破坏和文本探索上，对语言问题自身思考得尚欠深入；但仍触及到了诗和语言的一些核心本质。在他看来，诗歌是"语言自身情不自禁发出的一连串动作"，是"语言的'在场'，澄明"，②作为诗歌栖息形式的语言本身也是一种存在，在某种意义上可以说是语言创造了诗歌，而不是诗歌创造了语言，优秀的诗应该通过语言重新命名世界，让语言顺利地"出场"，达成语言和诗人生命的同构；以此标准衡量，朦胧诗的语言就暴露出了一定的局限性，它有精致华美的含蓄悠长，却也有过于神秘典雅的贵族之气，能指与所指的分离使它和诗人的生命隔膜，存在着一种派生关系。那么何种语言才能与平民意识相应和，实现和诗人生命结构的同一化呢？答案是口语化。因为"口语诗歌实际上就是向纸上的文化以外的'异域'逃亡，就是对清代以来的那种山林文学、贵族文学的'心如死灰'"，通过它能够"重新回到那种具有创造性的、具有感觉的、具有生命力的语言的本身"，③口语的质感、自由、富于创造性，决定它是对抗、颠覆规范的书面语的最佳武器。正基于此，于坚于1980年代即勇开口语写作风气之先，在《尚义街六号》《罗家生》等大量诗中广泛使用口语，如《有朋从远方来——赠丁当》的语言时而似内心低语，时而似娓娓交谈，轻松自然，平白如话，从语汇、句式到口吻、语气，和日常口语毫无二致，还带着生活中声香形色味俱全的鲜活气息，它们仿佛是从诗人的命泉中倾倒而出，是诗人生命情绪的直接外化，不拐弯抹角，不装腔作势，同朦胧诗的意象与象征语言判若霄壤；但它却直指人心，显示了当代青年特立独行、玩世不恭的叛逆情绪和与朋友惺惺相惜又互为敌手的心理隐秘，以及内心深处的敏感与脆弱。这种语言几乎取消了诗和读者的距离，沿着它即可走进诗人的

① 海德格尔：《荷尔德林诗的阐释》第45页，孙周兴译，商务印书馆，2000年。
② 于坚：《从隐喻后退》，《作家》1997年第3期。
③ 于坚，谢有顺：《诗歌是不知道的，在路上的》，《南方文坛》2003年第5期。

生命本身。在人人都想把诗写得像诗的1980年代，它以洗尽铅华的本色之妙，增强了诗歌情绪与事态的生命活力，昭示了一种文体生长的可能。

口语诗对诗人有很高的技术要求，稍有不慎即会蹈入口水化的泥潭。于坚的口语化探索卓然不群的秘诀就是推崇语感，强调“在诗歌中，生命被表现为语感，语感是生命有意味的形式，读者被感动的正是语感”①，从而把语感提升为口语化诗歌的生命、灵魂和美感来源来加以追求，建构一种语言本体论意义上的语感诗学。他有时甚至不再把语义传达当作品的终极目标，而迷恋于语感的回味和营构，提倡语感即诗，为淡化、弱化语义，还把很多文本像对待无标题音乐一样，不给出每首诗具体的标题，而是编为《作品XX号》。在语感观念辐照下，他很多诗中的语言一从唇舌之间吞吐而出，就自动俘获了诗人生命的感觉状态和生命节奏，带着超常的语感诗性。如《远方的朋友》中并无什么深邃的内涵，但它畅达的语言流却饱含着神奇的魅力，它仿佛就是诗人生命力的起伏与呼吸、奔涌与外化，自然的节奏挪移中，敞开了一代青年的生存方式和心灵状态，接到不曾谋面的朋友来信后诗人思绪中迅速闪跳的几种见面情境虚拟，都既滑稽可笑又合理可能，能让人不知不觉中走近诗人的生命根部。“人活着/不要老是待在一间屋里/望着一扇窗户/面对一只水杯/不要老是挂着一把钥匙/从一道门进去又出来/在有生命的年代/人应当到处去走走干干/你才不会发胖/不会得高血压床头摆满药瓶……”(《作品67号》)②诗的语感和诗人生命达成相互渗透的同构，随意、自然、琐屑又不无幽默的语言禀赋，从诗人的灵魂喷发出的同时，就有了直接抵达事物的能量，促使携着“生命有无数形式、活法不止一种”人生哲学的平民自我形象跃然纸上。可见，于坚诗歌的语感常和日常的平民生活接合，附在拒绝带歧义、复杂句式的简单短句中，不时配以词语或句式重复的饶舌，是流动的、整体的，生命式的，朴素、轻松、流畅；诗人借助它的力量，实现了诗人、生存、语言三位一体的统一，使诗歌

① 于坚，韩东：《现代诗歌二人谈》，《云南文艺通讯》1986年第9期。

② 于坚：《作品67号》，《于坚的诗》第155页，人民文学出版社，2000年。

的指向愈趋清晰确定，易于接受和把握。都说失聪者重“看”的效果，势必弱于韵律、音节的讲究和掌控，而于坚诗歌超人的语感能力则打破了这一迷信，令人深思。

随着写作的深入和理论的自觉，于坚发现：世界最初是一元的，万物的所指与能指同构，人说出一种事物名称的同时就说出了事物本身，可是文明、文化特别是隐喻介入后，文化在人和事物之间的阻隔，元诗阶段语言所指与能指的分离，使诗和世界成了隐喻和被隐喻的关系，谁都很难说出自己想说的话，“人说不出他的存在，他只能说出他的文化”①，只能说出事物的象征、意义而说不出真正的事物本身，语言由存在的居所变为意义的暴力场，诗歌也逐渐对存在严重失语，即便是被人看重的当代先锋诗歌史也仅仅是词汇的变化史而已。而要实现为世界去蔽、重新命名事物的目的，仅仅凭口语化、语感强调是远远不够的，因为口语本身也沉淀着一定的文化成分，要想从本质层面完成“词语性创建”必须另寻出路；于是20世纪80、90年代之交，他对诗歌语言的兴趣骤增，在1992年提出极具冲击力的“拒绝隐喻”主张，并身体力行，企图回到语言的最初状态，以扼制当代诗坛意象、象征与隐喻泛滥之风，清除语言尤其是隐喻的暴力，拯救病入膏肓的困境中的诗歌语言，从而将1980年代的对抗性写作深化为解构性写作，掀起了一场真正意义上的诗学革命。“拒绝隐喻”接受胡塞尔的“面向事情本身”理论启迪，是对中国诗中隐喻功能严重退化为陈词滥调的现实的有力反拨和拒斥，其目的是再度激活诗歌的隐喻、使诗重获命名的功能，它从本质上和反象征的语感提倡是一致的，是语感理论的深度延伸。在这方面，《对一只乌鸦的命名》抛开言此意彼的意象、象征思维路线，消除了乌鸦身上的文化积淀，使乌鸦穿越厚厚的偏见屏障，被还原为名词乌鸦的自身形象，堪称范本。于坚的几首玫瑰诗《关于玫瑰》《正午的玫瑰》《正午的玫瑰　另一种结局》《被暗示的玫瑰》也都实现了对玫瑰的重新命名，使玫瑰“进入‘玫瑰’”，还原为一种植物的名词状态，“苍蝇出现在四月发生的地方/我

① 于坚：《拒绝隐喻：作为一种方法的诗歌》，《于坚诗学随笔》第10页，陕西师范大学出版总社有限公司，2010年。

要把‘玫瑰’和‘候鸟’这两个词奉献给它/它们同时成为四月的意象　形状不同的生物/来自花园　来自北方　来自垃圾场　但意味着四月/是一个已经存在于空间和时间中的月份　生动的意象/它不是诗歌的四月　不是花瓶的四月　不是敌人的四月/它是大地的四月”（《关于玫瑰》）[①]“作为园子的主人　我乐意成人之美/我并不指望这么做会有什么好处　譬如/一朵白玫瑰给我带来美好的心情/我只是做我该做的事　运走垃圾/铲除杂草　石子拣尽　把泥块弄松/然后我浇水　倚着锄头看云　等着它来”（《正午的玫瑰》）。[②] 玫瑰不论在中国还是在西方，不论是热烈的红色还是纯洁的白色，都是美好爱情的喻指，能给人带来无限遐想，可是前诗中，正如苍蝇就是苍蝇、候鸟就是候鸟一样，玫瑰就是玫瑰，一种客观存在的植物，它摆脱了各种文化知识和哲理的缠绕，在它身上没有诗人主观情志的渗入，更没施与任何象征的内涵，它和四月媾和也不过是同一种自然的时令相遇而已，仍是纯粹植物学意义上的“花”，不带任何隐喻意向；后诗的玫瑰也和爱情没什么关系，玫瑰单纯的愿望就是进到园子里，不管它怎样丑陋，而诗人运垃圾、除草、拣石子、松土、浇水等一系列动作，只是在尽园丁之责，诗使玫瑰这个词在它本来的意义上使用，切断、堵住了玫瑰可能引发的幻想之维，而对隐喻和想象的放逐，无疑控制了主体意志对客体世界的扩张，客观至极。《赞美海鸥》《上教堂》以及新世纪的《声音》《狼狗》等解构性作品，也都体现了“从隐喻后退”的文化立场，从不同角度呈现了事物的真实面目。

当然，隐喻是诗性的，它与诗歌距离最近，也是所有民族、国家诗歌中必不可少的艺术支撑，若想从诗中完全剔除隐喻十分困难，于坚也不例外。休说于坚后来在文章中披露别人认为已贯彻“从隐喻后退”精神的《罗家生》尚是隐喻性作品，就连最能代表他1990年代诗歌成就的两首长诗《0档案》《飞行》，也不乏象征与隐喻的光影浮动。如《0档案》将档案的文体和语式栽植于诗内，通过客观化的“冷漠”方式揭示语言对人类个体的暴力摧残、体制对人性的物化和扭曲，“8

① 于坚：《关于玫瑰》，《于坚的诗》第30页，人民文学出版社，2000年。

② 于坚：《正午的玫瑰》，《于坚的诗》第59页，人民文学出版社，2000年。

日记/×年×月×日　晴　心情不好　苦闷/×年×月×日　晴　心情好　坐了一个上午……某日冷/某日等待某某/某年某月某日　新年　某日　某生　某日　节日”①，仅仅刻写日常生活的第八节日记充满公约公式、机械呆板、千篇一律的叙述记载，那形式本身先定的僵死冷漠氛围，就足以外化出档案乃一切活人视而不见的活地狱的真相。它好似充满口语的率性，也少明显的象征痕迹；但其深层仍然潜藏着一种隐喻思维，“‘0’是一个伟大的隐喻，它象征着围城；是原点，也是终点；没有方向，却向四周发散，处处是方向”②，诗中类型化、物化的“他”也可理解为整个当代中国人形象的缩影和代指，也正是隐喻性和叙事性、口语化的创造性融汇，才促成了该诗的成功。再如数次打磨的经典之作《飞行》，虽然在朴素叙事背后增加了跳跃性，表面看去作者也有着局外人的冷静，只是它已接受了整体象征技巧的援助，诗人在万米高空飞行，思绪也随之天南海北地遨游，“飞行”是具象的实指，更寄寓着形而上思想飞行的深意，琐屑、飘动的臆想同生命、时间命题的思考遇合，酿就了诗歌虚实相生的多层结构，而缩结形而下描写和形而上指向的就是贯通全篇的象征意识。早年的《在漫长的旅途中》也运用了整体暗示、象征手法，漫长的旅途本身和山冈荒野上一闪而过的灯光拷合一处，让人不由得会念起人生与理想、希望的火光。这种整体象征也有联想再造空间，但所指与能指关系相对直接确实的限定性，则使读者的理解不会过于宽泛与随意。或许是诗人意识到完全拒绝隐喻的不可能性，所以才在提出过于极端的口号“拒绝隐喻”两年之后写下名为“从隐喻后退”的文章，将自己的主张修整得更为严密、辩证和科学了。可以说，于坚最终也没能像他自己倡言的那样完全拒绝隐喻，这也是任何诗人都无法逃避的宿命。

从语感强调到拒绝隐喻的重心转移，是于坚对传统诗学观念更为内在、强悍的挑战，它为诗歌祛除事物的文化、历史遮蔽，还原世界的本来面目，重建语言和存在的关系开辟了新的路径，并因观察角度

① 于坚：《0档案》，《于坚的诗》第357—358页，人民文学出版社，2000年。

② 王晓生：《于坚诗歌的“意义”》，《理论与创作》2007年第3期。

的复杂化而更富包孕力，进一步激发了汉语语词的潜能和活力，形成了于坚近二十多年来“写作倾向于客观与对结构和节奏的理想把握”，以“一种短句、单词、词组混杂为一长句”[①]替代以往纯净、利落短句的风格。但也必须承认，这种选择乃一柄利弊混凝的双刃剑，重心转移后的于坚诗歌喜欢罗列混在一起的各种类型的事物，材料和结构由简约明朗而趋于芜杂，过度压抑自我也难免弱化诗歌的感动力，所以新世纪后它们不再像以前那样受人关注了。

于坚诗歌的缺点非常明显，否则也不会在读者中引起激烈的争议。它对日常生活的贴近和倚重，在无意间让一些琐屑、庸俗、芜杂的因子混入诗中，很容易成为“精神快餐”，降低了诗的精神高度；事态缺少节制的铺排叠加，则使诗意自然地蹈入浅淡和表象，密度减弱；“在写作中，形式感是第一的”[②]理念支配下的技术操作也多有失误，口语化追求不时滑向口水化，“拒绝隐喻”成了诗人无法彻底实现和超越的命题；诗人某些诗学理论的偏激，也不无二元对立的思维模式之嫌。但是，于坚乃新时期大诗人的事实谁也无法改变。他执着于当下、手边、在场的平民立场，赋予了诗宽阔的言说视野和一种下沉的力量，他回到生存现场和事物本身的叙事诗学可圈可点，扼制诗坛玄秘浮夸风气同时，打开了诗歌发展的可能性空间，他从语感强调到拒绝隐喻的艺术探索，达成了诗人和语言的同构，在一定限度内祛除了文化对事物的遮蔽，理论上的高度自觉，使他三十余年间始终坚守着自己独立的方向写作，每一步转型都指向着沉稳与大气，一边输送着文本经典，一边为诗坛提供着经验和启迪的质素，他已找到通往伟大之诗的方向，他会走得更远，这就是于坚在当代诗坛中的位置和他不可替代的价值。

---

① 于坚：《答〈他们〉问》，原载《他们》第 6 期，《于坚诗学随笔》第 153 页，陕西师范大学出版总社有限公司，2010 年。

② 于坚：《答〈他们〉问》，原载《他们》第 6 期，《于坚诗学随笔》第 151 页，陕西师范大学出版总社有限公司，2010 年。

第十章 “后现代”路上的孤绝探险：论伊沙 1990 年代的诗

论及 1990 年代的中国诗坛，有人指认“真正称得上诗人的也许只有一个半人——伊沙和于坚，因为于坚的另一半在 80 年代”①，这个结论在尘埃落定的今天看来虽然有些言过其实，却也道出了一个毋庸置疑的真相：在 20 世纪的最后十年里，伊沙是一位非常重要的诗人。他不但出道不久即告别学徒期，迅疾抛出《车过黄河》《饿死诗人》《结结巴巴》等引发诗坛强烈震动的“老三篇”，继而以不断翻新的招法，持续地为诗坛输送活力与生气；同时“心有旁骛”，多点开花，小说接二连三地面世，大都有模有样，文化、文学随笔更是凌厉异常，频频向看不惯的地方进击，影响远过于人们的想象。尤其是伊沙诗歌现象本身颇为耐人寻味，它始终聚讼纷纭，毁誉缠绵，一边有很多人骂伊沙是痞子、诗歌流氓、伪诗人、诗质低俗，以至于 2007 年第十六届“柔刚诗歌奖”评选中竟将他的《崆峒山小记》定为“庸诗榜”榜首；一边却有更多的人尊伊沙为大师、先驱、诗歌英雄、“少有的能够毫无困惑地面对‘后现代’的诗人”②，在公开或悄然模仿。我以为，读者的广泛关注证明伊沙在诗坛的位置显要举足轻重，不可或缺，而评价观点的极端对立则反衬着伊沙诗歌的丰富与复杂，所以对于伊沙诗歌不论是喜欢也好，讨厌也罢，任何研究都无法忽视、回避它的存在，否则就难以获得读者的首肯。何况，伊沙诗歌又早已超越“肇事”层

---

① 李霞：《伊沙诗歌原因》，诗生活网站 · 李霞评论，2005 年 8 月 5 日。

② 刘纳：《诗：激情与策略——后现代主义与当代诗歌》第 18 页，中国社会出版社，1996 年。

面，有着自己独立、优卓的“后现代”精神和艺术走向呢?

第一节 “痞”气背后的“斗士”风采

赞赏的与非议的对伊沙诗歌的态度可谓判若云泥，可二者却又一致认为伊沙乃“后现代”诗人，他写的是中国式的“后现代”诗歌。这好像是在给诗人及作品贴标签，实则看清、看透了对象的“骨头”。不错，伊沙曾不无偏执地坦言，“诗者，弑也，这就是我那时的信条”①，当初影响的焦虑使伊沙也像“第三代”诗”一样，是以“反”的姿态引起人们注意的，在诗里杀机与霸气四溢，间有游戏品质，虽未自觉接受西方文艺理论潮流淘洗，却因超人的直觉捕捉到了转型期伊沙诗中流动着的是一片什么样的景观呢? 随意翻开他的诗集，映入眼帘的虽然也不乏麦子、乡村的歌谣、草原、向日葵、月亮、少女、鲜花等典雅优美或浪漫纯洁意象的闪回，只是它们已变得零星、稀疏，是需要努力寻找才能发现的存在。而遍布这些意象周围的，多是梅毒(《毛泽东时代的公共浴室》)、小太监(《宫中》)、戒毒所(《飞》)、酒鬼(《感恩的酒鬼》)、鱼的交媾(《性爱教育》)、摸洗头妹的屁股(《在发廊里》)、狐狸脸的小姐(《向劳动者致敬》)、早泄问题的谈论(《重要的是节奏》)、端详自己的“老二”(《陕西韩城司马祠》)、拉屎弄脏了纸(《检查》)、阳具(《索绪尔说》)、可口可乐(《广告诗》)、高高撅起的臀部(《法拉奇如是说》)、倒卖避孕套(《学院中的商业》)、在牧场上操三头母羊(《孤独的牧羊人》)、与女尸做爱的太平间守护者(《老张》)、打棺材(《拜师学艺》)等诸如此类的人、事、物，它们或凡俗放荡，或荒诞滑稽，与日常情色琐屑搅拌，堂而皇之地占据了读者视野的中心位置。一个诗人选择什么题材入诗，往往决定着他的写作立场，所以无须细读具体的文本，仅仅是这些按诗意的原本逻辑该排斥、过滤、摒弃的

---

① 杨竞:《钝刀解牛:想象与伊沙对谈》，见中岛主编《诗参考》第16期，第23页，2000年。

“非诗”因子，大剂量、高频率、平面化地弥漫于伊沙诗歌的抒情空间内，就蕴涵着粗粝、另类的强劲冲击力，它们将向来与美联结一处的诗歌写作的精神活动置换成了“审丑”行为，有明显的对抗传统的“革命”味道，其大胆怪异的殊相令那些审美积淀丰富的阅读者无法不瞠目结舌，大跌眼镜。

而诗人游弋于“审丑”世界里的精神个性给人的最初印象，更类似于小说家王朔笔下的“顽主”们，他们嬉笑怒骂，做“恶”多端，除了玩儿调侃、戏谑的把戏，好像就是不断地耍贫嘴，什么都不在乎地游戏人生，“一点正经没有”，这恐怕也是伊沙遭人诟病的原因。其实，伊沙的“坏”劲儿早在1980年代后期就已经初露端倪，譬如那首人们耳熟能详的《车过黄河》，硬是把象征中华文明的“黄河”，和个人体内的污浊物“小便”拷合一处，轻描淡写中就以一泡尿亵渎、拆解了民族文化的神圣与庄严，那种嬉皮士式的风格新鲜却也很令一些人无语。1990年代后这一倾向日趋显豁，像《想起一个人》中“性”的冲动表演，完全可以看成是典型的生殖器写作，“他是一个黑人演员/出现在一个剧情片中/饰演男仆　并在夜里/为白种的贵妇/提供性服务/效果极次的录像带/失去了颜色/只剩下黑白分明的肉搏/他的工具他的活儿/真是棒极了/白色的娘们儿/被伺候得寻死觅活”①，诗中抛除情感、文化和美的人的动物性本能复现，丝毫不亚于淫秽小说里的性描写，“痞”气淋漓。如果说《想起一个人》的原始冲动源自录像中的黑人尚可接受，《老城》中抒情主体“我”放荡、卑鄙的劲头儿则扎眼得几乎超出了所有人的想象，“全城的人都在欢呼/第一个艾滋病患者的出现/仿佛忽略了/他们自己身处的危险/我目睹那样的盛况/不免有点儿黯然神伤/一个艾滋病人的出场/压倒了总统和明星/在这老城/写诗何用/新的时代如此到来/呸！我把那管秃笔扔向窗外/不就是病吗/我直奔东郊动物园/与一头身患绝症的母猴/疯狂交媾”②，艾滋病人在城中出现的“盛况”已悖乎常理，匪夷所思，人兽交媾的心理和行为，更属石破天惊，若说其“流氓”还有一点人味儿，而

① 伊沙：《想起一个人》，《伊沙诗选》第149页，青海人民出版社，2003年。

② 伊沙：《老城》，《伊沙诗选》第44页，青海人民出版社，2003年。

至此在反文化、反理性的“我”的身上，恐怕只有十足的兽性了。应该说，这种写法和继起的70后诗歌的“下半身写作”在骨子里如出一辙，或者说伊沙在某种程度上开启了“下半身写作”性感叙事路线的神经。至于脏话、粗话、下流话在《感叹》《悟性》《泰山》《不到端午》等诗中不时闪现，就自然不在话下了。

从文本的题材立场与情感走向状态看，称伊沙是传统诗歌的“不肖子孙”，他1990年代所从事的是荒唐怪诞而又庸俗的“痞子”写作，似乎已是顺理成章的逻辑。但是，对一个诗人的解读如果仅仅停浮于现象层面，缺乏动态把握的全局观，就会在某种程度上走向误读，偏离甚至歪曲对象的真实面貌。如果只强调伊沙诗歌的消解性一维，不去透析其背后的精神内核，即做出“痞子”写作的定性的话，显然是不客观、不全面的。因为，伊沙诗歌具有一种复杂、立体的结构特质，它有效地统一了轻松与严肃、调侃与神圣、洒脱与沉重等矛盾对立的因子，常常是幽默、戏谑其表，中正、忧患其里，在油嘴滑舌的宣泄和游戏的另一端，站着某种精神的高度，也可以说与诗人同时期的随笔杂感取向相通，伊沙“痞子”诗的背后闪烁的更多是“一位敢于直面现实且不断从现实中猎取‘现代启示录’的、冷峻而自信的‘斗士’”[①]风采，是一种责任和担当意识自觉的知识分子情怀。在这方面最典型的文本当属《饿死诗人》，“诗人们已经吃饱了/一望无边的麦田/在他们腹中香气弥漫/城市中最伟大的懒汉/做了诗歌中光荣的农夫/麦子以阳光和雨水的名义/我呼吁：饿死他们/狗日的诗人/首先饿死我”[②]。该诗曾令许多读者大惑不解，伊沙身为诗人，却为何要饿死自己和同类呢？但当仔细品读之后就会发现诗人的良苦用心，原来它是出于对诗歌的深沉忧患。面对海子死后诗坛上麦子、故乡、土地意象被批量生产，诗人们纷纷拿“农业”说事儿的矫情氛围，诗人诚恐诗歌将被简单、虚假化的前途和命运，遂以一个真正诗人的良知，向众多沉湎于农业抒情和“麦子”神话的写作者当头断喝，“饿死他们”，饿死那些不说人话、只会添加精神呕吐物的诗人，事实上这

① 沈奇：《斗牛士及飞翔的石头》，《文友》1992年第3、4合期。

② 伊沙：《饿死诗人》，《伊沙诗选》第20页，青海人民出版社，2003年。

种发自二十四岁诗人的年轻声音，也真的如一篇讨伐檄文一样，在一定程度上抵制住了诗坛浪漫病的进一步蔓延。再如“我曾当面聆听过/一位来自法国的时装大师/用他的薄嘴唇谈论着/中国妇女的传统旗袍/上身严谨得一丝不苟/一丝不露——下身呢/那么大的开叉/那么开放的大腿毕露/他那夸张的怪怪的表情/让我心虚像是自己出了什么问题”(《天花乱坠·15》)，这首对身边熟视无睹的服饰——旗袍抒情的诗，写得很俏皮，很好玩儿，它貌似随意攫取了日常生活中的一个细节片段，实则深藏着文化批评的锋芒，诗人不经意间的一瞥，就借助外国人的眼光捅破了古典美体内的封建伪道学之气。不是吗？“上半身裹得紧紧的，死要面子，其实呢？下半身却开了叉。似乎也蕴含着封建道德对人性的本能与欲望的扼制”[①]，揭开了或许蛰伏在旗袍最早设计者潜意识深处渴求自由情爱的心理隐私。就是《强奸犯小 C》也隐含着一个沉重而严肃的精神命题，“阳光从背后刺过来/我看不见你脸上的伤/只见你光头明亮/但是你说：她是舒服的……但是她是怎样告诉法律/但是法律怎样揍你/这是国家的监狱/关于法律和强奸/我们都不要谈”[②]，它确如有人指出的那样，是“罪与罚”主题的延续，法律带来稳定、公平的同时，也给人带来了压抑感，法律和人性冲突引发的犯罪问题发人深省。

可见，伊沙诗歌并非那种“玩”“混”的痞子写作，相反常在调侃、幽默的外衣下蛰伏着对一些正统、庄重问题的关注。作为思想“斗士”，他的情感走向是多元的。首先那里有对传统文化和国人精神劣质的定向反拨，《农民的长寿原理》透过两个知识分子的对谈，“自以为聪明的那个我说/偷偷摸一把/邻家小寡妇的/屁股/足以让一个农民/乐上一天/农民出身的/你说不，不/村里谁家倒霉了/本来与己无关/但足以让一个农民/乐上一生”，[③]反讽的启用有种“含混”的效果，本来旨在悲悯农民的艰辛，嘲弄知识分子阴暗卑琐的心理，不想

① 潘友强：《“中间代”诗学论纲》，见帝宇博客 http://blog.sina.com.cn/ppc1000，2008 年 12 月 17 日。

② 伊沙：《强奸犯小 C》，《伊沙诗选》第 45 页，青海人民出版社，2003 年。

③ 伊沙：《农民的长寿原理》，《伊沙诗选》第 118—119 页，青海人民出版社，2003 年。

在无意间又显露了农身上由来已久的人性弱点、异化心态，他们不但粗俗愚昧，还喜欢在与他人的不幸对比中寻找心理平衡，这也是很多中国人普遍的隐蔽灵魂真相，"看"却"被看"的模式意味深长。沿着这个思路，我们就可以理解《老城》中对民众失望至极的"我"扔掉秃笔与母猴交媾了，诗人是在以变态的方式以毒攻毒啊。其次那里有正常真实又复杂矛盾人性的凸显和微讽，在《每天的菜市场》"我脸红脖子粗地/与人吵架/有时也当看客//渐渐地/便熟悉了市场/我发现卖菜的//最怕收税的/而收税的在与/卖菜的和卖肉的//打交道时/态度不尽相同/这是为什么//这是人性的/太人性的/卖肉的手里握刀"①，诗的妙处在于对日常生活灰尘覆盖的诗意的"发现"，诗人放低自己，有了和菜市场"打成一片"的入乎其内后，获得了超乎其外的体会，人人的潜意识深处都有本能的凌弱惧强，"刀"是强力的象征，"收税的"当然对"卖肉的"要高看一眼了。再如他人很少提及的《飞》，"一个吸毒者/死了/他在停止吸毒的/第四天/死在戒毒所里/他的亲人/说不出的轻松/解脱了/我/是他的朋友/正在街上走/猛抬头/我看见了他/横空出世/就像电影中的超人/在天上飞"②，亲人与朋友"我"对吸毒者死亡的相反态度，皆出自真切的人性，亲人既悲痛又有甩掉包袱"说不出的轻松"，而"我"却因诚挚的怀念将之幻化为飞翔的天使，两相对比愈见出人性悲悯的深度。那里更有对是诗坛病态现象的集中否定，因为诗人置身其中了然于心，挖苦、抨击起来自然酣畅淋漓，触目惊心，如"一对少女在谈论减肥/我在庸俗地偷听//她们/为这事困惑/她们困惑的根本/在于如何减掉/腹部的肥/而不是/胸部的//这个下午/我是在行进的/公共汽车上偷听到/前排中她们的谈话/感到生活/真实而美好//那一刻我是真诚的/想抡一首庸俗的诗"(《庸俗的诗》)③，这样无聊、猥琐的偷听者是什么样的诗人，这样从偷听的内容写出诗又会如何，可想而知，难怪伊沙在《饿死诗人》中断言当时效仿麦地写作的诗人是"用墨水污染土地的帮

---

① 伊沙：《每天的菜市场》，《伊沙诗选》第83—84页，青海人民出版社，2003年。

② 沈奇：《飞》，《伊沙诗选》第60页，青海人民出版社，2003年。

③ 伊沙：《庸俗的诗》，《伊沙诗选》第85页，青海人民出版社，2003年。

凶”,“艺术世界的杂种”,在《中国诗歌考察报告》断言诗人们“种植的作物/天堂不收 俗人不食”[①]了,这些“审丑”之作在一定程度上把握住了诗歌艰于生存的现实,戳穿了当时诗人走上歧途的窘迫潦倒的真相,无异于为人们提供了一份当代诗界的病理学报告,虽犀利、尖刻、残酷,却也利于缪斯疾患的疗救。

不论是哪类思考,均因“反”的嬉笑怒骂背后耸立的写作伦理稳着阵脚,没有失重,这种思维感知方式的选择,固然是对诗人个体情感世界召唤的应和,也源于对沉重生活的智慧化解与转移,它以轻松幽默的方式承载传统的精神命题,改变了诗歌生硬的面貌,举重若轻,新鲜有趣,比起那些正襟危坐的姿态出现的诗歌更惹人喜爱,易于接近。

第二节 “破”中之“立”

“反骨”很重的伊沙,从小就有种强烈的逆反心理,“你越反对,我就越要去做;你越不屑一顾,我就越要干出个样儿来给你瞧瞧!”[②]凡事“不愿从众,喜欢标新立异”[③]。这种性情决定他的诗歌不可能走人云亦云的老路,所以他在做过才情挥洒与模仿因子搅拌、短暂而浪漫的学院式歌唱后,马上即因接受韩东、于坚、李亚伟、丁当、默默、杨黎等“第三代”诗人的综合性影响,在 1980 年代末出离学徒期,找准了契合自己心理结构的艺术方式,不但思想情感与众不同,艺术上更是反叛意向显豁,比一般诗人多了一份原创、鲜活的色彩。

说伊沙是解构高手,恐怕不会有人反对。以浑浊的小便链接神圣、伟大的黄河意象的《车过黄河》,已初显他向传统发坏的消解、亵渎取向,1990 年代后他的解构、破坏企图,更在《参观记》《关于春天

① 伊沙:《中国诗歌考察报告》,《伊沙诗选》第 65 页,青海人民出版社,2003 年。
② 马铃薯兄弟:《伊沙访谈录——一个人的诗歌江湖》,《延安文学》2007 年第 1 期。
③ 伊沙,郑瞳:《我喜欢标新立异——伊沙访谈》,《山花》2012 年第 16 期。

的命题写作》《诺贝尔奖：永恒的答谢辞》《泰山》《纸老虎》等大量作品中流露出来。如“我也操着娘娘腔/写一首抒情诗啊/就写那冬天不要命的梅花吧//想象力不发达/就得学会观察/裹紧大衣到户外/我发现：梅花开在梅树上/丑陋不堪的老树/没法入诗　那么/诗人的梅/全开在空中/怀着深深的疑虑/闷头朝前走/其实我也是装模作样/此诗已写到该升华的关头/像所有不要脸的诗人那样/我伸出了一只手//梅花　梅花/啐我一脸梅毒”（《梅花：一首失败的抒情诗》）[①]。梅花凌霜傲雪，品性高洁，本是为历来骚人墨客钟爱、吟诵的对象；可是在此诗中却发生了惊人的变奏。它普通平常，绝非什么象征之物，更无品质的雅俗之分，在诗人看来传统文人以之不厌其烦地审美抒情、托物言志，自然是酸腐的“娘娘腔”了，至于“我”的“装模作样”和世俗化的笔调，在戏谑、嘲讽、瓦解那些文人和咏梅行为之外，也彻底祛除了附在梅花身上的种种历史与文化寓意，使其还原为带有“梅毒”的自然物象、丑陋的树上的丑陋的花。应该说，这种解构已够粗暴、阴险了。而《俗人在世》虽然没那么恶毒，但仍在平民化的视角中，借助梦境将至高无上的上帝拉下了神坛，“那些早晨/随着汹涌的车流/我骑在上班的途中/每一次经过电视塔时/我都埋头猛蹬/而不敢滞留、仰望/那高高的瘦塔/悬挂着我的秘密/曾经在一个梦中/我被钉在塔顶/呈现着耶稣受难的/全部姿态和表情/太高了/没人看得清楚/以这样的方式死去/实在是一种痛苦/我是个不敢成为上帝的俗人/仅仅梦见”[②]。即便众人敬仰，但那受难的姿态和表情也太苦，让人膜拜的滋味也太累，还莫若做个正常吃喝拉撒的俗人幸福，经诗人这么一“点拨”，权威、神性、中心话语以及寄居在耶稣形象之上的诗意，已被轻而易举地悄然否定掉了。伊沙这种始终坚守的解构立场，在一定程度上实现了对抗、颠覆传统诗歌美学的意愿，开辟了另一种写作的可能性维度。

但是，如果被外在的公众舆论所左右，就此视伊沙为专门从事解

① 伊沙：《梅花：一首失败的抒情诗》，《伊沙诗选》第37页，青海人民出版社，2003年。

② 伊沙：《俗人在世》，《伊沙诗选》第105页，青海人民出版社，2003年。

构勾当的诗人，就是一种不完全的认识，无异于是对伊沙诗歌艺术水准的贬低。事实上，正如诗人所说，“我早些时候理解的后现代主义就是解构，就是破坏，这是第一种后现代主义。后来我发现只是解构不行，还要有些建设，在多元语境下面的建设，于是我进入了第二种后现代主义”①，他不像胡适那样只负责破坏而不负责建设，而是解构与建构两手同时抓，在“破”中有“立”。如在日常取向、口语经营、构思巧设等方面都煞费苦心，并表现出了不显山不露水的自然状态，只是这些追求在很多诗人那里都似曾相识，并非诗人的独创，此处不多赘述。伊沙在艺术上是凭以下几种“拿手戏”给人留下深刻印象，让人觉得“有意思”。

一是经常通过仿写复制原文的戏拟、以语境对陈述语进行“明显的歪曲”②的反讽、貌似错误实为正确的佯谬以及互文等修辞手法的单独或综合启用，对事物进行还原、去蔽，营造出一种喜剧性的幽默效果，既切合了文艺的游戏本质，又让读者阅读时有一定的趣味。如他的《中国诗歌考察报告》（一九九四年二月六日）就是对毛泽东经典文章《湖南运动考察报告》戏拟“误读”的典型范本，“同志们/中国的问题是农民/中国诗歌的问题也是农民/这是一个十分严重的问题/这是一帮信仰基督教的农民/问题的严重性在于/他们种植的作物/天堂不收　俗人不食”③。可是它在语气、视角、措辞、形式的表面同一背后，却掩藏着通篇曲解的险恶用心，他只是利用伟人的高度威慑力指出中国诗歌问题的严重性，表达诗人反神话的写作态度，以取得反讽得好玩的效应。而下面两首诗玩的则是佯谬的把戏，“半坡是一面大坡/从我深居的长安城/向东　驱车而行/在游人的簇拥中/我无法走进它的内部/周围是幸存的田野/和秋天的野菊/都是黄的/还有我满面尘土/车子抛锚/仿佛遍地磁铁/我不知这面大坡的/另一面远

---

① 杨竞：《钝刀解牛：想象与伊沙对谈》，见中岛主编《诗参考》第16期，第24页，2000年。

② 克利安思·布鲁克斯：《反讽——一种结构原则》，见赵毅衡主编《“新批评”文集》，第379页，百花文艺出版社，2001年。

③ 伊沙：《中国诗歌考察报告》，《伊沙诗选》第65页，青海人民出版社，2003年。

在哪里/只知沿途返回/是下坡路/人走着/会轻松愉快"(《半坡》);①"资产阶级/用/裹着糖衣的/炮弹/将我们/打倒/这是论断//事实上/无产者也不是/可欺的儿童//我们趴在巨大的/糖弹上/吃/厚厚的糖衣……然后四散/逃走/远远望着/赤身裸体/婴儿般/天真的炸弹//听个响儿"(《事实上》)。② 前者先是以半坡在西安的地理方位叙述吊人胃口,勾起读者关于历史文化遗址的种种阅读预设,可最后几句诗人却"装傻充愣",说自己只知道下坡路人走着会轻松愉快,而不知大坡的另一面在哪,竟玩笑一样把题目与正文的内涵寓意缩小到半坡的地形指称意义之上,半坡原有的深度喻指被彻底放逐了。后者拆解了七届二中全会上毛泽东关于"糖衣炮弹"的经典学说,它仿如顽劣孩子的恶作剧,生猛调皮,将"错"就"错",对"糖衣炮弹"非但不躲,反而吃其糖衣,还要听个响儿,顷刻间即把附在"糖衣炮弹"上的文化颗粒弹掉,曾经时代的意识形态特定话语被"大卸八块"了。可见,伊沙诗中幽默、戏谑、调侃的喜剧精神,已经不再仅仅是一种技巧方法,而成了本体论层面的思维习性,开放出许多在矛盾情境中庄谐互现、张力四溢的智慧花朵,它在有限的范围内让事物远离象征、比喻之道,走向了自在状态的呈现与敞开。这种看似轻巧实则深刻的风格,比起那些一本正经的"抒情"更亲切,更多活气,它是诗人机智、狡黠气质的外向投射,读者从中得到的往往也是异于浪漫冲动的思想快乐。

二是与情感与内容的"沉重"相比,"语言和形式上"愈加"轻灵",③把日常口语烧出了新鲜的诗味儿,轻松自然,原创性强,增加了文本的可读性。按常识理解,口语是诗的天敌,近一个世纪的新诗实践中,也的确有不少诗人蹈入了从口语的路径滑向口水泥潭的悲剧。那么伊沙为什么将水火难容的口语与诗调和得煞是熨帖,其秘诀何在?我以为主要是他能够从自己的个性出发,选择那些恰切简净、自然酣畅的口语状态,与生命状态同构,尤其是承续于坚、韩东等

---

① 伊沙:《半坡》,《伊沙诗选》第29页,青海人民出版社,2003年。

② 伊沙:《事实上》,《伊沙诗选》第26—27页,青海人民出版社,2003年。

③ 伊沙:《有话要说》,《伊沙诗选》代自序,第7页,青海人民出版社,2003年。

人的追求，特别强调语感，像《我终于理解了你的拒绝》《参观记》《从立正的姿势往下看我看穿了自己的一生》等都努力使语汇、音节的展开成为生命力状态的外显，真实、直接，沿着它可以走进诗人心灵的内宇宙，让人读起来也格外舒服上口。“她在交媾中的习惯/造成了我的软/她在交媾中的习惯/石破惊天/这要命的女人/我未能看清她的脸/凌乱的衣衫搭在椅背上/她在高潮中的一声喊/喊着元首的名字/显得异常快感/这尖锐的一喊/造成了我的软/我不是犹太人/但有着人类的软”（《阳痿患者的回忆》）。[①] 把男女做爱细节同“元首”拷合的具体内涵当然还在，只是诗的亮点已让位于诗人情绪节奏的流动，或者说最抢眼的是语感的轻松呈现，随着一个个语汇和不规律相押韵脚的位移，诗内蕴涵的那种亵玩领袖、权威的调皮与狡黠心理自然地流露出来。其次是注意适当地控制节奏，伊沙在诗中对早泄的朋友讲最好的治疗方向是“节奏问题”，“对人弹琴后的第一周……他欢天喜地/跑来找我/看他那么心诚的样子/我不得不招认/其实我谈的是/诗歌的节奏/看来是一回事儿”[②]（《重要的是节奏》），其实控制节奏也是扼制诗歌口语疾患的最佳手段，所以伊沙讲究句子、语汇、汉字的音长、音重和音节数等声韵节奏，对情绪高低起伏、抑扬顿挫的内在节奏更不放过，像戏拟海子诗歌的《乡村摇滚》，“我继续胡闹/在河里摸鱼/在天上飞行并且调戏了一只鸟//怕鬼的爹爹快回家/今晚没你事儿啦　俺要和造反的鬼儿们一起打天下”[③]，句式的字尺、停顿点长短搭配，参差错落，整齐中有变化，语音调式明亮活泼，同抒情空间内蕴涵的欢快气、成长的抑郁达成了理想的契合。而《诺贝尔奖：永恒的答谢辞》的内在节奏调试更精当，“我不拒绝　我当然要/接受这笔卖炸药的钱/我要把它全买成炸药/尊敬的女士们先生们/尊敬的瑞典国王陛下/请你们准备好/请你们一齐——卧倒！”[④]该诗汇聚了众多信息源：诗人也有诺贝尔情结；诺贝尔奖奖金

① 伊沙：《阳痿患者的回忆》，《伊沙诗选》第 43 页，青海人民出版社，2003 年。

② 伊沙：《重要的是节奏》，《伊沙诗选》第 152 页，青海人民出版社，2003 年。

③ 伊沙：《乡村摇滚》，《伊沙诗选》第 34 页，青海人民出版社，2003 年。

④ 伊沙：《诺贝尔奖：永恒的答谢辞》，《伊沙诗选》第 46 页，青海人民出版社，2003 年。

来自卖炸药的钱;诗人发现所有诺贝尔受奖辞个个都“道貌岸然”没好玩的;诗人要和诺贝尔奖调调情,写篇简洁幽默的答谢辞;诗人要“以暴抗暴”把奖金全买成炸药,建议台下观众们“卧倒”。这些信息间矛盾而对立,而诗人竟以寥寥七句将它们高度浓缩地整合一处,表现出操控、调试诗意节奏的出色能力。再次伊沙在语言上常独出心裁,“找一种与‘此在’的真实相对应的游戏规则和快乐原则”①,以增加阅读看点。如《结结巴巴》是这样一种状态,“结结巴巴我的嘴/二二二等残废/咬不住我狂狂狂奔的思维”②,它把结巴的病态语言引入诗中,拆解、歪曲常态语言的韵律、节奏和固定语,虽说是一种语言的施暴与扭曲行为,但却属于不可复制的独创,并且又不乏深意,以语言整体的浑然与自律,给作者和读者带来了双重快感。至于像《老狐狸》那样进行将本文全部放空(正文一个字没有)的“缺场”尝试,就更是前所未有,游戏味十足的形式探险最大限度地刺激了读者的阅读兴趣。

三是以自觉的文体意识,大胆汲取小说、电影、戏剧、评论、杂文、相声、新闻、广告甚至顺口溜与公文等多种文体的技巧长处,特别是在叙事技巧的“叙”之环节上做文章,情趣盎然。作为1990年代中国诗歌的显辞,“叙事”获得了大面积生长,并提升了诗歌的涵容量与处理复杂生活的能力,只是它在不同诗人那里有不同的表现形态。顺应诗歌这一艺术潮流,伊沙也很擅长叙事文体技巧的化用,但他以为“诗歌的本质是抒情的,‘叙述’是另一种抒情手段(冷抒情)而已,其意不在于‘事’,而在于‘叙’本身,指向情”③;所以他关注的重心不在“事”,而始终在“叙”的方法出新上,所以他的诗充满“丰富多彩的叙事性”,“从人物、情节、细节、对话,到谋篇布局、叙事人称、叙事视角、叙事时间,都下了很大功夫”,④像构思上切入角度的巧妙别致,结尾

---

① 李震:《伊沙:边缘或开端——神话/反神话写作的一个案例》,《诗探索》1995年第3期。

② 伊沙:《结结巴巴》,《伊沙诗选》第31页,青海人民出版社,2003年。

③ 马铃薯兄弟:《伊沙访谈录——一个人的诗歌江湖》,《延安文学》2007年第1期。

④ 杨竞:《钝刀解牛:想象与伊沙对谈》,见中岛主编《诗参考》第16期,第28页,2000年。

处的抓人之“眼”，叙述时节奏的张弛有度，哪设悬念、哪抖包袱、哪放哪收的起承转合等，均十分讲究，每每都很吸引人。具体说来，或者是在叙述中合理地加入一些场面、细节以应和人间烟火之气，叙述有一定长度，但从不喧宾夺主，挤压情感思想的抒发。如《张常氏，你的保姆》叙述乡下保姆以异于高校的教育方式培养外国小孩，收到了奇效，“她的成就是/把一名美国专家的孩子/带了四年/并命名为狗蛋/那个金发碧眼/一把鼻涕的崽子/随其母离开中国时/满口地道秦腔/满脸中国农民式的/朴实与狡黠/真是可爱极了”①，有关“狗蛋”“一把鼻涕”“满口地道秦腔”等细节情境的融入，将普通的生活事态激发得幽默好玩，毫无干瘪和枯燥之感，张常氏的传统教法和“我”所在外院的现代教育方式之间矛盾悖论的设置，也见出了诗人的聪明机智，耐人寻味。或者撷取现实中有一定幽默因子的人或事，加以段子式的叙述，营造出一种喜剧性的效果。如《等待戈多》“实验剧团的/小剧场//正在上演/《等待戈多》……知道他不来/没人真在等//有人开始犯困/可正在这时//在《等待戈多》的尾声/有人冲上了台//出乎了‘出乎意料’/实在令人振奋//此来者不善/乃剧场看门老头的傻公子//拦都拦不住/窜至舞台中央//喊着叔叔/哭着要糖//‘戈多来了！’/全体起立热烈鼓掌”。② 事件本身就是一个够荒诞的段子，令人忍俊不禁，而诗人在戏剧笔法中加上中国式的戏谑，更推助了笑点的攀升，妙在它反讽的张力，写尽了现代人深入骨髓的孤独和尴尬。《春天的事件》也是抓住生活中的滑稽瞬间，利用“杨伟”与“阳痿”“姓焦”与“性交”的谐音，刺激人的笑感神经。或者在结尾上设法出人意料，给人留下审美惊颤，同时留下再造的余地。如《等待戈多》的结尾就是经过一系列的蓄势，推向叙述高潮然后戛然打住，引人深思，隐在诗外的比写出来的多得多。若说《等待戈多》是在正向思维路线上升华，那么《毛泽东时代的公共浴室》则是“反话正说”的逆向思维的产物，它先是尽情铺陈毛泽东时代的公共浴室如何如何“舒服”“幸福”、人和人之间亲密无间等优点，可是正当你和诗人一样怀念它时，

① 伊沙：《张常氏，你的保姆》，《伊沙诗选》第136页，青海人民出版社，2003年。

② 伊沙：《等待戈多》，《伊沙诗选》第90—91页，青海人民出版社，2003年。

诗人却突然转向，冒出一句收束语“但仅限于怀念”，一下子就颠覆了前面所有的叙述，寓意深刻。

第三节　“方向”与“路障”

与小说家们基本上都很低调不同，多数诗人显得非常自信。当采访者问及你如何评价自己的诗歌、你认为当代诗坛有无大师、谁离具备大师资格的诗人最近等问题的时候，伊沙回答“它们是最好的”“有啊，我正是”“我看我最像”。[①] 这种直接干脆的回答不能说就错了，而且泛着诗人一贯的直率、乐观的性情，但其迥异于国人普遍思维的方式还是让人觉得不太习惯，各种滋味杂陈，或许还会有人滋生出他是否有点过于自负的疑惑。也就是说，对伊沙和他的诗歌不能再用传统的眼光去打量，而应调整到与其对应的新的标准上进行评判，不然硬性地阐释也只能走向简单的否定。那么事实究竟如何？伊沙的诗歌是不是最好的，他有没有抵达大师的境界？

客观地讲，1990年代的沉潜气质敦促，使诗歌创作的整体艺术水准有了普遍的提高，但奇怪、遗憾的是优秀诗人的生产却少得可怜，当时活跃的西川、王家新、于坚、翟永明、王小妮、臧棣、欧阳江河等歌唱者，大多都是崛起、形成影响于喧嚣、破坏气十足的1980年代，1990年代的诗坛仿若一片“丰收之后荒凉的大地”（海子语）。而就在这样一种“群星闪烁而少月亮”的背景中，伊沙携着一股后现代主义的旋风“横空出世”，并且一路上几乎所向披靡，成了“荒凉的大地”上为数不多的坚实身影之一，成了沟通前后两个时段不可缺少的一道艺术“桥梁”。往前看，伊沙不是空穴来风，朦胧诗、“第三代”诗歌都是借鉴的范本，他坦承“韩东教会我进入日常生活的基本方式和

---

① 伊沙，郑瞳：《我喜欢标新立异——伊沙访谈》，《山花》2012年第16期；袁循：《如果不追求诗艺，我没有必要活着——伊沙访谈录》，《世界文学评论》2012年第1期；马铃薯兄弟：《伊沙访谈录——一个人的诗歌江湖》，《延安文学》2007年第1期。

控制力，于坚让我看到了自由和个人创造的广大空间"，"从李亚伟那里偷到了一种愤怒与忧伤交相混杂的情绪"还有丁当的虚无和洒脱，默默坏孩子的顽皮与智慧，杨黎语言的陌生化，王寅的优雅，柯平的才气，[1]但他在消化借鉴资源的基础上，又施行了有效的叛逆与解构，比如朦胧诗的优雅在他的诗中已被驱逐出境，对"第三代"诗他"坚持了反文化、反崇高的价值取向，接近日常生活的本真而多出了'身体'"[2]。往后看，伊沙不是那种一过式的流星，其影响所及扩展到了继起的70后诗人乃至新世纪诗歌的写作，最明显的是他的《北风吹》《阳痿患者的回忆》《孤独的牧羊人》《性爱教育》《狗日的意象》等展示性欲望和肮脏事物的作品，直接开启了70后诗人的"下半身写作"和"垃圾派写作"，好在它们还比较注意分寸感的拿捏和把握，比尹丽川的《为什么不再舒服一点》、沈浩波的《一把好乳》、徐乡愁的"屎系列"诗歌等要节制、干净得多。而和同时段的诗人横向比较，伊沙的诗歌因其品位优卓，极具特色，具有强烈的解构性，延续了新时期诗歌的先锋精神，更多一些霸气和杀气，它在某种程度上仍然冲击了诗坛铁板一块的秩序，扼制了浪漫抒情无限度的泛滥，为相对沉寂的诗坛注入了难得的热闹的人气。

最富于启示意义的是，伊沙中国式的后现代探索以相对成熟的风格，打开了一扇诗歌写作可能性的大门，这一点或许比诗人们在读者熟识的老路上走多远都更重要，更有价值。日常性与口语化两个维度，都不是传统诗学观念所认可的，伊沙和一些有识之士的联手打拼，使它们有了用武之地，输送出《饿死诗人》《结结巴巴》《张常氏，你的保姆》等许多经典之作，支撑起1990年代诗歌的主体重量，这种成功的尝试也已充分证明，新诗的资源愈发丰富了，疆域愈发扩大了，在他人看来属于非诗的甚至是丑的事物、语言，完全能够孕育出好诗来，关键是用什么样的感知方式、传达技法去观照和表现；日常化的审丑，拉近了世界先进诗歌潮流之间的距离，而口语化在摆脱历史的、文化的、意识形态的因素遮蔽后，使诗"首次返回我们的生存现

---

① 伊沙：《扒了皮你就能认清我》，《无知者无畏》第186页，朝华出版社，2005年。

② 刘春：《朦胧诗以后：1986—2007中国诗坛地图》第92页，昆仑出版社，2008年。

场，返回我们自身真实的生命感觉"①。尤其是伊沙诗歌大多数情况下都是以相对幽默、诙谐、俏皮的风格，与现实的日常生活及其形态接合，在谈笑风生、轻松愉快中完成诗意的传达，这种思维机制的运行，举重若轻，时有四两拨千斤的佳妙，它改变了传统诗歌严肃却守旧的面貌，虽然个别的读者不适应，不喜欢，但却亲切拙朴，不像很多诗歌那样，冷漠地拒读者于千里之外，它也在诗歌风格的百花园里增添了一个新的品种。其实，诗歌就应该千姿百态，和创作诗歌的人一样有多副面孔，只有这样个人化写作才不会沦为一句空话。

沿着上述逻辑，伊沙1990年代的诗歌理应有更大的建树，也不该引起太多的非议；可是实际情况却远比想象的更为复杂，这说明诗人已经找准了正确的诗歌方向，只是或隐或显的"路障"的出现和阻隔，使他目前仍然处于即将触摸到理想终点的"路上"。这"路障"有外来的，也有自设的。日常性同诗遇合的优长有目共睹，但它的另一面是大量非诗的对象内容会不自觉间侵入诗的空间，而吃喝嫖赌、鸡零狗碎等琐屑无聊题材的过度挤压，势必令严肃正统的情感与思想被动萎缩，诗歌的精神分量自然随之变轻，像他的《线索》《检查》《星期天》等就缺少必要的沉淀、淘洗、裁剪和提升，任凭你使出浑身的解数，也难以读出其中的深意，因为它们压根儿就没有深意；口语流畅自然，但向前滑动一步即是口水，它简单通俗，质地平面浅白，只是稍有不慎就会蹈入能够淹死诗歌的唾沫深潭，《列车上的姐妹》《为司机点烟》等即诗意稀薄，随意疏松的口语啰唆絮烦，生拉硬扯，不过是散文或大白话的分行书写罢了，毫无诗性可言。自设的"路障"又是什么呢？很多人早已注意到，郭沫若的毛病在伊沙那里又复活了，伊沙的优点是写得快、写得多，缺点是写得太快，写得太多。当批评者指出他作品数量惊人，很多作品都像习作的问题时，他却回答"大雁塔有七层，可以把塔尖看作是第八层——塔尖最高，但只是一个尖；第一层的塔基面积最大，用砖最多，才能一层一层上去……这便是'塔'"②。如果说大雁塔就是诗的话，那这段话仿佛就是诗人为自己

① 唐欣：《说话的诗歌》第46页，中国社会出版社，2012年。

② 马铃薯兄弟：《伊沙访谈录——一个人的诗歌江湖》，《延安文学》2007年第1期。

开脱的遁词，说明他不好的诗歌比例过高，这倒也是实情，也许是性格使然，伊沙的很多作品似乎只注意倾泻的一吐为快，而很少去考虑一吐之后的效果，所以常常是菁芜夹杂，“精神快餐”居多。它们有短平快的爆发力，能够直取人心，但不够沉实，泛着后劲不足的轻飘感。同时，伊沙有个致命的缺点，就是自我超越不够，很多诗歌在思维、意味、构思、语言乃至词汇上，都有严重的自我抄袭的复制嫌疑，如此说来，就难怪有人讽刺他的诗歌是流水线作业的产物，新世纪后缺少新变、写作影响力逐渐下降也不足为奇了。可见，伊沙要成为真正的诗歌大师还任重道远，仍需努力。

第十一章　朴素而沉潜的艺术风度：论张曙光1990年代的诗

诗人的心是相通的。从张曙光的眼神和电话里，蓝蓝、程光炜敏锐地读出了“孤独”与“寂寞”的信息。[①] 的确，张曙光看上去儒雅、和善、合群，真诚的微笑往往让人如沐春风，感到他是个很好相处的人，事实上，曙光在诗歌圈里、圈外也都有不少朋友，口碑极佳。但是，时代氛围、生存语境与个人特殊经历聚合，养就的从童年开始即烙印深刻的心性，还是使他时时被忧郁与孤独渗透骨髓，挥之不去；并且在很大程度上影响了他日后创作的思维走向、情感质地与风格选择，决定他长时间地居于偏僻、寒冷而神秘的哈尔滨一隅，不紧不慢，不慌不忙，安静、平稳地读书、写作，以一种暗合着诗歌寂寞本质的不事声张的方式，打造着一方完全属于自己的精神天地。三十余年的历史证明，曙光用个人化的方式创作的诗歌，不可能产生轰动效应，没有出现过速荣的光环，却也质朴、沉潜、纯粹，不存在速朽的悲哀，它们恰若经年的老酒，时间越久味道越醇厚。从这个意义上说，“孤独”“寂寞”确是进入张曙光诗歌世界的关键词与理想的路径所在。

---

① 蓝蓝：《诗人张曙光》，《名作欣赏》2012年第7期；程光炜：《读张曙光的诗》，《文学界（专辑版）》2007年第8期。

第一节 回味与体验：一种独特诗歌观念的生成

曙光的性情一如北方的冬天，内敛而沉静。许多时候，他骨子里对喧嚣、热闹怀有天生的警惕与拒斥，喜欢独处，沉浸于心灵世界的散步和漫游。所以，虽然自读大学始就从故乡那座小县城移居北方名城哈尔滨，可是他的灵魂却难于长久地在高楼大厦和滚滚人流中安顿，偏偏常流连于有关故乡的种种记忆细节、场景、影像的咀嚼与回味，蛰伏着说不上强烈却十分顽韧的返归冲动；同时，北国寒冷的气候与诗人冷静忧郁的心理结构相遇，决定曙光进入诗坛不久即反感于过度浪漫或抒情的东西，在诗歌中绝少去经营未知世界的虚幻情境，瞩目的多是"此在"世界与过去时的人间烟火气十足的世俗生活和情感，并且从不草率地将其从现实向文本里直接移植，而要经过内心的滤化、沉淀、回味，然后再书写出来。如《看电影》就是一次记忆的集中"打捞"与回放，从1960年代的苏联电影、黑白国产的《地道战》《小兵张嘎》与《五朵金花》，到1970年代朝鲜、阿尔巴尼亚和罗马尼亚的《卖花姑娘》《宁死不屈》《瓦尔特保卫萨拉热窝》，再到1980年代中外兼具的《尼罗河的惨案》《巴黎圣母院》《三笑》《叶塞尼亚》和《追捕》，乃至1990年代的《真实的谎言》《龙卷风》和《山崩地裂》，这漫长而清晰的观影史，既对应着诗人的精神成长历程，又折射着时代的历史变迁，更饱含着抒情主体的感受与评价，1960年代到1990年代，渐次是"蹩脚"的意识形态赞颂或"简单而乏味"的战争场面，只有"鲜血和死亡"，各种色调、主题共时展开的缤纷多彩，"豪华"影院放映"精心设计的大制作""观众却渐渐稀少"。[1] 诗与其说是过去一系列事件、场景、情思的复现，不如说是对长期心理积淀的回眸与品味，没有仔细认真的比较、掂量，那种相对准确的印象判断是无法轻易做出的，虽然走笔舒缓、平静，内里认同与否定的情感倾向已不宣自明。

① 张曙光：《看电影》，《张曙光诗选》第53—59页，《诗歌与人》总第18期，2008年。

再有铺排繁杂、热闹市井生活的《看得见风景的房间》，好像是面向当下的"抓拍"，实则仍有"过去时"的味道。它所展开的"一辆汽车驶过/又是一辆。一个女人和一只狗/一棵树和一朵云/穿牛仔裤的女孩消失/在一扇玻璃门后面/理发店或药房。她丰满的/臀部，唤起了某个男人的欲望/穿着皮夹克，黑色或棕色/裸露着多毛的前胸，当他在报摊前拿起/一份报纸，读着，卖报的女人正在/同一个年老的男人争吵/或调情，我们枯燥生活的/调味品，爱情的润滑剂，或植物/增长素"①，显然是异于想象的、虚构的场景，也非日常生活琐屑的原生态复制，俗常景观的连续翻转，带有暧昧质感的画面流动，特别是"我在观望/但并不思索"，"在这座陌生的城市/我只是个陌生人"②的思想滑行，表明它所观照的一切属于诗人经历和感受过，并在心里闪回、撞击、发酵，从"热"到"冷"到再度"热"后，才被物化为文字定型的东西，尽管它对整个世界甚而自己都是冷眼旁观，但还是在字句的缝隙之间走漏了诗人那份百无聊赖、那份入骨的孤独信息。至于《照相簿》《岁月的遗照》《断章》《洛古村》等大量作品，更都郁结着返归的冲动，指向着过去，将丰富的记忆或历史文化作为情感的采撷资源。张曙光这种回想式的诗歌感知路数，颇容易让人想起西方诗人华兹华斯，暗合了后者对"诗歌是强烈情感的自然流露，它起源于在平静中回忆起来的情感"③内涵界定和操作方式，它让诗歌走向亲切、质感的同时，也获得一定的朦胧和含蓄的可能。一系列文本证明，张曙光的诗歌是走心的，即便在1990年代末，那里仍然不无性灵的舞蹈与情绪的喧哗。只是，在感知过程中有"距离"的回味环节渗入的诸多理性因子，和创作主体静观默察型的冷静的心智结构，尤其是艾略特、里尔克等西方现代派诗歌影响源等，势必在某种程度上规约、左右诗人诗歌观念的建构。而西方的诗学传统是重"思"之成分的，连

---

① 张曙光：《看得见风景的房间》，《小丑的花格外衣》第161页，文化艺术出版社，1998年。

② 张曙光：《看得见风景的房间》，《小丑的花格外衣》第161页，文化艺术出版社，1998年。

③ 华兹华斯：《抒情歌谣集·1800年版序言》，见伍蠡甫主编《西方文论选》（下卷），第17页，上海译文出版社，1979年。

浪漫诗人华兹华斯尚且以为诗的目的是真理，“一切好诗的一个共同点，就是合情合理”[①]。赫尔博斯更说诗与哲学没有什么本质差异，海德格尔则在《诗人哲学家》中倡言“唱与思是诗之邻枝。它们源于存在而达到真理”[②]，追求超越情感的理性观照。受其启悟，张曙光坦承“任何艺术，说到底最终是对现实的一种抽象，哪怕它具象得不能再具象。这可能也是艺术的最终目的”[③]。它认为“诗歌应该处理当下更为复杂的经验，应该包含着矛盾冲突，其中不可避免地要包容着一些智性因素和知识含量。”[④]在这种思想统摄下，张曙光的很多诗歌都呈现出了这样一种状态：“这件事做了一次又一次，但你必须得做，因为这是/我们每天生活的全部风景/像维生素，你一定得吃下它，据说是为了你的健康//孩子们的笑声从黑暗的甬道中传来/当他们爬到顶层/头上将落满厚厚的雪”，“我们一直向往着顶点/但地面上似乎更为安全/哦，请不要带走我最后一枚硬币……如果我们真的有灵魂。它是否可以/在博物馆的样品陈列室展出//或在手术刀的下面剖开/里面是否会有一颗钻石/或像火山一样，黝黑、空洞、多孔？”[⑤]（《楼梯：盘旋而下盘旋而上》）诗的题目围绕着楼梯的上下，实际上它是作者长年累月上下楼梯经历的一种悟、道和心得，借楼梯这一情绪对应物传达对生活、人生隐蔽深邃的思考。不是吗，每天生活的“全部风景”就像“一次又一次”的上下楼梯一样，内容多是单调、乏味的重复，但人们必须忍受；人生的目标实现需要很长的时间、很大的代价，有时甚至要倾一生之力，接近理想之时满头乌丝已被银发替代；世上的一切都是辩证的，成为人上之人固然值得羡慕和敬仰，但平庸自有平庸的快乐和安全感；人的灵魂辨识起来也是困难的，它或

① 华兹华斯：《抒情歌谣集·1800年版序言》，见伍蠡甫主编《西方文论选》（下卷），第17、9页，上海译文出版社，1979年。

② M·海德格尔：《诗·语言·思》，第20页，文化艺术出版社，1991年。

③ 张曙光：《关于诗的谈话——对姜涛书面提问的回答》，见孙文波等编《语言：形式的命名》第237页，人民文学出版社，1999年。

④ 张曙光：《关于诗的谈话——对姜涛书面提问的回答》，见孙文波等编《语言：形式的命名》第249页，人民文学出版社，1999年。

⑤ 张曙光：《楼梯：盘旋而下盘旋而上》，《小丑的花格外衣》第110—111页，文化艺术出版社，1998年。

许是闪光的钻石，也可能像黝黑、空洞、多孔的火山。对楼梯的观照远远逸出了楼梯自身，而触摸到了楼梯的形而上的意指。再如《碰壁》更是对生活、生命本质的独到洞悉，虽然泛着沉重的虚无感，却堪称深入的思想发现，“总是碰壁，有时/看到墙上有一道门/但当你试着打开它/却发现它其实并不存在/甚至连门把手/也是画上去的”，“总是下雪，即使/在这间屋子里/也从天花板上/细细地筛下/它将最终淹没/所有的一切/但很快你也会发现/甚至连雪也是假的”①。事物就是这样，有时存在的不一定能够感觉到，能够感觉到的却不一定存在，墙上的门可能是画上去的，舞会上人的兴高采烈或许是伪装的，所以在这个世界上，人人都难免碰壁，为世事所伤；但这一切都终将被时间带走，为岁月的雪花淹没，并且时间和岁月也都是“假”的、虚无的存在。诗人瞬间的连类感悟，冷静地拂去了覆在事物之上的尘埃，露出了残酷的生命本相，日常的生活体验因之转换成了诗的经验。也就是说，曙光1990年代的诗歌，不仅仅满足于客观的现实复现、激烈的情绪抒发和简单的意志阐释，它总是力求在表现生活和情感时通过内心的审视，加入主体的思想和智慧，于是他的《或许》《转折》《危险的行程》《日子或对一位死者的回忆》《陌生的岛屿》等众多诗篇，就在某种程度上成了时间、命运、人生、宇宙、死亡、孤独等有关命题的知性思索和经验结晶。或者说，在他的诗里一种独立的本体观念悄然生成，诗歌不再是单纯的生活、单纯的情绪或单纯的感觉，而成了一种情感的思想，一种融汇着情绪与思考的经验，一种主客契合的情思哲学。读着他的一些诗歌，常感到仿佛有酷肖里尔克、冯至和九叶诗派风骨的灵光再现。

如若只是追求“思”之品格，也就不值得标举了，因为它在中国现当代诗歌史的知性流脉中已不新鲜。曙光诗歌独特在于其“思”的天地广阔，不论是《四季》《在酒吧》《公共汽车上的风景》等时空变换，还是《致奥哈拉》《米罗的画像》《尤利西斯》等文化遗存，不论是《隐喻》《哲学研究》《另一种现实》等抽象或庞大的命题，还是《垃圾箱》《谈话》《照相》等日常平淡与琐屑，都被他纳入视野，宣显出诗人具有很

① 张曙光：《碰壁》，《张曙光诗选》第84—85页，《诗歌与人》总第18期，2008年。

强的吞吐、处理各种事物的能力。特别是其“思”已随着时段推移，积淀为一种悲戚的色泽与重量；并且总力求在形象、情感的谐调下，完成合目的性的艺术传达。或许是抒情主体孤寂、敏细的内省式心理结构容易滋生感伤与沉郁，或许是幼时体弱的诗人过早感受了太多的病痛与死亡，①或许是受里尔克、庞德、艾略特、布罗茨基等西方现代派诗歌影响源灰色情绪基调的制约，或许是几者兼而有之，曙光诗歌经常涉足的中心语词多是孤独、死亡、寂寞、虚无、童年，并不同程度地都打上了悲戚的烙印，如“曾经梦见天宇，和那个/死去的女人。但当醒来时/他发现被一种更大的空虚围绕”②；(《一个诗人的漫游》)“信奉过另一种宗教/但金钱最终成了我们唯一的崇拜，并不愤怒/几乎和你一样平和，只是更加困惑，和茫然”(《拉金》)③；“如果我穿着黑色的燕尾服/在台上变着戏法/面对那一张张热切的脸和拉长的嘴巴/我就会知道/生活是多么虚假”(《戏法》)④；“出了什么事？尤利西斯问他的伙伴/而他只是痴呆地望着船舷上的信天翁/目光缥缈而遥远。大海像道路一样/向虚无延展。有什么事情发生？他问/但没有人回答”(《陌生的岛屿》)⑤……其中对生命虚无本质的发现，行在路上困惑与茫然的流露，对生活虚假真相的洞穿，远方未知与渺茫的怅惘，是被书写者情绪、思想真实的细节和片段，亦是诗人心灵、精神底色的间接折光。而在一些诗中，曙光则以超人的勇气直接面对死亡或人类的尽头，“镣铐，监狱，西伯利亚的冰雪/改变国籍，诺贝尔奖，从一个学院的讲台/到另一个学院，心脏病，死亡/彼得堡到斯德哥尔摩交叠着/寒冷和泥泞，而直线是死亡选择的唯一方式”(《布罗茨基》)⑥，“在死亡冷漠的面孔前，我们永远是/天真的学徒，总是

---

① 参见张曙光：《我的生活和写作》，《诗潮》2004年第5期。文中叙述了小时候因得肺结核时常进X室透视、到医院打针，以及随母亲去医院病理室看见玻璃瓶中用福尔马林保存的人体器官、稍大后听见客人谈到西藏奴隶被剥皮事情的恶心与恐惧。

② 张曙光：《一个诗人的漫游》，《张曙光诗选》第71页，《诗歌与人》总第18期，2008年。

③ 张曙光：《拉金》，《张曙光诗选》第66—67页，《诗歌与人》总第18期，2008年。

④ 张曙光：《戏法》，《小丑的花格外衣》第52页，文化艺术出版社，1998年。

⑤ 张曙光：《陌生的岛屿》，《小丑的花格外衣》第118页，文化艺术出版社，1998年。

⑥ 张曙光：《布罗茨基》，《张曙光诗选》第68页，《诗歌与人》总第18期，2008年。

长不大的孩子……让我们沉思死亡，并且记住/那一串长长的名字——我们的祖先，我们的亲友/或一切先于我们死去的人/这是我们唯一能够从事的工作”(《冬》)①。诗人书写死亡时没有绝对地排除惊恐甚至无奈的命定感，但冥想和沉思气质的渗透，出入恰适的距离观照，使诗对生死、虚无等终极问题的悲剧性体悟和理解，替代了呼天抢地、撕心裂肺的哭喊和眼泪，更多地表现出一种从容与平静的风度，其悲戚之“思”不会让读者的心不断消极地下沉，而会深化你对宇间事物和情思的认知层次。尤其可贵的是，曙光之“思”不是单凭智力生硬、孤立地去议论说理，而是和形象、情感三位一体后的自然呈现，深邃却质感。像《布罗茨基》中两位诗人之间跨时空的精神对话，是在抒情主体对布罗茨基“理解之同情”的基础之上进行的，“置身于/湛蓝的虚无，噩梦和死亡再也无能为力”的认同，宣显着一个诗人对另一个诗人“麻木”“混沌”地向世俗妥协行为的体贴和爱；而主体的情感又是经过众多诗行的“蓄势”，通过监狱、冰雪、寒冷、泥泞、碟子、噩梦等意象的流转与组合曲折暗示、烘托出来，在思想的筋骨与意象的血肉接合中完成的，可知可感，又有含蓄的韵味。

曙光的经验诗学，决定了他的作品中经常流贯着智慧的节奏，而意象策略的配合压着阵脚，则保证了诗性的饱满，它无疑垫高了现代新诗的思维层次，扩充了尚情的中国诗歌本体观念的固有内涵。

第二节　时尚与潮流外的“先行者”

不少读者以为，张曙光是从1990年代的诗坛突然“冒”出来的“大器晚成”的诗人。其实不然。早在1970年代末，张曙光即开始诗歌写作生涯，并于1980年代中、后期发表了数量不菲的作品，只是那时没有引起人们充分的注意。这种遭遇发生在曙光身上说起来也不奇怪。他的诗作最初行世之时，正值朦胧诗、“第三代”诗最为红火的

① 张曙光：《冬》，《小丑的花格外衣》第69—70页，文化艺术出版社，1998年。

阶段，那期间运动的、潮流的、群体的力量备受推崇，打旗称派、聚帮结社，为许多诗人所热衷，虽然其中也有从群体之我抒情向个体之我抒情的转换，但前后两种歌唱均未褪尽意识形态写作的痕迹。而性情随和又很有艺术主见的曙光，因为感悟到写诗是高度个人化的精神作业，浪漫的抒情存在着诸多弊端，在1980年代中期就有意识地克服从众心理，"或多或少地与诗坛（这如同武侠小说中的江湖一样，既实在又虚妄）保持一定的距离"①，拒绝时尚和风气的诱惑，从不加入任何诗歌组织、流派和圈子，一直在喧嚣之外安静地读书、写作，尝试着用口语传达日常经验，对抗浪漫之风，进行着真挚而别致的个人言说；特别是从1980年起对西方现代派诗歌的接触和浸淫，对他产生了至关重要的影响，敦促着他写作方向的意识感逐渐觉醒。这种边缘化的境遇和立场，使曙光在很长一段时间内一方面不被主流认可与接纳，另一方面也在寂寞中沉潜到了诗歌本体之中，开启了另一种写作的可能，像1990年代人们津津乐道的一些艺术手段，他那时就已经基本上全盘操练过，待到1990年代人们大面积使用时，他则将之夯实、完善到炉火纯青的程度了。所以，与其说张曙光是1990年代崛起的诗人，不如说他是1990年代被"发现"的诗人、提前进入1990年代的诗人更为确切。易言之，张曙光是艺术时尚与潮流外静默的"先行者"，这恐怕也是他在1990年代被格外看重的深层缘由。

作为1990年代诗歌显词的"个人化写作"，即诗人从个体身份和立场出发，独立介入时代文化处境、处理生存与生命问题的一种话语姿态和写作方式，在张曙光那里很早就成为一种感知世界和人生的基本做法了。朦胧诗及其朦胧诗之后的很长一段时间里，历史的、民族的、文化的、政治的等宏大视角备受青睐，即便诗人个体的抒情背后，也常常站着群体的影子；而受西方诗歌中早就存在的"日常生活场景"书写的启迪，张曙光却从自己经历过的具体生活细节、片段的恢复和描写，径直走向了完全个人化的视域和经验，呈现出迥异于主流的风貌。譬如"历史和声音一下子消失/大厅里一片漆黑，仿佛一

---

① 张曙光：《关于诗的谈话——对姜涛书面提问的回答》，见孙文波等编《语言：形式的命名》第237页，人民文学出版社，1999年。

切失去了意义/人们静静地默哀了一分钟，然后/喧哗着，发出一声声嘈杂的抗议/不，不完全是抗议/我想里面包含着失望和委屈/至少我们是这样——我和弟弟……结尾该是很平淡了：雨渐渐小了/爸爸打着灯笼，给我们送来了雨衣/好像是蓝色塑料的，或者不是，是其他种颜色/这一点现在已经无法记起/但我还记得那部片子：《鄂尔多斯风暴》/述说着血腥，暴力和无谓的意义/1966年。那一年的末尾/我们一下子进入同样的历史”（《1966年初在电影院里》）。① 再如“我们的肺里吸满茉莉花的香气/一种比茉莉花更为冷冽的香气/（没有人知道那是死亡的气息）/那一年电影院里上演着《人民战争胜利万岁》/在里面我们认识了仇恨和火……那一年，我十岁，弟弟五岁，妹妹三岁/我们的冰爬犁沿着陡坡危险地滑着/滑着。突然，我们的童年一下子终止”（《1965年》）。② 这两首诗的选材不可谓不大，它们都牵涉着抽象而敏感的年代因子，稍有不慎即会蹈入空疏的泥淖，诗人的高妙在于他不去从正面硬性地去触碰，而是通过片段性的私有记忆，下雨天诗人同弟弟在电影院里看电影时“停电”的遭遇，和兄妹三人傍晚在去电影院路上玩冰爬犁的经历，把历史、年代定格为异常真切的纷乱又有序的具体行为、细节和过程，世风的淳朴、童真的温馨同亲情的沉醉历历在目；但1966、历史、消失、巨大的影子、骤雨、莫名的恐惧、童年终止、《鄂尔多斯风暴》《人民战争胜利万岁》、死亡、杀人、血腥、暴力、仇恨、火等语汇交织，营造出的场景、气氛、感觉，仍然让你觉得它绝非无谓的复现，或者说它是以另一种方式接通了和风雨即来的时代、历史的隐性联系，所以谈到张曙光时黄礼孩说1950年代出生的人，“在他的诗歌中会找到那个时代的苦难、荒谬和毁灭”③，可谓看到了问题的实质。应该说，1980年代以文学作品去抚摸、咀嚼历史记忆，一点也不奇怪，只是认同奥登的“诗歌不会使任何事情发生”④观念的曙光，并没有想让诗歌去承担反思“文革”历史之意，

① 张曙光：《1966年初在电影院里》，《小丑的花格外衣》第3—4页，文化艺术出版社，1998年。

② 张曙光：《1965年》，《小丑的花格外衣》第1页，文化艺术出版社，1998年。

③ 黄礼孩：《写诗如同活着》，《张曙光诗选》序言，《诗歌与人》总第18期，2008年。

④ 张曙光《诗歌作为一种生存状态或我的诗学观》，《上海文学》2008年12期。

是超凡的直觉和艺术感悟力，使他捕捉到的带有历史纹理走向和思想信息的个人化的经验碎片，暗合了特定文化语境的内在脉动，达成了个人和时代、具体和抽象、小和大两种相生相克因子的扣合，从个人出发，结果落点又超越了个人。而后至1990年代的很多作品，如在幻想中展开生命哲学思考的《白雪公主》，以旅行中感受揭示中年困顿苦闷心态的《都市里的尤利西斯》，和《在酒吧》里话题、景观、时间的自由流转，更是持续地"侧重于对个体当下经验的开掘"，①感觉、思维、话语等都有一种不可复制的个人化痕迹。张曙光这种视角的选择，在使他的诗歌俘获当代品质的过程中，表现出了处理复杂问题、题材时举重若轻的从容风度。

曙光诗歌也比较早地进行了反浪漫矫饰的"对话"式口语的尝试。新诗最初本来就孕育着契合于现代人情感的白话企图，但随之而来的散漫与肤浅所引发的救治，却使其语言渐趋走上典雅华美的路数，至朦胧诗时有些作品过度的含蓄蕴藉，已和普通人的生命隔膜日深。对此种居高临下、装腔作势的语言态度，曙光内心里是不满的，他以为诗人不该端坐在祭坛上供人顶礼膜拜，而应放低身段，和读者平等地交流，学会亲切地讲话；所以为了对抗、祛除矫饰虚浮的浪漫诗风，他有意识地借鉴西方现代诗歌的艺术营养，从注重意象抒情向直白、自然的口语追求转移，但它的口语又绝非一望见底的清水一潭，而有着丰富的信息量。如"早晨带给我们/不仅仅是一份早晨，报纸，和公共汽车/早晨带给我们/一片空白/我们称之为日子//我俯身在空白之页/盘算着如何/把一栏栏填满/总是注入争吵，使/温度计骤然升高//我们的生活是一场失败"(《日子》)。② 诗避开了1980年代纯粹含蓄、高深莫测的意象与象征模式，而改用了朴实简单的日常口语，让读者一看就知道诗人在说什么，但它和同时期那些粗俗、肤浅的口语追求不可一概而论，相反它在短促的篇幅内思想充盈，其中对生命真谛的品味，对日子内涵的咀嚼，虽然不无虚无色彩，却依

① 张曙光：《关于诗的谈话——对姜涛书面提问的回答》，见孙文波等编《语言：形式的命名》第235页，人民文学出版社，1999年。

② 张曙光：《日子》，《小丑的花格外衣》第15页，文化艺术出版社，1998年。

旧蕴含着启人心智的机制。如果曙光的口语只停浮于此，便太一般化，也无何值得夸耀之处，他的独特在于越到后来越“更为关注诗中语境的变化，语气也追求谈话的效果，随意性也增强了”①。他不再让语流、语汇线性地直接滑动，而是采用疑问的句式、语气，或夹以“可能”“或许”等包含两种及其以上形态的不确定副词，或有意把相互矛盾的语汇、意味等因素组合在一起，制造一种缠绕、舒缓的“慢”之感觉，以取得和外部复杂世界和事物状态的应和，其结果就是将支撑浪漫诗歌的单向度心理“独白”，发展成为诗人和他人、诗人和自我、诗人和世界的多重“对话”。如“那些老松鼠们有的死去，或牙齿脱落/只有偶尔发出气愤的尖叫，以证明它们的存在/我们已与父亲和解，或成了父亲，/或坠入生活更深的陷阱。而那一切真的存在/我们向往着的永远逝去的美好时光？或者/它们不过是一场幻梦，或我们在痛苦中进行的构想？/也许，我们只是些时间的见证，像这些旧照片/发黄、变脆，却包容着一些事件，人们/一度称之为历史，然而并不真实”（《岁月的遗照》）。② 再如“多大程度上，我们能够把握/现实，或我们自己——/对真实的渴望，像马达/驱动着我们，向着一个深层挺进/在那里，每个人被许诺/得到一小块风景的领地……在一个/少年人的眼中/不过是一个/移动的风景，或风景的碎片/但眼下是我们存在的全部世界/或一个载体，把我们推向/遥远而陌生的意义，一切/都在迅速地失去，或到来/（或许，这就是我们最终追寻的意义?）然而/我们能离开熟悉的一切多久/然后从那个未知的领域内返回?”（《公共汽车上的风景》）。③ 前者的口语并不那么硬朗，或然态的疑问、猜测，昭示了生活可以是A、也可以是B、还可以是C样子的多种可能，它和“或者”“也许”“像”“却”“然而”等带着猜想与转折含义的副词结合，就使诗的表达有了商量的口吻和婉转的语气，一定程度上外化了世界、事物的神秘与变化性。后者也是在随性交谈的氛

① 张曙光:《关于诗的谈话——对姜涛书面提问的回答》，见孙文波等编《语言:形式的命名》第244页，人民文学出版社，1999年。

② 张曙光:《岁月的遗照》，《小丑的花格外衣》第116页，文化艺术出版社，1998年。

③ 张曙光:《公共汽车上的风景》，《小丑的花格外衣》第142—143页，文化艺术出版社，1998年。

围中，透视了“风景”背后的本相，流淌出宇宙间的一切都乃相对存在的意识，风景与碎片、失去或到来、离开与返回都是明证，就像我们无法彻底把握现实一样，别人也难以完全理解我们内心的真实，诸多问号、模棱两可与关涉转折语词的出现，更加重了“对话”那种“和声”的戏剧性效果。曙光的“对话”式口语，尤其是或然态的探索，释放了汉语本身固有的压力，是对语言和事物更多向度的诗性去蔽。

论及曙光诗歌的超前，最该提及的是它的叙事性。说起叙事性问题，世纪之交的民间写作和知识分子写作论争中，还曾发生过一场发明权的“争夺”风波。其实，究竟是谁在诗里先运用了叙事性技巧并不十分重要，关键是他的写作是否具有自觉的叙事意识。若从这一向度上说，张曙光乃当代中国诗歌中进行叙事性探索的先行者之一，是不争的事实，并且他早已形成独特的叙事风格。据他披露，他当初的叙事尝试并非是对叙事性本身感兴趣，实则出于反抒情或反浪漫的目的，出于敞开日常生活经验后的表达需要，不同于一般的“叙事”者，他格外推崇“陈述性”，曾主张完全用陈述句式写诗，“我确实想到在一定程度上用陈述语来代替抒情，用细节来代替诗歌。就我的本意，我宁愿用‘陈述性’来形容这一特征。”①他的大量文本也的确做到了这一点。如“用整整一个上午劈着木柴。/贮存过冬的蔬菜。/封闭好门窗，/不让一丝风雪进来。/窗前的树脱尽的美丽的叶子/我不知道它是否会因此悲哀。/土拨鼠的工作人类都得去做/还要学会长时间的等待”。② 这首《人类的工作》就完全靠以往的诗中难以单独出现的陈述语句，来维系诗人和世界之间的关系，人类和土拨鼠一样，要做好抵御严冬的一切准备，这个过程也是对生命坚忍本质的凸显，其中有欢欣与等待，也不无疲倦和无奈，人和土拨鼠的对应，扩大了诗意的范围。并且，如果说臧棣、孙文波分别以综合感和复杂多元的叙说方向强化引人注目；那么具有深刻自省精神的张曙光，则在自我分析、叙事和抒情的适度调节方面堪称独步，他不论是

① 张曙光：《关于诗的谈话——对姜涛书面提问的回答》，见孙文波等编《语言：形式的命名》第236页，人民文学出版社，1999年。

② 张曙光：《人类的工作》，《小丑的花格外衣》第8页，文化艺术出版社，1998年。

移植事件、场景，还是穿插独白、对话，总是平缓、节制、内敛，有理想的叙述节奏。如"中年的危机和对生活的困惑/驱策着他。写作，无目的的/闲逛。在一封写给朋友的信中/他说，'我无法安抚这个时代/它在发出尖锐的叫声，伤口/流出脓血……当临近黄昏时/我去街上，走过嘈杂的市场/看到秋天正在水果摊上闪烁'//但现在已是冬天。在清冷的/光线中，公园的守门人心狠地/盯着他。'但有谁会听到?'/枯萎的花坛边上，几个老人/挥舞着干瘦的手臂，似乎在/讨论着什么……但当醒来时/发现被一种更大的空虚围绕/下雪了，他望着窗外的天空/灰，沉重，但飞舞的雪花/会使一切变得轻盈，旋转/一些巨大而发出光晕的星体"(《一个诗人的漫游》)。[①] 诗里有流动的场面，有书信和对话的援引，有人物的动作和表情，更有诗人的内心独白、思考和对外部世界的观察与评价，而它整个的"跨文体交响"又都是经过诗人主体折射出来的，因此仍然是一种诗性叙述，中年危机和对生命的空虚感悟，在诗人起伏有致的叙述调式下被抒放得深沉婉转，那种技巧的沉潜也已不再仅仅是一种形式智慧了，诗人越是节制低调，文本越具张力，它在为诗的题材和主旨领域拓容同时，也彰显出各种文体交叉、互动的妙处。

不能说张曙光在潮流和时尚外的艺术探索尽善尽美，它还存在着诸多可待完善之处，但他开启了1990年代诗歌的种种可能。在这一点上，对潜伏的艺术生长点的寻找，远比沿袭别人开辟的路抵达成熟之境，更有价值，更值得褒扬。

第三节 "雪"的意象变奏

意象不是无情之物，对于一个诗人来说，选择什么意象入诗，组织哪些语汇和意象搭配，绝非随意而为，它常常蛰伏着诗人隐秘而深

① 张曙光:《一个诗人的漫游》,《张曙光诗选》第69—71页,《诗歌与人》总第18期,2008年。

刻的心理动机。尤其是像西方新批评理论所言及的，让一个意象在一篇作品中或多篇作品中多次出场的“复现”，就更具有一种“原型”的意味，在其中凝聚着诗人主要的情绪细节与人生经验，决定着文本的审美品质和个性的走向。那么，张曙光诗歌有什么执着的人文取象，它们又寄寓着诗人怎样的心灵与艺术诉求？只要稍加留意即会发现，张曙光诗中大量出现的是电影院、冬天、旅途、房间、风景、雪、女儿等意象或者说关键词，它们之间似乎已经构成了一个独立、自足的“场”，共同烘托着诗人对于命运、人生与世界的情思与感悟。而在这个相对稳定的意象群落中，诗人更格外钟情于北方意象“雪”的书写。也许是诗人置身的哈尔滨冬季过于漫长，常见的雪意象已植入灵魂深处，自然成为诗歌的抒唱背景，也许是雪带给过诗人刻骨铭心的记忆或体验，写作时挥之不去无法逃避，也许几十年的交道让诗人对雪文化了如指掌，别有发现；总之，“雪”意象始终在张曙光的诗中飘飘洒洒，绵延不绝，以题目或文本镶嵌的方式高频率地出现，据不完全统计至少已不下几十次，由此也可断定张曙光是写雪写得最多的诗人之一。

写雪的诗在中国可以说浩如烟海，十分发达，李白、白居易、岑参、韩愈、柳宗元、黄庭坚、陆游、毛泽东等都是出色的高手。一般说来，历来诗人笔下之雪，不是写它的洁白纯净之色，就是写它的轻盈空灵之美，再就是写它圣洁、清凉的象征旨趣，现代诗人也不例外。譬如同样生活在充满异域情调的北国都市哈尔滨，同样将雪作为写作精神背景的优秀诗人，李琦、桑克就延续了传统的思维与情感路线，将雪书写得个性别致，又煞是可爱。李琦更多突出的是雪的美与纯，“如果明年你还化作雪花，/那么，请在他的面前降临……//当他伸手接住了你，/也就捧起了我这颗心”（《雪上的字》）①；“人类的良知飞扬起来/变成那一年/俄罗斯的大雪”（《托尔斯泰的阳光》）②；“落在我额上/变成清澈的水/洗掉我脸上的尘垢/是一缕清凉的/暗

① 李琦：《雪上的字》，《最初的天空》第 9 页，春风文艺出版社，1998 年。
② 李琦：《托尔斯泰的阳光》，《最初的天空》第 203 页，春风文艺出版社，1998 年。

示”，“美就像窗外的雪/不肯久留尘世/惊鸿一瞥/来去轻盈”（《雪中听歌》）①。雪在李琦那里不是严酷的寒冬，而象征着纯真的爱情，更是一种灵魂品格的代指标志，它一尘不染的圣洁之美，正是人生、人格的清凉的暗示。桑克则看重雪对人生的启迪，“在乡下，空地，或者森林的/树杈上，雪比矿泉水/更清洁，更有营养。/它甚至不是白的，而是/湛蓝，仿佛墨水瓶打翻/在熔炉里锻炼过一样/结实像石头，柔美像模特”，“在国防公路上，它被挤压/仿佛轮胎的模块儿。/把它的嘎吱声理解成呻吟/是荒谬的。它实际上/更像一种对强制的反抗”（《雪的教育》）②。雪的洁净、雪的仁慈、雪的坚忍和雪的抗争，对诗人构成了一种完美主义的教育，难怪诗人对雪有着一种近乎宗教般的感恩情怀了。

而张曙光呢？他在“雪”的书写上似乎有种“反传统”的味道，甚至也迥异于同时代其他诗人的情调和意向。或者说，他以戛然独创的艺术精神，使“雪”意象发生了惊人的变奏。遍检曙光和雪相关的诗作，像那首观照母亲的《雪的怀念》指涉了雪的正面品质，状绘“那个新年的/早晨（那时没有圣诞节），你拿出/准备好的礼物给我/床上也换上了新的被单/洁白，像窗子外面的这场雪”③，通过雪之意象婉转礼赞母爱的圣洁纯净这样的诗并不多，他1990年代大多数写雪的作品都体现为如下状态：“已经是秋天，很快寒流就会袭来，还会有一场雪/像遗忘，或死亡，冷漠地覆盖我们生命中的一切”（《断章》）④“我站在雪中，直到一个猎人从我身边/经过，枪上的野兔滴着殷红色的鲜血/使我惊讶于雪和死亡，那一片/冷漠而沉寂的白色”《得自雪中的一个思想》⑤；“送奶人白色的大褂/如同殡仪馆肮脏的尸衣，或墙角的残雪”（《春天的双重视镜》）⑥……不难看出，它们和诗人1980

① 李琦：《雪中听歌》，《最初的天空》第248页，春风文艺出版社，1998年。

② 桑克：《雪的教育》，《桑克诗歌》第63—64页，太白文艺出版社，2007年。

③ 张曙光：《雪的怀念》，《小丑的花格外衣》第139页，文化艺术出版社，1998年。

④ 张曙光：《断章》，《小丑的花格外衣》第125页，文化艺术出版社，1998年。

⑤ 张曙光：《得自雪中的一个思想》，《小丑的花格外衣》第49页，文化艺术出版社，1998年。

⑥ 张曙光：《春天的双重视镜》，《小丑的花格外衣》第112页，文化艺术出版社，1998年。

年代中后期一些作品①的思维、情感、视角等诸方面极其相似，如那时的"人生不过是/一场虚幻的景色/虚空，寒冷，死亡/当汽车从雪的荒漠上驶过/我能想到的只是这些"(《在旅途中，雪是唯一的景色》)②，"我不知道死亡和雪/有着共同的寓意"(《雪》)③，"今天当我走过落雪的大街/我再一次想起/白色的尸布，令人眩晕的/墙壁"(《悼念：1982年7月24日》)④。无须再详细列举，张曙光诗中有关"雪"的前后一脉相承的精神与艺术旨趣已异常分明。在他那里，雪基本和传统诗词中的先在含义无缘，而成了死亡、寒冷、沉寂、尸布、肮脏的代指与象征符号，诗人在其中寄居的厌恶、否定倾向也很容易捕捉。

不仅如此，张曙光在赋予雪这个独立意象负值内涵同时，还常常通过雪意象和其他的动词语汇组合与搭配，营造出一个个特殊的语境"场"，在再造空间相对稳定、确切的前提下，使雪意象的变奏更为多样。如"孩子们的笑声从黑暗的甬道中传来/当他们爬到顶层/头上将落满厚厚的雪"(《楼梯：盘旋而下盘旋而上》)⑤；"一整个冬天雪在下着，改变着风景/和我们的生活。裹着现实的大衣你是否感到寒冷……它最终将淹没一些事物"(《这场雪》)⑥；"岁月在我们的体内沉积，积雪/悄悄爬上双鬓，并最终淹没我们"(《都市里的尤利西斯》)⑦；以及1980年代的"现在我坐在窗子前面/凝望着被雪围困的黑色树干/它们很老了，我祈愿它们/在春天的街道上会再一次展现

---

① 如张曙光：《在旅途中，雪是唯一的景色》《雪》《致开愚》《冬》《冬日记事》《悼念：1982年7月24日》等。

② 张曙光：《在旅途中，雪是唯一的景色》，《小丑的花格外衣》第12页，文化艺术出版社，1998年。

③ 张曙光：《雪》，《小丑的花格外衣》第27页，文化艺术出版社，1998年。

④ 张曙光：《悼念：1982年7月24日》，《小丑的花格外衣》第5页，文化艺术出版社，1998年。

⑤ 张曙光：《楼梯：盘旋而下盘旋而上》，《小丑的花格外衣》第110页，文化艺术出版社，1998年。

⑥ 张曙光：《这场雪》，《小丑的花格外衣》第101页，文化艺术出版社，1998年。

⑦ 张曙光：《都市里的尤利西斯》，《张曙光诗选》第50页，《诗歌与人》总第18期，2008年。

绿色的生机”(《给女儿》)①。和“头上将落满”“爬上”“淹没”“围困”等动词的联系建立,敦促着“雪”意象已沾染上诗人的心绪痕迹,它的内涵不再关涉沉静、优雅、美丽,而指向了冷酷、阴暗、无情与恶的力量,它与人的生命对抗,带来的是衰老、虚幻、困境,是事物的消失,也有忧伤的情怀。

张曙光曾经在一首诗中感慨,“在我的诗中总是在下雪,像词语,围困着我们。/但没有人知道,没有人知道,对于冬天和雪/我充满了难以抑止的憎恶和仇恨”(《冬天》)②。那么,这是为什么?一种作为大自然中客观存在的物质之雪,如何就与人的意识产生了纠结,让诗人对之那样动情?据诗人蓝蓝追忆,曙光曾说“我小时候就盼着下雪,好玩。大了些,觉得有味道。现在有些怕了,一下雪,出门就不方便了,还容易摔跤”③。若不顾及艺术创造规律,硬性地凿实理解,这恐怕也只能是答案的一部分,而绝非全部。深层的动因应该是缘于诗人心理结构的作用。有人说,张曙光是最有悲剧意味的抒情诗人之一,“时间,而不是空间,死亡,而不是活着,痛苦,而不是欢乐,这些成了他最经常处理的主题”④,偏于悲情气质的孤寂、内省的心性底色,和太多的间接的死亡经验感受、西方现代派诗歌怀疑倾向的渗透综合,注定曙光写雪的诗必然会呈现为这样的基调,他的“雪”的意象变奏,也昭示出一种艺术规律:在内视性的诗歌文类中,地域、文化和现实因素固然重要,但还必须依赖于个体的心灵,它是所有作品真正的创造之源。

---

① 张曙光:《给女儿》,《小丑的花格外衣》第33页,文化艺术出版社,1998年。

② 张曙光:《冬天》,《张曙光诗选》第128页,《诗歌与人》总第18期,2008年。

③ 蓝蓝:《诗人张曙光》,《名作欣赏》2012年第7期。

④ 孙文波:《我读张曙光》,《文艺评论》1994年第1期。

第十二章 “要与别人不同”：1990年代西川诗歌论

从严格意义上说，新诗的发展历史也是一个大浪淘沙的过程。并且，随着淘汰节奏的日益加速，艺术更替周期的渐趋缩短，“各领风骚三五年”对某些诗人而言已经成为一种莫大的福分，一种无法逃避的命运。这种残酷的形势，注定真正经得起考验的“中流砥柱”不多，不少闻达者虽然也曾风云一时，但难以支撑久远，很快就蜕化为匆匆过客，悄然退隐，即便是个别的秉性坚韧，兴趣依然，其作品也往往旋即属于无效写作的“明日黄花”了。

西川1981年涉足诗坛，如今算起来早过三十载，幸运的是他始终没有被淘汰。“我要求自己不一定比别人写得更好，但要与别人不同”，[①]这副座右铭使他从不故步自封，耽于已有的荣誉簿，而是永葆清醒的探索精神，把创新作为诗歌艺术的唯一生命线；所以他能够一次一次地从1980年代中期的《在哈尔盖仰望星空》《母亲时代的洪水》《把羊群赶下大海》等高洁、优雅、精致的“纯诗”经典，从1990年代的《致敬》《近景与远景》《厄运》《鹰的话语》等即兴、松散又神秘的“杂诗”代表作再出发，直至新千年后仍旧在“大诗”路上长驱直入，锐气逼人，既有高起点，又持续不懈，一直雄踞于前沿的位置上，以超常的再生力，不断地带给读者新的惊喜、冲击、震撼和启迪。尤其是1990年代对新诗可能性的探寻，已然晋升为知识分子写作乃至当代诗歌史上具有独特价值的重要学术话题。

---

① 谭克修：《语言的现实及其尊严：诗人西川访谈录》，《延安文学》2006年第2期。

第一节 “圣歌”的迷恋与终结

像有些人所说，西川看上去随和谦逊，实际上他在诗歌精神方面的个性相当独立。早在提出“知识分子写作”之前，《深圳青年报》和《诗歌报》联合举办的“中国诗坛1986现代诗群体大展”上，他以一个成员的身份鲜明地亮出“西川体”旗帜这件事本身，就表明他具有自己的艺术主见，绝非那种人云亦云的平庸之辈。客观地讲，他也正是凭借独到的眼光、胆识和创作选择，把自己和模糊的诗坛剥离开来，在喧嚣混乱得极容易被遮蔽的时代，放射出夺人的个性光点的。

1980年代初、中期相继走红诗坛的，一是朦胧诗的“社会批判，隐喻——象征”模式，二是“第三代”诗人的“日常经验，口语——叙述模式”。① 或许是缘于独立思考的性情与深厚扎实的根基，或许是蛰伏于心底的焦虑情结在起作用，或许是身处北大那种中心位置的特殊环境势必滋生的责任与抱负使然，或许是几种因素兼而有之；西川的诗歌写作不但学徒期短暂得几近于无，一上手就褪尽了青春写作的稚嫩热情的学院腔调，表现出沉静、老到、从容的气象，而且以与年龄不相称的自信和虔诚心态，避开习见、流行的趣味，选择了一条带有古典主义倾向的“圣歌”路线。具体说来，西川那时不像众多认为时代“无情可抒”的“第三代”诗人那样“玩”诗，也不过分贴近烟火气十足的日常生活，因为在诗人看来只有与嘈杂琐屑的尘世空间保持必要的距离，才能维护缪斯的纯粹与高贵；同时也有别于过分向时代、历史领域外倾的宏大抒情，而偏于弹奏个体的生命、精神音响。

如众口交誉的《在哈尔盖仰望星空》即是其典型范本：“有一种神秘你无法驾驭/你只能充当旁观者的角色/听凭那神秘的力量/从遥远的地方发出信号/射出光来，穿透你的心……风吹着空旷的夜也吹着我/风吹着未来也吹着过去/我成为某个人，某间/点着油灯的陋

---

① 陈超：《西川的诗：从“纯于一”到“杂于一”》，《华中师范大学学报》2012年第1期。

室/而这陋室冰凉的屋顶/被群星的亿万只脚踩成祭坛/我像一个领取圣餐的孩子/放大了胆子，但屏住呼吸。”①诗人不是教徒，但此诗却是一种精神朝圣，凝视星空，一股奇妙之光仿佛贯通了浩瀚无垠的宇宙与渺小之人，时间似乎已经完全静止，过去、现在和未来叠合一处，“我”紧张而专注地屏住呼吸，“领取圣餐”和天旨，“仰望”的事件里寄寓着一种对纯粹、神秘力量无法把握的敬畏，人和自然、永恒的交流体现的是虔诚的宗教情怀。再看《月光十四行》：“人在高楼上睡觉会梦见/一片月光下的葡萄园/会梦见自己身披一件大披风/摸到冰凉的葡萄架下……而风在吹着，嗜血的枭鸟/围绕着葡萄园纵情歌唱/歌唱人类失传的安魂曲//这时你远离尘嚣，你拔出手枪/你梦见月光下的葡萄园/被一个身躯无情地压扁”②。这里且不管那天籁般的境界是否会失落，也可无视都市文明对自然、诗性的挤压，更休要问这令人神往的景象是不是以梦幻的形式为依托，但它至少展示了一种美的存在，一片纤尘不染、毫无杂质的神性天地，哪怕“无情”的威胁到来，它仍留下了理想和美的纪念碑。还有像《你的声音》“这是花朵开放的声音/伴随着石头起立的声音/这是众鸟归林的声音/伴随着星星陨灭的声音//黄昏悄悄进门，门外/有人喝水。他喝水的声音/越来越大，终于/被雨的声音所代替……闪电照高空旷的远方/一辆黑漆马车在雨中奔/马蹄声声，车夫半睡，车上/坐着一个缄默的灵魂”③。这声音亦实亦幻，不一定是真有的，却是虚拟的存在，你可以说它虚无缥缈，却无法不佩服诗人想象力的超拔与奇崛。

不难看出，1980年代的西川时时觉得“生活在别处”，其诗歌理所当然地弱化了身边的存在，不无逃离现实的意味，而钟情于神秘和的超验的事物，常常以接近、洞察事物内在不可知的秘密为最高宗旨，像《上帝的村庄》《凭窗看海的人》《在那个冬天我看见了天鹅》《海边的玉米地》《桃花开放》《雪》《体验》《起风》《读1926年的旧杂志》等作品，即均对自然、生命、神性、秩序、时间、永恒、终极一类的观念充

① 西川：《西川的诗》第37页，人民文学出版社，1999年。
② 西川：《西川的诗》第99页，人民文学出版社，1999年。
③ 西川：《西川的诗》第81—82页，人民文学出版社，1999年。

满探询的兴趣与企图，超凡脱俗的高远境界建构中，甚至带有一定程度的宗教的神秘主义倾向；它们多启用浪漫的写法，但少直抒胸臆的大喊大叫，而是通过纯净、饱满的意象寄托情志，若干文本的象征和寓言色彩比较显豁，叙述克制内敛，语言优雅洗练，大量商籁体饱含的整饬，颇具绅士风度，高频、丰富的想象，常引人走入空灵虚静的福地，而高度协调的控制力和恰到好处的分寸感，又保证了艺术的沉静、简约、高贵和精致。

按理，诗的风格多种多样，西川提供的“圣歌”文本很“像诗”，诗完全可以、应该选择这种状态，如果诗人就沿着这个方向一路走下去，也肯定会抵达辉煌之巅，他没必要“改弦易辙”；事实上，至今仍有很多读者非常喜欢这些“圣歌”，希望诗人有朝一日能够回归这种写作状态的也不乏其人，诗人在“80、90年代”之交的《十二只天鹅》《夕光中的蝙蝠》《为海子而作》等少数作品，也承续了这种风格；同时，置于朦胧诗功德圆满后退却、“第三代”诗歌一股脑奔赴现代主义与后现代主义的悖谬与荒诞的氛围中，诗坛似乎也需要高蹈、超验、纯粹的品类坚守与制衡。但是，事实却是自1989年至1992年，确切说是从1992年的《致敬》始，处于抒情高峰状态的西川诗歌遽然发生了惊人的逆转和巨变，那个非常在乎“诗歌的形式，语言的那种文雅，语言的文化色彩”①的西川“脱胎换骨”了，一个试图创造和生活对称诗艺的诗人形象出现了。

究其根源，一方面是由于一些个人生活的变故，当诸如海子、骆一禾、戈麦等诗人之死，和时代语境转换带来的精神震荡那种“历史强行地进入了我的视野”，诗人自觉反省到从前的浪漫式的写作“可能有不道德的成分”，“象征主义的、古典主义的文化立场面临着修正”②，由于它们“远远不够和生活相对称，和生活本身的力量相对称”③，所以必须调整、改变；另一方面则因为诗人深层的诗歌观念的

① 简宁：《视野之内：答简宁问》，《延安文学》2006年第2期。

② 西川：《大意如此·自序》，《大意如此》第2页，湖南文艺出版社，1997年。

③ 西川：《我生活在国内，我最大的感受还不是流亡，是尴尬》，见《凤凰网访谈西川》，2010年6月10日。

革命，他从美国出版的、除了收录诗歌还收了卡夫卡和乔伊斯小说片断的《100 首现代诗》一书悟出，“我们对于诗歌的观念太狭窄”①，传统的诗歌信条也不是一成不变的，它应该不断地调整、完善。在这种内驱力的促动下，能够容留多种生活与经验的诗歌在他的创作中自然出现了。并且以《致敬》为界点，西川经由《近景与远景》《芳名》《厄运》到《鹰的话语》，这种“杂体”诗歌一发而不可收，逐渐弥漫为 1990 年代乃至新世纪诗歌创作的主体构成。

那么《致敬》究竟是何种状态？不妨摘引一段：

> 在卡车穿城而过的声音里，要使血液安静是多么难哪！要使卡车上的牲口们安静是多么难哪！用什么样的劝说，什么样的许诺，什么样的贿赂，什么样的威胁，才能使它们安静？而它们是安静的。
>
> 拱门下的石兽呼吸着月光。磨刀师傅佝偻的身躯宛如月牙。他劳累但不甘于睡眠，吹一声口哨把睡眠中的鸟儿招至桥头，却忘记了月色如银的山崖上，还有一只怀孕的豹子无人照看。蜘蛛拦截圣旨，违背道路的意愿。
>
> 在大麻地里，灯没有居住权。
>
> ……②

“杂体”诗歌《致敬》的生长，在某种程度上宣告了西川“圣歌”理想的终结，它从意蕴到形式对诗人的“纯诗”神话写作历史实现了一种颠覆。初看上去，它已经不太像诗，倒更似散文，排列上不再分行，句法相同或相近的句子集聚为一个个块状的句群，句群和短句相间，松散组合，断裂破碎，八节中的每一节都“各说各话”，彼此的叙述间相克对立，和谐、优雅不再，无内在的逻辑结构线索，伪箴言式的语体里，人称频繁转换，词汇雅俗“一锅煮”，悖论、矛盾、反讽、互否、纷乱、含混、驳杂，是它给人的整体印象。奇怪的是诗人就是用这样一种

① 简宁：《视野之内：答简宁问》，《延安文学》2006 年第 2 期。

② 西川：《致敬》，《西川诗文集·深浅》第 3 页，中国和平出版社，2006 年。

“叙事性、歌唱性、戏剧性熔于一炉”①的综合形式，去表现个人荒谬性的生存状态和困境，这种文体探索对于诗歌来说，究竟是耶非耶？福耶祸耶？它将带给西川诗歌一种什么样的影响呢？

第二节　寻找“杂诗”写作的可能

“如果你仔细读我的作品，你会发现，《致敬》《厄运》《近景和远景》《鹰的话语》等，每一篇都是一种不同的写法……我工作的每一次进展都是我对形式的一次发现”。② 诗人这段自白，很容易让人产生一种错觉：和倾向于精神向度的打造的1980年代相比，西川1990年代在诗歌形式的探索上用力尤勤、尤深，是以文体家的身份在诗歌史上留下了辉煌的定格。其实不然。本来，出道早、起点高的西川，若一直在“圣歌”方向上持续滑行的话，会越写越精湛老到，越写越炉火纯青；可是，外在压力和内心反思的遇合，使西川在整个诗坛处于艺术沉潜状态的1990年代，却毅然革起自己一度张扬的“纯诗”之命，以“反诗”或者说“杂诗”的文体方式，求取和现实生活的呼应与同构。即崇尚“杂诗”绝非仅仅图谋形式创新，它既是在为一种诗体的存在寻找可能性，也是介入充满悖论的荒诞现实后的必然选择，或者说它是一个问题的一体两面。客观上，西川也正是靠“杂诗”创造，才逐渐使自己和“北大三剑客”的另外两位诗人海子、骆一禾有了区别，找准了诗歌生命力的艺术支点，在1990年代后产生了越来越大的影响。

西川“杂诗”之“杂”表现在诗行排列、篇章结构等外观形态上的“不像诗”，是有目共睹、毋庸多论的。至于它深层、内在之“杂”，首先是其书写对象与情感体验的非纯粹性。应该说，诗人反省以往纯诗的“不道德”虽然有些过于严苛，但却使他自己的创作陡增了“及物”的趋向与可贵的人间烟火之气。进入1990年代后，经历过精神震荡

① 西川：《大意如此·自序》，《大意如此》第3页，湖南文艺出版社，1997年。

② 谭克修：《语言的现实及其尊严：诗人西川访谈录》，《延安文学》2006年第2期。

的西川，没有迷失于一些人的“玩诗”路线，也没耽于诗坛技艺打造的潮流之中，而是提倡：“诗歌语言的大门必须打开，而这打开了语言大门的诗歌是人道的诗歌、容留的诗歌、不洁的诗歌，是偏离诗歌的诗歌”，这种诗歌应该容纳诗人死亡、自我负疚、世态冷漠等“生活的肮脏和阴影”。[①] 诗歌与“人道”“容留”“不洁”“偏离诗歌”“肮脏和阴影”等因素结合，自然没法保持纯净、没法不“杂”了；但它也显示了诗人作为知识分子的一种良知、道义担当，它是在为“经验、矛盾、悖论、噩梦”[②]等现实“杂”象寻找一种恰当的艺术表现形式。此间的诗发展了《母亲时代的洪水》中初现的那种“从‘个我’走向‘他我’，继而走向‘一切我’”[③]的端倪，减少个人恩怨和情感，而完全敞开胸襟，尽量包容、涵纳世界上所有的声音、色彩和事态。如《厄运》由二十一个戏剧片段连缀而成，曾经的生活“在别处”的“云端”感，完全被生活“在此处”的“地面”感所替代，它客观自然，入骨地真实。下面是其中的一个片段：

> E00183
>
> 子曰：“三十而立。”
>
> 三十岁，他被医生宣判没有生育能力。这预示着他庞大的家族不能再延续。他砸烂瓷器，他烧毁书籍，他抱头痛哭，然后睡去。
>
> 子曰：“四十而不惑。”
>
> 四十岁，笙歌震得他浑身发抖，强烈的犯罪感使他把祖传的金佛交还给人民。他迁出豪宅，洗心革面：软弱的人多么渴求安宁。
>
> ……
>
> 子曰：“七十而从心所欲，不逾矩。”

---

① 西川：《答鲍罗兰、鲁索四问》，《让蒙面人说话》第271页，东方出版中心，1997年。

② 西川：《大意如此·自序》，《大意如此》第2页，湖南文艺出版社，1997年。

③ 西川：《关于〈母亲时代的洪水〉》，《让蒙面人说话》第228页，东方出版中心，1997年。

在发霉的房间里，他七十岁的心灵爱上了写诗。最后一颗牙齿提醒他疼痛的感觉。最后两滴泪水流进他的嘴里。

"泰山其颓乎！梁木其坏乎！哲人其萎乎！"孔子死时七十有三，而他活到了死不了的年龄。

他铺纸，研墨，蘸好毛笔。但他每一次企图赞美生活时都白费力气。①

面对这样的诗，谁都会滋生出一种强烈的无奈感。尽管你从年轻的三十岁到老迈的七十岁，一直都本分做人，认真做事，可是生活与生命却常常并不按着自己设计的轨道发展，反过来总是事与愿违，厄运如同影子一样伴随左右，驱不走，躲不开；所以人只能服从、接受命运的安排，任何挣扎都是徒劳的。这种命定的悲剧意识在诗中每个片段都有所渗透。而像"可在故乡人看来他已经成功：一回到祖国他就在有限的范围里实行起小小的暴政。/他给一个个抽屉上了锁。/他在嘴里含着一口有毒的血。/他想象所有的姑娘顺从他的蹂躏。/他把一张支票签发给黑夜。/转折的时代，小人们酒足饭饱。他松开皮带，以小恩小惠换得喝彩"（《厄运》）②。"在一群人中间他说了算，而他的灵魂了解他的懦弱。/他在苹果上咬出行政的牙印，他在文件上签署蚯蚓的连笔字，而他的灵魂对于游戏更关心。/在利益的大厦里他闭门不出，他的灵魂急躁得来回打转"（《厄运》）③。这些片段都将"他"置于社会、现实、历史、同类交织的网络之中，不仅暴露了人性的贪婪、残忍、懦弱又不乏向善意向的矛盾真相，也曲现了生活现实本身隐伏的荒诞和悖谬，还对人与各种环境错位的关系链中的复杂命运展开了探讨。想象的与真实的兼有，诗意的与琐屑的并存，对话、场面与叙述俱在，的确非常"包容"，它们和美丑错综、是非混搭的斑驳世界与人生达成了内在的对位、应和，或者说实现了"杂"的现实、情感和观照对象的诗性外化；档案的体式，尤其是第三

① 西川：《厄运》，《西川诗文集・深浅》第24—25页，中国和平出版社，2006年。

② 西川：《厄运》，《西川诗文集・深浅》第30页，中国和平出版社，2006年。

③ 西川：《厄运》，《西川诗文集・深浅》第26页，中国和平出版社，2006年。

人称“他”贯穿始终，分别用A、B、C、D、E、F等二十一个字母后加阿拉伯数字指代，并注明其中五个“身份不明”，既扼制主观情绪的介入，敦促诗彻底走出“自我”园囿，同时数字化的生命“他”，又暗喻着芸芸众生，“他”可以泛指“你”“我”乃至所有人、一切人，诗人是通过其透视人类普遍、共同的生活和命运。

《鹰的话语》更是西川“杂体大诗中将深度智慧、悖论模式、语言批判、狂欢精神发挥到极端的代表性文本。”①尽管有不少读者对这首由99则话语间充满“逻辑的裂缝”的语言碎片结构成的“综合创造”的诗很不适应，难以捕捉诗人寄寓其中的“精神隐私”，但并不能影响它思想深邃优卓的事实。为说明问题，不妨跳跃性地引用数则。

1.我听说，在某座村庄，所有人的脑子都因某种疾病而坏死，只有村长的脑子坏掉一半。因此常有人半夜跑到村长家，从床上拽起他来并且喝令：“给我想想此事！”

12.我在镜中看到我自己，但看不到我的思想；一旦我看到我的思想，我的思想就停滞。

19.孤独，自我的迷宫。在这迷宫里，植物开花却不是为了勾引，不是为了出售（它另有）目的；植物结果却不见它欢呼，不见它歌舞（这内在的喜悦何有辨识）。

40.丑陋的面孔微笑，虽然欠雅，但是否可以称之为“善”？假嗓子唱歌，虽然动听，但是否“真诚”？崔莺莺从不打情骂俏却犯了通奸罪，卖油郎满面红光却没有女朋友。

64.那么，一个不承载思想的符号，是鹰吗？但我还没有变成过一只鹰，但所有的狐狸都变成了人。我把自己伪装成一只鹰，就有一个人伪装成我。从诗歌的角度看，我们合作得天衣无缝。

99.所以请允许我在你的房间待上一小时，因为一只鹰打算在我的心室里居住一星期。如果你接受我，我乐于变成你所希

① 陈超：《西川的诗：从“纯于一”到“杂于一”》，《华中师范大学学报》2012年第1期。

望的形象，但时间不能太久，否则我的本相就会暴露无遗。[①]

可以断定，诗在这里不再仅仅是情绪的流露，也非外在世界的客观性描摹，它已经成为一种饱含着诗人对人生、现实和存在等认识和看法的经验，一种充满着对立、矛盾又和谐、辩证因子的提升了的哲思与思想札记，有感性内涵的跃动和飞腾，更多理性智慧的凝结与支撑。或者说，诗在借助"鹰"之视点和话语，展开诗人亦乃众人灵魂之"探险"，呈现超越琐屑之后的关于思想、孤独、真假、是非、死亡、道德、真实精神等命题的理解和洞悉。如第六段"关于格斗、撕咬和死亡"，即写出了"鹰"之灵与肉、神圣与平庸、形而上与形而下的统一性，它一方面"昂贵""智慧""高高飞翔""接近神性"，一方面也"饥饿""撕咬""僵硬""最终是死亡"，虽然"鹰在空间消灭的躯体，又在时间中与之相遇"[②]，其蔑视死亡的精神不会泯灭，但其高贵品性与平淡尸身内在分裂的惨淡"真实"，仍透着沉重的悲剧意味。而这种意识和全诗中密布的"悖论"结合，愈发强化了生活与生命的神秘色、荒谬性与宿命感。悖论性的情境和矛盾修辞叙述在陡增诗的张力同时，更暗合了生存现实和精神思考的繁复与矛盾的"杂"之本质，它给人的不仅仅是一种心智的启示。好在喜剧性的口吻和大量运用反讽手法造成的文本"快乐"，巧妙地化解了西川诗中厄运不断的人生沉重与悲凉，让读者在绝望中看到一种希望，这倒绝对是诗人智慧的表现。

人们往往称1990年代的西川为"文体家"，我以为绝不是没有根由的，它至少隐含了西川诗歌体式上具有某种非常态化特质的内涵。具体说，西川诗歌"不像诗"的第二个深层表现，是在题材、情感、思想之"杂"外，还存在着思维、手段、技巧之"杂"，即小说、戏剧、散文等非诗文体的成分不但堂而皇之地大量进入诗歌文本，并且获得了合理生长的可能性。其实，这种文体跨界、互渗的"综合性"写作，在许多先行者那里都被尝试过，北岛将电影的蒙太奇手法移至诗中、杨朔的《茶花赋》倚重诗的想象和意境等，已是公开的秘密，小说家汪曾祺甚

① 西川：《鹰的话语》，《西川诗文集·深浅》第55—64页，中国和平出版社，2006年。

② 西川：《鹰的话语》，《西川诗文集·深浅》第61—62页，中国和平出版社，2006年。

至不无偏激地说，“宁可一个短篇小说像诗、像散文、像戏，什么也不像也行。可是不愿意它太像小说”；[①]但似乎谁也没有像西川那样自觉与彻底，他参悟出“偏于一端的写作虽然可能有助于风格的建设，却不利于艺术向着复杂的世界敞开”[②]，“既然诗歌必须向世界敞开”，“歌唱的诗歌就必须向叙事的诗歌过渡”。[③] 西川清楚，诗歌文体利弊混凝，它在处理复杂题材的幅度、表现当下生活的深度方面远逊于其他文体，尤其在诗意大面积流失、散文化日重的1990年代，如果诗歌闭关自守、一纯到底只能走向殆灭，而唯有打破传统的清规戒律，在坚持根性的基础上适度吸收其他文体的优点，才会立于不败之地；所以他开始大胆让几种文体之间互通有无，以缓解诗歌自身的压力，于是一种在文体属性上难以界定、归类的作品，在他笔下滋生了。《致敬》初露端倪即让人们惊骇不已，它外观形式上对传统的“冒犯”还是次要的，主要是它的内在构成既非话，也非抒情散文，既非诗，也非散文诗，令读者一下子无所适从，难以把握，而后的一系列作品中这种倾向愈加显豁。像由不同声部造成紧张争辩的《鹰的话语》，竟然被有关机构直接改编成话剧，在纽约戏剧车间演出，其戏剧化旨趣不宣自明；不少人认为是西川最好的作品却少有人深入论述的《芳名》，同样镌刻着诗人在文体上进行“综合创造”的印痕。

从那些我已知的姑娘们身上我认出了你：你蓝色的骨骼保持安静，你拳形的心脏被时间撞击……

你在不同的家庭里生活，你在不同的垃圾堆旁谈情说爱；

无论我呼唤你的大名还是乳名，都有众多的女人回头，我就从他们身上认出你……

在饭桌上，你瞪着小鹿的眼睛，但你只吃很少的食物。

当我向你描述一个憧憬的时候，你走神了。

---

① 汪曾祺：《短篇小说的本质》，天津《益世报·文学周刊》，1947年5月31日。

② 西川：《大意如此·自序》，《大意如此》第4页，湖南文艺出版社，1997年。

③ 西川：《大意如此·自序》，《大意如此》第2页，湖南文艺出版社，1997年。

你要穿坏多少双鞋，丢掉多少个钱包，才能变得专心致志？

你是明媚的也是幽暗的，你是需要推断的，也是需要考证的……我不想说你已经死去。我不想说我已精力耗尽。

你读完这首诗，天就黑了。

月光照在你的脸上——一个银灰色的姑娘——月光至今照在你的脸上。①

诗人写的本来是首文化批评色彩很浓的诗歌，意欲透视当时社会的林林总总、形形色色，巧妙的是他没有采用正点强攻的战术，而是"试图通过一个虚构的'爱人'进入90年代的大千世界"②，传达一个曾经的理想主义者的情绪与思考。这种构思方式本身就不乏戏剧性，而在诗歌的具体展开过程中更多小说、戏剧等艺术手段的援助，比如贯穿整个诗歌空间的"你"似乎带有了某种独特的个性，围绕"你"产生了众多的细节、场景、情境、对话等日常化的生存信息，"你"与"我"之间获得了"在你现身之前，我几乎不是我自己"③，"在闷热的、令人窒息的空气里，我求告于你绵薄的拯救之力"④，"在细菌横行的夏天，你悄悄学坏，而我用放大镜观看你的照片"⑤的复杂而微妙的关系，以及在这一过程中"我"的情感状态与变化，所有这一切完全符合叙事性文学架构与陈述的要求，在诸多事件化、情节化因子汇聚的"河流"断续流动中，社会现实中庸俗真切、斑斓又凌乱的"波光"闪烁不定，饱含着诗人厌倦、不满、失望和戏谑等多元情绪的否定性意向"内核"不时浮出水面。

在西川看来，叙事性与歌唱性、戏剧性是一种兄弟姐妹的关系，是"综合创造"中彼此难以割裂、相生相克的三维，因此他极力追求戏

① 西川：《芳名》，《西川诗文集·深浅》第34—42页，中国和平出版社，2006年。
② 程光炜：《西川论》，《程光炜诗歌时评》第205页，河南大学出版社，2002年。
③ 西川：《芳名》，《西川诗文集·深浅》第34页，中国和平出版社，2006年。
④ 西川：《芳名》，《西川诗文集·深浅》第39页，中国和平出版社，2006年。
⑤ 西川：《芳名》，《西川诗文集·深浅》第41页，中国和平出版社，2006年。

剧性表达的客观、间接性，也就成了顺理成章的事情，这一特征不仅在《鹰的话语》《芳名》等个案中有所体现，而且几乎覆盖了诗人 1990 年代所有的大诗写作，像他以鸟、火焰、阴影、我、牡丹、毒药、银子、城市、国家机器、地图、风、小妖仙、幽灵、废墟、扑克牌、自行车、旷野、海市蜃楼等十八种意象为观照对象的《近景和远景》即十分典型。它调和了大与小、远同近、个人和民族的关系，在双线交织中凸显时代的精神面影和自我的复杂心态，思想意向、调侃立场上与《芳名》《鹰的话语》一脉相承，而在写法上则调动、融汇了诗歌、戏剧、随笔式杂文等文体的手段，十八个片段犹如十八个名词解释，相互间貌断实连，个体独立，内里却应和支持，达成了别致而浑然的"精神混响"。其中的《牡丹》这样写道："牡丹是享乐主义之花。它不像玫瑰具有肉体和精神两重性，它只有肉体，就像菊花只有精神。正因为如此，牡丹在开花之前和凋谢之后根本就不存在。刘禹锡诗云：'唯有牡丹真国色，花开时节动京城。'这是一种不得超升的植物，其肉体的魅力难于为人们的内体所拒绝：富家子弟一向爱其俗丽，平头百姓一向爱其丰腴，是故《白雪遗音》有'牡丹花儿春富贵'之句。此外，该书又有'玉簪轻刺牡丹姣'之辞。这显然是以牡丹象征女性性器。牡丹本为雄性之花，'牡'者，雄性也。它之所以被改换性别，纯粹出于其自然暗示。为了使牡丹更加符合其'花中之王'的身份，为了向牡丹灌注精神因素，有人特传武则天曾命上苑百花于冬令开放，唯牡丹抗旨不从，被贬东都。可惜牡丹并未受此传奇魔法而摇身一变为玫瑰。牡丹鄙视玫瑰，此其天性。它貌似文艺复兴所需要的花朵，其实不然。"[①]面对这样的作品，熟读过诗歌的读者会感到异常奇怪，它通篇在介绍牡丹花的特性、历史，最多不过添加了古今中外与牡丹相关的一些文化知识罢了，叙述和议论是其主要的技术支撑，形式上连行都不分，它哪里还像诗，不过是散文或者论文，好像也构不成局部哲学，充其量也只能说是词语解释。

可见，西川 1990 年代诗歌的非诗或反诗倾向是非常强烈的，但

---

① 西川：《近景和远景》，《西川诗文集·深浅》第 66—67 页，中国和平出版社，2006 年。

它的目的不是毁灭诗，而是希望通过对传统诗歌或诗歌本体的“偏离”，实现诗的自救和新生。诗的字里行间因有想象力、象征化、书面语等诗的质素压着阵脚，仍然保持住了诗性的盎然。像《芳名》中虚拟的爱人“你”作为象征，既可是人也可是诗，还可是其他的什么，它和“我”、环境等结构成的形而上空间，同诗人神奇的想象力遇合，无疑使文本叙述虽然容留了许多现实的因素，但都能最终指向诗性，有着恍惚迷离的“不确定性”的审美效果。《近景和远景》给词汇下定义时不按既定思维路线滑动，解释词语通常的含义，而总是努力和对象既贴近又超离，翻出新鲜的意趣，引人注意，同时貌似一本正经的态度和好笑荒诞的内涵对接，其“伪理性”的视角和出语本身就很滑稽，有种说不清的“好玩儿”的艺术感觉。西川这种以高难度的技艺应对复杂生活经验的“综合写作”，加强了诗歌适应题材幅度和处理纷纭问题的能力，从特殊的角度拉近了诗和现实的关系，并昭示了诗歌与其他文体合理嫁接的可能，为叙事有效地介入抒情文学提供了经验性启示。

在论及诗歌语言的时候，新批评派理论家克利安思·布鲁克斯提出悖论是诗歌语言的基本特征，但同时也指出：“我们只承认在警句诗这种特殊的诗体，或是讽刺诗这种虽有用，但几乎算不上是诗歌的体裁中，可以有悖论存在”①。这段话反证出一个现象，即西川1990 年代高频率、大剂量使用现代性艺术手段的诗歌，已经和传统意义上诗歌的情调、风格大异其趣，这也可以视为西川诗歌第三个“杂”的表现。的确，虽然谁也没有明文规定诗歌的境界、趣尚应该如何，但中国诗歌多少个世纪以来始终在或庄重或优雅之路上行走，直到现代主义出现后，矛盾性的语汇、意向、情境在同一文本的有限空间里并行才渐成趋势。西川登上诗坛很长一段时间的写作，也都讲究结构的浑然、语汇的谐调、风格的纯净；但进入 1990 年代的逆转之后，他发现现实与社会生活远非诗那样美好，以往与其不对称的写作过于矫情，并且“一个自相矛盾的人反倒是一个正常的人。那么这个

① 克利安思·布鲁克斯：《悖论语言》，见赵毅衡编选《“新批评”文集》第 354 页，百花文艺出版社，2001 年。

时候是谁在坚持这种自相矛盾的权利，是艺术家，是诗人”[①]，诗能够更应该呈现这种矛盾，于是在他诗中看似荒谬实则真实的悖论修辞铺天盖地而来，尤其是它已从一般的创作方法晋升为本体论层面的思维方式，伴随着诗人的“伪哲学”观念注入他的精神肌体，混杂、矛盾、散漫成了文本的第一现实。随意翻开一首诗，经常会碰到这样的句子或段落：“我们采遍大地上所有的鲜花，而鲜花一经采撷便是死亡。/我们把死亡之花献给我们钟爱的人；我们觉得生活很有意义”[②]。“我在镜中看到我自己，但看不到我的思想；一旦我看到我的思想，我的思想就停滞”。[③] “一位禁欲者在死离逃生之后变成了一个花花公子。//一位英俊小生杀死另外两位英俊小生只为他们三个长相一致”。[④] 可以看出，在西川的诗里悖论大量存在，它们或表现为格言警句，或结合于具体的语境之中，常常以似非而是的状态与方式，将固有的荒谬、矛盾和尴尬披露出来。不是吗，我们习惯于把采撷的鲜花献给亲近或钟爱的人，传递情意、祈祷健康、表达敬爱，可是谁又想到采撷后的鲜花意味着枯萎和死亡，献花的祝福中是否隐含着不祥的预兆呢？《芳名》的几句直觉式的感悟，也是“献花”原意的去蔽，和现有内涵的拆解，平常事态里竟然包裹着现象和本质间不易察觉的对立、冲突和违逆。《鹰的话语》中的几段诗，则有了一点玄学味道，它们同样捅破了荒谬、怪诞背后的事物真相。人可以通过各种渠道知道自己的外观，但深入骨髓地自知几乎是不可能的；人好像轻易不会从一个极端走向另一个极端，但要看经历了怎样的生命事件与过程；人有个性最可爱，彼此都个性相同自然就取消了个性，所以对相似的同类既爱又恨。充满诡辩、歧义、冲突的伪箴言之“思”，好似不十分靠谱，但却从另一个向度接近了世界和事物的本质，扩大了诗歌语言的张力。

西川 1990 年代诗中和悖论语言相映成趣并有更为突出表现的

① 西川：《面对一架摄影机》，《西川诗文集 · 深浅》第 260 页，中国和平出版社，2006 年。

② 西川：《芳名》，《西川诗文集 · 深浅》第 36 页，中国和平出版社，2006 年。

③ 西川：《鹰的话语》，《西川诗文集 · 深浅》第 56 页，中国和平出版社，2006 年。

④ 西川：《鹰的话语》，《西川诗文集 · 深浅》第 58 页，中国和平出版社，2006 年。

是反讽的运用。什么是反讽？克利安思·布鲁克斯认为“语境对于一个陈述语的明显的歪曲，我们称之为反讽”①，I·A·瑞恰兹则称之为“反讽式观照”，即“通常互相干扰、冲突、排斥、互相抵消的方面，在诗人手中结合成一个稳定的平衡状态”。② 批评家们不论对反讽概念的解释如何不同，也不论是把反讽定位在语调、语义还是意蕴层面，但都无不承认反讽是现代主义乃至后现代主义诗歌的主要技巧，诸种因素的对立与不协调是反讽的核心内涵。西川1990年代的诗歌中反讽密集。如《厄运》写道“他有了影子，有了名字，决心大干一场。他学会了弯腰和打哈欠。/他寻找灵魂出窍的感觉：‘那也许就像纸片在空中飞落。’/他好奇地点燃一堆火，一下子烧掉一只胳膊。/他必须善于自我保护，他必须用另一只手将命运把握。/教条和习俗拦住他，懒散的人群要将他挤瘪。他试着挥起先知的皮鞭，时代就把屁股撅到他面前。/在第一个姑娘向他献花之后他擦亮皮鞋。但是每天夜里，衬衫摩擦出的静电火花都叫他慌乱”。③ 诗混合了意蕴反讽、语义反讽与语调反讽，尽管每个人对生活都曾信心十足，跃跃欲试，有过理想的规划，但最终都将走向希望的反面，承担不愿承担的，这几乎是所有人都难以摆脱的“厄运”，那种滑稽、幽默的喜剧笔法虽然潜伏着一些好笑的因子，但仍难以从根本上改变悲剧的底色。再有《致敬》的片段：“那部盖在雪下的出租汽车洁白得像一头北极熊。它的发动机坏了，体温下降到零。但我不忍心目睹它自暴自弃，便在车窗上写下‘我爱你。’当我的手指划在玻璃上，它愉快地发出‘吱吱’响，仿佛一个姑娘，等待着接吻，额头上放光//疾病不在冬天里流行，疾病有它自己的打算”。④ 出租汽车本是一个没有生命的交通工具，雪下的出租汽车自然意味着冰冷、凄清和寂静，对之该以寒冷、死亡、战栗等语汇出之；但是在诗人的想象流转中，它却被美化为

---

① 克利安思·布鲁克斯：《反讽——一种结构原则》，见赵毅衡编选《“新批评”文集》第379页，百花文艺出版社，2001年。

② 赵毅衡：《“新批评”文集·引言》，见赵毅衡编选《“新批评”文集》第379页，百花文艺出版社，2001年。

③ 西川：《厄运》，《西川诗文集·深浅》第27页，中国和平出版社，2006年。

④ 西川：《致敬》，《西川诗文集·深浅》第11页，中国和平出版社，2006年。

洁白的动物"北极熊"，成了额头发光、等待接吻的"姑娘"，兴奋、活泼、可爱，一系列的拟人修辞，使其具体语境构成了对前面叙述语的偏离和歪曲。它那种匪夷所思的构思，那种实际语境中的麻烦状态和心理臆想的美化对接，在悖逆中蕴蓄着一股强烈的张力，含蓄也艰涩。西川为什么如此频繁地启用反讽，显然已经超出 1990 年代诗坛崇尚技术打磨的单纯的技术层面，我想它至少包涵着对日常生活现实琐屑、残酷的不满和无奈，抑或诗人对平淡生存圆的智慧化解之意。

时代在发展，诗人在变化，诗歌的形象也宜随之不断做出调整与拓容。西川的"杂诗"创作不能说尽善尽美，其有时过分的陌生、驳杂让人接受起来还不太习惯，颇具难度；但它创造性地丰富、扩大了新诗形象内涵，为自身的写作与存在找到了一种可能性，也对新诗的再度出发有一定的借鉴价值。

第三节　在"变"与"常"的互动中成熟

一个作家、一个诗人和运动员有相似之处，那就是他们都有自己的黄金时期。西川的黄金时期无疑是在 1990 年代。虽然他 1985 年即写出《在哈尔盖仰望天空》等代表作，但并未产生持续性的高潮，直到进入 1990 年代后，他的地位和影响才无可争议地被凸显出来。尤其是诗意爆发的 1997 年，他竟在改革出版社、中国和平出版社、人民文学出版社、湖南文艺出版社、上海东方出版中心等相继推出《隐秘的汇合》《虚构的家谱》《西川诗选》《大意如此》和《让蒙面人说话》等五本诗文集，反响空前。只是他 1990 年代后诗歌的变化也给不少人造成了一种感觉：西川完全是另起炉灶，割裂了与过去的联系，自己彻底"革"了自己的命。其实，事实远非那么简单。

回望中外诗歌的历史不难发现，即使再优秀的诗人，无论他的起点怎么高，在创作之路上都不可能一成不变，否则就将和真正的大诗人境界无缘；同样，任何优秀诗人的每一次艺术嬗变，也都很难说是对其以往个性完全、彻底的清洗与否定。作为新时期的一位诗人，西川当然也无法逃脱这一规律和法则的制约。仔细考察他不同时段的作品，整体的印象是他从1980年代“太像诗”到1990年代“太不像诗”的两极互动，的确变化的速度之快、幅度之大超出了人们的想象，但决非像有些人所说的那样，是对他自己前期创作的全面颠覆。或者说，西川在这中间撕裂的只是诗歌的形式“肉体”，而诗歌的内在艺术精神“血脉”则始终在文本的躯体里淌动着，他也正是凭借这些相对恒定的核心质素的坚守，才在“变”与“常”的交错、互动中，使魅力增值，逐渐成长并走向成熟的。如在他的作品中，浓郁的学院气息持续地盘旋缭绕，知识分子独立的精神立场一直强劲，诗人远离文学史焦虑的淡泊心态从未消失；特别是其中几种突出而重要的品质始终贯穿、联结着八九十年代。

一是“思”之个性。大约在二十年前，刘纳先生断定西川的《黄金海岸》《星》《激情》等诗充满哲理内涵，一句“西川太喜爱思考了！”①道出了西川的人与诗的秘密。程光炜对北大三剑客的对比，“如果说海子是燃烧的，骆一禾在宽阔的胸襟中深埋着喷突的激情，那么西川正好综合了他们各自的特点。他长于用哲学的眼光来思考问题。”②同样隐含着西川之诗与智、思一致的学术指认。少言的西川属于静观默察的沉思型诗人，主要的生命经历和体验均在学院之内展开，深层的心理结构和学院派的知识化背景结合，加之冯至、郑敏、里尔克、博尔赫斯等中外诗歌渊源的内在塑造，决定和尽情地抒放感情相比，他更愿意凝眸人生、命运、自然、时间等一些抽象的事体，对宗教、哲学兴趣盎然，作品中也就多了些理趣。随着阅历的丰富和人生体味的深入，1990年代后西川诗歌这种个性愈加强化了。不用说《近景和远景》《鹰的话语》等长诗彰显着诗人对世界、生活、现实的看法和思考，《另一个我的一生》《这些我保存至今的东西》《发现》《写在三十岁》《书籍》《重读博尔赫斯》等不多的短诗，仍时时泛出形而上的理性光芒，承续着诗人一直以来文化思考的长处。如“他有了足够的经验

① 刘纳：《西川诗存在的意义》，《诗探索》1994年第2期。

② 程光炜：《西川论》，《程光炜诗歌时评》第205页，河南大学出版社，2002年。

评判善恶，/但是机会在减少，像沙子/滑下宽大的指缝，而门在闭合。/一个青年活在他身体之中；/他说话是灵魂附体，/他抓住的行人是稻草……更多的声音挤进耳朵，/像他整个身躯将挤进一只小木盒；/那是一系列游戏的结束：/藏起成功，藏起失败。/在房梁上，在树洞里，他已藏好/张张纸条，写满爱情和痛苦。//要他收获已不可能/要他脱身已不可能//一个人老了，重返童年时光/然后像动物一样死亡。他的骨头/已足够坚硬，撑得起历史/让后人把不属于他的箴言刻上”(《一个人老了》)①。这首不乏唯美感觉的诗，冷静地叙述了人从衰老、垂死到死亡的过程、细节与感受。人不论贫富美丑、低微尊贵，最终都将面临衰老乃至死亡的结局，这就如同“像烟上升、像水下降”，难以遏止和避免，即便“一个青年活在他身体之中”，也无济于事，眼神、步态、反应都会像机器一样变慢，“静止”，你也只能任机会减少，日子溜走，“游戏”结束，空留无奈和沉重。这种每个人宿命和命运的平静揭示，还是会从心智上撼动读者的灵魂；因为它昭示了人的共性本质，暗合了许多读者的深层经验。再有他的《医院》也持续了西川 1989 年后常常涉足的死亡命题。医院乃生死可以互相转换的两界，生可以死，死可以生，死的直视和临终关怀虽然包裹着一层温馨的面纱，但更反衬出人在死亡面前的渺小和无力；而那个可理解为死神或上帝的身份不明的“隐身人”，则为诗平添了一种神秘的氛围。大量“思”的成分介入，自然使西川诗歌获得了比较理想的硬度，垫高了思维和意蕴层次，有效地控制了诗意的浅淡泛滥。

二是奇绝的想象力。一个诗人最基本的条件即要有超常的想象力，过于泥实的人恐怕永远成不了真正的诗人；在大家普遍崇尚技术的 1990 年代，想象力更成了测试诗人水平高下的主要指标。西川说由于自己在“相对单纯的环境长大，又渴望了解世界，书本便成了我主要可以依赖的东西……相形之下，现实世界仿佛成了书本世界的衍生物，现在时态的现实世界仿佛由于过去时态的书本世界叠加而成”。② 封闭有时也意味着创造，没有见过的那部分历史、世界究竟

① 西川：《一个人老了》，《西川的诗》第 240—241 页，人民文学出版社，1999 年。
② 西川：《大意如此・自序》，《大意如此》第 1—2 页，湖南文艺出版社，1997 年。

怎样，是一种什么形态？除了书本提供的之外，只能凭借自己的联想和想象去建构、填充；而其中有现实基础的尚可真切地复现，相反的一些事物则需要靠假设和虚拟完成，这样它们在诗人笔下“再生”后，必然会带有某些批评者所说的幻象性质。如此说来，就不奇怪西川初入诗坛的《把羊群赶下大海》《方舟》《鸟》等诗多以想象性体验架构，写得神采飞扬、空灵浪漫，也不奇怪他进入社会、人生阅历相对丰富的1990年代后此倾向有所淡化了。需要指出的是，淡化不是消失，而是以变体的方式在诗中延续、流转。像长诗《芳名》《鹰的话语》已经“幻象”到都以梦抒情明志，“早晨你的头发留在枕头上，你的房间里弥漫着一股梦的气味，但你不记得你睡在这房间里”①；“在黑暗的房间，我不该醒自一个好梦，当我父亲醒自一个噩梦。他训斥我一顿，他训斥得有理：我深深反省，以期忠孝两全。我把好梦讲给他，让他再做一遍，可他把这好梦忘在了洗手间”。② 梦的加入使本已怪诞的对象更恍惚迷离，不好把捉。《致敬》的第七部分居然真的以“十四个梦”作为主体，支撑诗思，梦与真交错，虚实难辨，因为诗人的想象不在同一联想轴上展开，转换迅疾频繁，众多联想轴并置，结构芜杂，它在敦促诗歌走向朦胧境地的同时，也让很多读者望而却步。再如“以梦的形式，以朝代的形式/时间穿过我的躯体。时间像一盒火柴/有时会突然全部燃烧/我分明看到一条大河无始无终/一盏盏灯，照亮那些幽影幢幢的河畔城……贩运之夜/死亡也未能阻止喘息的黎明/我虚构出众多祖先的名字，逐一呼喊/总能听到一些声音在应答；但我/看不见他们，就像我看不见自己的面孔”（《虚构的家谱》）③。诗人对自己的祖先不可能都见过，但他却以梦的形式，按照朝代的顺序，依次把祖先、祖父、父亲想象，从特殊的角度切入了存在和亲情的本质深处，刘春认为它“似乎有点玄虚，却说出了生活的真谛。太阳底下无新事，‘我’来自‘祖先’，他们和‘我’虽不能相见，却能够隔着

① 西川：《芳名》，《西川诗文集·深浅》第37页，中国和平出版社，2006年。

② 西川：《鹰的话语》，《西川诗文集·深浅》第58页，中国和平出版社，2006年。

③ 西川：《虚构的家谱》，《西川的诗》第201—202页，人民文学出版社，1999年。

时空呼应，这是一种血缘，更是一种冥冥中的心灵契合”。[①] 可以说，幻象是西川诗歌的一个重要书写资源，也是西川诗歌的魅力之乡，它是诗人建构精神乌托邦不可或缺的手段与材料，也保证了诗人文本风格的绚烂多姿、诗意的丰沛与酣畅。

三是良好的文字和形式感觉。人们称西川为学院派代表诗人，一方面表明他的诗离知识、学问近，视野开阔，多书卷气，一方面则是肯定其综合能力强，语言功力深厚。西川早期文字的纯净、精准、灵动与形式的严谨，几乎有口皆碑，像《饮水》《眺望》《在哈尔盖仰望天空》等佳构中的语言可谓达到了增之一字太多、减之一字太少的境地，每个镶嵌在句子里的字都更换不得。那些个性化程度极高的言情符号，在作品中频繁闪现，仿佛就是诗人鲜明的精神印章。西川这种艺术追求到了“庞杂”的1990年代也没有中断，他坦承自己的“写作依然讲求形式。例如在段与段之间的安排上，在长句子和短句子的应用上，在抒情调剂与生硬思想的对峙上，在空间上，在过渡上，在语言的音乐性上”。[②] 如《戒律》貌似散漫，实则遵循着内在的规则，“为了不淫欲/你当只同你喜爱的异性谈论悲剧或高深的学问/但不要将话题引向心灵的苦闷/淫欲是一个陷阱/最好只在它的边上转悠//为了不贪求/在黑暗的房间里自封为王也未尝不可/你且配一把万能钥匙在手中掌握/行走。停止，转身，在你日光下的都城/你将不屑于打开那一把把锈锁//为了不妄语/你可以在每个星期里选择一天/跑到荒郊野外无人的地方胡说一气/然后后长叹一声/再回到屋檐下做一个谨慎木讷的绅士或淑女”。[③] 且不说意象化的语言思维一如既往，八段的每段开头均以“为了不××”领起、反复，层层递进，通过排比构成一种舒缓的旋律，将戒律者道貌岸然的本质讽刺得满爆而鲜活，读者一旦透过戒律者的表现看到其隐蔽的灵魂真相即会忍俊不禁，享受到智慧的喜悦；而渐次涌现的意象群和字斟句酌的语

---

① 刘春：《有一种神秘你无法驾驭》，《一个人的诗歌史》第194页，广西师范大学出版社，2010年。

② 谭克修：《语言的现实及其尊严：诗人西川访谈录》，《延安文学》2006年第2期。

③ 西川：《戒律》，《西川诗文集·深浅》第99页，中国和平出版社，2006年。

汇长短结合，又有着一种特殊的节奏快感，形式本身也获得了增值效应。非但在短诗中，即便是长诗写作中西川的结构和语言等因素也是很考究的，如《近景和远景》中的《火焰》，“火焰不能照亮火焰，被火焰照亮的不是火焰。火焰照亮特洛伊城，火焰照亮秦始皇的面孔，火焰照亮炼金术士的坩埚，火焰照亮革命的领袖和群众。这所有的火焰是一个火焰——元素，激情——先于逻辑而存在。索罗亚斯德说对了一半：火焰与光明、洁净有关，对立于黑暗与恶浊。但他忽视了火焰诞生于黑暗的事实，而且错误地将火焰与死亡对立起来。由于火焰是纯洁的，因而面临着死亡；由于火焰具有排他性，因而倾向于冷酷和邪恶。人们通常视火焰为创造的精灵，殊不知火焰也是毁灭的精灵。”①诗人结合人生体验，对火焰做出了自己的独到解释，认为火焰的存在纯粹、美丽，却不真实。这种解释虽然理性、贴近知识介绍，却不是科学的界说，仍有诗意。它尽管只是全诗的一节，但思路畅通，逻辑也比较严谨，字词的准确恰切好似科学论文，又浸淫着一定的诗性光彩，透出一股学院的气质。也就是说，西川的诗歌语言不论是1980年代的灵动纯粹，还是1990年代的铺张驳杂，都有出色的语言根基做后盾，都同样是创造性的诗学资源。从这个向度上说西川是最擅长语言“炼金术”的诗人，是当之无愧的。

西川的成功证明，太偏于“常”易蹈向守旧，太偏于“变”则会趋浮躁，只有在“常”中求“变”，“变”里守“常”，“常”“变”结合，才会成为真正的创造，而创造乃诗歌的第一要义。在三十余年的时间里，西川的持续写作没有抱残守缺，而是常谋原创“再生”之道，大小兼顾，长短结合，险中取胜，沉稳大气，既输送了若干经典，又打开了“杂诗”生长的可能性，更建构了一种能够影响时代的新的诗歌美学；尤为可贵的是后劲十足，其新世纪的《镜花水月》《小老儿》等长诗挺进，丝毫未现衰颓的迹象，可以说，发生在他身上的“一切，不仅仅是启示”②。

---

① 西川：《近景和远景》，《西川诗文集·深浅》第65—66页，中国和平出版社，2006年。

② 杨炼：《诺日朗》，见阎月君等编选《朦胧诗选》第264页，春风文艺出版社，1987年。

第十三章　在“日常生活”和“心情”之间:论王小妮1990年代的诗

在诗歌创作的竞技场上,有两类写作者比较容易引起人们关注。一类速度和爆发力惊人,他们往往禀赋超常,才情横溢,一出手就可以在诗坛立腕扬名,哪怕之后迅即消隐;一类则属于“马拉松”型,他们的耐力与韧性均佳,既跨越较长的时空范畴,又能使高潮不时迭起。王小妮兼具两种能力,相对而言后一种能力更为突出。1980年代初,她刚操起缪斯的琴弦,就以《我感到了阳光》《风在响》《碾子沟里蹲着一个石匠》等文本,对瞬间的眩晕感和北方农人坚忍性格的纯净描述,在当时隐约蕴藉的时尚之外别开新花,其素朴清朗的抒情个性不时逸出朦胧诗的苑囿,说不上如何耀眼,却也风光一时。尔后,在同期起步的诗人们或搁笔从商,或转场海外,或改弄其他文体,渐次逃离的情境下,她一直痴心依旧,坚守诗歌,视之为灵魂栖息的净土,抗拒现实对人物化和俗化的精神家园,终成一只盘翔于诗空的“永远的青鸟”。并且近二十年来历久弥坚,气象非凡,越写越好,她的写作经历和骄人实绩,打破了诗歌永远属于年轻人的迷信,也为诗坛留下了无尽的悬想和启迪。

第一节　“只为自己的心情去做一个诗人”

那种以为个人化写作时代推助、成就了王小妮的观点,是一种严重的误读。事实上，是个人化写作影响了王小妮，还是王小妮在某种程度上引发了个人化写作，尚可商榷。因为诗坛在1989年后才出现明显的断裂和转型；而王小妮早在1980年代中后期即确立了个人化写作的诗歌立场："只为自己的心情去做一个诗人"，[①]1988年后这种立场愈发坚定与自觉。

1980年代中期，诗坛群星闪烁，诸侯四起，充满"美丽的混乱"；可王小妮却正在精神上饱受坎坷心理戏剧的折磨，爱人徐敬亚的《崛起的诗群》事件铸成的那场"社会雪崩"，使她经历了短暂的心理迷乱，写下《恶念如洞》《谣传》《定有人攀上阳台，蓄意篡改我》《有孬人在迎面设七把黑椅》等诗，它们从阴郁怪诞的题目、不安虚空的情绪，到善恶转换的视角、尖锐冷漠的语汇，都不无西方超现实主义诗歌色彩，和诗人此前的"阳光"形象判若云泥。但是"凡是最非人的一刻/痛苦便使灵魂四壁辉煌"（《完整》）[②]，清醒、柔韧的主体心理个性，和"哪怕只有一分钟/我也和你结成一个家庭"（《家》）[③]的爱情支撑，让她在1988年就彻底从那个"冷秋天"中穿越而出，获得《一走路，我就觉得我还算伟大》那种自明而自信的飘逸感，进入了平和、达观、睿智的境界。苦难的精神炼狱，给诗人的生命思维添了几许沧桑，但也意外地"挽救了一个行将渺茫的朦胧诗人"[④]，为她实现艺术涅槃、再度问鼎创作的黄金时期提供了可能。在商品经济与大众文化甚嚣尘上的非诗语境中，王小妮同样面临着一个噬心主题的拷问：写还是不写，如果写该如何保持写作的有效性？她有过强烈的心理震荡，搁笔五年。待到1993年重出江湖时，已悟透诗的内里堂奥，方向感更强。她认为女诗人决非什么"女神""圣女"，她和普通人没有根本区别，诗也不像人说的那样可以陶冶性情，写诗只是一种生存方式和自娱性的行为而已。所以能把自己定位为家庭主妇和木匠一样的制作者，首先是妻子与母亲，一个游走在灶台、卧室和超市间的平凡女性，"一

---

① 王小妮：《重新做一个诗人》，《作家》1996年第6期。

② 王小妮：《完整》，《我的纸里包着我的火》第50—51页，春风文艺出版社，1997年。

③ 王小妮：《家》，《我的纸里包着我的火》第48页，春风文艺出版社，1997年。

④ 徐敬亚：《王小妮的光晕》，《诗探索》1997年第2辑。

日三餐/理着温顺的菜心/我的手/漂浮在半透明的白瓷盆里。/在我的气息悠远之际/白色的米/被煮成了白色的饭”(《白纸的内部》)①；做完家务琐事的间隙，才坐在桌前“写字”，把自己变成“意义只发生在家里”的《不工作的人》，觉得“诗写在纸上，誊写清楚了，诗人就消失，回到他的日常生活之中去，做饭或者擦地板”②。这样就协调好了诗与日常生活的关系，既平淡充实，毫不矫情，又在高度物化的空间里保持了心灵的独立性。

有了如此主体定位，“中国，大众，当代诗歌，当代处境”那些“大词大意思，和个人关联太少的大东西”自然“不适于个人关注”③了，因为王小妮要做一个没有背景和企图、完全自由的只对自己感觉负责的诗人。而异于“大词大意思”、和个人心情和感觉离得最近的什么？无疑就是身边的事物，每天具体的日常生活。在这一点上，王小妮和那些精神高蹈的诗人不同。由于古典诗歌理想的浸染，那些诗人心中已绾成一个“生活在别处”的精神情结，总觉得诗意存留在古典田园的记忆中，和钢筋水泥、汽笛虹霓支撑的现代文明格格不入。而王小妮却以为“诗意就待在那些你觉得最没诗意的地方”，待在周遭俗事、俗物构成的“此在”琐屑中；并且“在看来最没诗意里，看到‘诗意’，才有意思，才高妙”④；“诗根本不需要‘体验生活’。我们活着就永远有诗。活着之核，也就是诗的本质。手拿着本质，还左顾右盼地什么？”⑤在她那里诗和生活原本是合二而一、浑融无间的。在这种观念支配下，她置身于巴士、煤气、电缆、卡拉OK和米饭、自来水、菜叶等织就的异化情境，从没想到拒斥，更没想到逃离，而能和它们和平共处，悠然自得；在对“此在”世界的关注和抚摸中，体会浓郁

① 王小妮：《白纸的内部》，《我的纸里包着我的火》第193页，春风文艺出版社，1997年。

② 王小妮：《木匠致铁匠》，《现代汉诗：反思与求索》第361页，作家出版社，1998年。

③ 王小妮：《诗不是生活，我们不能活反了》，《半个我正在疼痛》第224页，华艺出版社，2005年。

④ 王小妮：《诗不是生活，我们不能活反了》，《半个我正在疼痛》第223页，华艺出版社，2005年。

⑤ 王小妮：《王小妮谈诗的几段文字》，《我的纸里包着我的火》第223页，春风文艺出版社，1997年。

的人情味儿、生活的价值和意义，在形而下的物质表象里发掘被遮蔽的诗意，在最没诗意的地方建构晶莹剔透的诗意空间，甚至宽宥了生活的一些缺陷。只要浏览一下诗的题目，就会发现它们凡俗、日常得可以。《我拿到了所有的钥匙》《一个少年遮蔽了整个京城》《看望朋友》《坐在下午的台阶上》《会见了一个没有眼睛的歌手》《十枝水莲》《等巴士的人们》《一块布的背叛》《致鸟兽鱼虫》……远离宏大、神圣题材的诗，不再像天边的云、雾中的花那样缥缈。白菜、土豆乃生活中熟视无睹、习焉不察的俗物，但诗人却从中激发出了诗意。她看到土豆诗人"高兴成了一个/头脑发热的东北人"，"身上严密的缝线都断了……没有什么的打击/能超过一筐土豆的打击"(《看到土豆》)[①]，是啊，生活在高度发达的都市，哪一位精神沧桑者思想深处不充满挥之不去的漂流感，不刻骨铭心地忆念故乡的土地和往事，面对如亲戚、邻居、熟人一般的"土豆"自然会亲切、高兴异常了，那卸去冷静伪装后的本真心态流露，再现出诗人悲喜交加的复合情愫。王小妮就是这样，在这种人间烟火琐屑和平淡的穿梭中，被日常生活的丝丝缕缕甚至是一些无关紧要的事物动心、感发，发掘令人意想不到的诗意，以一颗朴素之心和"低语"的方式，展开与世界、现实的对话，平静地书写自己的生命状态和世俗感受，审视都市现代人之间的冷漠、隔膜，人对自然、环境的悖反，以及她对万物存在的体恤和尊重、对世界的理解。这一方面表明她超常敏感，能从偶然、倏忽即逝的感觉中捕捉诗意因子；另一方面诗中气定神闲的平和、从容、恬淡和自然，透露出摆脱骄娇二气的诗人主体在精神上已达本色纯朴的修炼化境。

应该说，诗人以对生活的敏感表现日常感觉，只为自己的心情做一个诗人的选择，无意中暗合了属于高度个人化的内视点的诗歌艺术实质，在把诗歌从职业化的困境中解放出来同时，和朦胧诗充满使命感、崇高意识的情思世界划开了界限，并成为王小妮最终出离、超越朦胧诗的关键所在。但是，如果王小妮的诗仅仅如此还说不上怎

① 王小妮：《看到土豆》，《我的纸里包着我的火》第185页，春风文艺出版社，1997年。

样出色，毕竟在1990年代个人化写作已成有识之士的共性选择。她的超拔精妙之处在于，其个人的日常性感觉和体验不是闭锁狭隘的，而总能暗合人类经验的深层律动，贴近个人又能上升为对人类的大悲悯和终极关怀，对人类生存境遇的洞穿，抵达人类共同性的精神境地。如“让我喜欢你/喜欢成一个平凡的女人。/让我安详盘坐于世/独自经历/一些细微的乱的时候”（《不要帮我，让我自己乱》）①，诗写了一个女性具体的心理视境，但它没走当时红火的女性主义诗歌路线，因为把个性看得比性别更重要的王小妮压根就没强调过性别对立，也就无须做去性化努力，诗中无可奈何的“烦”心理，是诗人瞬间的感觉，更契合了现代人渗透骨髓的普遍的空虚和绝望心理。《那个人的目光》延续了这一精神命题，“我从来不会要求光/就像不要求为我伸过来的手/那是别人的东西”，②平静的叙述里隐含着诗人对人心隔膜、世事冷漠现象的感喟，那也是许多人一种共同的心理不满情绪。“我的心里涨满着/没有人能到我这儿/铺开一张空床单/从今天开始/我已经不怕天下所有的好事情/最不可怕的/正是那些坏事情”。③ 谁的父母都会生病、死去，《和爸爸说话》处理这一题材时那种意念、语言、想象和表达方式，具有鲜明的个人烙印；但它节制感情的意象和情境转化，把诗引入的则是一个更深广的心灵境域，在貌似不经意中把人生的窘境与困境传达得醇厚无比，面对生死离别的从容姿态，和所带来的凄美的死亡感悟、思想风度，又是那些饱经沧桑的人都十分认同的。也就是说，王小妮的诗歌多从个人的视角、普通的物象和日常的事件出发，但它没像某些女性主义诗歌和70、80后诗歌那样，或迷失于纯粹个人琐屑和喜怒哀乐的言说，或迷失于肉体狂欢和官感沉醉，或迷失于后现代的语词消费和文本游戏；而能借助书写对象完成对现实、历史和人的命运等问题的思考感悟，道出时代

---

① 王小妮：《不要帮我，让我自己乱》，《我的纸里包着我的火》第102页，春风文艺出版社，1997年。

② 王小妮：《那个人的目光》，《我的纸里包着我的火》第215—216页，春风文艺出版社，1997年。

③ 王小妮：《和爸爸说话·我不再害怕任何事情了》，《半个我正在疼痛》第191—192页，华艺出版社，2005年。

精神内伤的疼痛和自我灵魂的反思，从而放射出了诗意的光芒。

第二节　日常性的直觉还原

世界在进入创作主体的观照和阐释之前，原本是客观自在的，它并没什么生命或意识可言，人类的感觉最初也基本处于一片澄澈状态，至于既定的文化、历史因素的渗入，都乃各种教育后天浸淫的结果。正是有鉴于此，海德格尔等人提出诗的本质是对事物的敞开和澄明，诗的产生过程是一个去蔽的过程，它既是对世界的还原，又是对人的真实存在的还原。从这一理论维度看，王小妮的诗歌完成的就是一件还原与去蔽的工作。

谈到王小妮诗的感知特征，有人准确地指认她"理解世界的最基本方式是'看'，而不是哲学家的'思'"。[①] 1980 年代后期，王小妮似乎渐近禅境，生活方式简单、随意、自然，思想沉静，漠然于潮流、圈子，祛除了功利之心，世俗的荣誉、地位、金钱和纷争，乃至命运、磨难和死亡都被看淡；所以能以超然宁静的风度和不介入的中性立场，对一切事物进行"远观"。同时，出于对那种"越来越要显得玄虚高深，弯来转去"[②]的装腔作势诗风的悖反，正像于坚"拒绝隐喻"一样，王小妮在某种程度上拒绝修辞，她只用女性特有的直觉，对日常生活中的所见、所想进行还原式书写，很少执意究明对象之外的隐喻、象征意义，更不刻意追寻对象的形而上文化内涵，甚至不像多数诗人那样在诗中拷问人生的终极价值和目的。这种"文化去蔽"倒和"第三代"诗的"回到事物中去"理论有许多相通之处。

由于诗人运用静观思维，在场主体的所感同所见之物、之事遇合，在空间上就赋予了王小妮诗歌一个显豁的特征，即"物"的状态和片断澄明通透，有很高的能见度和一定的静态美。所以李震说她很

---

① 向卫国：《论王小妮的诗歌》，《云南社会科学》2005 年第 6 期。

② 王小妮：《一九九六年记》，《诗探索》1997 年第 1 辑。

多诗像内涵丰富而简单明快的“静物速写”①。不少人发现王小妮惯用“我看见”的写法,《我喜欢看香烟的排列形状》《我看不见自己的光》《看足球赛》《卸在路边的石头》《今天,我看到很远》《我亲眼看见》《许许多多的梨子》《我看见大风雪》……它们有如一幅幅简笔素描,剔除浓墨重彩后干净、疏朗的图画。如“金属铜也像死去的身体/工人的手上越变越沉。/那个人只能气愤地走/寒冷中头像的卷发在飞扬//头像突然掉下去/又冷又老的普希金眼睛里含着雪/搬运工吃力地滚动铜块”(《普希金头像》)②。偶遇的生活场景,在粗线条的勾勒中,流动而立体地映现在读者面前,促使人对诗歌、诗人的处境与命运产生联想,平淡的生活敞开了自在的诗意。“光/降临在/等巴士的人群中。/毫不留情地/把他们一分为二。/我猜想/在好人背后/黯然失色的就是坏人。//巴士很久很久不来/灿烂的太阳不能久等。/好人和坏人/正一寸一寸地转换。/光芒临身的人正在腐烂变质。/刚刚猥琐无光的地方/明媚起来了”。③ 这首《等巴士的人们》的“物”和“心”的能见度更高,细节、碎片、局部剪贴起来的画面,伴着诗人随意而不无宗教色彩的猜想转换,触及到了诗人神秘、怪诞的无意识深层,折射着生活和生命中某些复杂、辩证的本质。王小妮有时在“物”的凝视和出入中抒放自己的情思感觉,有时则与喜爱之“物”主客无间地融合,“物”成了自我的镜像。她诗的园地里,长着许多植物,“稻子”(《到乡下去》),“石榴”(《我没有说我要醒来》),“森林”(《今天,我看到很远》),“蒲草”(《晒太阳的人们》)……《十枝水莲》组诗竟有一种物化的冲动,其中的《谁像傻子一样唱歌》写道,当窗外的声音像“云彩的台阶”,“鸟们不知觉地张开毛刺刺的嘴”,“有人在呼喊”,“风急于圈定一块私家飞地/它忍不住胡言乱语”,“一座城市有数不尽的人在唱”时,那终于开花的水莲却十分安静,“我和我以外/植物一心

① 李震:《“活着”及其方式》,《作家》1996年第10期。

② 王小妮:《普希金头像》。《半个我正在疼痛》第134页,华艺出版社,2005年。

③ 王小妮:《等巴士的人们》,《我的纸里包着我的火》第174—175页,春风文艺出版社,1997年。

把根盘紧/现在安静比什么都重要”,①这里的花和人已泾渭难辨彼此可以互换,水莲那种不事张扬的内敛、简单、安静,不正是诗人的象喻吗?“我看见”是观察的视角,更是审美的心态外化,它标明诗人是静坐下来后仔细、平和地有距离的观照事物,所以才能以过人的敏锐,捕捉到那些和都市、现代生活同速度同节奏的人感觉不到的瞬间、场景与诗意,将动态的外在世界静态化,把不无沉重和沧桑的生活转化成了一种“轻”而“慢”的艺术方式,它从本质上讲是一种对快捷、嘈杂的都市速度感主动背弃的诗学选择。

王小妮诗歌“文化去蔽”带来的另一个突出特征,是常致力于事态、过程的复现和凸显,有一定的叙事品质。王小妮有过相当抒情的艺术季节,转向个人化写作后,为和烦琐平淡的日常生活呼应,为控制“在场”自我的激情喷发,她走上了反抒情的道路,在文本中融入客观事态、心理细节等叙事因素,体现出一定的叙事长度和流动过程,冷静地还原生活和感觉的本来面目。如“在北京最冷的这一天。/我几乎是/退却着走向了你”,“我看不见温度。/看不见你身体里的病。/穿过/深藏着你的四合院。/在你昏迷的床前/我自己就是散不开的迷雾。//还活着的手背/透着月亮表面那样平软的白光”(《看望朋友·我的退却》)。② 在这里词意象已向行为事象或句事象转换,诗被演绎为一组细节、一种行为、一段过程,若干具事(动作、子情节)的联络,使诗获得了某种小说化、戏剧化倾向。并且,有时这种心理细节和过程描写已沿着诗人的感觉路线,深入到超越浅表意识和经验性情节的无意识领域,微妙而神秘。这是不奇怪的,王小妮多次提及诗就是她的“老鼠洞”“安静的躲避处,自言自语的空间”;③诗人涉足日常生活同时从没停止对灵魂与自我的凝视,所以其心理发掘的精微、深邃自然为一般的诗人所不及。“一走路/阳光就凑来照耀。/

① 王小妮:《十枝水莲·谁像傻子一样唱歌》,《半个我正在疼痛》第197页,华艺出版社,2005年。

② 王小妮:《看望朋友·我的退却》,《我的纸里包着我的火》第147—148页,春风文艺出版社,1997年。

③ 王小妮:《诗不是生活,我们不能活反了》,《半个我正在疼痛》第217页,华艺出版社,2005年。

我身上/顿然生长出自己的温暖……你从快车道上来/你低着你的头。/唯一的两只手/深插进了口袋。/连太阳和鲜花/都受不了这种插进”(《一走路，我就觉得我还算伟大》)[①]。诗袒露的心理感觉过程，朦胧、飘忽，自己生长温暖、生长光，太阳和鲜花受不了“你”傲然地插进，来的随意，转的突兀，那瞬间闪动、诉诸感觉的心理图像，连诗人自己也不一定能恰切地说出它的内涵；但超越光之后的模糊混沌的自明感，诗人意识深处的感觉及过程的敞开与呈现，却蛰伏着自在的诗意。王小妮的无意识书写有时犹如梦境，离真实原则相去甚远，但又是感觉中不时出现、符合艺术真实的存在。

王小妮诗歌对叙事文学所做的扩张，是事态的，但骨子里仍是诗的。它具备地点、人物、情节、细节等叙事文学的一些要素，但从没将叙述故事或塑造人物作为文本的重心，事态并不完整，情节或细节也多为不连贯的时空片断；并且在细节、过程、片断的背后，诗人时时注意以素朴、平和的心境和情感对它们的渗透和照亮，因此说穿了它是一种情绪化叙事、一种诗性叙事。不论是物和感觉的澄明，还是事态与片断的呈现，书写对象先在面目的敞开、凸显与还原，都在一定程度上使王小妮的诗歌回到了世界之初和感觉的原始蒙茸状态，完成了对文化的去蔽。如《回家》《晴朗》《最软的季节》等对此在世界的观照，就都抑制象征和隐喻等高层意旨的设定，总体倾向比较淡漠，缺少文化诗的痕迹。

我们这样判断王小妮的诗并非说它没有文化色彩，或必要的思想高度。事实恰好相反，她的许多日常性书写，都言近旨远，隐含着人类生活的本质和独特的人性理解，理趣丰盈深邃；只是它们没走哲学的分析道路，而是以直觉化的“看”的方式表现出来的。因为在直觉中，诗人可以“置身于对象的内部，以便与对象中那个独一无二、不可言传的东西契合”[②]，透过事物的表层和芜杂，进入本质的认知层面。王小妮的直觉力超常，她抚摸生活中的事象和细节，又能不为其

① 王小妮：《一走路，我就觉得我还算伟大》，《半个我正在疼痛》第89—90页，华艺出版社，2005年。

② 柏格森：《形而上学导论》，《西方现代文论选》第83页，上海译文出版社，1983年。

具象所粘连，而做超越性的领悟和提升，在"日复一日、年复一年的生存磨盘里"，"磨出了生存和诗性智慧的大彻大悟与诗歌精米"①。如《十枝水莲・花想要的自由》，从"十张脸全面对着墙壁/我没想到我也能制造困境"的发现，到决定"做一回解放者/我要满足它们/让青桃乍开的脸全去眺望啊"，彰显了诗人宽广仁爱的悲悯情怀，也寄寓着对命运、时间、自由等问题的思考。"十个少年在玻璃里坐牢。/我看见植物的苦苦挣扎"，和充满隐性困境的人相比，作为植物之花的生长是快乐自由的，其困境也是显性"透明"的；但它们仍不满足不快乐，"最柔软的意志也要离家出走"②。从中人们不难悟出，自由，那种天人合一、物我融汇的自由是相对而有限度的，自由就是永远不满足。《有意义这东西吗》的质疑，全然是沿着感性的"物化"路子走的，有过深入体验的读者能够体会到诗的深层旨归：意义在于过程而不在于结果，在于现象而不在于思考，"假设那晶体能成为飞行器/一个人也不能达到他的远方"③，人一生永远无法抵达理想的境地。至于像"辉煌/是一种更深的洞"（《不要把你所想的告诉别人》）④，"疼痛也是生命。/我们永远按不住它"（《半个我正在疼痛》）⑤等类似的感悟就更多。它们都没有刻意经营思想，可是在词与词、词与物、物与物的感性碰撞中，仍闪烁出给人以启悟的智慧火花。诗人这种通过直觉静观走近深刻的"看"之感知方式，简单却丰富，直接而锐利，有一股难以仿效的举重若轻之妙；它使主体动作与客体事物自我呈现结合，洞开了世界和灵魂的本性。

---

① 燎原：《水晶的诗光：王小妮诗歌创作论》，《特区文学》2004年第5期。

② 王小妮：《十枝水莲・花想要的自由》，《半个我正在疼痛》第194—195页，华艺出版社，2005年。

③ 王小妮：《有意义这东西吗》，《半个我正在疼痛》第124页，华艺出版社，2005年。

④ 王小妮：《不要把你所想的告诉别人》，《我的纸里包着我的火》第92页，春风文艺出版社，1997年。

⑤ 王小妮：《半个我正在疼痛》，《我的纸里包着我的火》第122页，春风文艺出版社，1997年。

第三节 朴素的力量

诗人的每种情思与感觉都呼唤着相应的语言形态赖以物化。而语言是什么？它是诗人的故乡、诗歌存在的居所，它本身就体现存在，就是存在，甚至可以说不是诗歌创造了语言，而是语言创造了诗歌，诗人的使命就是让语言顺利“出场”。那么何谓理想的诗歌语言？在一些人的观念中诗与美乃孪生兄弟，其语言符号应如月之皎洁、花之妩媚，典雅、朦胧、含蓄，才具有现代感。可在王小妮看来，那种所谓的诗的语言总让人感到“假模假样”，和生命、生活“隔阂”。于是她一开始就有意用自然素朴得近乎“土气”的语言对抗贵族性优雅，并且硬是把口语化的路子持续地走到今天，越走越沉稳，越练达。

翻阅王小妮的诗，这样的句子俯拾即是，“到今天还不认识的人/就远远地敬着他。/三十年中/我的朋友和敌人都足够了”（《不认识的就不想再认识了》）①；“我不愿意看见/迎面走过来的人都白发苍苍。/闭紧了眼睛/我在眼睛的内部/仍旧看见了陡峭的白。/我知道没有人能走出它的容纳”（《我看见大风雪》）②……它们是最不端架子的语言，不炫耀知识，不卖弄文采，没有艳词丽句，没有象征与隐喻等高难的技巧，毫无“装”的感觉，技术上不显山不露水，完全是随意的、谈话式的语言，不温不火，煞是亲切，那些大白话的起用更使诗本色天然得一如诗人的性情；但它们却直接、健康、有力，在散淡从容中十分到位地道出了灵魂的隐秘感受，和被理性遮蔽的无意识状态，透着洗尽铅华的明朗与清新，显示出一种无技巧化的力量。应该说一个诗人练就出如此炉火纯青的语言已不容易；但如若王小妮仅停留于此也便一般化，因为口语化在戴望舒、废名、纪弦、余光中乃至于

---

① 王小妮：《不认识的就不想再认识了》，《我的纸里包着我的火》第136页，春风文艺出版社，1997年。

② 王小妮：《我看见大风雪》，《半个我正在疼痛》第205页，华艺出版社，2005年。

坚、韩东等人那里都似曾相识,并已渐臻化境,也多有人论及。王小妮的口语化追求自有她令人刮目的打人之处。因为王小妮的诗具有明白如话、朴素如泥的口语化趋向;加上她多次申明写诗那种一闪而过的东西,不耗时不耗力,速度较快,像《十枝水莲》"没有事先的'要表达',写到哪儿算哪儿"①,无形中让人觉得她写诗是笔随心走,信手拈来,疏于技巧的讲究,和精警深邃无缘。殊不知这是表象。其实王小妮很清楚写诗是在语言刀刃上的舞蹈,在实践中把寻找词和词、句子和句子碰撞那种在刀刃上擦过的感觉都当作享受,"在炒锅的油烟中,她能飞快地抢救出那一闪而过的句子","甚至在黑暗中用左手摸写,以至于把那黑暗中的蝌蚪写上了床单"②,对诗如醉如痴的热爱,使她时刻注意诗艺的打磨。正因为她不刻意求新又在表现上下功夫;所以诗写得简单但精确,明朗而含蓄,拙朴又奇巧,语义清白却内存丰富,形成了貌似清水实为深潭的个人风格。

一是能在出色语感的驱动下,迅疾地明心见性,"直指人心",洞穿事物的本质。如直觉力的强弱决定着诗人成就的高下一样,一个人能否成为真正诗人的关键在于其语言感觉如何,优秀的诗人从生命里直接涌动出来的语言未经处理就诗性盎然,徐志摩、韩东等即为范例。王小妮与生俱来的骄人悟性和直觉,使她"在命中被选定做一个诗人",从唇舌之间吞吐出的离感官最近的言语,就能凭借下意识的直感神助,自然呈现出生命的感觉,在瞬间达成语言与生命的同构,洞开事物和心灵的深层、核心所在。譬如她那首稍显费解的诗写道:"从来没见过/你有这种不可收拾的神情。//透明的物体由上而下破裂/一切瓶颈正断成碎片","你的神情吓坏了我/我真不知道/你的脆弱/为什么会来得这么快"(《脆弱为什么来得这么快》)③。无须再去向诗索求什么意图,它充满生命意味的语感,已能让人听到诗人惊诧、怜爱的呼吸和起伏,看到她见对方突然脆弱那片刻的表情和神

① 王小妮:《诗不是生活,我们不能活反了》,《半个我正在疼痛》第222页,华艺出版社,2005年。

② 徐敬亚:《王小妮的光晕》,《诗探索》1997年第2辑。

③ 王小妮:《脆弱为什么来得这么快》,《我的纸里包着我的火》第190—192页,春风文艺出版社,1997年。

态，出色的语感既是诗感、生命感。“粮食长久了就能结实/一个人长久了/却要四分五裂/五个我中/总有一个最固执地出列/正朝着乡下走去”（《到乡下去》）①。在这里人和语言已消除利用和被利用的关系，而因相互砥砺渗透合为一体，作者灵魂里喷发出来的才情，使语言固有的因素获得了对事物直接抵达的能量。不是吗？和长久了就能结实的粮食相比，人却时时要遭遇自我矛盾和分裂的精神苦痛，固执的“返归”冲动是快乐也是折磨。也就是说，直觉式语感因艺术的浸润、推动，已具有“点石成金”的神奇魅力，诗人对它出入裕如的运用，使诗简洁到只剩下灵魂树干的程度。它使诗人的口语化追求超越了生活口语的变相移植，进入提纯升华的状态，在情绪节奏中创造一种“散文的音乐”，规避了口水化的泥淖。这也正是王小妮在1990年代口语化浪潮中出类拔萃、引领潮头的内在根由。

二是巧妙借助各种艺术手段，虽运用口语却常出人意料之外，造成陌生化、多义性的效果，“极多岔路”（徐敬亚语），颇具现代风韵。口语化充满陷阱，稍不留意就会流于直白，诗意寡淡。针对口语固有的弊端，王小妮接受拟人、远取譬、改变词性、整体象征等一系列技巧的援助，以避免诗意的稀薄，增加感染力。拟人、远取譬手法在王诗中更是大面积的存在，“我从没遇到/大过拇指甲的智慧”（《清晨》）②，“冷的时间/比蟒蛇还要长”（《故乡》）③，诗中隐喻的比喻两造——本体和喻体之间的关系距离很远，作者硬性地把之拷合，又间以通感和虚实交错，陌生而简约，“反常”又“合道”，它们打破了传统比喻以物比物的想象路线，大胆峭拔得“无套路可循”。在改变词性这一点上王小妮的诗堪称一绝，她对动词的选择十分挑剔，形容词则好易性使用，“晴朗，正站在我的头顶/蓝得将近失明”（《晴朗》）④，

① 王小妮：《到乡下去》，《我的纸里包着我的火》第177页，春风文艺出版社，1997年。

② 王小妮：《清晨》，《我的纸里包着我的火》第173页，春风文艺出版社，1997年。

③ 王小妮：《故乡》，《半个我正在疼痛》第96—97页，华艺出版社，2005年。

④ 王小妮：《晴朗》，《我的纸里包着我的火》第201页，春风文艺出版社，1997年。

“怎么也叫不出/你疼了几年的名字”(《看望朋友·我的退却》)①,诗中动词、形容词的用法基本都超出了读者的想象范围,谨慎节制,在遏制激情滑动同时,又提供了诸多的诗意联想方向,加深了诗意浓度。至于整体象征效果的出现和王小妮的拒绝修辞原则并不矛盾。因为正如叶芝在《绘画中的象征主义》一文中所言,一切艺术只要不是单纯地讲故事或单纯地描写人物,就都会有象征意义;这一特质与诗作的悟性发生机制结合,使王小妮的诗时而成为一种充满弦外之响的复调系统,不同人从中会悟出不同的东西。这种整体象征不是作者硬性追求所致,而源于诗人心性和体验融入文本后的自然生发;她落实到字面上的语境具体、质感、透明,而语汇间碰撞、组构为一首诗时,又常氤氲出形而上的象征氛围,俘获一种抽象、高远乃至神秘的审美旨归。如《十枝水莲》即为多声部意趣的复合体,它既是植物的静观,又是母性辉光映射的载体,也可理解为诗人的自我镜像,或诗人借水莲展开自我和世界、自由和限制之间的思考,水莲为婴儿的生命体,玻璃与水乃困境的象喻。当然作者还能做出另外的解读。《飞是不允许的》也是每句语义清明稳定,全诗却构成高层结构的诗,对之同样允许做出或此或彼、亦此亦彼的诠释。诸多现代性艺术手段的介入,使王小妮的诗歌既充满口语的原汁原味儿,又韵味迭出,张力无穷。

三是充满丰富、多元的语言美感,但无不随意赋形,意形相彰。王小妮诗的题材与手法多种多样,其语言也丰富多元,写实的、抽象的、超现实的兼有;但都能由题材出发选择相应的表现方法,实现意味与形式的共生。如《与爸爸说话》就呈现出完全不同的风貌,前者朴素亲切,真的像与爸爸说话一样,它去掉了外在的修饰,直接裸露灵魂,体现了王小妮诗的主色调。爸爸是“一个终生都没有得到舒展的人”,他病重后为了不增添亲人的痛苦,故作轻松,“你把阴沉了六十年的水泥医院/把它所有的楼层都逗笑了。//太阳每天来到病房正中/在半闭着的窗帘后面/刺透出它光芒的方尖碑。/我认识你有

---

① 王小妮:《看望朋友·我的退却》,《我的纸里包着我的火》第148页,春风文艺出版社,1997年。

多久了？/和我认识天空上的光明一样长”。[①] 作者用这种满溢着生活气息、随意平常甚至有点絮絮叨叨的方式，把父女间的深情，把对父亲的依恋、挚爱和叹惋表现得自然、平和而深厚，给人一种亲历感。王小妮这种多色调的语言，增强了她诗歌整体风格的肌体活力与绚烂美感，开拓出读者多样化的期待视野。

在2003年写作的《从北京一直沉默到广州》一诗中，诗人写道：“在中国的火车上/我什么也不说”[②]。岂止在车上，王小妮在诗坛上也始终是一个边缘的沉默者，从不表白什么，也不拉帮结伙，更不做炒作宣言。进入喧嚣、浮躁、欲望化的1990年代后，一方面人们嘲笑诗人，一方面很多诗人的文学史焦虑日发严重；而王小妮却以一颗平常心，淡化一切，要重新做一个诗人，没有企图地为自己一个人写诗，那种“水”一般沉静的姿态和她的诗歌一道，对诗坛构成了绝妙的启迪。作为女性诗人，她的诗歌内质和视境远非女性诗歌所能涵盖，其更为博大、普范化的超性言说，对一度嚣张不已的女性写作不啻一剂清醒的药方；在如今崇尚先锋、努力把诗写得像诗的时尚性潮流中，她返璞归真的朴素向度，既是一种有力的制衡，也将唤起人们对诗歌和生活深层关系的重新思考；置身于诗歌滑坡的尴尬语境，她虔诚地视诗为宗教，以其独创的个人化比喻和语汇体系，为重新认知、表达世界和情感，打开了一条新的途径。至于她诗歌本身那种纯粹的内质、从容的气度、自然的风范，更非一般人所可企及；难怪翟永明发出没有想到朦胧诗里还有王小妮这样出色的女诗人的感叹了。当然，王小妮时而潜入无意识为诗，直觉力过于快捷，也把一些读者挡在了诗之门外。

---

① 王小妮：《和爸爸说话·到最后》，《半个我正在疼痛》第183页，华艺出版社，2005年。

② 王小妮：《从北京一直沉默到广州》，见黄礼孩，江涛主编《诗歌与人·最受读者喜欢的十位女诗人》第62页，2004年。

第十四章　走向“交流”的诗学：论翟永明1990年代的诗

诗人翟永明是幸运而优秀的。她创作于1980年代的组诗《女人》对女性诗歌宣言的文本实验，以性别意识、性别体验的矛盾性敞开，首次触及女性问题，凸显女人之所以为女人的复杂诗歌蕴涵，建构同“白昼”并行的深度“黑夜诗学”，确立了女性主义诗歌的自我身份，为女性主义诗歌实现了成功的奠基。如果没有它高起点的拓荒问路，简直不敢想象后来中国女性主义诗歌会有连台好戏上演。正因如此，《女人》问世二十余载，非但没被历史无情地淘汰，反倒因时空距离的拉开成了公认的经典，令批评界的探究热情持续不衰。并且，不愿重复自己与过去的原创品性，又使1990年代的翟永明在创作道路上不断求变，日新月异，高潮迭起，每次探索均称得上风骚于先锋诗潮的航标，接连引发诗坛回响和震动。以至于她这位从不追逐先锋表面效果的诗人，却一直被划定在先锋之列，被视为女性主义诗歌的“头羊”和重镇；这位从没想过自己的诗歌会变成正式印刷体的诗人，名字却屡屡在“中国新诗大系”“第三代”诗群”“后朦胧诗群”“女性诗卷”中闪光，提及“青春性”写作有她，提及“中年写作”有她，提及“个人写作”也有她，仿佛无论哪一个诗派、哪一个选本不提及她就有失公允，难以得到诗界的认可。甚至“翟永明”这三个字本身已成为女性主义诗歌的一个关键词、一个象征和一个传统。

那么翟永明的诗歌写作到底有何“绝活儿”能始终吸引读者眼球，它隐含着哪些当代诗的发展趋向与成功秘诀，她在新诗史上究竟占有什么重要的位置？

第一节　超越性别立场的博大言说

翟永明是方向感很强的诗人。她接连遭逢过"第三代"诗歌、青春写作、中年写作、个人化写作等各种浪潮的冲击，但始终秉承独立、恒定的精神立场，以不变应万变，拒绝外在写作风气的同化和裹挟，不论在任何时候，都坚持从个人真切的内心体验出发，关注、叩问女性的命运和境遇。

称翟永明为守"常"诗人，不是说她一直未超越《女人》的水准，处于平面"滑翔"状态；相反，不喜欢复制自己的性格，决定她没躺在功劳簿上睡大觉，而是心里总被一种深刻的焦虑所困惑，自省过去，期许"我将不断调校我的写作目标和写作姿态，尝试无限调整的综合能力"，从而"更逼近我内心所生长的一种更深刻的变化"①。在诗坛"黑旋风"刮起不久，她就意识到它在风光绚丽同时，也因过度的疯狂、肉感在某种程度上扭曲了女性形象，在喧嚣混乱中被效仿成了新的"写作模式"。"固定重复的题材、歇斯底里式的直白语言、不讲究内在联系的意象堆砌，毫无美感、做作外在的'性意识'倡导等，已使'女性诗'出现了媚俗倾向"②，这种倾向无法保证诗歌资源的持久丰富，也有损于诗的艺术质地。至于那篇风云一时的《黑夜的自白》，更"充满了混乱的激情、矫饰的语言，以及一种不成熟的自信"，并要"思考一种新的写作形式，一种超越自身局限，超越原有的理想主义，不以男女性别为参照又呈现独立风格的声音"，预见"女诗人将从一种概念的写作进入更加技术性的写作"。③ 我理解诗人说的"技术性的写作"和"独立风格的声音"，当指语言意识的自觉，和将目光投向人

① 翟永明：《完成之后又怎样？回答臧棣、王艾的提问》，见沈苇，武红编《中国作家访谈录》第339页，新疆青少年出版社，1997年。

② 翟永明：《"女性诗歌"与诗歌中的女性意识》，《诗刊》1989年第6期。

③ 翟永明：《再谈"黑夜意识"与"女性诗歌"》，《诗探索》1995年第1期。

类、历史、未来、理想和终极关怀的超性写作。可贵的是，翟永明这些否定性思考源于自己的写作，又能统摄下一步的实践，进入1990年代门槛特别是1992年后，她不断调整方向，求新求变，挖掘新语感、新结构、新主题，完成了由反叛男性词语世界的阶段向回到词语本身、直面词语世界阶段的转换，在关注"说什么"基础上，开始注意"怎么说"的技术问题。诗人就是通过这种"变"与"常"之间的创造活力克服自我重复带来的无聊感，寻求创作的快乐，并逐渐接近了一个大诗人的成熟境地。翟诗之"变"首先就表现在超越性别立场的博大言说上。

一个诗人选择什么意象往往凝聚着他的精神个性和心理旨趣。翟永明初入诗坛时格外情钟于"蝙蝠"意象，"蝙蝠"同"黑夜"一样是她典型的心理镜像。具翼哺乳动物蝙蝠的双翼兼具皮肤和翅膀功能，眼睛和耳朵通用，它以闭眼倾听方式感知世界，惯于在黑暗中生活。翟永明反复咏叹"蝙蝠"，无意中道出了覆盖她1980年代诗歌文本的一个秘密——内倾意识强烈，主要表现女性的内部生活和经验感受。《女人》自不必说，其后《静安庄》继续坚持性别立场，在身体的变化和历史场景的变迁结合背景下，书写女人个体的身体史。静安庄承载了诗人知青生活的一段经历和精神历险，那里的乡村极为庸常的物象和夜晚，以幻象形式进入诗人的眼睛和心里后，变得神秘恐怖，笼罩着死亡的阴影。全诗通过十九岁的女性之躯觉醒、受压、变形但却不可阻挡的欲望凸现，冲击并改写了静安庄已有的文化构架，对抗男权神话的意向更为突出。长诗《死亡的图案》也是"女性之躯的历险"，母亲临终前七昼夜里的残忍和女儿为之送终的过程、感受交织，具现了母女间深爱又互戕的矛盾情感。翟永明对"自己的屋子"内的女性历史、遭遇和经验的揭示，冲击了传统妇女的文化心理结构，别具精神高度；但她的嫉愤孤傲难免贵族化的落寞寡合之感，局限于女性个体的生活经验，也无法涵盖女性生理、心理和社会属性的全部特征，缺少对当下发言的机制。对此诗人极为警觉，她认定自己1980年代的写作"总体上说是从个人感受出发，关注的实际上是自己，诗歌感受纯属个人化的"①，于是从《称之为一切》开始，观照重点由内心转向外部事件，初现突破自我的端倪。待到1992年创作《咖啡馆之歌》时，已在用戏剧性写法把普拉斯的自白语调还给普拉斯同时，克服了性别对抗的狭窄局限，不仅言说女性的一切，还寻求同自我之外的他者、日常生活和历史记忆的广泛"交流"与"对话"。

西方当代理论大师哈贝马斯的交往行为理论昭示现代人的内心境遇是孤独与交流互补，并在此基础上提出以美感经验和人类存在问题联系的建立，来医治现代文化与生活脱节之病的良策。这和诗歌要对普遍性世界敞开、触及的内在需求精神是十分一致的。创作伊始，翟永明不一定读过哈贝马斯的著作，但却凭借一个诗人的直觉敏锐地发现仅仅与自己交流做内心独白的危险性，于是有意识地淡化、扼制从性别立场出发的自我情绪表演，而注意将触觉伸向丰富博大的外在世界，进行更为博大、普泛的超性言说。休说与"死亡"交流(《祖母的时光》)、"疾病"交流(《盲人按摩师的几种方式》)等拓展了诗歌的抒情疆域，视野已延伸向芸芸众生；就是一以贯之的与女性的交流也发生了变化。如果说《女人》《静安庄》时期，诗人主要还致力于和幻想、现实中的自我交流，那么后来的《十四首素歌》《时间美人之歌》和《三美人之歌》等诗，则开始侧重和母亲及历史上的女性交流。在《时间美人之歌》中诗人将当下的成长主题镶嵌于古代故事之中，互证古今女性命运，貌似还原女性的历史真相：年轻时是美和艺术的化身，"一个在盘子上跳舞的女孩/两个临风舞动的影子"，"不关心宫廷的争斗/她只随风起舞、随风舞"②，战争年代是奉献的爱神，只知依附奉献于男性，"不关心乌骓马嘶鸣的意义/她只愿跟随着它，跟随他"③，死亡时节男人宣读她们的罪状，她们"西去数里，逃亡途中/和泪的月光/一根玉钗跌落在地上"④；实则道破了女性无论在和平盛世还是在战乱年代，都处于被窥视、被牺牲的历史边缘的悲惨命

① 张晓红：《走进翟永明的诗歌世界》，《互文视野中的女性诗歌》附录一，第276页，广西师范大学出版社，2008年。

② 翟永明：《时间美人之歌》，《称之为一切》第169页，春风文艺出版社，1997年。

③ 翟永明：《时间美人之歌》，《称之为一切》第171页，春风文艺出版社，1997年。

④ 翟永明：《时间美人之歌》，《称之为一切》第173页，春风文艺出版社，1997年。

运，凝滞的时间被诗歌赋予了新的批判意义。尤其是诗人十分注意和现实交合，让日常生活所消磨的人性化场景晋升为诗歌结构的中心。如"酒至一巡　新年钟声响起……诗人肩膀微倾，支撑/一个下巴全部的重/演员在墙上悬挂一顶帽子的轻//新年钟声响起　泪水发白/莉莉和琼还在厨房里忙碌"(《莉莉和琼·新年晚会》)①，场景式的描绘接近女性日常生活的境遇本身，现实感强烈，你也许从中找不出诗里的微言大义，但却会被一股温馨凡俗的生活气息所包围，感到亲切熨帖。《盲人按摩师的几种方式》也写一个"他者"接受物理治疗的过程，他身心两处，人在治疗现场而意识却总飞向远方，医生的推拿减轻了身体病痛而心灵的痛苦却愈加沉重，这正是现代人精神疾病的随意捕捉和再现，日常性的主题、情感和境遇的强化，应和了人类普泛生活表现的呼唤，它敦促着诗歌越来越远离抽象寓言式的写作，而渐渐融入了人间烟火的精髓，增加了诗迎拒吞吐生活的能力。

也就是说，在诗人开阔的视野里，有《出租车男人》似的对身边乘车者断续意识流的随意捕捉，有当下婚姻生活中男女情感淡漠又多变的《双重游戏》，有探讨貌似离百姓很远实则休戚相关的战争、经济问题的《潜水艇的悲伤》……而且这种交流，不仅酿成了翟永明诗歌浓郁的历史感，并且因对爱、死亡、生命成长等复杂性主题的深邃把握而尽显出智慧风采，充满思想洞见，《咖啡馆之歌》主题虽显破碎，但怀旧的情调、表现现代精神痛楚的指向，却含蓄而深入地镌刻在场景、对话和叙述中了，那种"灵魂之痛"不是女诗人、女性才有，它已触及现代人普遍流行的心理疾病。《壁虎和我》里人和壁虎之间构成了一种对话，"隔着一个未知的世界/我们永远不能了解/你梦幻中的故乡/怎样成为我内心伤感的旷野"②，悲悯壁虎的经验出离了女性的情思范畴，一种笼罩全人类的伟大情怀，使诗上升到命运沉痛思索的高度。《小酒馆的现场主题》透过酒馆的灯红酒绿、五光十色，发现的是都市现代人精神的贫乏、无聊、虚夸和在困境中的无望努力。

---

① 翟永明：《莉莉和琼》，《称之为一切》第121—122页，春风文艺出版社，1997年。

② 翟永明：《壁虎和我》，《黑夜里的素歌》第2页，改革出版社，1997年。

翟永明对现实的“深入”，也包括对过去的现实即传统题材和精神向度的回归。若说她写黄道婆、花木兰和苏慧的《编织行为之歌》，写孟姜女、白素贞和祝英台的《三美人之歌》，分别取材于中国小说、民间传说，在选材上有传统音响的隐约回应，偏重于古典素材、语汇和意象的翻新；那么取材于戏曲的写赵飞燕、虞姬和杨玉环的《时间美人之歌》，则侧重于传统人文精神和情调的转化和重铸，诗中“写到这个或那个女人，她们的命运与当代中国女性的命运是相通的，有一种从历史到现实的连续性”①，赵飞燕艺术一般的美、虞姬对爱的忠贞奉献、杨玉环临死前的温情缱绻，以及她们共同背负的大祸临头时，“男人呵男人/乐于宣告她们的罪状”②的悲凉，乃是将当下的成长主题镶嵌于古代故事之中，它表面还原女性的历史真相，实际上已跨过女性的性别地位范畴，进入人性、命运和存在等抽象命题的思考。

第二节　平和从容的“交流”与“对话”

当年建构“黑夜诗学”时，翟永明悟出自白话语适合于女性的天性，和自己抒发的黑色情绪内质有天然的契合；所以在西尔维娅·普拉斯的启发下，借助倾诉和独白来支撑自己和世界的基本关系，倾泻内心真实。第一人称“我”有时像居于诗歌中心的磁石一样，将周围的世界吸纳浑融一处，形成穿透力强烈的叙述气势和语气。如《独白》呼之欲出的激情烧灼，就使诗人抛开象征话语，起用直指式的“我”字结构，节奏语调急促，一连串决绝强烈的表白和倾诉，几乎取消了语言与审美对象间的距离，本色质朴地“直指人心”。与之同步，她多以自白和诉说作为基本语调，有时就把诗变成自言自语，结构弥

---

① 张晓红：《走进翟永明的诗歌世界》，《互文视野中的女性诗歌》附录一，第 276 页，广西师范大学出版社，2008 年。

② 翟永明：《时间美人之歌》，《称之为一切》第 173 页，春风文艺出版社，1997 年。

散化,《静安庄》中那段"年迈的妇女/翻动痛苦的鱼/每个角落,人头骷髅/装满尘土,脸上露出干燥的微笑,晃动的黑影"①,明显受了普拉斯非规范的个人化语法影响,好似在意象间的随意跳转,人头骷髅上竟然露出干燥的微笑,荒诞离奇得不可思议,但将主客观世界沟通的幻觉,却使平淡静态的现象世界里容纳了心智的颤动。那时翟永明主要考虑如何释放激情,还未顾及技法,自然酣畅同时也面临着失常、失控和近乎疯狂或贫乏单调的威胁。而到对词语本身的兴趣超过以往任何时期的1990年代,她考虑那些体内燃烧的、呼之欲出的词语本身时,又考虑怎样把它们遵循美的标准进行安置组合的技巧问题,从自白话语走向"对话""交流诗学",走向了"更加技术性的写作"。

这种对话与交流包涵意蕴和形式两方面,它不仅发生在诗人和自我之外的他者、日常生活及历史记忆之间。它们共同拓展了翟永明诗歌的视域,强化了诗歌吞吐现实生活的能力。更主要指与其他文类之间的渗透和沟通,即为了消除自白话语的弊端,翟永明常以口语化的词语本身和叙述联姻介入生活细节,敲击存在的骨髓,喜欢旁采小说和戏剧的结构技巧,借助诗人与现代场景、生活和语言的交流、对话抒情达意,从而使诗由内心的剖述转为"一种新的细微而平淡的叙述"②如《壁虎和我》借助两个生物的互视,写心灵和文化的隔膜,写异邦的寂寞孤独,诗呈现为一种对话性的戏剧展开,有一定的跨文体痕迹。《咖啡馆之歌》《脸谱生涯》也一改单一的抒情视角和分行体,运用多声部的叙事体,"男人/用他老一套的赌金在赌/妙龄少女的/新鲜嘴唇这世界已不再新/凌晨三点/窃贼在自由地行动/邻座的美女站起身说/'餐馆打烊'"(《咖啡馆之歌》)③,仍关注人的精神世界,却出现了不少带情节的对话、细节与人物,人的动作、记忆和叫声混合,获得了短剧的效果。这种对话与交流文体很多时候有两种视点,一是情绪、体验、事物的直接体现,一是对前一部分情绪、体验、

① 翟永明:《静安庄》,《称之为一切》第46页,春风文艺出版社,1997年。

② 翟永明:《〈咖啡馆之歌〉及以后》,《纸上建筑》第204页,东方出版中心,1997年。

③ 翟永明:《咖啡馆之歌》,《称之为一切》第113页,春风文艺出版社,1997年。

事物的观察、分析和评论。诗人说的“在我80年代早期的写作中，这两个‘我’（肉体的我和意识中的我）相对混为一体。但在后来的写作中，两个‘我’是有点分开的。分开之后，就带有了一个客观的视野，有一个自我观察的成分”，①就是这个意思。如《十四首素歌》的十四首小诗，奇数标题部分都描述回忆与场景，偶数标题部分则是诗人对上一节的评述，其中第九首是在和母亲的精神对话过程中，感同身受地观照、回放母亲的生命历史和诗人的记忆轨迹，第十首则同那段历史、记忆拉开距离，站在分析的立场上，对母亲的一生、自身的成长和家族内部的盛衰进行冷静客观的辨析思考，有种理性的彻悟。这种对话、交流诗学，因主观性叙述的减少、主体声音的扼制，有种客观的非个人化效果，它对现实主动自觉的迎迓和介入，在某种程度上实现了对诗歌本质的扩充和改写。

翟永明的对话诗学追求，完成了平和从容对紧张含混的风格置换。她1980年代写的是困难的诗，只为“无限的少数人”的写作路线，使她根本不考虑别人的阅读。内心深处有关死亡、命运、生命等微妙恍惚的“黑色”感觉、体验喷涌而出时，多呈零散多变、模糊神秘的状态；受普拉斯创造语言理论的鼓动，对传统语言规范的“破坏”，又常常使诗在表现过程中跳脱得厉害，不时出现不合语法逻辑的自言自语；特别是对抗男权中心话语时，诗人的情绪亢奋激烈，甚至时有“疯狂”之嫌。几个因素聚合，形成了翟永明1980年代诗歌紧张含混的风格，一些作品内涵读者很难真切地把握住。如表现对世界的认识和欲望的《静安庄》，用身体的感觉折射外界变化就很神秘；表现时又偏以一系列虚拟的幻觉和想象出之，这种以“朦胧”对“朦胧”的写法有种“谜”的味道。再如《荒屋》中那个灰瓮的象喻就十分感觉化，是想象力和虚构的神秘物件，而诗人在其中隐藏的幽闭的个人经验、内心的想象和潜意识，想要言说出来几近无法。

随着1990年代短制对以往组诗、长诗的替代，翟诗的句式也由冗长沉重的句子变为直接有力的短句，如“人须有心事　才会死去/

① 谷川俊太郎，翟永明等：《“我”和“他者”》，帕米尔文化艺术研究院编修《触摸·旁通·分享——中日当代诗歌对话》第168页，作家出版社，2010年。

才会至今也认不清世界的面容/不然我们的祖先将反复追问/这凄惨的　集中了一切的命运”(《午夜的判断》)①，语言能指秩序的清晰、句式节奏的轻快，给人一种干净利落的简隽之美，流畅而规范；有时诗人还运用成语、引用或化用古诗名句，如《脸谱生涯》中的“穿云裂帛的一声长啸——做尽喜怒哀乐”，“穿云裂帛”和“喜怒哀乐”放在此语境里可谓十分贴切；《编织行为之歌》中反复运用并贯穿“唧唧复唧唧，木兰当户织”，既古典旨趣十足，又结实纯净得炉火纯青。这种语言走向和叙事因素结合，使诗的意蕴相对稳定明朗，语调也一改声嘶力竭，舒缓平静了许多。其次在词语选择上不同于早期黑色的“固定词根”，经过1980年代后期对理想的《颜色中的颜色》即“白色”的观察后，诗人“意识到：除了颜色中的颜色，还有在一切颜色之上的颜色——无色”②，并开始对之进行书写，“坐在更衣室/从内到外我/感到一种热/从双眼到指尖/女人们相信/肌肤靠水供养”(《女子澡堂》)③，“出租车里的男人　扔掉一支烟/他巴望穿过大街的火焰/跳跃直到车门　那些高跟鞋/低胸装　十里扑鼻的香水/他识得其中一些——//车继续前行　右拐向西……”(《出租车男人》)④诗人的确进入了无色世界。从黑色到无色的转换，对应的是从情绪激烈到观察冷静的变化，折射出诗人内心气定神闲的平静和从容。再次是语言更贴近世俗生活，向普通平民敞开的程度加深。此时诗人对幻象世界已无兴趣，目光更多逡巡于具体质感、充满生活气息的细节、场景上。“他们说：红颜最好不解诗/他们在书桌上/堆满了墨盒、光驱和一些白纸/而我们/两样都要/苹果牌雅诗兰黛/打字机和化妆品”(《如此坐于井底·给女诗人》)，⑤诗人从最平淡的生活琐屑里，捕捉清新的诗意，在她那里，大的小的、雅的俗的、美的丑的、国家的个人的等一切事物和语词，已无诗性和非诗性之分，均可入诗。这固然源

---

① 翟永明：《午夜的判断》，《黑夜里的素歌》第4页，改革出版社，1997年。

② 翟永明：《像这样的颜色》，《坚韧的破碎之花》第83页，东方出版社，1999年。

③ 翟永明：《女子澡堂》，《终于使我周转不灵》第108页，河北教育出版社，2002年。

④ 翟永明：《出租车男人》，《终于使我周转不灵》第76页，河北教育出版社，2002年。

⑤ 翟永明：《如此坐于井底·给女诗人》，《终于使我周转不灵》第7—8页，河北教育出版社，2002年。

于诗人历经沧桑后的超脱练达，也是她的诗走向生活的必然痕迹。

翟永明多重艺术探索的共同目的，是指向、服务于“常”，更好地传达变幻着的心灵世界，承载女性的精神和命运。她也正是借此获得了立身之本，找到了自己在诗坛的位置。

第三节　成功背后的启示

在《女人·结束》中，翟永明反复叩问“完成之后又怎样？”实际上诗人的创作道路就是一次次“完成”连缀的过程，它为女性诗歌发展提供了有益的启示。翟永明1990年代诗歌的阔达探索，已经很难简单地用女性诗歌的概念加以涵盖。应该说，它们是诗人诗歌理想的形象阐明，也是女性创作的最好借鉴：女性诗歌应坚持性别立场，发出“雌声”，作者写作时不必刻意考虑自己的女性身份，但视角一定是女性的，对于女诗人来说“雌声”可能招致曲解、误读，“但是我们必须超越这个阶段才能达到和男性互相补充的阶段”①；只是在走进女性世界同时，不能被捆绑住手脚，还要再走出女性世界，瞩望更加高远的思想和精神“青空”。其实翟永明一直走着这条路线。当初《女人》时的诗学立场，不像同时期许多女诗人那样极度张扬和男性对立的“女权主义”，她找到“黑夜”也不是用之颠覆和解构“白昼”，而是为强调女性心理及生理的性别特征，唤醒女性被异化、被忽略的内心体验“真实”，所以她断定在女子气、女权、女性等三个层次中真正有文学价值的是女性。至于说它对抗了男性诗学，那也并非诗人的本意，而只是文本带来的客观效果罢了。因为她“倦于被批评家塑造成反抗男权统治争取女性解放的斗争形象”，反感别人仅仅把她当作女性诗人，“我不是女权主义者，因此才谈到一种可能的‘女性’的文学”②，

---

① 欧阳江河，翟永明等：《女性诗歌》，见帕米尔文化艺术研究院编修《触摸·旁通·分享——中日当代诗歌对话》第110页，作家出版社，2010年。

② 翟永明：《再谈“黑夜意识”与“女性诗歌”》，《诗探索》1995年第1期。

正是和"白昼"诗学并行而非对抗的"性别"立场，才保证她避开"女权主义"潮流，传达出了东方女性复杂矛盾的内心真实。1990年代翟永明再次跳出黑色经验，努力接通个体经验和群体意识、平凡对象和深沉诗意，以高质文本证明超性别书写不是不能实现的妄想。如《盲人按摩师的几种方式》和《时间美人之歌》"肯定是起因于具体的日常境遇，但并不是仅仅停留于此"，但它观照的问题并不带性别色彩，"它只是带着一个女性特殊的视角去观照历史问题和人性中的普遍问题而已"。[①] 或者说正是沿着这条路线，诗人最终才发出大气、沉稳的超性言说。

其次翟永明"好"作品意识的自觉和践行，既引渡出许多诗歌精品，又指明了女性诗歌的艺术方向。"1998年起我的写作也有很大变化，我更趋向于在语言和表达上以少胜多"[②]，她在此前后多次提及女性诗歌仅靠性别立场不够，还要兼顾文学维度，"我对我所写的诗的要求是一定要是'好'诗，而不仅仅是女人的诗。可以说，我对女性诗歌有两个观点，或者说是要求吧：一是它一定是女性立场，二是它要有较高的文学品质"[③]。翟永明主张女性诗歌之车要靠文学和性别两个轮子支撑，缺一不可，并且二者要高度协调，才能稳步前行。只是由于复杂的原因，她1980年代的诗多偏于疯狂自白的激情抒发，质胜于文，1990年代的诗多偏于平和叙述的词语打造，文胜于质，新世纪后则达成了文质的平衡相生。

再者翟永明坚守和求新的精神自身已形成一种传统，对后来者构成了不容低估的影响。这二十多年的诗歌命运，一直没走出暗淡、残酷的现实。在诗歌贬值的困境中，有人皈依了实际和金钱，有人转场侍弄小说与散文，也有人干脆移居海外或自赴黄泉，玩起"逃亡"的勾当。面对诗坛内外的风雨变幻，翟永明也有过短时间的搁笔或疑惑。但对诗歌乃寂寞行业的认识和对缪斯的挚爱，使她淡定自若，以

---

① 翟永明：《与马铃薯兄弟的访谈》，《最委婉的词：翟永明诗文录》第199页，东方出版社，2008年。

② 翟永明：《自序》，《终于使我周转不灵》第7—8页，河北教育出版社，2002年。

③ 欧阳江河，翟永明等：《女性诗歌》，见帕米尔文化艺术研究院编修《触摸·旁通·分享——中日当代诗歌对话》第11页，作家出版社，2010年。

独立写作者的身份在诗的阵地坚守下来；并以诗坛一棵葱郁的“常青树”姿态，宣告诗歌属于年轻人的神话不攻自破。翟永明这种视诗为宗教的虔诚，苦恋的坚守精神，以心血和生命写作的态度，对年轻写作者构成了一种内在的感召和启迪。不是吗，那些将诗当作养家糊口工具的匠人，肯定会中途放弃，唯有把诗当作生命和生存栖居方式的“存在型诗人”，才会抵达理想的诗歌圣地。

我多次提到不论任何人都只能以断代的方式加入、丰富人类文化的精神历史，在时间面前谁也无法走向永恒。一般说来，艺术的黄金时期对每一个作家、诗人都只有一次，并且非常短暂。可翟永明却在近三十年的每个时期里都能引领诗坛风骚，这在新诗史上也属不多见的奇迹。那么她问鼎诗坛的法宝是什么？我以为除了超人的想象力、姣好的悟性外，最主要就是不懈的求新、求变精神。她每登上一座艺术的山峰后都没去享用周边的风景，而是把目光盯准了远方更高的山峰，对自己的创作始终有一种新的期待。因为她深知只有不断地求新求变，诗歌才会永远为一潭活水，充满新鲜的生机，自己也才能从中感受到自己的创造力，“在使人厌倦的生活中找到某种兴奋点”①。正是这种心理机制，敦促她一直前行，殚精竭虑，苦心经营，频繁变换艺术方式，连续为读者输送鲜美的精神果实。按常规理解，一个诗人能够形成稳定的风格即是成功。而翟永明非但作品的个性风格卓然，以独立的深度建构了汉诗的经典和新传统，在1980年代开创一代诗风，影响、制约了同时代诗人乃至后来者的艺术走向，以至于诗人伊沙说“第三代”诗人都有翟永明情结；而且能够在创作道路上高峰迭起，始终站在中国当代先锋诗潮的前沿，被公认为当之无愧的先锋诗“头羊”和旗手，以日新月异的纷纭变化，赋予了“创造”一词以新的含义。

事实上，翟永明簇新的成长经验、辉煌的艺术成就和富有启迪性的当代价值，本身就堪称一本耐人寻味的“大诗”。

---

① 翟永明：《与马铃薯兄弟的访谈》，《最委婉的词：翟永明诗文录》第201页，东方出版社，2008年。

第十五章 读者反应与1990年代先锋诗歌价值估衡

现代批评理论主张，作者、文本与读者是一个完整的系统，三者共同构成了文学之“场”，其中任何一维因素置于“场”中才会发生意义。甚至罗兰·巴特以为作品完成即意味着作者死亡，艾略特断言“只是为作者自己写的诗根本就不是诗”①。上述说法虽然有点过于极端、绝对，却无不印证着一个事实：和其他的文体比较，个人化程度最高的诗歌，在严格意义上说也只能被称为半成品，它必须经过读者的阅读与再造才会变为成品，价值方可获得最终的实现；同时“文学作品的诱惑使读者不再是文本的消费者，而成为文本的生产者”②，作品一经问世，阐释权就已经归属于读者，读者对文本建设的参与，使他们在一定程度上掌握着决定文本“效果”的生杀大权，假若没有读者，再优秀的诗歌文本也会黯淡无光，与搁置山林或胎死腹中无异。如果从这一向度考虑，自然暴露出单纯就文本或作者探讨文学的传统批评方法有失全面和辩证的弊端，显现了将读者的阅读反应纳入估衡文学价值优劣重要维度的必要性。特别是在文化多元、中心与焦点消失的1990年代之后，日趋紧张的写作与读者关系这样“一个无法回避的挑战性问题”③，就更应该晋升为我们介入1990年代先锋诗歌的重要视角。

---

① 艾略特：《诗的三种声音》，《艾略特诗学文集》第260页，国际文化出版公司，1989年。

② 罗兰·巴特：《S/Z》第10页，上海人民出版社，2000年。

③ 程光炜：《90年代诗歌：另一意义的命名》，见王家新，孙文波编《中国诗歌九十年代备忘录》第173页，人民文学出版社，2000年。

第一节 三份“调查”背后

1990年代甚嚣尘上的大众文化冲击，势必会改变文学和读者之间对话、交流的原有状态。那么作为文学中最尖端形式的诗歌又将遭遇怎样的命运呢？重温那个时代的场景和细节，经常听到“写诗的比读诗的多”“诗人是精神病”等诸如此类贬斥诗和诗人的声音，也不乏“诗歌写作队伍更纯洁了”“诗人永远是高贵的”等类似的正面议论。当然，它们还仅仅停浮于日常生活的口头相传，不足为凭。而下面三则多次被人提及的问卷调查材料所显示出来的数字，或令人触目惊心，或令人暗自欣慰。

第一则：1995年，某市曾针对18所大学的近万名学生做过一次问卷调查，调查的结果是，经常阅读诗歌的仅占被调查总人数的4.6%，偶尔读点诗歌的只有31.7%，从不接触诗歌或者对诗歌根本不感兴趣的竟超过了半数。而在阅读诗歌的人（包括经常读诗和偶尔读诗的）中间，也仅有不到40%的人表示对当代诗歌感兴趣。①

第二则：1997年，零点调查集团对北京、上海、广州、重庆、厦门五个城市的1500名市民调查，结果表明，在所有的文学作品中新闻报道与小说类作品最受欢迎，人数分别为30.6%和35.6%，诗歌是受欢迎程度最低的一种文学作品类型，人数只占3.7%，有39.8%的人认为“很少再会有人去读诗歌”。②

第三则：1998年诗刊社对1600余位不同社会群体成员和诗歌读者、诗歌爱好者调查，从整理后的数据发现“被调查者中有94%的人认为诗歌在文学中的作用是非常重要的，诗歌发展与

---

① 参见《北京青年报》1996年2月14日第3版。

② 参见《诗歌离都市人生活有多远》，《光明日报》1997年7月30日第5版。

> 繁荣确实是一个国家文化与文明的重要标志”,“大家对现代派作品及80年代诗歌的充分肯定”,“进入90年代以来,中国的诗人们变得沉静了起来。大家都在超越自己,在新诗创作的道路上各自汲取着写作的营养,相对于70、80年代有了长足的进步”。①

《北京青年报》《光明日报》《诗刊》是三家业内靠得住的媒体,它们调查的方式与渠道相似,设定的问题与焦点大体一致,时段基本上皆为当代诗歌,态度都严谨而认真,结果也全有确凿的百分比统计支撑,白纸黑字,铁证如山,不能不说都具有一定的权威性和说服力。可奇怪的是,为何置身于同样的社会、文化语境中,前两家媒体和后一家媒体得出的结论却公说公有理,婆说婆有理,几乎完全悖裂,判若云泥,有霄壤之别?其中哪一种结论更贴近事实本身,更值得人们信任?我以为:这三份调查见解纷纭、共识缺失的背后,说明1990年代的诗坛貌似纤毫可鉴的清水,实为冷幽难测的深潭,异常复杂、丰富与凌乱,以至于连最为敏锐、迅捷的媒体和记者也只能被局部蒙蔽,调查到各自不同的一部分读者,看到诗坛这个多棱体的一个或几个侧面,从而出现了印象各执一端、截然相反的局面。它们的判断不能说不正确,但也不能说完全正确,因为它们在捕捉并放大诗坛的部分实况同时,却忽视、遗漏了诗坛另外部分的实况所在。

从调查数量和数据上看,《北京青年报》《光明日报》的“悲观”结论似乎呈压倒之势。对当代诗歌感兴趣者远在4%以下的刺眼数字表明:和隶属于朦胧诗甚或“第三代”诗歌的年代相比,1990年代的新诗由于遭遇大众文化、学历教育的疯狂挤压,商品经济大潮的残酷冲击和工业技术对现实、心灵无孔不入的渗透,从曾经占据中心和焦点的位置无奈地退居到了边缘化的困境之中,与之而来的是新诗读者在大幅度地锐减,《诗刊》的订数也从五十万份悄然滑向五万份左右的低谷,于是很多诗人或者被迫改行,或者主动缄默,把荣耀和光环留给记忆,即便发声也只能处于自说自话之中。整个新诗的写作与阅读现状已难容乐观,至于1990年代先锋诗歌则“以读者的缺席

① 参见诗刊社:《中国诗歌现状调查》,《诗刊》1998年第9期。

与批评的失语作为存在的标签”①，情形就更为惨淡尴尬了。特别是文化素质相对较高的大学生对当代诗歌的“集体”冷漠，愈加衬托出社会与读者对新诗的隔膜之深。如此说来，就难怪《星星》等一些大牌、老牌诗刊露出经营上的窘迫之相，一些省市级的诗歌刊物渐次关停，各种报刊纷纷缩减或者取消诗歌发表园地了。一句话，新诗进入了前所未有的沉寂期。但它们这种结论显然也在某种程度上误读、偏离了诗歌的本质，犯了仅以读者数量的多寡估衡诗歌是否繁荣的毛病。不错，诗歌需要读者阅读，但也不是只为读者而写，不应仅从读者评判优劣，再说诗歌的本质就是诗人个体的精神事业，寂寞是其常态，被人为地制造出很多热闹则是反常的，李商隐、卞之琳的诗压根没大红大紫过，阅读者难以企及他们的诗歌高度，但这丝毫未影响他们的诗品之高，“大跃进”民歌、小靳庄诗歌读者成千上万，不少人既是读者又是作者，但留下的只是一个笑话。若从这一向度考虑，就不能仅凭1990年代先锋诗歌被读者疏远即武断地断定它如何萧条，如何濒临死亡。不妨退一步假设，如果真像《北京青年报》《光明日报》调查的那样有近4%的人喜欢新诗，按这个数字推算，在有15亿人口的国度中新诗读者不但不少，反倒相当可观。而且读者较少也不就意味着诗歌质量差，有时也可能是1990年代某些先锋诗歌超出了读者的心理框架，读者的阐释背景一下子还适应不了它的个性，造成了诗与读者间的短暂性对抗。更何况诗坛的沉寂也不就是坏事，它会令那些为金钱、名誉或者消遣而写的人自动放弃诗歌，而凸显出真正将诗歌当成事业和生命的诗人风骨，事实上于坚、伊沙、侯马、王家新、张曙光、西川、欧阳江河、翟永明、王小妮等人的坚守，已经昭示了一种希望，证明人间需要好诗，读者需要好诗人。这两家媒体的悲观论调，显然是过分夸大了诗歌的危机。

《诗刊》问卷的面较宽，波及“农村、工厂、学校、部队等不同的社会群体成员”，但调查还是“以文化程度较高的中、青年诗歌爱好者为主体”，也就是说他们多为中层读者，甚至不排除有少数高层读者，他

① 杨克，温远辉：《在一千种鸣声中梳理诗的羽毛》，见杨克主编《九十年代实力诗人诗选》第1页，漓江出版社，1999年。

们对诗歌业内的情形更为熟悉；所以这个调查虽然和《北京青年报》《光明日报》相比有点“势单力孤”，但其“乐观”理由也称得上充分、可信。它从读者的反馈信息里注意到了一些正面事实：如诗坛抒情队伍庞大壮观，几代同堂，梯队结构合理，“老、中、青三代诗人各占一定的比例”；“不同写作方式”均有用武之地，抒情的、哲理的、感觉的、文化的、心理的、生活的，多元并举；发表阵地有所拓展，已拥有10本诗歌期刊，并且在相同级别的刊物里“诗歌类的市场销量大都处于中等偏上的位置”；研讨会、诗歌活动频繁。种种迹象表明，“诗歌正在走向正常的秩序”，人们有足够的理由对诗歌充满信心。可惜，这份调查更多顾及的是诗歌圈内的“热”，很少涉猎诗歌圈外社会对诗歌的态度之“冷”，没有洞见喧腾、热闹后面深层的空寂和隐忧。的确，进入个人化写作的1990年代后，诗人的精神自由度日趋阔达，姚黄魏紫的个性呈现，也有利于百花齐放的健康生态格局的形成；但它给诗坛带来的诸多负面现象也很难令人认同。比如诗坛吸引读者眼球的一般不是文本品位提高、经典出现等有关诗歌内质的现象，而多是诗人自杀、文稿拍卖、诗人排行榜、派别论争等一系列流于浅表化、谈资化的话题相联系，这本身即是诗歌的耻辱和滑坡。比如世纪末崛起的“下半身写作”和大量日常叙事，或主张以下半身的贴肉状态书写对抗上半身的思想精神张扬，或沉溺于人类吃喝拉撒睡等凡俗、琐屑细节和场景之中，其私密的肉体、感官排泄快感不能给读者提供丝毫的美感，反倒是无聊、粗鄙和恶心；比如世纪末发生的“民间写作”和“知识分子写作”的论争，驱赶着众多优秀诗人蹚入“浑水”中无法自拔，休说辩论的内容是否有价值，单是一些极端分子的风度姿态就叫人大跌眼镜，不敢苟同。内在的精神贫血和外在的形式飘移，里外夹攻，使1990年代的先锋诗歌不时面临着灭顶之灾，给人的印象不佳。清楚了这些背景我们就会发现，“诗歌死了”的声音也绝不是什么空穴来风、危言耸听了。

原来1990年代诗坛既不像《北京青年报》《光明日报》调查结果那样“悲观”，也不像《诗刊》调查结果那样“乐观”，它是乱象纷纭，苦乐参半，绝望与希望交织，沉寂和生机共在。

第二节　老问题与新困惑

即便抛开几份调查上的数字，但凡亲历过 1990 年代文学发展的人都会或深或浅地感觉到，读者和诗歌的双向疏离已成一个不争的事实，一方面许多诗人为诗歌殚精竭虑，左冲右突，一方面大量读者却不无失望地弃诗远去。圈内之“热”与圈外之“冷”的强烈反差，逼迫关心诗歌前途的人必须反思，为何一向被称为诗歌国度的读者偏偏从此开始兴趣位移，究竟是什么原因令诗歌彻底走向边缘，又是哪些元素导致从来都和高雅连在一起的诗歌书写被视为精神病、疯子的行为？如果说 1980 年代读者、评论家们因“看不懂”朦胧诗纷纷抱怨指责，是由于朦胧诗的簇新前卫和过度落后的诗歌教育的冲突，而至 1990 年代读者的普遍冷漠，到底说明了什么？我想大众文化、商品经济、学历教育等固然难辞其咎，但是把所有责任都归结于一系列外在压力的制约，显然违背了历史事实，不能服众。或者说，读者的强烈反应折射出 1990 年代先锋诗歌非但构不成高度理想的发展模式，相反由于先锋的本性就是不断求新，难得成熟是其本性，它的探索本身还存在着种种失误，不但“老问题”没得到实质性解决，还出现了一些意想不到的“新困惑”，其主要表现为以下几个方面。

1990 年代先锋诗歌最大的遗憾是整体平淡，拳头诗人和拳头作品匮乏的“心病”依旧，难以支撑起诗坛的繁荣。按理，进入个人化写作境地的诗人们，普遍沉潜于诗歌本体的打造，艺术上的平均成熟指数高于历史上的任何一个时期，理应有大诗人和好作品大面积突起；可是事实却并非如此，相反很多诗人追新逐奇、唯新是举，迷恋于技巧实验，这和“第三代”诗歌在本质上并无二致，它使诗坛看上去生气四溢，诗人和技艺不断流转，“你方唱罢我登场”，只是另一方面则是诗人们的心浮气躁，以解构、反叛传统的艺术创新为快，忽视艺术的相对稳定性，最终导致在十年的时间里经典稀少大师虚位，休说能和里尔克、瓦雷里、艾略特、特朗斯特罗等世界级大师比肩的诗人没有出现，就是在优秀诗人和文本输送上也只能说是平庸的。我多次强调如果说一个时代的诗歌是繁荣的，那它必定有天才诗人和偶像代表，像1920年代有郭沫若、闻一多、徐志摩，1930年代有艾青、戴望舒、卞之琳，1940年代有穆旦、冯至、辛笛，20世纪五六十年代有郭小川、贺敬之，七八十年代还有北岛、舒婷、顾城、韩东、于坚等出现，而在他人看来转入诗艺建设时期的1990年代呢？除了伊沙、侯马、桑克等少得可怜的几位"新人"崛起之外，唱主角的王家新、欧阳江河、于坚、西川、翟永明等重量级诗人都是1980年代胜出的，数不清的诗人和诗作给人的印象都十分浅淡，并且有些诗人还自恋情结强烈，经常以大师自诩，从不承认自己以外的人为大师。试想，在一个整体艺术水准全面攀升的氛围中，具有影响力的大诗人寥寥可数，一片"群星闪烁"而"没有月亮"的诗国天空，充其量只能说是块繁而不荣的艺术地带，它又如何会引起读者们的广泛青睐？同时，诗歌从流派写作、群体写作走向个人写作，本是好事，但焦点主题和整体艺术趋向的瓦解丧失，差异性的极度高扬，也使诗坛在读者关注热情减退的无奈中，失去了轰动效应和集体兴奋，边缘化程度越来越深；虽然诗人们照样结社、办报、出刊，如北京的《诗参考》《现代汉诗》、浙江的《北回归线》、河南的《阵地》、湖南的《锋刃》、南京的《他们》等刊物层出不穷，而且印刷质量、装帧设计都日趋精美，但是它们都不再集体化，也难再激起更多读者的阅读兴趣，这无疑也加深了诗坛的平淡特征，并且诗歌生产、传播方式的网络化、民刊化，也让一些非诗、伪诗、垃圾诗的因子被裹挟而入，助长了诗歌的良莠不齐，使经典作品和大诗人的成长受到了限制。

1990年代先锋诗歌在文本的精神探索上缺陷更加显豁。出于对1980年代过于玄妙、纯粹、高蹈的"大词""圣词"的反拨，诗人们不约而同地将悬在空中的诗神请回大地，诗里又重新有了具象、质感的生活与生存气息拂动，有了个体生命喜怒哀乐情绪的多元展现；但是也有很多诗人因受身上那种从来不寻求"适应"性写作的异端心理驱动，过度标举诗的自主性和排他性，使他们的诗歌只为圈子和自己而写，个人化写作成为躲避宏大叙事的借口，当下生存状态、本能状态的抚摸与书斋里的智力写作合谋，将诗导入了逃逸性写作的边缘，没有很好地传达处于转型期国人焦灼疲惫的灵魂震荡和历史境况及其压力。如下面这样的作品俯拾即是："春天的狂热野兽在乐器上急驰，/碰到手指沙沙作响，/碰到眼泪闪闪发光。//把远远听到虎啸的耳朵捂住，/把捂不住的耳朵割掉，/把割下来的耳朵献给失声痛哭的歌剧。//在耳朵里歌唱的鸟儿从耳朵飞走了，/没有飞走的经历了舞台上的老虎，/不在舞台的变成婴孩升上星空。//我听到婴孩的啼哭/被春天的合唱队压了下去——百兽之王在掌声中站起。//这是从鸟叫声扭转过来的老虎，/这是扩音器里的春天。/哦歌唱者，你是否将终生沉默？"（《男高音的春天》）①"昨天女朋友带我去补一颗有了窟窿的磨牙/医生用精巧的机器和工具在我的嘴里/工作了十分钟左右/然后用一块东西堵住了我的窟窿/充实了的牙齿让身体觉得不大纯粹/医生还向我要去了十块钱/然后女朋友领着我回家/在回家的路上她亲了我的嘴/当时我的嘴还正麻醉/那个不经意的吻显得不同寻常很有滋味/医生吩咐我两天以后再去/我在今天想起昨天的事情记下来/觉得很好"。（《一件小事》）②前一首将音乐、音乐的感受渲染得十分精湛，其思维之细敏、理意之深邃和传达之别致均可圈可点，读者如果能够跟上诗人的精神步伐，可进入一个高度个性化的声音的奇妙世界；后者则记叙了生活中治疗牙齿的小事过程，细节之清晰、过程之完整都无可挑剔。虽然它们聚焦的都是人的情感、生活和心理感觉，但瞩目的对象都过于狭窄、私密，或耽于精致的小资的文化世界的品位，高雅却太诡谲，或做生活流水账式的自然主义的平庸展览，真实却太琐屑，缺少和人类的共同经验、情感沟通的可能性契机，它们从个人化出发，达到的基本上仍是个人化的效果，难以获得更多受众的认可。表达个人化的东西无可厚非，也完全能够走向成

① 欧阳江河：《男高音的春天》，见程光炜编选《岁月的遗照》第33—35页，社会科学文献出版社，1998年。

② 李红旗：《一件小事》，见康城，黄礼孩等编《70后诗集》第325页，海风出版社，2004年。

功，关键是它应该饱含一定的诗意，有精神提升或者与群体沟通的可能，如果所有人纷纷沉于琐屑无聊的日常生活和局促逼仄的情感空间，甚或低级庸俗的性感路线，本应最该受关注的民众的生活、情感和命运，就会退居诗外，成为“三不管”地带；何况诗人吃个比萨、摔个跟斗、和情人睡觉等琐碎和读者又有什么关系，读者对这类诗歌“敬而远之”也是一种必然。这些诗人的作品对现实语境疏离、隔膜所造成的从自语到失语的遭遇，决定它们自然精神贫血，无法为时代提供出必要的思想与精神向度，缺少力量和产生轰动效应的机制。正因如此，曾经先锋的孙绍振先生批评这些诗人对于自我的生命、诗歌本身和时代缺乏责任感和使命感，亵渎了诗歌，[①]他的棒喝不是无端而来，可惜当时并未引起应有的重视。

形式至上倾向在不少诗人那里仍有增无减，为玩儿而写的坏风气也没得到实质性的遏制。把技艺作为衡量诗歌水平高下的重要指标，这本是了不起的观念的进步，它以诗歌本体意识的自觉，打开了诗歌写作的各种艺术可能性，事实上也的确在一定程度上反叛、质疑了主流中心话语，将 1990 年代先锋诗歌的整体艺术水准推进到了最为成熟的阶段。可是物极必反，由于诗歌本身即充满强烈的易动性，特别是受西方后现代主义的解构思维与艺术精神激励，那些比较富于实验精神的诗人，开始走形式极端，大搞能指滑动、零度写作、文本平面化、文体互渗、游戏拼贴等激进的语言实验与狂欢，使诗歌创作有时就迷踪为一种丧失中心、不关乎生命的文本游戏与后现代拼贴，成了一个纯技术 PK 的竞技场，甚至本末倒置，通过技术操作代替诗歌写作，造成了诗意的大面积流失，严重误读了充满批判精神的西方后现代主义诗歌。如下面这种状态的诗普遍存在，“你一下子把我搞懵了。/这怎么可能？这一来现实和想象的界限何在？/他妈的！/我于是停止想象，开始对自己自言自语。/其实还是说说看得见的事物好一些。/绵绵的雨丝，泥泞的道路，以及/树的霉暗，瘟疫袭击的

① 孙绍振：《后新诗潮的反思》，《诗刊》1998 年第 1 期。

人群，有什么不好？”（《枯燥》）①；“一朵花开在我的手心/另一朵花开在你的手心/两朵花都谢了，我们都陌生了/一个时代结束了/一个时代开始了/我把祠庙移到心中/在晨风轻拂里听不说的祈祷/对鸟说了，了”（《七无律·了》）②。客观地说，诗的作者是我敬重的诗人，他们都写过不少优秀之作，可是这两首诗却不成功。前者亲切平实，节奏张弛有致，生活的烟火气也比较足，只是看不出太多的深意，除了摆在表面的道德意识，好像剩下的就是略显笨拙的叙事技巧，读起来还真让人有点“枯燥”，一首诗情感与思想平平，打人之处全凭技巧和修辞能力，总不是十分可取的。后者呢？恕我愚笨，每字每句全能读懂，可所有字句合在一处后却云山雾罩，理不出明晰的思路，结构的跳跃远远超出人的想象力，到底表达了什么我想作者也很难彻底讲清楚。不错，晦涩是诗歌独有的权利，完全能够读懂的也绝非好诗，只是总得留给人一点情思线索吧，尤其是在生活节奏日趋迅疾的 1990 年代，本就心理焦躁的读者又有谁愿意费力地耐心解读它们，做艰苦的精神爬坡呢？读不懂后唯一的选择就只有放弃。如果说这类诗歌倾向于王家新、翟永明、陈超倡导的诗歌应效法希门内斯为“无限的少数人”的写作，是把一些知识、修养不深的读者挡在诗外的困难之诗，读者意识淡漠，没顾及他人的接受能力，圈子化色彩严重；那么在解构之路上一路狂奔的大量的口语诗歌，则属于无难度的写作，它们有些诗歌如《0 档案》（于坚）、《老狐狸》（伊沙）、《庞德，或诗的肋骨》（安琪）等以接近说话状态的后口语，或反讽戏拟、本文放空的缺场技巧，解构象征和深度隐喻模式，一派天然，活力充沛，但大部分兜售的是近于口水的口语，选材及表达“跟着感觉走”，随意浅淡，拖沓啰唆，滋味寡淡，只能是耍小聪明地自娱，无法提供大智慧地去娱人，玩儿的痕迹较重，而玩儿诗的结果是最终淹没了诗意乃至诗歌，这类作品不胜枚举，无须引证。其实，这里又隐含了作者与读者之间一直存在

① 孙文波：《枯燥》，见程光炜编选《岁月的遗照》第 235—236 页，社会科学文献出版社，1998 年。

② 默默：《七无律·了》，见杨克主编《九十年代实力诗人诗选》第 135 页，漓江出版社，1999 年。

的矛盾，有难度的诗不一定有前途，一味坚守“小众化”无异于自设陷阱，同理，永远以读者为上帝的“大众化”的诗也很可疑，迁就读者有时即是降低标准，只有不断提高难度和品位才能立于不败之地，明智的作者应虑及读者的接受能力对自己的创作做出适当的调节。

第三节　在寻找可能性中提高品位

老问题与新困惑纠结，使1990年代先锋诗歌步履维艰，读者对之愈加隔膜与疏远。正是沿着上述逻辑思路，很多读者认同了一种比较流行的观点，那就是进入21世纪后先锋诗歌将退出历史舞台。而在一些“权威读者”或者说批评家、诗人那里，对1990年代先锋诗歌的印象结论则完全是相反的另一种样子，“诗歌在公众舆论中的衰败构成了世纪末一个小小的文化景观”；然而“正在衰败的不是诗，而恰恰是那种认为诗每况愈下的公众舆论，是这种舆论看待诗的一贯眼光，是形成这种眼光的内在逻辑以及将其与诗联系在一起的共同记忆。这里的‘衰败’并不相对于‘新生’。它仅仅意味着无效和言不及义”①。那么对不同层次的读者眼中折射出的复杂的诗坛现实，该如何把握？我想是普通读者和“权威读者”各自窥见并强调了问题的一方面，而忽视了问题的另一方面。历史已经证明，“死亡论”的估衡过于简单化，当然彻底无视、对抗读者反应也不无偏颇之处，前者看到的是诗歌的危机，后者看到的是读者的危机。的确，现代主义、后现代主义先锋诗歌在中国缺少良好的土壤，东方文化中强大深厚的现实主义和浪漫主义传统的制衡与牵拉，它依托的民刊多数时断时续或昙花一现，影视、录像、卡拉OK等文化和亚文化的冲击；尤其是它自身发展历史上没有经过充分现代主义阶段的先天不足，以及百病相扰的局限，都注定它难以根深叶茂，因此尽管1990年代它不断为主流诗歌输送艺术优长的营养，也从来没有成为社会文化的主流

① 唐晓渡：《重新做一个读者》，《天涯》1997年第3期。

与中心，并且影响日趋边缘化、圈子化。但如果改换一下社会学批评的观察角度，完全从诗歌立场出发，就会发现1990年代先锋诗歌存在的合理性和价值所在，它在短暂的历史中留下了一批优卓的精神化石，如西川的《远游》、王家新的《帕斯捷尔纳克》、于坚的《0档案》、翟永明的《十四首素歌》、欧阳江河的《哈姆莱特》、伊沙的《结结巴巴》等，其中臧棣、伊沙、余怒等后现代倾向明显的"中间代"诗歌，和世纪末借助网络集体亮相的70后诗歌也十分引人注目；而且形成了自己独立的艺术精神、特质和传统，提供了诸多诗歌生长的可能性，构成了新诗史上最富有创造活力的一个时期，影响了中国诗歌当下和未来的走势，获得了和世界现代文学对话的资格与权利。

1990年代先锋诗歌最大的建树是以"及物"写作路线的选择，敞开了广阔的诗意空间，进一步加强了诗与现实之间的密切关联。对1980年代诗歌写作中"大词""圣词"的反思与祛除，使诗人们悟到诗歌虽然没有直接行动必要，但也不能始终做空转的风轮，它总应该承担一点什么，于是他们主动放下纯粹、高蹈的贵族身份，努力在日常生活处境和经验的海洋中打捞诗的"珠贝"，不但人间烟火气浓郁，还不时介入社会良知，赋予了诗歌一种行动化的力量。如"去年的村庄。去年的小店/槐花落得晚了。/林子深处，灰斑鸠叫着/断断续续的忧伤/一个肉体的忧伤，在去年/泛着白花花悲哀的盐碱地上/在小店。//一个肉体的忧伤/在树荫下，阳光亮晃晃地/照到今年。槐花在沙里醒来/它爬树，带着穷孩子的小嘴/牛铃铛　季节的回声/灰斑鸠又叫了——心疼的地方。在小店/离开的地方。在去年"（《在小店》）[①]。该诗出自女性之手，它把镜头对准了诗人发现的真实世界抑或是虚拟的理想所在，小店、槐花、阳光、灰斑鸠、牛铃铛等乡村稔熟的物象元素，组构起一片令她心仪、牵念的场景，尽管走笔轻巧、内敛、平静，但读者仍能从中触摸到一种精神的疼痛，一种盐碱地和乡土的疼痛，"一个肉体的忧伤"源自自然的精灵，源自诗人的良知和乡土的深沉忧患，个人的体验、情绪同宽阔的历史境遇之间因之建立起

---

① 蓝蓝：《在小店》，见李复威主编《九十年代文学潮流大系·先锋诗歌》第92页，北京师范大学出版社，1999年。

了神秘又切实的关系，自然而具撼人的品性。不是吗，时光已进入工业文明高度发达的 1990 年代，可是乡土的贫瘠、落后依旧，农耕生态的损坏、破败令人揪心，原来外表柔弱的女性笔力并不柔弱，它伤感的情绪背后指向着严峻的社会现象。就是那些表面看去嬉笑怒骂、玩世不恭的作品，其骨子里仍流贯着难得的正气，如戏拟毛泽东《湖南运动考察报告》的《中国诗歌考察报告》就很典型，“同志们/中国的问题是农民/中国诗歌的问题也是农民/这是一个十分严重的问题/这是一帮信仰基督教的农民/问题的严重性在于/他们种植的作物/天堂不收　俗人不食”。[①] 诗曲解的险恶用心不言自明，举重若轻的反讽效果也很好玩；但它对当时中国诗歌存在问题的严重性的剖析，却是发人深省的。至于大量涌现的打工诗歌、底层诗歌促成当代诗歌伦理上扬的事实，则更是有目共睹的。并且，由于诗人超常的直觉顿悟力的渗透，很多诗歌不再仅仅是生活、情感或感觉，而渐渐走向理性深刻的经验的提纯与升华，走向主客契合的哲学境地。如“疲倦还疲倦得不够/人在过冬//一所房间外面/铁路黯淡的灯火，在远方//远方，远方人呕吐掉青春/并有趣地拿着绳子//啊，我得感谢你们/我认识了时光//但冬天并非替代短暂的夏日/但整整三周我陷在集体里”。[②] 该诗是诗人瞬间心理情绪和活动的捕捉，懒散的语调、飘忽的思维和自白式的口气聚合，营造出一种熟悉、亲切、似曾相识的氛围，又朦胧模糊得难以破译，说不真切。仿佛是在冬天的夜晚，诗人独居室内，远方呕吐掉青春的人，试图在寻求解脱，自我与远方人处境的对比，让诗人认识了“时光”的真相，原来“陷在集体里”是诗人衰老的根由。这里的主体“我”与“远方人”可以互换，或就是诗人的一体两面，“远方”可视为理想与梦的代指，“冬”则兼具自然和人生的双重内涵，全诗似乎在说经过为理想的打拼、失败，人生进入了疲倦和慵懒的冬天，对命运、时间、理想、理想幻灭以及几者间的关系获得了清晰的认识，它虽然泛着无奈和淡漠，却满含着人生经验的体

---

① 伊沙：《中国诗歌考察报告》，《伊沙诗选》第 65 页，青海人民出版社，2003 年。

② 柏桦：《衰老经》，见李复威主编《九十年代文学潮流大系·先锋诗歌》第 37 页，北京师范大学出版社，1999 年。

味，能给人一定的思想启示。必须承认，1990年代先锋诗歌的及物追求，在一定程度上缓解了诗歌与现实紧张的关系。

其次的一个亮点是进入1990年代后，“边缘化的处境，这就从一定程度上否定了对于诗歌创作困境的担忧，诗歌因而获得了一种新的发展契机”①，诗人们普遍淡化了“第三代”诗歌那种激进得近乎狂热的运动情结，悟出在诗歌的竞技场上打旗称派是无济于事的，进而潜心“注重诗学上的建设”②，而他们的边缘思想和反叛立场所带来的自我调节与超越的能力机制，既利于消解中心和权威，营造平等活跃的氛围，保证主体人格与艺术的独立；也带来了诗的技艺水准的大面积提升，对抗了狭隘的激进主义因子，构成了诗坛活力、生气和希望的基本来源。诗人们对诗歌本体的坚守和对写作本身的探求，是在事态意识的强化、反讽的大剂量投入、文体间的互动交响、多元技术的综合调适等多方面展开的。如“季节在一夜间/彻底转变/你还没有来得及准备/风已扑面而来/风已冷得使人迈不出院子/你回转身来，天空/在风的鼓荡下/出奇地发蓝//你一下子就老了/衰竭，面目全非/在落叶的打旋中步履艰难/仅仅一个狂风之夜/身体里的木桶已是那样的空/一走动/就晃荡出声音……剩下的日子已经不多了/落叶纷飞/风中树的声音/从远方溅起的人声、车辆声/都朝着一个方向//如此逼人/风已彻底吹进你的骨头缝里/仅仅一个晚上/一切全变了/这不仅使你暗自惊心/把自己稳住，是到了在风中坚持/或彻底放弃的时候了”（《转变》）③。传达季节转变、时代季节转变的过程、形态、反应，确切说传达经历1980年代末期精神震荡后人们复杂的心理感受和思考，是连戏剧、小说等叙事性文学都十分棘手的领域，可诗人却知难而进，只是对诗歌在此在经验的占有性、情感思想涵容量上远不及小说、戏剧等文类的认知，使他扬长避短，合理借鉴了叙事性文学的方法，以叙述作为维系诗歌和世界之间的基本途径，

① 奚密：《从边缘出发——现代汉诗的另类传统》第53页，广东人民出版社，2000年。

② 张曙光：《90年代诗歌及我的诗学立场》，见王家新，孙文波编《中国诗歌九十年代备忘录》第8页，人民文学出版社，2000年。

③ 王家新：《转变》，《王家新的诗》第66—67页，人民文学出版社，2001年。

把事件、背景、人物、时间、心理等多维因素容纳一处，从容地表现出抒情主人公在穿越精神炼狱、选择方向的坚毅和果决，它对每一个时代公民既构成了良知的拷问，又提供了思想的启迪。这种叙事性也是那时先锋诗人的普泛艺术追求，它扩大了诗歌的题材、情感疆域，提高了抒情文学处理复杂生活和社会语境的能力，有一种流动的旨趣和叙事长度，同时又注意诗人主观情绪、思想对细节或事件的诗性渗透，因此并未失掉诗歌自身的个性。再如"亲爱的妈妈呀/为什么不把你的儿子/生成一束花//一束花的痛苦/一束花的茫然/在清凉的早晨//假如你把我生成一束花/妈妈/我就可以用一把生锈的剪刀/剪断了我的腰/剪断了我的颈/浸透了自己的泪水/眨眼间/消失了我的美艳//可是我的妈妈呀/我问自己/为什么你不把儿子/生成他渴望的一束花呢"(《一束花》)[①]，这首诗则在语言、风格上进行探索。它打破了诗语必美必纯的习惯，以"素面"姿态出现，本色简净的词语，拙朴无华的句子，貌似毫无知识趣味，却把对母亲特有的滋味复杂的爱传达得煞是别致，"直指人心"，没有丝毫"累"人的感觉。当时，很多先锋诗歌都追求这种返璞归真又自有深度的艺术效果，犹如"天籁"一般迷人，也容易为读者接受。1990年代先锋诗歌还有不少出色的艺术探索，它们丰富、刷新或改写了新诗艺术表现的历史，启迪了新诗可能的向度和走势，抵御、带动了主流诗歌界，以一种新传统的凝结，和与现实主义、浪漫主义诗歌的共态融汇、异质同构，实现了诗坛多元互补的生态平衡。

在一首诗中，王家新写道，"终于能按自己的内心写作了"[②]，这句话代表了1990年代诗人的共同心声。对意识形态写作和道德、政治因素的对抗、规避，使诗人们被捆绑已久的心灵回归了自由也即诗歌的本源状态，于是诗歌的各种可能性探索在不同创造者那里得到了伸张，个体差异性的缤纷"对话"成为诗坛的基本状态，个人化写作奇观翩然莅临。可以毫不夸张地说，每个抒情个体都在寻找着题材、

---

① 侯马：《一束花》，见李复威主编《九十年代文学潮流大系·先锋诗歌》第345—346页，北京师范大学出版社，1999年。

② 王家新：《帕斯捷尔纳克》，《王家新的诗》第1—2页，人民文学出版社，2001年。

情感、表达和风格上的独立和出新。如只为自己的心情写作立场驱动的王小妮，在诗里进行着事物的还原与去蔽，作品超然静美，能见高度，“土气”的语言散淡从容，《我看见大风雪》[1]技术上不显山不露水，完全是随意的、谈话式的语言，不温不火，但却直接、健康，十分到位地道出了灵魂的隐秘感受。徐江骨子里的讽刺天赋突出，常在凸显生活表象过程中因感受的深细，而洞见事物的核心属性，具有后现代倾向的《猪泪》[2]就很精彩，平淡的庸常场面，竟被他赋予了自在的诗意，不但人猪“对视”的思维、场景匪夷所思，就是和人道相通的“猪道”情怀也催人深思。1990年代初大器晚成的张曙光，“在温和而睿智的外表下潜伏着知识分子的批判精神，其叙事性探索引领了全国风气之先。他的《1965年》[3]对一些事件、细节、场景等因子的复现，展开的是某种生活本质以及作者在精神上对它们的人性理解，个体和时代、历史遭遇时的心理痛感的揭示不乏深刻的自省和反思的意味；自我分析、叙事和抒情的适度调节把诗歌的主旨传达的节制而含蓄”[4]。而在汤养宗那里读者见到的则是有难度的写作，孤独安静的个性使他喜欢沉思，并且思维路线陡峭奇绝，常出人意料之外，用语很少因袭他人，极具创新色彩，其《琴十行》[5]虚实结合，内涵隐蔽，语言既顺又涩，别具一格。也就是说，每个诗人都在追逐自己个性的“太阳”，互相间如八仙过海，对立互补，各臻其态，这种难于整合的“散”的状态正是个人化本质彻底到位的体现，因为多元化的别个就是个人化，而个人化的写作奇观，无疑将当代诗歌带入了最为宽松、自由的历史时期，为健康的诗学生态格局的形成奠定了坚实基础。

正是因为有1990年代先锋诗歌一系列优秀品质的支撑，新世纪的诗坛才逐渐告别低谷，重新升温，焕发出了勃勃生机。

---

① 王小妮：《我看见大风雪》，见杨克主编《1999中国新诗年鉴》第65—71页，广州出版社，1999年。

② 徐江：《猪泪》，见杨克主编《1998中国新诗年鉴》第44—45页，花城出版社，1999年。

③ 张曙光：《1965年》，《小丑的花格外衣》第1—2页，文化艺术出版社，1998年。

④ 罗振亚：《龙江当代文学大系·诗歌卷》导言，见冯毓云，罗振亚主编《龙江当代文学大系·诗歌卷》第4—5页，北方文艺出版社，2010年。

⑤ 汤养宗：《琴十行》，见杨克主编《九十年代实力诗人诗选》第221页，漓江出版社，1999年。

余论 “乱象”中的突破及其限度：21 世纪诗歌观察

仿佛千禧祝福之声犹在耳畔回响，21 世纪的年轮竟迅疾地划过了十多圈。回望十多年来路，新世纪诗歌虽然还没来得及将自己同 20 世纪完全剥离，仍处于朦胧、易变、繁杂的现在进行时状态；但其不同于以往的精神和艺术个性已经形成，并且越来越加清晰。那么，新世纪诗歌是否出现了新的征象、新的质素？它和 1990 年代的诗歌之间究竟构成了一种内在接续，还是一种本质断裂的关系？它到底是改变了诗歌的沉寂现实，还是加速了诗坛的边缘化过程？它为持续发展必须解决哪些“问题”？面对这一系列的拷问，逃逸是不负责任的，每一个诗歌研究者都应给出自己的判断。

第一节 喜忧参半的矛盾“乱象”

审美对象的纷纭，介入角度的多元，使人们对 21 世纪诗歌现状的估衡仁智各见，难以获得一致性的共识。其中有两种意见最为典型，也最为引人注意。

一种意见是指认新世纪诗歌被边缘化到了几近“死亡”的程度，其确凿的证据是无论普通市民还是年轻学生，都已不甚喜欢诗歌，诗歌差不多是受欢迎程度最低的一种文学作品类型，特别是至市场化程度日深的新世纪，江苏一位中学教师课前提问，让喜欢诗的同学举手，结果只有两个女同学，记者在北京街头对中学生随机采访，在被调查的5人中，特别喜欢诗歌的没有，根本不感兴趣的两人。① 可见，诗歌在老百姓精神生活中的重要性已不复存在，它似乎成了可有可无的点缀，即便作品数量再多也只能算是无效的写作。

另一种意见断定新世纪诗歌进入了空前“复兴”期，理由也相当充分：如今诗歌写作的队伍不断壮大，已经远不止“四世同堂”，每年五万首的作品数量也十分可观；诗歌创作已得到了社会各界的高度重视，朗诵会、研讨会、诗歌节、诗会和诸种奖的评选频繁地举行；为谋求自身的持续发展，诗歌努力向大众文化开放、靠拢，以泛诗和准诗的碎片方式在日常生活中多点渗透，令人感到时时刻刻都“诗意盎然”；特别是网络与诗歌的媾和、民间刊物同自印诗集相遇，更令诗坛热火朝天，活跃异常。一切迹象表明，如今的诗坛氛围是朦胧诗之后最好的。

应该说，这两种意见都不无道理，它们分别看到了诗坛的部分“真相”；但也都存在着一定的偏颇，不同程度地遮蔽了诗坛的另外“真相”所在。二者之间视若南北两极的对立，则饶有意味地折射出了目前诗坛境况复杂，充满着喜忧参半的矛盾“乱象”。一方面，诗坛并非想象的那样一团糟，而是有诸多希望的因子在潜滋暗长，审美记忆中辉煌的古典诗歌参照系作祟，导致“死亡”论者高估诗歌的价值和功能同时，对置身的诗歌现实下了过于悲观的结论。在这个问题上，对歌德那种谁不倾听诗人的声音谁就是野蛮人的论断恐怕要辩证理解，离诗最近的中学生疏远缪斯女神，也不意味着如今的人们就是野蛮的，他们有不得已的苦衷。其实，诗歌的本质是寂寞的，它充其量不过是创作主体心灵的载体而已，它没有直接行动的必要，不能解决具体的实际问题，任何诗人也无须再为之加载，更不该总把当下诗歌和古代诗歌的黄金时代相类比，因为现代社会抒放情志渠道的广泛打开，决定诗歌作为文学焦点和中心的古典时代已经一去不复返了，冷清、寂寞是诗歌生存的常态，那种人为地把诗歌创作和活动热闹化，乃是背离诗歌本质的行为。悟清诗歌这一存在机制后，就将

① 参见《中学语文：诗歌遭遇尴尬》，《光明日报》2001年8月9日第2版。

会感到商品经济大潮冲击下诗歌的沉寂并不可怕，它反倒为诗歌写作队伍的纯净提供了一次淘洗的机遇，面对孤独、残酷的文学现实，那些仅仅把诗当作养家糊口工具的技艺型诗人，自然耐不住清贫的冷板凳纷纷撤退，而他们的“逃离”和“转场”，注定会使那些将诗歌作为生命、生活栖居方式的存在型诗人“水落石出”，凸显其真诗人的风骨。事实上，已经有郑敏、王小妮、王家新、于坚、臧棣、西川、潘洗尘、伊沙、朵渔等一大批优秀的诗人，一直坚守在诗歌现场，既瞩望人类的理想天空，又能脚踏实地地执着于“此在”人生，以宁静超然的艺术风度传达“灵魂的雷声”，他们和他们的作品都有许多可圈可点之处，为读者昭示了一种希望。并且人们也绝非不需要诗，而是需要好诗。如2008年5月汶川地震次日，沂蒙山一位作者创作的《汶川，今夜我为你落泪》贴在博客上后，点击率竟达600万人次，而后《妈妈，别哭，我去了天堂》《孩子，别怕》等也都不胫而走，几乎家喻户晓。这个事实证明即便是在当下，中国仍然有诗歌生长的良好土壤，仍然呼唤好诗的出现。

另一方面，诗坛不尽如人意处还有很多，出于对新诗的挚爱，某些“复兴”论者显然在一定程度上被热闹的表象所迷惑，乐观而信心十足，至于对喧嚣背后的隐忧则注意不够。其实，“热”多限于诗歌圈子之内，它和社会关注的“冷”构成了强烈的反差。稍加思考便不难发现，在政治、文学环境宽松的今天，写作不再神圣得高不可攀，人人都可“抒情”的纸面与网络狂欢，孕育多元共生自由格局的同时，也彻底把“创作”置换成了“写作”。据传一个网名叫“猎户”者发明了一个自动写诗软件，将不同的名词、形容词、动词，按一定的逻辑关系，组合在一起，平均每小时写出417首，不到一个月就生产了25万首诗，且不说其速度惊人得可怕，单就抽离了责任、情感和精神而言，他写的东西是否还能称之为诗就值得怀疑。而要深入诗坛内部考察，那种“事件”多于“文本”“事件”大于“文本”的娱乐化倾向十分严重。谈及当下诗歌，很多读者马上就会联想到“民间写作”阵营内部论争、梨花体、裸体朗诵、诗人假死、诗公约、诗漂流、诗稿拍卖、诗歌排行榜等，一宗宗让人目不暇接的事件，这些鸡零狗碎的外在表象和诗歌创作质量、品位的提升构不成任何关联，只能给人留下笑柄。而最能测试一个时代诗歌是否繁荣标志的创作呢？有很多文本更令人深深地失望。如世纪初70后诗人的“下半身写作”，尽管一旦程度上对抗了意识形态写作，增加了诗歌的世俗化活力，但其“诗到肉体为止”的贴肉状态的性感叙事，也败坏了读者的胃口；而后分别于2001年和2003年出现的“废话”写作、“垃圾派”写作，简直就成了盛装高级动物生理排泄物的器皿，口水四溅，屎尿遍布，休说给人提供什么崭新的精神、艺术向度或美感，单是那种丑陋恶心劲儿就是人类文明的大“倒退”，你絮絮叨叨、磨磨唧唧，你玩味大小便的刺激和快感，和读者又有什么关系？如此说来，就难怪有人小视诗歌不过是“口语加上回车键”、发出“诗歌死了”的感叹了。

也就是说，新世纪的诗坛态势不是平面的，它更趋向于喜忧参半的立体化，既不像“死亡”论者想象得那么悲观，也不如“复兴”论者鼓吹得那么繁荣，平淡而喧嚣，沉寂又活跃，所有相生相克的因子构成了一种对立而互补的复杂格局，娱乐化和道义化均有，边缘化和深入化并存，粗鄙化和典雅化共生。而就在这充满张力的矛盾“乱象”中，诗人们频繁地涌现和被淘汰，评论者的研究标准不断起伏与调整，诗歌以曲折摇摆的方式日渐寻找、接近着理想的境地。

第二节　亮点，闪烁在文本之间

新世纪的诗坛虽然菁芜夹杂，“鲜花”与“野草”并生；但浮面之下的几点深层的脉动，还是以其“行动”的力量，影响了读者的日常生活，感染了不少国人的灵魂，在一定程度上挽回了1980年代以来处于边缘、尴尬中的诗歌面子，并且似乎带来一种期许：诗在日常生活中并非是多余的，它理应具有重要的位置。

一是诗人们学会了承担，使写作伦理在诗歌中大面积地得以复苏。不可否认，如今的诗歌创作娱乐、狂欢化现象十分严重，网络写作更潜藏着许多伦理下移的隐忧。与之相反，大量优秀的诗人悟出1980年代以来诗歌中，那种过于贴近时代的高调的“大词”书写和疏离人类的高蹈的“圣词”书写，在人间烟火气浓郁的日常生活中都是于事无补的，诗歌如果不和置身的现实、芸芸众生生出关涉，很难造就大诗人与拳头作品，自身前途也无从谈起。特别是经历了SARS、海啸、雪灾、地震、奥运、共和国60华诞等一系列大悲大喜的事件之后，他们更懂得了承担的含义，愈加注重从日常生存处境和经验中攫取诗情，最大限度地寻找诗歌和当代生活之间的对话、联系。其中对城乡底层的持续关注，对地震、雪灾中人的命运和苦难的抚摸，非但恢复了人的真实生存镜像，充溢着人性、人道之光，有时甚至具有针砭时弊的社会功能。如田禾的《春节我回到乡下》简直可视为“问题诗”，“四婶做泥瓦匠的儿子/和她在城里擦皮鞋的儿媳妇/被票贩子的假车票/滞留在广州火车站了……”①典型细节的叙述外化了乡下人艰辛、盼望与焦灼的复合心态，更引出相关的社会问题，底层百姓的基本生存权利无法保证，连买车票、种子与化肥居然也被坑骗，诗对残酷现实的揭示令人愤然。底层出身的郑小琼那首《表达》，把“钢铁”与“肉体”两个异质意象拷合，外化出青年女工忙碌、寂寞而悲凉的残酷现实，令人震撼，其对人类遭遇的关怀，愈衬托出底层百姓命运的黯淡。叶延滨的《听一场报告会的意象速写》写道，“那些永远正确的词语是工蜂……工蜂是英勇上阵的士兵/正穿过透明的墙体，从主席台/飞向四方，像一个成语/飞蛾扑火”②。台上假大空、台下嗡嗡，台上台下一点不“接轨”的会议场景如今比比皆是，诗以对这种害人的形式主义及其背后官僚主义习气的微讽，获得了介入生活的批评力量。而且诗人超常的顿悟、直觉力，敦促他们在文本中不时突破事物的表面和直接意义，越过刹那的情绪感觉苑囿，直接抵达事物的根本，显示出深邃的智慧和人性化思考来。像被称为用善良、痛苦、血乃至生命向世界“奉献”的“好人”潘洗尘，所写的《这世界还欠我一个命名》，乃诗人心理念头的瞬间滑动，“只求这世界还我一个简

① 田禾：《春节我回到乡下》，《诗刊·下半月刊》2009年第4期。

② 叶延滨：《听一场报告会的意象速写》，《诗歌月报·上半月刊》2009年第3期。

单的称谓/这称谓/只需从一个孩子的口中呼出/——父亲”①，但这个简单的生存愿望，却暗合了人类情感和经验的深层，触及了生命中最柔软也最深重的精神伤痛，所以最能击中人心。靳晓静的《尊重》展示了自己十二岁时手指被菜刀划破出血的场景，可是更是从母亲的话“你没尊重它，/所以它伤了你”悟出许多道理：创伤并不可怕，人都是在创伤教育中走向成熟的；所以“从那以后，我有多少次/被生活弄伤/从未觉得自己清白无辜”，②琐屑的生活细节被人性辉光照亮后，育成了一种精警的思想发现。新时期诗歌这种关注此在、现时世界的“及物”追求，进一步打开了存在的遮蔽，介入了时代的真相和良知，在提高诗歌处理现实和历史的能力同时，驱散了乌托邦抒情那种凌空蹈虚的假想和浪漫因子，更具真切感和包容性。

二是诗作处理生活的艺术能力普遍有所提高。和日常生活、现实接合，仅仅是一种题材立场，诗歌最后获得成功还必须依赖艺术自主性的建构，因此新世纪的诗人们应和题旨和情感的呼唤，都比较注意各个艺术环节的打造，在表达策略上注意生活经验向诗性经验的转化。其向度是多元的，主要表现有几个方面。首先是依然在意象、象征的路上出新。如王小妮的组诗《十枝水莲》中的《谁像傻子一样唱歌》，在“物”的凝视里竟有一种物化的冲动，当窗外“有人在呼喊”，“风急于圈定一块私家飞地/它忍不住胡言乱语”，“一座城市有数不尽的人在唱”时，那终于开花的水莲却十分安静，“我和我以外/植物一心把根盘紧/现在安静比什么都重要”，③这里的花和人已泾渭难辨彼此可以互换，水莲那种不事张扬的内敛、简单、安静，不正是诗人的象喻吗？牛庆国的很多诗歌都以意象独创引人注目，他特别钟爱乡间的动物和植物，诗中多次出现驴的意象。《毛驴老了》在老父和毛驴的亲昵、依恋的画面里，浸染着诗人低抑、悲悯的人生态度，《放鹞子的人》已走出形象粘连，获得了形而上的旨趣，“他腰里扎着一根

① 潘洗尘：《这世界还欠我一个命名》，《诗刊·下半月刊》2009年第16期。

② 靳晓静：《尊重》，《星星》2009年第12期。

③ 王小妮：《十枝水莲·谁像傻子一样唱歌》，《半个我正在疼痛》第197页，华艺出版社，2005年。

草绳/扎住两片衣襟/像一只老鹞子　敛着翅膀/不想再飞了”①，苦命的老人和老鹞子都已经成为衰老命运的象征。其次是为增加表现力适度向其他文类扩张的文体互渗。和新世纪诗歌对当下生存、广阔现实与纷纭世界的深入同步，诗人们意识到仅仅运用意象和象征手法是不够的，并自觉挖掘和释放细节、过程等叙述性文学因素的能量，把叙述作为改变诗和世界关系的基本手段，以缓解诗歌内敛积聚的压力。如“九十三岁。她像一盏煤油灯/被一阵风吹灭了光明/从此　她的世界一片漆黑/关上窗户，再也听不到她喊我的声音了——//又要回广东了，她把五十元钱塞在我手/说：‘用老年人的钱，会长寿，好运……’”（许强《婆婆》）②没有涕泪横飞、捶胸顿足的悲情抒放，甚至没有直接表达怀念意向的字句，就是煤油灯、窗户、钱等稀疏的意象存在，似乎已引不起人们更多的注意；而婆婆塞钱的动作，婆婆和别人叨念的话语“强娃儿　回来看过我……”以及婆婆走后诗人的心理“事态”，却成了结构诗歌的主角。诗正是借助这种行为事象的散点叙述，节制地表达了对亲人特殊的依恋、怀念和悲痛；同时随着叙述性和行为意象特征的强化，婆婆的性格要素也得到了一定程度的显现。小说家路也的《抱着白菜回家》题目本身就是一种事态，叙述更幽默俏皮，“这棵大白菜健康、茁壮、雍容/有北方之美、唐代之美/挨着它，就像挨着了大地的臀部/我抱着一棵大白菜回家……”③细碎心理的流动，赋予了诗一种类乎独幕剧的综合品质，有一定的叙事长度，但流贯诗间的对土地、淳朴和自然的亲近，同高档饭店、高级轿车、“穿裘皮大衣和高筒靴的女郎”对比，强化了诗人返朴归真的内心渴望，和对异化的都市文明的抵御与对抗。再次是大量去除晦涩朦胧后的朴素的文本姿态，有力地契合、贴近着表现对象。这既指诗中的物象、事态和情境饱蕴人间烟火之气，也指语言上的返璞归真，向清新自然“天籁”境界趋附。如“希望生在战乱年代，而你/是草莽生涯的将军。佩剑，战骑，杀气……以笔为剑，以诗为

① 牛庆国：《放鹞子的人》，2007年下半月刊第20期。

② 许强：《婆婆》，《诗刊·下半月刊》2010年第2期。

③ 路也：《抱着白菜回家》，《诗潮》2009年第3期。

马，以军阀/攻城略地之势，将我的心夺去”（施施然《战乱年代》）①，虽是想象虚拟的“过程”，不乏梦幻情调，但细节的准确性关注，本色质感的“独语”流动，仍保证了诗和表现世界的清晰、生动，具有“直指人心”的力量。江非的《时间简史》以倒叙方式观照农民工的一生，“他十九岁死于一场疾病/十八岁出门打工/十七岁骑着自行车进过一趟城……他倒退着忧伤地走着/由少年变成了儿童/到一岁那年，当他在我们镇上的河埠村出生/他父亲就活了过来/活在人民公社的食堂里/走路的样子就像一个烧开水的临时工”②，不能再简单的句式，不能再泥实的语汇，似乎都离文化、知识很远，可它经诗人“点化”后却有了无技巧的力量，切入了人的生命与情感旋律，逼近了乡土文化命运的悲凉实质，显示了诗人介入复杂微妙生活能力之强。

三是实现了诗的自由本质，使个人化写作精神落到了实处。诗的别名是自由，它的最佳状态应该在心灵、技法与语言上都不受任何外在因素的羁绊。新世纪诗坛众语喧哗，人气兴旺，在一定程度上抵达了这一理想境地。心理的、历史的、社会的、审美的、哲学的、感觉的、想象的、现实的等每一种向度，都获得了自由的生长空间；40后、50后、60后、70后、80后、90后，每一代诗人都在各自的位置上施展功夫，谁也不挡谁的路；官办刊物、民办刊物和网刊各司其职，几个阵地、渠道间彼此应和，解构着写作的话语霸权；地方诗歌多点开花，和80、90年代诗歌大体只有南北之分、各省意识尚未苏醒相比，而今四川、江苏、湖北、安徽、山东、广东、甘肃、海南等，都渐次亮出旗帜，各地区间“呼朋引伴”，对峙又互补。诗学风格、创作主体、生长媒体与地域色彩等纷呈的镜像聚合，异质同构，“和平共处”，形成了诗坛生态平衡的良好格局，人气、氛围俱佳。特别是引渡出一批才华、功力兼得的诗人和形质双佳的优卓文本，以抒情个体的绚丽与丰富，创造了一片个人化精神高扬的文学奇观。可以毫不夸张地说，每一位诗人都在寻找着自己个性的“太阳”。如于坚的组诗《海上》仍然极富原

① 施施然：《战乱年代》，《诗江南》2010年第3期。

② 江非：《时间简史》，见耿立编《21世纪中国最佳诗歌（2000—2011）》第46页，贵州人民出版社，2012年。

创精神与先锋气质，自然大气又不失细节的支撑，拙朴戏谑又不失敏锐的力量。余怒的《主与客》《刺猬论》继续凸显“歧义”意识，具有超现实写作的荒谬力量，让人感到有种东西存在却绝对说不真切。李琦的《下雪的时候》多得传统的精义，它对雪的痴迷书写构成了一种美的隐喻，那清白、洁净、单纯、静虚之物，在貌似下沉实为上升的灵魂舞蹈中，对人生正是奇妙的清凉暗示，娓娓道来的平实叙述里自有一股逼人的美感。蓝蓝近年更多的朝向现实，艾滋病多发的村庄、煤矿矿工、酒厂女工、城市农民工等，都成为她执着于当下的见证，在描绘苦难与强调悲悯的背后，是她在语言和想象之外的一份现实承担，《我的笔》中一支笔的力量，似乎能穿透现实的迷雾，直抵生活的核心。雷平阳云南书写中多向化的语义追求，将诗变成了一种现代性经验的体味，《集体主义的虫叫》现场感强烈的片断组接，貌似在恢复诗人夜宿树上旅馆听到森林里各种虫叫的过程和感受，实则传达了诗人在撕心裂肺的自然声音面前的恐惧和敬畏，也彰显了自然生命的启示。翟永明的《关于雏妓的一次报道》在雏妓不幸际遇的客观叙述中，蛰伏着诗人的愤怒之火，它是一个女性诗人对事件作出的直接反应，但又有强烈的去性别化倾向，或者说它是对一个族类的女人命运的思考，对人性和社会良心的深沉拷问，对诗人的无奈忧郁和诗歌无力的感喟。冯晏愈发知性，伊沙机智浑然如常，陈先发的诗常有小说化、戏剧化倾向，李轻松的诗讲究情感的浓度和深度，朵渔深邃沉实，王小妮澄澈从容，宋晓贤的思维与出语怪诞，杨勇的构思和意象精巧……诗人们如天女散花般的风格绽放，暗合了诗歌的个体独立精神劳动的本质，意味着写作个体差异性的彻底到位。这种自在生长的状态，保证了主体人格与艺术的独立，也构成了诗坛活力、生气和希望的基本来源。

第三节　“问题”依然纠结

必须承认，21世纪诗歌的突破并非是全方位进行的，也谈不上彻底二字。或者说它是有限度的，不但遗留的经典文本和大诗人匮乏的老问题没有得到根本性解决，还增加了一些更为困扰诗界的新问题。新老“问题”纠结，决定当下诗歌尚难以迅速出离低谷，而不时在踟涉路上左右徘徊，进展缓慢，要想真正走向繁荣，还得深入反思，有针对性地取长补短。这种现状令钟情缪斯的人们无法不牵念，无法不忧心忡忡。

如今诗坛最大的问题是整体感觉平淡，缺乏明显的创新气象与强劲的冲击力。客观地看，21 世纪诗歌在写作方向上有一定的独到探索，可同 1990 年代先锋诗歌的精神并无太大的区别，其叙事化、戏剧化、个人化、新口语、日常主义的表征，皆可视为前者写作策略的接续与延伸。和建立启蒙思想的朦胧诗、在内质上从破坏进入建设的 1990 年代诗歌相比，21 世纪诗歌为诗坛提供的显性新质并不是很多。在经典建构、拳头诗人的输送方面，也远远逊色于崛起过北岛、舒婷、顾城、海子、于坚、韩东等里程碑式诗人的前两个时期，在过去的十年里少有带极强方向感的众望所归的诗人出现，“群星闪烁”的背后是“没有太阳”，这无论如何也够不上真正的繁荣。虽然说 2008 年诗歌出现了“井喷”，急遽升温，给人造成一种复活的感觉；可惜它并非缘于创作品位的提升，而是借助、倚重地震这个重大事件的外在力量才“有所作为”。这种“国家不幸诗家幸”的“大灾兴诗”现象本身就不正常，倘若有人把诗歌的希望寄托在历史、国家、民族的“灾难”之上，那就更不道德；并且翻检那个时段的诗歌，尽管不乏《今夜写诗是轻浮的》那样撼人心魄的佳作，但多数作品艺术性普遍看低，甚至还留下了《江城子》一类矫揉造作、错位抒情的不和谐之音。尤其值得人们深思的是，一旦地震过后，社会生活又按部就班地运转，诗歌书写就恢复到原来繁而不荣的“常态”。我个人以为诗歌要实现突围，必须从自身寻找切口，而不该依靠外力的推助，那种“事件”大于“文本”的现实应该尽早成为历史。

这种平淡的感觉源于多重消极因素的影响，其中主要和诗歌写作本身的失衡互为表里。具体说来，一是日常情感和精神提升的失衡。个人化写作理论的高扬，使有些人借个人化写作之名滥行民主之事，将个人化写作当成回避社会良心、人类理想的托词，只为圈子和自己而写，过度“自恋”的个人情感膨胀，自我抚摸的无聊琐屑，鸡零狗碎，没传达出处于转型期国人焦灼疲惫的灵魂震荡和历史境况及其压力，缺乏终极价值和人文关怀，精神孱弱，诗魂变轻。有关反腐败、洪灾、疾病和贫困等大悲悯、大题材的搁置和“过滤”，决定这些诗歌无法拥有强大的生命力。有的甚至拒绝意义指涉和精神提升，这在无形中自然阻塞了与读者产生精神共鸣的通道。如《豌豆吐司》《林子》或对食物不厌其烦的细致咏怀，或对生活的无谓状态进行简单的复制挪移，无病呻吟，即便艺术上再抒情再诱人，也和诗坛呼唤的力量无关，只能被读者冷落。二是传达过程中情感和理性的失衡。从诗是主客契合的情思哲学的向度衡量，21世纪的一些作品多含感情因子，但情感流脉底层也蛰伏着想象力对知性的追逐，注重个人经验和对人生看法的发现；可惜大量作品还难以潜入生命本体、博大宇宙空间进行形而上思考，究明人类的本质精神，因哲学意识的微弱，很多诗人视野停浮在充满亮色的范畴内，传达上浮躁，缺少宁静致远的内敛精神，时而流于情思的放纵，时而无节制地“叙事”，阔大深邃、振聋发聩的思想文本常常虚位。三是精神追求和艺术探险失衡。优秀的诗歌皆为意蕴和形式双重因素的共时性体现，可21世纪的多数诗人虽然运动情结日益淡化，但偏偏只注意走技术主义路线，重视追新逐奇、唯新是举的实验，看上去精致复杂，就是不关灵魂和精神的事儿，充其量只是“纸上的诗歌”，产生大的影响当然无从谈起。

当然，还有许多问题也都是21世纪诗歌发展亟待驱走的“拦路虎”。如艺术的泛化问题。保守估计新世纪里至少半数以上的诗人在沿袭传统的老路，纷纷把笔触对准大海、河流、森林、太阳、星空等中国诗歌中习见的自然意象，疏于对人类的整体关怀，满足于构筑充满风花雪月和绵软格调的抒情诗；而有些功成名就的“老”诗人，越来越趋向于匠人的圆滑世故与四平八稳，诗作固然也很美，但却没有生机，精神思索的创造性微弱，属于思想的“原地踏步”，它和前一种因素遇合，注定了21世纪诗歌陷入现代性淡薄的困境，缺乏撼人的大气和力量。再有传播方式上潜伏的危机问题。新世纪诗歌的民刊和网络书写热闹非凡，但也时时助长着诗歌的良莠不齐、鱼龙混杂，使非诗、伪诗、垃圾诗获得出笼的可能，它的能指滑动、零度写作、文本平面化的激进语言实验与狂欢，反叛、质疑主流中心话语同时，也消泯了许多优秀的传统、意义和价值，造成诗意的大面积流失。在后口语倡导驱动下的网络书写，导致“作品呈现出了太多的即兴的一面，太多的飘忽与伪抒情，‘为赋新诗’式的激情，以及太多的嬉皮状与痞子相，太多的仿作，太多的形式感的东西”，[①]表达过于随意、急躁、粗糙，众多不动脑子的集体仿写，造成了诗歌事实上的“假小空”；特别是屡见不鲜的恶搞、炒作、人身攻击等网络伦理下移的现象，更令人担忧。另外，新世纪诗歌中最该肯定的“及物”选择，也存在着应当辩证理解和深化的问题。即该在什么范围内和前提下“及物”，该用怎样的方式去“及物”，“及物”之路到底能走多远。如今诗的“及物”敦促许多诗人走近了现实、人生，也保证了一些优秀文本的获得；但对“及物”对象缺乏恰适、合理的选择，有时甚至抒假情，如《独自放风筝的人》突兀的怪诞想象，《即景》私密的情绪流动，都无深入或清新的意味，缺乏必要的美感，吃喝拉撒、饮食男女、锅碗瓢盆等“日常”化题材的另一面，就是“审美”一维被严重削弱。有些作品“及物”同时放弃了精神提升，如一首叫《今天》的诗就过度倚重形下的“此在”世界，淡化对“彼在”的关注，只提供一种没有深度的庸常平面的时态，减轻了诗的思索功能。还有些“及物”作品不甚注意艺术性，在谋篇、构思、语言上缺乏锤炼和节制，叙事啰唆、结构臃肿、态度散漫，有时把诗降格为一种无难度写作，透着一种空泛甚至矫情的感觉。

看来21世纪诗歌虽然大有希望，但却还任重而道远。

① 朵渔：《需要在黑暗中待多久：网络诗帖随感》，《诗江湖·2001网络诗歌年选》第250页，青海人民出版社，2002年。

附论

民间写作与知识分子写作：论争动因和价值估衡

关于1999年那场民间写作与知识分子写作之间的论争，双方似乎都为逃避承担挑起事端的罪名，互相推诿责任。知识分子写作阵营认为这场世纪末的诗学论争是个阴谋，它完全肇源于民间论者为争夺权利的无端挑衅，“读到一本精心策划的《1998中国新诗年鉴》，于坚的代序及其他文章，再次让我明白了这一点”；[①]而民间论者面对“知识分子写作”论者的“阴谋”指责，则称这场论争是阴谋的阴谋，是《岁月的遗照》中知识分子诗人小家子气的写作霸权宰制，使民间写作诗人不得不起而捍卫表达和写作的权利，披露真相。双方互相推诿的态度对人们观察视线的遮蔽，酿成了许多读者的一种错觉，即对《中国青年报》等媒体的报道深信不疑，以为论战的烽烟真的就是因《岁月的遗照》(程光炜编，系洪子诚、李庆西主编“九十年代文学书系·诗歌卷”，社会科学文献出版社，1998年)和《1998中国诗歌年鉴》(杨克主编，广州出版社，1999年)这两本诗集为触媒燃起。其实论争之所以能够成为事实远不像媒体报道的那样简单，围绕两本诗集的征讨与维护也并非知识分子写作和民间写作对立的开始，它仅仅是论争的导火索而已，在论争出现的戏剧性突变背后，还包蕴着诸多相当复杂的背景和内在深层的契因。或者说在盘峰诗会之前论争早就“风雨欲来”了。

---

① 王家新：《知识分子写作，或曰“献给无数的少数人”》，《诗探索》1999年第2期。

知识分子写作和民间写作的论争，应该说是诗内因素和诗外因素遇合的结果。从诗歌内部的运行规律来说，它的出现是因为诗坛“痼疾”在新形势下的总爆发。1986年“中国现代诗群体大展”后，诗坛表面缄默宁静实则酝酿着激烈的喧哗和交锋。莽汉、他们、大学生诗派等平民美学一翼，以对朦胧诗的唯美化贵族诗学的抗拒，在粗鄙化的路上滑行；而整体主义、非非主义等文化诗一翼，则在承继后期朦胧诗的文化、玄学意向同时融合结构主义理论，做更典雅的飞翔，和平民诗一翼分庭抗礼。1990年代后，诗界的写作倾向和立场千姿百态，什么个人化写作、中年写作、乌托邦写作、日常主义写作、女性主义写作等，不一而足；但在诗坛多元化的格局中差异最明显、规模最宏大的，仍是延伸、发展“第三代”诗中平民诗、文化诗主脉的两股流向，一是主张切入现实语境言说、坚持口语和本土化的抒情群落，一是以批判自省态度对生活进行有距离的观照、在语言资源上广采博收的抒情群落。实际上这就是民间写作和知识分子写作的前身和雏形，只是当时它们一直相安无事，虽有分歧差异却更多交融互补，彼此间还不时传出一些友谊的佳话。可是，随着带总结“清盘”色彩的世纪末脚步的临近，在许多大师情结急遽膨胀的诗人那里，非此即彼的二元对立思维开始作怪，他们极端地坚持、推崇自己的诗学观念向度，把本来存在多种路向的选择限定为只有一种可能，至于其余的一律都视为异端加以挞伐。这就注定了知识分子写作和民间写作分道扬镳的在所难免，矛盾的公开化、明朗化乃至争端的发生成为必然。

如果知识分子写作和民间写作的争端只是起于二者诗歌观念、美学趣味和操作规程的分歧，那是令人欣慰的。可惜，它更多源自小圈子意识和话语权利争夺等隐蔽的非诗性、非学术因素，这也就难怪有人称它为“权力阴影下的‘分边游戏’”①了。关于这一点，论争双方的诗人行为和诗选文集皆可作充分的佐证。出于一种为确立自己在1990年代诗歌史上位置的文学史焦虑，两个阵营在利益驱动下，竞相进行狭隘的派系经营和话语权力争夺，功成名就者希望借此巩固在诗坛的霸权地位，边缘的新贵们欲借此赢得诗坛的确认。知识

① 张闳：《权力阴影下的“分边游戏”》，《南方文坛》2000年第5期。

分子写作阵营瞄准1990年代经济唱主角、诗歌缺位的空档，由程光炜迅速炮制出一本《岁月的遗照》。假如作为“知识分子写作”的类型诗选它本无可厚非；但它借用“九十年代诗歌选”的宏大名义，要为1990年代中国诗歌命名的目的，却无法不让人对它产生只为体现诗歌小集团狭隘利益的嫌疑。在厚达513页的诗集中，不说光知识分子写作者、编者的朋友张曙光、欧阳江河、王家新、西川、孙文波、臧棣等10位诗人就占去282页，1990年代最重要的诗人于坚、韩东只作为陪衬各选两首小诗，和1990年代的诗歌现实不符，有失公道；仅仅是它对在这一时段里王小妮、周伦佑、杨黎、伊沙、徐江等活跃而成熟、最具有个性和影响力的声音有意遗漏，却将曹禺的诗选了四首，就证明它的诗学原则有一定的圈子化倾向。程光炜在其导言《不知所终的旅行》中说，他们的同仁杂志《倾向》“成了‘秩序与责任’的象征，正像彼得堡之于俄罗斯文化精神，海德格尔、雅斯贝尔斯之于二战后德国知识界普遍的沮丧、混乱一样，它无疑成了一盏照亮泥泞的中国诗歌的明灯”，知识分子写作这种把自己宠信的个人化、叙事策略、写作立场、西方资源等册封为1990年代诗歌经典范式，这种做法和行文逻辑，在某种程度上遮蔽了1990年代诗坛的宏阔视野，也让一些人心里不无反感，使庸俗的自我神话和“并非为了‘争权夺利’”①的说法不攻自破。因此它遭到了《谁在拿90年代“开涮”》（沈浩波）、《乌烟瘴气诗坛子》（徐江）、《秋后算账》（沈奇）、《穿越汉语的诗歌之光》（于坚）等民间诗坛火力集中的炮轰，民间写作阵营指责知识分子写作那些“充满了意象迷幻、隐喻复制、观念结石以及精神的虚妄和人格的模糊”，令人“头晕”的文本，“是纯正诗歌阵营中开倒车的一路走向”，②“应该在西方诗歌中获得语言资源”的“殖民化”认识“是一种通向死亡的知识”。③ 而民间诗坛呢？为维护生存权利，在知识分子写作者“‘宰制权力’面前，向历史讨一个公正的说法”④，他

---

① 王家新：《从一场蒙蒙细雨开始》，《诗探索》1999年第4期。

② 沈奇：《秋后算账：1998：中国诗坛备忘录》，《诗探索》1999年第1期。

③ 于坚：《棕皮手记：诗人写作》，《星星》1998年第11期。

④ 沈奇：《中国诗歌：世纪末的论争与反思》，《诗探索》2000年第1、2辑。

们据理力争，编选《1998中国新诗年鉴》也能奉行公正严肃的原则，对一切作者都一视同仁；但是权力欲望和挑衅心理的支配，使他们常常过于意气用事，导致80年代的“先锋综合征”复发，超出正常的文学论争范围，征伐异己或搞人身攻击、恶语中伤。如他们管王家新叫“家新斯基”，称王家新的诗为“国内流亡诗”；批评“90年代的‘知识分子写作’是对诗歌精神的彻底背叛，其要害在于使汉语诗歌成为西方‘语言资源’、‘知识体系’的附庸，在这里，诗歌的独立品质和创造活力被视为‘非诗’”；[①]向知识分子写作挥戈的《谁在拿90年代“开涮”》那种叫战式的文风、姿态，都激化了和知识分子写作阵营的原有矛盾，为论争埋下了必然的引线。无法否认，民间诗坛的挑战里不乏捍卫真理、忠于艺术的成分；但在深藏不露的心理天平上，还是把诗坛当作诗歌政治角力的名利场，他们之所以对《岁月的遗照》群起攻之，一方面是它尚欠公允，一方面也不能排除它对民间写作者诗歌选得过少，使民间诗群批评期待落空的因素，于坚不还曾因《0档案》能在北京大学研讨而倍感“荣耀”吗！所以在某种意义上说，知识分子写作和民间写作的论争，是以美学为幌子的争名逐利的商业炒作。

具备诗内诗外两种可能因子，知识分子写作和民间写作的矛盾情势可谓一触即发；所以本来就修养欠缺、骨子里蛰伏着文人相轻意识的两派诗人们，在圈子意识、地缘情结的驱动下，自《岁月的遗照》和《1998中国诗歌年鉴》的相继问世开始，一改温柔敦厚的风范，过分情绪化地将同属文化边缘的对方假设成“对立的幻影”、不共戴天的仇敌，你来我往过起招来，以长击短，避实就虚，互不买账，看“近山”皆高视“远峰”皆小。于坚的《1998年中国新诗年鉴》序《穿越汉语的诗歌之光》，最早将知识分子写作和民间写作对立，犹如一张宣战书拉开了世纪末诗学论争的序幕；《年鉴》所收的《秋后算账》（沈奇）、《诗歌与什么相关》（谢有顺）、《诗歌之舌的软与硬——关于当代诗歌的两类语言向度》（于坚）等文也都来者不善，矛头直指知识分子写作；稍后的1999年4月2日，谢有顺在《南方周末》上发表《诗歌的

---

① 于坚：《穿越汉语的诗歌之光》，见杨克主编《1998年中国新诗年鉴》，广州出版社，1999年。

内在真相》,公然审判知识分子写作“把诗歌变成了知识和玄学,无法卒读”,使以于坚、韩东、伊沙为代表的民间写作和以西川、王家新、欧阳江河为代表的知识分子写作之间的尖锐矛盾浮出地面。在民间写作一浪高过一浪的凌厉攻势面前,知识分子写作阵营相对隐忍;但在心里都憋了一股“恶气”,所以在盘峰诗会上知识分子写作阵营和民间写作阵营终于短兵相接,面对面地来了一次情绪总喷发,共同上演了一场世纪末中国诗坛的夺嫡恶斗,把一向清静的诗坛圣地搅动得沸沸扬扬。

知识分子写作和民间写作的世纪末诗学论争,已被公认为朦胧诗论争以来关于诗歌发展方向的最大的一次争论,虽然规模与影响尚难与朦胧诗论争抗衡,但其论争的激烈和白热化程度却属空前。有人说这场异于以往带有弑父情结和代际更迭色彩、发生在“一两本诗歌选集纠集起来的乌合之众”同辈份诗人间的论争,“无非是对上一次‘崛起’的拙劣的模仿”,它并未“给当代诗歌带来新的辉煌”。[①]这种认识恐怕近于武断。无论怎么说,它不像人们说的那样仅仅是没意思的混战,它虽然偏颇很多,但也有不容忽视的意义。

论争双方各持己见,观点大相径庭。对此我们无意做走折中道路的和稀泥者,只能概括地做出如下甄别。首先两派都不够冷静,时间审视距离的缺乏与诗歌论争以外一些因素的渗入,使双方都下了不少不够客观公正的结论。如民间写作者断言知识分子写作群落完全背离本土经验,转向投靠西方的殖民化写作,使诗坛蒙受耻辱,就言过其实,也和历史真相不符。因为臧棣、张曙光、西渡等知识分子写作者进入1990年代后不仅仅向西方诗歌学习,也和民间写作者一样把日常生活经验作为主要诗歌资源,他们的《燕园记事》《第一次历险》《在硬卧列车上》即是凡俗日常经验的复现和存在状态的关注;而民间写作阵营也同样没拒绝西方资源的援助,于坚的《飞行》就“一会儿是对T.S.艾略特《四个四重奏》的‘改写’,一会儿又是对《荒原》的一再引用;一会儿是‘天空中的西西弗斯’,一会儿又是‘脆弱的诸

① 张闳:《权力阴影下的“分边游戏”》,《南方文坛》2000年第5期。

神呵，脆弱的雅典山上的石头”①，洋味扑鼻。谢有顺把1990年代的写作分成知识分子写作和民间写作泾渭分明的两个阵营，这种归类很难涵盖诗歌界复杂多样的个人化写作风貌，把一种“群岛上的对话”（耿占春语）景观仅仅视为两个集团的对立，既过于简单也不够科学。如知识分子写作者认为，以“永恒的民间立场”为旗帜的《1998中国新诗年鉴》充斥平庸之作，从“民间合唱那里，不仅闻到了垃圾的腐朽与恶臭，甚至几乎听到了歇斯底里的喧嚣”②，也属背离历史主义批评原则的估衡误差，是阅读与诠释方法上的习惯厚茧，使他们的判断出现了一种心灵乃至艺术的隔膜，难以服众。毕竟新时期以来许多好诗出自民间是不争的事实，于坚、韩东、丁当、伊沙都是从民间走向成功的，《年鉴》不还收有西川、王家新、欧阳江河、臧棣等“知识分子”的作品，张曙光、肖开愚、欧阳江河等知识分子诗人当初不也都是从处于民间状态的《倾向》《南方诗志》等刊物起家的吗？另外他们动辄就把知识分子写作者同叶芝、里尔克、米沃什、洛厄尔、庞德、波德莱尔、米沃什、帕斯捷尔纳克、布罗茨基、博尔赫斯等西方大师的名字相类比，其在西方价值体系面前的写作尊严和创造性，也确实像一些人所说的那样值得怀疑；面对民间写作的围攻，他们频频提及把诗献给“无限的少数人”，强调诗歌为少数人独有，也偏执得近乎极端，人为地为诗歌发展设置了障碍与樊篱，有垄断话语霸权倾向。

其次，双方充满暴力性、情绪化的党同伐异的火拼姿态，都有失传统的中和之道，双方二元对立的思维方式又都不乏“文革”遗风，它们和争夺权力的目的、媒体不负责任的炒作纠缠在一起，形象与影响极坏，助长了搞圈子、立山头等江湖帮派之风的盛行。学术论争本应心平气和地交流商榷，然而诗学以外的自私动机，使论争中除了于坚、臧棣、韩东、王家新、程光炜等少数批评家，写出了像《论民间》（韩东）、《诗歌：作为一种特殊的知识》（臧棣）等有理有据、有价值的文章外，“大多参与者的批评方式是杂文式的，特别是伊沙、徐江、沈浩波、

---

① 王家新：《知识分子写作，或曰“献给无数的少数人”》，《诗探索》1999年第2期。

② 杨远宏：《暗淡与光芒》，见王家新，孙文波编《中国诗歌九十年代备忘录》第87页，人民文学出版社，2000年。

沈奇等人的文章，带着十分强烈的火药味"[1]，春秋笔法的行文与谩骂、揭短、讥讽交织，尖刻犀利，咄咄逼人，有时把文学批评降低为喧嚣的争吵和骂街的行为。如知识分子写作一方的王家新责问"谢有顺，一个从来没有听说过的人"怎么有权染指诗歌评论，唐晓渡将《1998 年中国新诗年鉴》称为"一本外省编的诗选"；民间写作一方的谢有顺贬斥知识分子写作是"凌空蹈虚、贩卖知识、迷信文化"的伪艺术，伊沙戏弄孙文波口拙有"听觉缺陷"、臧棣"傻气"，[2]在《究竟谁疯了》一文中和西川"牛 B"式的较劲，都远远超出学术论争的范围，蜕变成了道德怪圈的人身攻击，不说无助于诗学建设，单是那种对人的深深伤害就使论辩的风度消失殆尽。

再次，由于论争的姿态对真正的诗学建设构成的消解，使这场世纪末的诗学论争非但没有提供出有价值的思想或美学向度，反倒掩盖歪曲了一些有意义的诗学问题，使本来就十分模糊的汉语诗学问题愈加混乱。为服从论争需要，他们将民间与知识分子、南与北、软与硬、普通话与口语、本土与西方等范畴的对立性故意夸大，把复杂问题简单化或把简单问题复杂化，有的大而无当，有的干脆就不存在，这无疑混淆了读者的视听。尤其是在一些诗歌理论问题上，双方还为抢夺理论的发明权大加争执，如谈到 1990 年代诗歌叙事诗学时，知识分子写作一方为自己有如此建树而欣喜不已；伊沙则极尽挖苦讽刺之能事，说它在 1980 年代诗歌那里就已存在，并称知识分子写作奉为圭臬的叙事诗学只是类似于《孔雀东南飞》《王贵与李香香》的叙事技巧，而非叙事诗学精彩自呈的叙述自身，因此要给知识分子诗人"上一课"[3]，这也造成了诗人们人格光辉和可信任度的陡然大跌。

发生在知识分子写作和民间写作之间的这场世纪末诗学论争尽管弊端重重，但我们依然不能过分苛求、挑剔论争的双方，抹杀他们

---

① 周瓒：《当代文化英雄的出演与降落——中国诗歌与诗坛论争研究》，见戴锦华编《书写文化英雄》第 118—119 页，江苏人民出版社，2000 年。

② 伊沙：《世纪末：诗人为何要打仗》，见杨克主编《1999 年中国新诗年鉴》第 521 页，广州出版社，2000 年。

③ 伊沙：《上一课》，见中岛主编《诗参考》第 14、15 合期，1999 年。

论争的正面价值，而应该理解并尊重他们；因为他们论争中的一切表现，在争夺话语权利的另一面，都不乏对时代与艺术的真诚。论争从双方冲突的兴起动因、美学差异、发展走向到社会效应的逐渐深化，使知识分子写作、民间写作这两个原本十分含糊的概念有了比较确定的含义，以往很少触及或模糊不清的理论课题，如写作资源、语言策略、知识气候、美学旨趣等问题逐渐清晰，诗歌观念也得到了积极的反思与发展。这场诗学论争是先锋诗歌内部一次开诚布公的大面积的平等对话，众声喧哗激活了诗坛人人敢于站出来亮明观点的热烈民主氛围，打破了诗界十几年来秩序井然温文尔雅却沉寂无聊的局面，增添了诗坛的生机和“人气”，两种写作方式、审美观念间的冲撞为诗歌发展带来了契机；论争导致的先锋诗歌的裂变和分化，为更年轻的诗人出头露面提供了机遇，为 70 后诗人的横空出世搭好了起跳的平台，所以沈浩波一语中的地说“盘峰论争真正成就了 70 后”①。另外知识分子写作和民间写作之争，以 1990 年代诗歌沉寂历史的终结扩大了先锋诗歌和它们各自的知名度，使人们又重新开始对生态大为改善的诗坛充满期待，这种多赢格局是论争提供给汉语诗歌的最大收益。

其实知识分子写作和民间写作各有短长，相互渗透，民间强调的日常经验离不开知识，其理论和文本都不乏西方术语和方法的影响因子；知识分子强调的难度写作里也满溢着日常经验。它们同样处于文化边缘，同样致力于汉语诗歌未完成的现代性创造，同样该针对官方立场；因此理应消除对立，互通有无，取长补短，因为二者分的过细也不利于诗歌生态的发展和平衡。

总之，如果说 1980 年代的先锋诗界是宣言大于文本，那么世纪末的知识分子写作和民间写作的争端，仍在一定程度上遮掩了文本的光辉，这让人倍感遗憾和悲哀，因为在艺术的竞技场上最有说服力的永远是文本啊！所以论争双方该尽早消除“内耗”，将路线立场的较劲转化为诗学艺术的自觉检讨、纠偏和建设，只有这样诗坛才会走向实质性的繁荣，诗人才能不愧于读者的期待。

---

① 沈浩波：《诗歌的 70 后与我》，《诗江湖》（民刊）创刊号，第 25 页，北京，2001 年。

参考文献

万夏，潇潇主编：《后朦胧诗全集》，四川教育出版社，1993年。

徐敬亚等编：《中国现代主义诗群大观1986—1988》，同济大学出版社，1988年。

阎月君，周宏坤选编：《后朦胧诗选》，春风文艺出版社，1994年。

陈超编：《以梦为马：新生代诗卷》，北京师范大学出版社，1993年。

崔卫平编：《苹果上的豹：女性诗卷》，北京师范大学出版社，1993年。

唐晓渡编：《先锋诗歌》，北京师范大学出版社，1999年。

唐晓渡等编：《中国当代实验诗选》，春风文艺出版社，1987年。

老木编：《新诗潮诗集》，北京大学五四文学社，1985年。

小海，杨克主编：《他们——〈他们〉十年诗歌选》，漓江出版社，1999年。

周伦佑编：《打开肉体之门——非非主义：从理论到作品》，敦煌文艺出版社，1994年。

周伦佑编：《亵渎中的第三朵语言花》，敦煌文艺出版社，1994年。

陈旭光编：《快餐馆里的冷风景》，北京大学出版社，1994年。

闵正道主编：《中国诗选》，成都科技大学出版社，1994年。

杨克等主编：《90年代实力诗人诗选》，漓江出版社，1999年。

程光炜编选：《岁月的遗照》，社会科学文献出版社，1998年。

黄礼孩编:《'70 后诗人诗选》,海风出版社,2001 年。

康城,黄礼孩等编:《70 后诗集》,海风出版社,2004 年。

洪子诚主编:"九十年代中国诗歌"丛书(收张曙光、孙文波、张枣、臧棣、西渡、黄灿然诗集各一册),文化艺术出版社,1998 年。

门马主编:"坚守现在书系"(收肖开愚、孙文波、西川、欧阳江河、陈东东、翟永明诗集各一册),改革出版社,1997 年。

谢冕主编:"中国女性诗歌文库"(收翟永明、海南、王小妮、唐亚平、伊蕾等十几位女诗人诗集各一册),春风文艺出版社,1997 年。

黄礼孩,江涛主编:《2002 中国女性诗歌大扫描》,《诗歌与人》总第四期,2002 年。

杨克等主编:《1998 中国新诗年鉴》,花城出版社,1999 年。

杨克等主编:《1999 中国新诗年鉴》,广州出版社,2000 年。

杨克等主编:《2000 中国新诗年鉴》,广州出版社,2001 年。

中岛主编:《诗参考》(民刊)14—20 期,1999—2001 年。

西川著:《西川的诗》,人民文学出版社,1999 年。

西川著:《让蒙面人说话》,东方出版中心,1997 年。

西川著:《西川诗文集·深浅》,中国和平出版社,2006 年。

西川著:《大意如此》,湖南文艺出版社,1997 年。

于坚著:《于坚的诗》,人民文学出版社,2000 年。

于坚著:《棕皮手记》,东方出版中心,1997 年。

于坚著:《于坚诗学随笔》,陕西师范大学出版总社有限公司,2010 年。

张曙光著:《小丑的花格外衣》,文化艺术出版社,1998 年。

张曙光著:《张曙光诗选》,《诗歌与人》总第 18 期,2008 年。

翟永明著:《称之为一切》,春风文艺出版社,1997 年。

翟永明著:《黑夜里的素歌》,改革出版社,1997 年。

翟永明著:《纸上建筑》,东方出版中心,1997 年。

王家新著:《王家新的诗》,人民文学出版社,2001 年。

王小妮著:《半个我正在疼痛》,华艺出版社,2005 年。

王小妮著:《我的纸里包着我的火》,春风文艺出版社,1997 年。

伊沙著:《伊沙诗选》,青海人民出版社,2003 年。

欧阳江河著:《透过词语的玻璃——欧阳江河诗选》,改革出版社,1997 年。

沈浩波著:《一把好乳》,自行印刷,2001 年。

耿立编:《21 世纪中国最佳诗歌(2000—2011)》,贵州人民出版社,2012 年。

苏珊·朗格著:《情感与形式》,刘大基,傅志强译,中国社会科学出版社,1986 年。

艾略特著:《艾略特文学论文集》,李赋宁译,百花洲文艺出版社,1994 年。

瓦尔特·本雅明著:《发达资本主义时代的抒情诗人》,张旭东,魏文生译,三联书店,1989 年。

什克洛夫斯基等编:《俄国形式主义文论选》,方珊等译,三联书店,1989 年。

施塔格尔著:《诗学的基本概念》,胡其鼎译,中国社会科学出版社,1994 年。

杰姆逊著:《后现代主义与文化理论》,唐小兵译,北京大学出版社,1997 年。

伊格尔顿著:《二十世纪西方文学理论》,任晓明译,陕西师范大学出版社,1986 年。

弗吉尼亚·伍尔夫著:《一间自己的屋子》,王还译,三联书店,1999 年。

海德格尔著:《存在与时间》,三联书店,陈嘉映,王庆节译,1987 年。

瓦西列夫著:《情爱论》,三联书店,赵永穆等译,1984 年。

黑格尔著:《美学》(1—4 卷),朱光潜译,商务印书馆,1981 年。

道格拉斯·凯尔纳,斯蒂文·贝斯特著:《后现代理论》,张志斌译,中央编译出版社,2001 年。

罗兰·巴特著:《S/Z》,屠友祥译,上海人民出版社,2000 年。

今道有信著:《存在主义美学》,崔相录、王生平译,辽宁人民出版社，1997 年。

德里达著：《文学行动》，赵兴国译，中国社会科学出版社，1998 年。

鲍德里亚著：《消费社会》，刘成富，全志钢译，南京大学出版社，2000 年。

迈克·费瑟斯通著：《消费文化与后现代主义》，刘精明译，译林出版社，2000 年。

弗朗索瓦·利奥塔著：《后现代状态：关于知识的报告》，车谨山译，三联书店，1997 年。

赵毅衡编：《"新批评"文集》，百花文艺出版社，2001 年。

柳鸣久主编：《从现代主义到后现代主义》，中国社会科学出版社，1994 年。

王岳川，尚水编：《后现代主义文化与美学》，北京大学出版社，1992 年。

袁可嘉著：《现代主义文学研究》，中国社会科学出版社，1989 年。

欧阳友权等著：《网络文学论纲》，人民文学出版社，2003 年。

潘知常，林玮著：《大众传媒与大众文化》，上海人民出版社，2002 年。

陈晓明著：《表意的焦虑》，中央编译出版社，2002 年。

张国清著：《从中心到边缘：后现代主义思潮概论》，中国社会科学出版社，1998 年。

沈苇，武红编：《中国作家访谈录》，新疆青少年出版社，1997 年。

吴思敬编：《磁场与魔方：新潮诗论卷》，北京师范大学出版社，1993 年。

宗仁发等主编："诗人随想丛书"（于坚、西川、陈东东、翟永明、海男、王家新、王小妮、徐敬亚、钟鸣各一册），东方出版中心，1997 年。

汪剑钊编：《中国当代先锋诗人随笔选》，中国社会科学出版社，1998 年。

谢冕等主编：《诗探索》13—16 辑，首都师范大学出版社，

1994年。

谢冕等主编:《诗探索》17—36辑，社会科学出版社，1995—1998年。

谢冕等主编:《诗探索》37—42辑，天津社会科学院出版社，1999—2001年。

洪子诚，刘登翰著:《中国当代新诗史》，人民文学出版社，1993年。

洪子诚主编:《在北大课堂读诗》，长江文艺出版社，2002年。

刘纳著:《诗:激情与策略》，中国社会出版社，1996年。

吴思敬著:《诗学沉思录》，辽海出版社、辽宁人民出版社，2001年。

吴思敬著:《心理诗学》，首都师范大学出版社，1996年。

吴思敬著:《自由的精灵与沉重的翅膀》，时代出版集团股份有限公司、安徽教育出版社，2011年。

郑敏著:《诗歌与哲学是近邻》，北京大学出版社，1999年。

杨匡汉著:《诗学心裁》，陕西人民教育出版社，1995年。

杨匡汉著:《中国新诗学》，人民出版社，2005年。

叶维廉著:《中国诗学》，三联书店，1992年。

唐晓渡著:《唐晓渡诗学论集》，中国社会科学出版社，2001年。

张清华著:《中国当代先锋文学思潮论》，江苏文艺出版社，1997年。

张清华著:《内心的迷津》，山东文艺出版社，2002年。

於可训著:《当代诗学》，湖南人民出版社，2000年。

裘小龙著:《现代主义的缪斯》，中国社会科学出版社，1989年。

欧阳江河著:《站在虚构这边》，三联书店，2001年。

肖开愚等编:《从最小的可能性开始》，人民文学出版社，2000年。

孙文波等编:《语言:形式的命名》，人民文学出版社，1999年。

王家新等编:《中国诗歌九十年代备忘录》，人民文学出版社，2000年。

臧棣等编:《激情与责任》,人民文学出版社,2002年。

吕进主编:《文化转型与中国新诗》,重庆出版社,2000年。

陈仲义著:《扇形的展开》,浙江文艺出版社,2000年。

陈仲义著:《现代诗技艺透析》,台北文史哲出版社,2004年。

陈仲义著:《中国前沿诗歌聚焦》,中国社会科学出版社,2009年。

陈超著:《中国先锋诗歌论》,人民文学出版社,2007年。

周瓒著:《透过诗歌写作的潜望镜》,社会科学文献出版社,2007年。

王光明著:《艰难的指向》,时代文艺出版社,1993年。

王光明著:《面向新诗的问题》,学苑出版社,2002年。

王光明著:《现代汉诗的百年演变》,河北人民出版社,2003年。

程光炜著:《程光炜诗歌时评》,河南大学出版社,2002年。

程光炜著:《中国当代诗歌史》,中国人民大出版社,2003年。

沈奇著:《沈奇诗学论集》,中国社会科学出版社,2005年。

吕家乡著:《字思维·旧诗·新诗》,《诗探索》1999年1辑。

吕周聚著:《中国当代先锋诗歌研究》,中国广播电视出版社,2001年。

谢冕著:《20世纪中国新诗:1978—1989》,《诗探索》1995年2辑。

廖亦武主编:《沉沦的圣殿——中国20世纪70年代地下诗歌遗照》,新疆青少年出版社,1999年。

王岳川著:《中国镜像:90年代文化研究》,中央编译出版社,2001年。

王一川著:《中国形象诗学》,上海三联书店,1998年。

罗振亚著:《中国现代主义诗歌史论》,社会科学文献出版社,2002年。

刘小枫著:《拯救与逍遥》,上海三联书店,2001年。

尹国均著:《先锋实验》,东方出版社,1998年。

奚密著:《从边缘出发》,广东人民出版社,2000年。

朱大可著:《燃烧的迷津》,学林出版社,1991年。

王家新著:《没有英雄的诗》,中国社会科学出版社,2002年。

刘士杰著:《走向边缘的诗神》,山西教育出版社,1999年。

钟鸣著:《旁观者》,海南出版社,1993年。

李振声著:《季节轮换》,学林出版社,1996年。

陈旭光著:《诗学:理论与批评》,百花文艺出版社,1996年。

陈旭光著:《中西诗学的会通:20世纪中国现代主义诗学研究》,北京大学出版社,2002年。

重点参考的刊物除了自1990年至2000年的《诗刊》《星星诗刊》《诗潮》《诗歌报》(中间停刊几年)《绿风》《诗林》外,还包括大量自办刊物,如《大学生诗报》《现代诗内部交流资料》《倾向》(后更名为《南方诗志》)《现代汉诗》《北回归线》《一行》《象罔》《九十年代》《反对》《发现》《大骚动》《葵》《声音》《阵地》《羿》《尺度》《偏移》《翼》《倾斜》《影响》《新诗界》《诗参考》《诗江湖》《扬子鳄》《东北亚》《流放地》《唐》《标准》《诗歌与人》《锋刃》《诗前沿》《阿波里奈尔》《下半身》《第三说》《说说唱唱》《诗文本》《自行车》等。